Simonetta Agnello Hornby

Vår faster markisinnan

Simonetta Agnello Hornby

Vår faster markisinnan

Roman

Översättning av
BARBRO ANDERSSON

Albert Bonniers Förlag

Av Simonetta Agnello Hornby har tidigare utgivits:
Mandelplockerskan 2004

En förteckning över romanens
personer återfinns på sid 369

Till alla födda och ofödda
små Hornbybarn och deras farmorsmor

www.albertbonniersforlag.se

ISBN 10: 91-0-010801-4
ISBN 13: 978-91-0-010801-4
Italienska originalets titel: La zia Marchesa (Milano 2004)

WS Bookwell, Finland 2006

Författarinnans anmärkning

Varje kapitel inleds av ett sicilianskt ordspråk eller talesätt. Det har med innehållet att göra men handlingen är inte beroende av det. För mig har sicilianskan aldrig varit en dialekt utan ett ömhetens, vredens och klokhetens språk, ett innerligt och förtroligt språk. Dessa ordspråk är vassa, bitska och ironiska men också milda och känslosamma. Några kan förefalla en aning kryptiska, men för det mesta förstår man innebörden, för de är universella.

Vänta dig inget som inte kommer från dig själv.

LUIGI PIRANDELLO (ur baronessan Maria Giudices gästbok)

FÖRSTA DELEN

1

”Gud hjälper gamla och barn.”

December 1898. På La Montagnazza samtalar Amalia Cuffaro, Costanza Safamitas amma, med brorsdottern Pinuzza Belice medan hon flätar hennes hår

Amalia Cuffaro hade matat färdigt Pinuzza med torra brödbitar upplösta i getmjölk. Hon lyfte upp en flik av servetten som knutits om hennes hals, torkade henne om munnen och hakan, satte sedan ner henne på golvet raskt och bestämt – Pinuzza dreglade och spottade ofta ut maten, även mat som hon tyckte om – och till slut borstade hon med pekfingret bort den brödbit som Pinuzza spottat ut på sin axel. Myrorna låg på lur: den största kolonin hade installerat sig i den urholkade sten där vattenkannan förvarades och därifrån kom de marscherande i kompakt formering mot de Guds håvor som varje morgon föll från ovan. Amalia funderade resignerat: det ödslades mycket bröd och mjölk här i huset, där det enda som det fanns överflöd av var hunger; otäcka myror var det, krigarmyror med kraftig kropp och rödaktigt huvud, den där sorten som sticks, och så framfusiga att de klättrade upp på stolen som Pinuzza satt bunden vid. De kröp upp på henne och hennes hud blev full av små röda prickar.

Hon hade hittat myror till och med i munnen på den lilla stackarn som inte kunde försvara sig och hade blivit tvungen att stoppa in fingrarna bakom hennes tänder för att plocka bort de fräcka krypen.

Alltjämt vig trots sin ålder rätade Amalia på sig och ställde sig bredbent mitt i grottan, beredd att återuppta den ändlösa och envisa kampen mot myrorna. Hon böjde sig fram och förde armen mellan benen och grep tag i bakre delen av kjolfållen; när hon reste sig upp igen drog hon upp den på framsidan och stoppade in den i linningen och förvandlade på så sätt kjolen till ett par vida byxor av orientaliskt snitt. Därefter tog hon de korta palmbladen som fungerade som sopkvast och satte sig på huk men utan att kjolen snuddade vid golvet, så att inte en enda av de där usla myrorna kunde krypa upp på henne. Hon sopade noga och skapade förvirring bland raderna av myror som från grottans alla hörn var på väg mot Pinuzzas stol.

Hon föste den lilla sophögen som kryllade av förvirrade myror ut till den öppna platsen framför ingången och med ett sista svepande fick hon den sedan att störta utför stupet: damm, brödsmulor och myror.

Efter sin matmors alltför tidiga död hade Amalia vägrat resa till sonen Giovannino i Amerika och i stället återvänt hem till familjen. Hennes yngre bror, Carmine Belice, hade pliktskyldigt men motvilligt tagit emot henne, för när svärföräldrarna dött och Giovannino gett sig av hade Amalia slösat bort sin lön och gjort sig av med de saker hon fått av familjen Safamita och återvänt till familjen Belices hem lika barskrapad som när hon lämnat det fyrtio år tidigare för att gifta sig med Diego Cuffaro. Någon plats för Amalia fanns det inte hemma hos familjen Belice – två ruckel där åtta personer levde och sov tätt inpå varandra, plus höns, get och åsna – så brodern hade installerat henne tillsammans med Pinuzza i den här grottan på La Montagnazza, där det inte fanns någon ägare att betala hyra till; dessutom, som han brukade säga till sladdertackor som lade näsan i blöt, hade en läkare sagt att sol och frisk luft skulle vara bra för dotterns hälsa.

Längs denna sicilianska kuststräcka slingrade sig en cirka tvåhundra meter hög och ett tiotal kilometer lång kalkstensås, vars sidor var fulla av sprickor och naturliga grottor. På sina ställen stack den ut i havet i form av en udde, på andra ställen böjde den av inåt land och bildade små stränder och vikar. I en av dessa låg Riporto, den fiskeby närmast Sarentini, där Carmine Belice och hans familj bodde. Sedan urminnes tider hade den inhemska befolkningen tagit sin tillflykt till de naturliga grottorna på La Montagnazza – som folket i trakten kallade åsen – och utvidgat dem och huggit ut nya för att fly undan berbiska och turkiska piraters plundringsräder. Det var omöjligt att ta sig dit om man inte kände till dem. Det var faktiskt bara avfällingar som kunde ta sig fram till de där grottorna och tillfångata kristna som sedan hamnade som slavar åt turkarna. Sedan hade fiendens attacker blivit alltmer sällsynta och från mitten av sjuttonhundratalet hade det inte längre förekommit några berbiska räder.

Med folkets tilltagande misär hade grottorna åter befolkats och beboddes nu av brottslingar som höll sig undan rättvisan, rymlingar och unga pojkar som vägrade göra den hatade värnplikt som det enade kungarikets regering ålade dem. På de så kallade nedre våningarna, som var lättare att nå, hade en liten koloni av fattiga, vanföra, utstötta och landstrykare slagit sig ner. De hade huggit ut trappor som var branta och försåtliga och som regnet med obeveklig regelbundenhet slipade eller rentav raserade och förvandlade till farliga rutschkanor. På några ställen hade grottmynningarna vidgats i skenbar symmetri och man nådde dem via mycket trånga avsatser rakt ovanför stupet. För sjömän ute på havet såg denna del av La Montagnazza i dagsljus ut som en böljande fasad till en mycket lång hyreskasern; på kvällen efter solnedgången, när oljelamporna brann, såg den ut som en fet, fosforescerande larv. Resten av åsen vek av söderut och sträckte sig ut i havet med lodräta väggar. Den var vild och otämjd och ett tillhåll för sjöfåglar och på våren och hösten också rastplats åt flyttfåglar. Den pinades av vind och regn på vintern, den var bländande och nästan vitglödgad på sommaren, men alltid underbart vacker. Amalia tyckte att den påminde om en jättestor slät och darrande färskost av getmjölk, som en herde just stjälpt upp.

Fastern och brorsdottern levde i en av dessa grottor, den enda i tredje raden, alldeles nedanför högplatån. Deras enformiga tillvaro avbröts av besök av Carmine Belice eller Pinuzzas bröder, som kom med mat och ved. Det var ett hårt liv, men Amalia var glad åt att slippa broderns ruckel, där hon inte längre kunde tänka sig att bo efter att i så många år ha bott i adelspalats. Amalia tyckte om avskildhet och natur och uppe på La Montagnazza fanns det gott om bådadera; dessutom var Pinuzza ett ständigt och även angenämt sällskap. Hon hade till och med lyckats tjäna ihop lite slantar genom att åt kvinnorna nedanför laga kläder som skickades upp och ner med en korg i ett rep, och hon kunde unna sig sin enda lyx, nämligen *Revalenza Arabica*, ett uppiggande pulver som hon tillskrev alla upptänkliga egenskaper.

För Pinuzzas del innebar La Montagnazza en förbättring i jämförelse med Riporto. Hon hade firats ner i grottan av fadern och de tre bröderna, insvept i en filt som vikts till en vagga och knutits fast som en kokong i änden på en kraftig lina som två bröder virade om livet och sänkte ner en bit i taget medan den tredje klättrade ner tillsammans med henne utefter La Montagnazzas väggar genom att klamra sig fast vid piggar som slagits in här och där i stenväggen för att leda knytet rätt och se till så att de vassa stenarna inte gjorde systern illa. Så hade Pinuzza flyttats från sin fångenskap i det fuktiga kyffet nästan helt utan ljus till fångenskap i grottan. Där hade fasterns omsorger, den hälsosamma luften och solvärmen gjort henne starkare.

Pinuzza satt och väntade på den dagliga kamningsritualen. Hon var fjorton år och trots sin invaliditet hyste hon samma förhoppningar och önskningar som vilken ung flicka som helst och såg fram emot njutningen att känna sig snygg och prydlig. Amalia torkade om igen av hennes dreglande mun med en fuktig trasa och lyfte sedan upp stolen och ställde försiktigt ner den framför ingången till grottan.

Framför sig hade Pinuzza hav och himmel, ingenting annat. Vintersolen värmde skönt. ”I dag ska jag luskamma dig och göra om flätan”, sa fastern, och brorsdottern log. Amalia tog en stor kam gjord av ben med handtaget dekorerat med inlagd pärlemor och började kamma henne med den tätt tandade sidan. Den där plågade och förvridna lilla kroppen hade en enda sak som var vacker och det var det svarta håret, tjockt och glänsande. Amalia redde ut brorsdotterns hår med flinka, lätta och säkra fingrar, som om den tjocka flätans hårlänkar var trådspolar och hon var i färd med att knyppla spets. Det var en stund av speciell närhet för dem båda: Amalia återvände till sina vackraste minnen och blev talför; Pinuzza lyssnade hänförd.

”När markisinnan var liten ville hon inte bli kammad. Man fick tjata på henne i timmar och man kunde förstå henne, för hennes hår var väldigt trassligt, inte som ditt, som är lättkammat och slätt. Först när jag satte henne vid fönstret så att hon kunde se havet långt bort, först då kunde jag kamma henne ordentligt.”

”Varför det?” frågade Pinuzza.

”Hon hade alldeles speciellt hår. Det var ingen bra kvalitet på det, trots allt baronblod hon hade i ådrorna. Det var hårt som tagel och krusigt som upprepat ullgarn, ju mer jag slätade till det desto krusigare blev det, det gick inte att hålla åt och till och med ur flätorna lossnade det. Men färgen... vilket under! När hon var liten var det som rödaste guld, som middagssolen; när hon växte upp ändrade det färg och blev allt mörkare, som klumparna av svavel man kan se i vissa stenar; och när hon blev kvinna övergick det i solnedgångens mörkröda färg med reflexer av koppar. När solen lyste på hennes huvud glimmade flätorna som de glödande kolen i strykjärnen.”

”Det måste ha varit vackert, och hon hade säkert massor av beundrare”, suckade Pinuzza.

”Nej, folk tyckte faktiskt inte om det, för det var så annorlunda. De stannade på gatan och stirrade på henne när hon åkte förbi i vagn och de korsade fingrarna som en besvärjelse, för den som är annorlunda tycker ingen om och jag kan inte begripa varför, men så är det.” Amalia avbröt sig med de glänsande hårlockarna mellan fingrarna och blicken riktad bort mot horisonten.

”Men tyckte hon själv om sitt hår eller inte?”

Amalia började långsamt fläta igen. ”Jag vet faktiskt inte. Jag älskade henne som en dotter och tjänade henne in i det sista, men det är mycket jag inte vet om henne. Faktum är att hon inte liknade någon, vare sig familjen Safamita eller de andra adelsfamiljerna eller folk som vi...” Amalia insåg att hon kommit ifrån ämnet och satt och resonerade för sig själv.

”Men tyckte hon själv om att vara annorlunda?” envisades Pinuzza.

”De adliga är i alla händelser annorlunda och det kan bara ge dem glädje. För det första känner de inte till misär och svält och de gör som de vill, och sen... Hon tyckte visserligen om att vara rik... Men att vara annorlunda förde bara med sig olyckor och smärta, kristet folk tog henne för en djävulens varelse och en gång kastade de till och med sten på henne.”

”Vet du hur hon egentligen kände sig inuti när de kastade sten på henne?”

Amalia hade sagt för mycket och pratat bredvid mun. Hennes svägerska hade berättat att en gång då Pinuzza ännu var barn hade hon satt henne utanför dörren medan hon städade upp i huset. När hon kom ut hittade hon henne med blödande sår: barnen i grannskapet hade kastat sten på henne. Från den dagen hade Pinuzza inte sett solljuset.

Amalia svarade kort: ”Hon mådde dåligt inuti, men hon förlät dem, för de var barn och hon hade ett ädelt hjärta. Ett hjärta av guld, precis som hennes hår, men inte heller detta ville de andra veta av.”

”Jag skulle minsann ha låtit prygla deras fotsulor tills de inte kunde gå, så att de lärde sig!” Pinuzza hade blivit upphetsad och höjt rösten. ”De kastade sten på mig också, som man gör med hundar, fast jag kunde inte gömma mig och jag hatar dem lika mycket nu som då.”

Amalia skyndade sig att fläta färdigt hennes hår och lade flätan på hennes axel så att den föll fram på bröstet och brorsdottern kunde se hur glänsande och jämn den var.

Medan Pinuzza kände på den nöjd och glad, frågade hon helt oväntat: ”Och vad sa hennes mor om det?”

”Om vad då?” Amalia tyckte inte om att tala om baronessan Safamita.

”Om dotterns hår och att hon var annorlunda.”

”Ingenting. Vad skulle hon säga? Det var ju hennes dotter.”

”Din markisinna var med andra ord speciell även för sin mor, hon som såg henne födas sådan, eller hur?”

”Självklart. Men nu går vi in, det är för varmt i solen”, svarade Amalia hastigt.

Pinuzza lade sig på sin madrass i en nisch i grottväggen. Amalia gick ut igen. Det var mitt på dagen. Hon stod där en stund och tittade ut över havet, som var blankt och plant som en spegel. Det fanns inte en båt ute vid den tidpunkten, tystnaden var total. Minnet av Costanza Safamitas födelse dök upp, tydligt och smärtsamt, och fördunklade både hennes sinne och hennes blick.

2

”Kärlek, hosta och rök går inte att dölja.”
Ammans första möte med Costanza Safamita

Hopkrupen i ett hörn i det stora rummet, nästan dold av en skärm, satt Amalia och iakttog myllret av kvinnor och barnmorskornas förehavanden, förskräckt och samtidigt fascinerad av baronessans rikt dekorerade rum och av barnaföderskans våndor.

Eftersom baronessan Safamita nu var gravid i sjunde månaden, hade Amalias svärmor, donna Titta Cuffaro, tagit med henne till palatset för att få besked om när hon skulle flytta till baronens och baronessans bostad i väntan på barnet som hon skulle amma. När Amalia satt vid bordet i det lilla köket, där kökspigorna arbetade, hade hon blivit alldeles förhäxad när hon hörde kvinnorna prata medan de spritade en stor hög sent mogna ärter som låg på marmorbordet. Lina Munnizza, köksan, sprang mellan spisen och bordet, där hon ställde sig och noggrant valde ut de små söta ärter som skulle serveras vid unge baronens bord och som *Monsù*, chefskocken, skulle laga till på sitt eget vis. Resten av ärterna, som var stora, hårda och mjöliga, skulle kokas med lite gräslök och vitlök som puttrat i olivolja och var avsedda för tjänstefolket. Det vattnades i munnen på Amalia; de hade gett henne de tomma ärtskidorna, en gåva som hennes svärmor skulle bli mycket glad åt. Hon satt där alltså i lugn och ro och väntade på att få åka tillbaka hem och hon tänkte på Giovannino och den mustiga soppa som de skulle laga på kvällen.

Men hennes öde ville annorlunda: don Filippo Leccasarda, husföreståndaren, kallade henne till sitt kontor och där väntade donna Titta med Giovannino. Hon skulle träda i tjänst omedelbart, meddelade don Filippo lakoniskt, och plötsligt var det dags att ta adjö. Allt hade utspelat sig som i en dröm. Den dämpade atmosfären i det där märkliga huset hämmade känslorna och gjorde allt lättare: Giovannino hade grabbat tag i hennes bröst och somnat medan han sög. Nora Aiutamicristo, baronessans kammarjungfru, hade framfört en order:

för att försäkra sin födande hustru att den nyfödde redan hade tillgång till mat, ville unge baronen att amman flyttade upp till baronessan på herrskapsvåningen. Avskedet blev hastigt: Giovannino fortsatte att sova i hennes svärmors famn och hon själv tillhörde nu familjen Safamita och skulle stanna i deras tjänst så länge det behagade husets härskare: Giovannino tillhörde nu endast familjen Cuffaro.

Nora Aiutamicristo gick före henne uppför tjänstefolkets trappor, genom rum, korridorer och salonger. Möblernas guld, gnistrandet från kristallkronorna, de målade takvalven, de tjocka mattorna och de praktfulla draperierna gjorde Amalia alldeles omtumlad och hon hade svårt att hålla samma raska takt som Nora.

”Nu är vi strax framme vid fru baronessans sovrum.”

”Och var sover unge baronen?” frågade Amalia nyfiket.

”Adeln har sina egna sovrum, hustruns och mannens, och sen ordnar de resten sinsemellan.” Nora vände sig om med en sträng blick: ”Jag ska ge dig ett systerligt råd: i det här huset ställer man inga frågor. Kom ihåg det om du vill vara kvar.”

Amalia teg och glömde inte. Under tystnad gick de genom korridoren som var bred som ett galleri och möblerad med stolar och små smala bord. Nora stannade framför en stor dörr. Hon lade örat intill och knackade sedan lätt och öppnade den utan att vänta på svar och tecknade åt Amalia att stiga in.

Amalia mindes nu hur hon knappt arton år gammal, ensam och förskrämd, tassade in i rummet, som var stort som en sakristia och med mörka och imponerande möbler. Barnaföderskans bord hade placerats framför balkongfönstren för att fånga den döende dagens disiga, rödskimrande ljus; Amalia hade bara ögon för det där stora bordet omgivet av kvinnor som bildade en sköld runt baronessan. Barnmorskan stod lutad över barnaföderskan och de andra var allihop sysselsatta med något. Sedan rätade barnmorskan på ryggen och vände sig om och sträckte ut armen mot henne med den öppna handflatan framåt. Amalia lydde och stannade där hon var, mitt i rummet. Ett vrål. Sedan en massa röster. Hon kände den ogillande blicken från två jungfrur och hade velat sjunka genom golvet av skam, försvinna och vara tillbaka hemma hos sin son, och inte heller tanken på maken var helt obehaglig. Hon höjde blicken och såg att hon stod mitt under takkronan, vars armar av brons bredde ut sig och sträckte sig uppåt, hotfullt, som en spindel med benen i vädret. Hon mumlade en besvärjelse och var nära att svimma. Barnmorskan, Pina Pissuta, lämnade klungan av kvinnor och kom emot henne. Lika myndigt som förut befallde hon henne att dra sig åt sidan och visade henne det hörn som var avsett för henne: hon skulle få veta när det blev dags.

Hon hade suttit i timmar i det där hörnet, nästan bortglömd. Hon hade i förvirringen glömt bort både hem och son och märkte inte att mjölken rann från hennes bröstvårtor och fuktade bluslivet, som nu var fläckat av två stora, våta ringar. Den andra barnmorskan återförde henne till verkligheten. ”Tvätta henne noga”, sa hon hastigt och räckte henne den nyfödda inlindad i en duk och gick tillbaka till bordet, där Pina Pissuta hade problem med den nyblivna modern. Bredvid henne stod ett litet bord som var avsett som skötbord med en mängd emaljerade skålar, handdukar, dukar, nålar, lindor, en liten skjorta, en liten klänning och en liten hätta, små vantar, en liten jacka, haklapp, små skor och en korg med de första nödvändiga hjälpmedlen. I halvdunklet torkade hon försiktigt bort blodklumparna från den nyföddas hud med bomullstussar som först doppats i ljummet vatten med ett stänk rosenvatten i och sedan kramats ur väl. Hon tvättade hennes små händer och varsamt försökte hon torka bort det sega slem som satt kvar i håret.

Koncentrerad som hon var på att tvätta den nyfödda genom att hälla ljummet vatten över det lilla huvudet – som rymdes perfekt i hennes kupade handflata – med lätta och högtidliga rörelser, som om hon stod vid en dopfunt, hade hon inte märkt att baronessan Scravaglio kommit fram till henne och inte heller hade hon märkt ljuset från de kandelabrar som baronessan låtit bära fram. Hon såg intensivt på den varelse som hon skulle komma att ägna de närmaste två åren av sitt liv åt och kanske ännu fler; inom henne steg vågor av ömhet, likt lätta födslovåndor, och hon kände en allt starkare kärlek för detta lilla flickebarn. I ljuset från kandelabrarna upptäckte hon hårets praktfulla röda färg alltefter som hon torkade det med en duk av muslin. Hon tittade upp, såg på de andra kvinnorna och utropade: "Den här lilla baronessan är alldeles speciell. Hennes hår är rött som solen. Lycklig den som gifter sig med henne, titta vilket fast och fint hull. Och lång är hon, längst i världen av alla som fötts i sjunde månaden!" Hon svepte in henne i en sjal och tryckte henne till sitt bröst.

Amalia mindes ännu orden som hon haft djärvheten att rikta till unge baronen när han ställt sig bredbent framför henne: "Vill herr baron hålla sin dotter?" Hon hade glömt att man inte överlämnar ett nyfött barn i en mans armar, det är bara kvinnor som kan handskas med dem, men unge baronen hade tagit emot den där rödhåriga dottern och höll henne i famnen och såg på henne som om han varit förälskad. Amalia torkade bort en tår – minnet av Costanza i faderns famn gjorde henne fortfarande rörd.

3

"Lycka och välgång och endast söner."

Costanza Safamitas födelse i palatset i Sarentini den 22 maj 1859

I sitt sovrum låg baronessan på ett matbord som utsmyckats som ett altare, klätt med yllefiltar, vaxduk och lakan av tunnaste madapolam med rikt broderade kanter. Benen var upplyfta och stödda mot kuddar och sedesamt täckta av ett lakan. Betjänterna hade skyndsamt hämtat bordet från den lilla matsalen samma eftermiddag, när vattnet hade gått medan hon åt lunch med sin faster och tillika svägerska, baronessan Carolina Arrassa dello Scraviglio.

Rummet var ett enda surrande. Tjänstekvinnorna pysslade om den utröttade baronessan, som låg lutad mot kuddar som staplats bakom hennes huvud och axlar: hon såg ut att ha slumrat till. Rösterna dämpades som av ett trollslag.

Pina Pissuta, familjens barnmorska, var sysselsatt vid bordsänden, assisterad av systerdottern och tillika praktikanten Filomena Battaria och Celestina Vita, också hon barnmorska. Tre husjungfrur stod orörliga som statyer och höll upp oljelampor, medan de andra var upptagna med att i tystnad utföra Pina Pissutas order. Amalia Cuffaro, den blivande amman, hade förvisats till ett hörn i rummet och satt där orörlig på en pall bland alla babykläderna.

Baronessan var mitt uppe i födslovärkarna. Pina Pissuta undersökte utvidgningen i ljuset av lampan som systerdottern höll upp: hon skymtade barnets huvud. Hon lade sin högerhand på barnaföderskans varma mage: värkarna tilltog men hon jämrade sig inte. Pina suckade. Baronessan hade det svårt: en otillräckligt vidgad vagina. Det var vissa kvinnors öde att inte vara bra på att föda barn, det hände även bland de rika. Familjen Safamita visste det, men de gav henne ingen ro, efter hennes förstfödde sons död envisades de med att vilja ha en arvinge till sina rikedomar. Hon hade fött Stefano sju år tidigare – ett rent mirakel – men därefter hade hon haft flera smärtsamma missfall. Pina hade gjort det hon inte borde ha gjort. Två år tidigare hade hon vågat föreslå unge baronen att sluta göra barn, för de hade ju redan en son. Hon hade sagt till honom att många andra äkta män var noga med att undvika barn för att värna om sin hustrus hälsa, men njutning skaffar de sig ändå och det ofta! Unge baronen hade inte gillat detta sätt att tala, men hon kanske hade valt rätt ögonblick, för han verkade inte ha tagit illa upp. Han hade svarat bryskt att vissa halvmesyrer var bra för fruntimmer som hon men inte för hans baronessa. Och den enda gången löpte han sedan linan ut.

Nu kom de sista krystvärkarna. Utröttad och badande i svett försökte baronessan resa sig upp med hjälp av två kvinnor genom att fatta tag i deras armar, hennes naglar trängde nästan in i deras hud och hon jämrade sig men satt kvar framåtböjd för att se. Ett sista krystande, en ansträngning till, sedan ett hest, långdraget skri: huvudet var ute. Pina Pissuta rätade snabbt på sig, hon var som en iller, som om hon ville få nya krafter före den sista kampen. Hon kurade ihop sig igen, svepte med armen undan hårlocken som fallit ner i pannan och satte åter igång att arbeta med full koncentration: hon ansågs med rätta vara traktens bästa barnmorska. Hon höll händerna om det lilla huvudet och i takt med moderns krystningar hjälpte hon den lilla varelsen att fullborda förvandlingen från foster till nyfödd; så där ja, nu var hon ute, Pina Pissuta höll henne i famnen, hon var välskapt.

”Baronessan har fått ett flickebarn!” ropade hon högt för att det skulle höras ut i vestibulen, där gamle och unge baronen satt och väntade tillsammans med systern och nunnorna. Hon skakade den nyfödda för att öppna hennes lungor och denna började gråta. Hon verkade helt frisk. Hon räckte över henne till Celestina för att hon skulle klippa av och knyta navelsträngen, göra hål i örsnibbarna och undersöka henne från topp till tå, varefter hon återgick till att sköta om baronessan, som låg på bordet och grät.

”Jag vill inte ha en flicka. En pojke skulle det vara. Nej, nej, nej...”

Celestina hade gått fram till henne med flickan i famnen, inlindad i ett tygstycke. Baronessan kastade en trött och hotfull blick på henne, föste undan henne med armen och lade handen över ögonen. Hon snyftade. Hon vill inte ens krysta ut moderkakan, hon verkar mer bedrövad den här gången än när de var dödfödda, tänkte Pina Pissuta. De adliga är konstiga, men detta hade jag faktiskt inte väntat mig av henne. Hon har fött ett levande och friskt litet flickebarn men gråter och vill inte ha henne. Ingen av kvinnorna vågade nu trösta baronessan. Tysta och förvirrade betraktade de barnmorskorna som var sysselsatta runt barnaföderskan och gick en efter en därifrån med en ursäkt: någon skulle fylla vattenkannorna, en annan skulle bära de nedsölade lakanen till tvättstugan, en tredje skulle sprida den glada nyheten i huset och skvallra.

Baronessan Scravaglio lämnade sin kammarjungfru med de unga nunnorna och steg in i rummet. Brorsdottern-svägerskan upprepade nu mekaniskt: ”Nej, nej, jag vill inte ha en flicka”, och höjde rösten varje gång hennes krafter tillät det.

”Caterina, du har ju redan en pojke. Det är väl roligt att få en flicka, döttrar har man alltid kontakt med”, sa baronessan Scravaglio. När hon såg att den andra inte brydde sig om henne, vände hon sig irriterat åt andra hållet och gick bort till amman som var sysselsatt med att sköta om den nyfödda. ”Ja, vacker är hon då inte, hon ser ut som en albinoapa”, sa hon för sig själv, ”fläckig hud, full av fjun på axlarna och till och med i ansiktet och hår över hela huvudet... Äckligt."

I halvdunklet kunde man inte se vad det var för färg på håret. Hon beordrade dem att bära fram fler ljus. Två husor kom springande med var sin femarmad ljusstake. Rakryggad och högdragen stod hon höjd över amman med blicken fylld av avsmak inför den nyföddas hår: det var eldrött. Amman märkte detta. Besvärad mumlade hon några komplimanger till baronessan Scravaglio, men sedan glömde hon sin ställning och utropade: "Vad tittar ni på, lämna oss två i fred!"

Baronessan Scravaglio gick därifrån; sedan ställde hon sig vid ena ändan av bordet och tittade oroligt på barnaföderskan. Baronessan vrålade och vägrade till och med att följa barnmorskans råd, så Pina Pissuta blev tvungen att tvinga ur henne moderkakan genom att massera hennes mage och trycka hårt. "Sedan Domenico gifte sig med sin brorsdotter har alla i det här huset blivit galna, inklusive amman!" sa baronessan Scravaglio för sig själv, varefter hon vände på klacken och gick tillbaka ut i förmaket utan att ta avsked av någon.

De unga nunnorna, som av donna Assunta Safamita skickats dit enkom för att be Jungfru Maria beskydda mor och barn, hade stannat kvar ensamma i förmaket. Tafatta och besvärade satt de längst ut på stolkanten, synbart utmattade. Varje gång baronessan gav upp ett vrål spratt de till. De var jungfruligt blyga och förvirrade inför födelsens mysterium och de var också utsatta för ett kraftfullt, okänt språk, som de kände sig smittade av. Baronessan Scravaglio såg knappt åt dem när hon raskt gick igenom förmaket för att bege sig till den gröna salongen, dit hennes bröder tagit sin tillflykt, långt bort från scenen för födelsen.

"Hon är rödhårig och ser frisk och sund ut", tillkännagav hon. "Men vem var rödhårig i släkten Safamita?"

Guglielmo, den äldste, frågade: "Hur mår min dotter?"

Domenico upprepade, som om han talade för sig själv: "Hon har det mycket svårt den här gången, min Caterina." Han böjde sig fram på stolen och lutade huvudet i händerna.

"Fast rödhårig hade jag inte väntat mig, rödhåriga har det aldrig funnits i släkten Safamita", tillade systern. Hon stod mitt i salongen och krävde ett svar.

"Du har alltid varit ohyfsad, Carolina, och dum också: på en tavla i palatset i Palermo finns det en anmoder med rött hår", sa Guglielmo i kylig ton och reste sig. "Jag ska gå och se hur det står till med Caterina och lära känna min första dotterdotter."

Costanza låg i ammans famn och sög glupskt på hennes bröst. Hennes morfar Guglielmo Safamita, baron av Muralisci, stod försjunken i tankar och betraktade henne. Sedan rörde han vid den lilla handen och gick bort mot sin dotter. Caterina låg utmattad i den stora sängen under baldakinen. "Vill du se henne?" frågade han ömt. Den nyblivna modern slog upp ögonen: "Nej, nej, det skulle ha varit en pojke." Hon började gråta igen och fadern lämnade rummet.

Domenico Safamita gick direkt fram till den nyfödda, som fortfarande sög, men nu bara för att få tröst. Han stod där stadigt och bredbent med händerna knäppta bakom ryggen. Kvinnorna som alltjämt var sysselsatta i rummet stannade upp och tittade i skydd av halvdunklet. Amman hade lyft bort den nyfödda från bröstet och hennes blottade bröst var svullet och vitt med mörk, uppsvälld bröstvårta. Helt oblygt räckte hon fram den nyfödda mot unge baronen och höll henne på sina välformade armar som var nakna ända ovanför armbågen. Unge baron tog emot henne i sina stora manshänder. Han betraktade henne tankfullt och höll henne stadigt en bit från kroppen, som om hon varit ett litet djur, och hans ögon var fästade vid det trubbnosiga lilla ansiktet. Han lade henne mot högerarmen, tätt tryckt mot bröstet och gick med långsamma steg fram till sin hustru: "Mitt livs älskade, vilket vackert flickebarn du har gett mig: se på henne." Han satte sig på sängkanten och sänkte armen för att hon skulle se flickan bättre.

Baronessan vred huvudet åt andra hållet med en knyck. "Det är en flicka, jag vill inte ha henne, det skulle ha varit en pojke", muttrade hon.

"Vänd dig om." Unge baronen hade antagit släkten Safamitas befallande, kyliga och nonchalanta ton. "Se på henne", uppmanade han.

”Denna dotter som du fött åt mig är min, förstår du det? Jag håller av henne och jag vill att du också ska hålla av henne. Har du förstått?” Han talade med låg röst för att inte höras av kvinnorna som tryckte sig mot väggarna, ängsliga och förlägna men idel öron.

Långsamt lyfte unge baronen upp den nyfödda och lutade sig lätt över henne. De långa mustascherna snuddade vid den lilla och dolde henne för andras blickar medan han överhöljde hennes kinder med små kyssar. Han lade henne på sängen bredvid modern och täckte henne med sidenlakanet. Han rätade på sig och stod kvar och betraktade dem där de låg bredvid varandra. Slutligen böjde han sig ner och kysste sin hustru. Caterinas torra läppar var sammanpressade och öppnade sig inte och han fick tvinga in sin tunga. De kysstes passionerat. Husjungfrurna var vana vid denna anblick men inte de andra kvinnorna. Celestina och amman såg generat på dem, och de fortsatte obekymrat att kyssas.

Den lilla verkade utknuffad mot kanten av sängen. Just i det ögonblicket kom baronen tillbaka in i rummet och hans ankomst satte stopp för allt.

4

”Pengar och hälsa kan man aldrig lita helt på.”

I slottet i Sarentini ber donna Assunta Safamita tillsammans med sina fromma kvinnor

Av det medeltida slottet i Sarentini var det inte mycket kvar, eftersom det hade byggts om många gånger under århundradenas lopp. Det var ett jättepalats, fortfarande pompöst kallat ”slott”.

Täckt av lätt rosafärgad rappning och omgivet av trädbevuxna parker, tronade det nästan godmodigt, som ett blekt körsbär på en bakelse överdragen med grön marsipan, högst upp på kullen, på vars sluttningar byn Sarentini uppstått på sextonhundratalet.

Så dominerade det också och injagade respekt i byn nedanför. Det hade byggts på den högsta av de kullar som i klasar lösgjorde sig från bergen i inlandet och gradvis sänkte sig ner mot kusten och delade Sarentini-traktens bördiga jord i två dalar. Den ena böljade sig neråt och planade sedan ut och slutade i havet, genomskuren av floden Tinto, som nu var nästan helt utan vatten och dess forna lopp kunde spåras i vassruggarna som växte frodiga på den steniga flodbädden som en törstig liten orm. Den andra dalen var bredare, mörk och fruktbar, och bredde ut sig i sädesfält och avgränsades av inlandets berg.

Donna Assunta Safamita hade dragit sig tillbaka till den lilla salongen omgiven av sina följeslagerskor så snart hon underrättats om att Caterinas födslovärkar satt igång.

Hon hade vägrat att bege sig till palatset på grund av en känsla av motvilja och blygsel som inte var olik nunnornas och hon deltog i händelsen på avstånd, medan hon reciterade rosenkransar och blidkande böner. Donna Assunta satt i en fåtölj och de andra kvinnorna satt hopkurade på hårda stolar i en ring runtomkring, var och en med radbandet i handen. Koncentrerade och oroliga förflyttade de pärlorna, upprepade litanior, besvärjelser och till och med ramsor tillägnade både äkta och oäkta helgon.

Denna sorts kollektiva fromhet fyllde dessa kvinnors dagar, kvinnor som funnit sig i sitt öde som nuckor och äldre änkor, och de var en källa till tröst och själsro. Allteftersom timmarna gick hade de antagit ett ängsligt och nästan hysteriskt tonfall. Kvinnorna utbytte förskrämda blickar, de mumlade och fyllde pauserna med suckar för att hämta andan och av rädsla för att bli tillsagda av donna Assunta, viskade de tyst sina ”stackars liten”, ”tänk vad hon lider”, ”inget nytt ännu”, ”hoppas hon får leva”, ”barn är kval och smärta”.

Trots sina dryga femtio år var donna Assunta alltjämt uthållig och dominant: hon satte igång att läsa Fader vår med trött men fast stämma och bönen lästes sedan i tur och ordning av hennes fromma och lydiga följeslagarinnor. Endast fladdrandet från hättans stärkta vita band över ryggen och över den kraftiga bysten avslöjade hennes sinnesrörelse: då och då riktade hon blicken mot dörren i hopp om att någon skulle tillkännage den enda riktigt goda nyheten, nämligen att det fötts ännu en son som ytterligare garanti för ätten Safamitas fortbestånd. Också hon var bekymrad – och hade alltid varit det – över detta äktenskap, som var förbjudet av kyrkan och enligt hennes mening dessutom ofördelaktigt, men hon måste medge att det hade visat sig lyckligt och skulle varit ännu lyckligare om det inte förmörkats av Caterinas svårighet att slutföra de många graviditeterna. *Helgat varde ditt namn.* Hon tänkte på brorsdotterns otur. Hon var enda barnet och hade tillbringat sin barndom i slottet utan andra barns sällskap och med en ständig oro för sin sjuka mor. *Ske din vilja.* När Guglielmo blivit änkling ville han inte gifta om sig och han var så sjukligt fästad vid Caterina att han vägrat skicka henne till klosterpensionen i Palermo tillsammans med hennes kusiner. Brorsdottern levde isolerat och blev undervisad av mademoiselle Besser, en utländska av protestantisk tro – två goda skäl att väcka Assuntas misstankar – och det slutade med att hon blev passionerat förälskad i sin farbror. Det dröjde inte länge förrän Domenico vände ryggen till ungkarlslivet, resorna och vännerna i Palermo och stannade i Sarentini, förhäxad av Caterina. Hon hade alltid varit underlig, den där tystlåtna brorsdottern som föredrog ensamhet, läsning och musik framför umgänge med andra kvinnor. Som barn hade hon varit fascinerad av sköldpaddor, och fadern, husets herre, tillät att de invaderade terrassen. Efter bröllopet var hon alltid ensam i palatset och tyckte inte om att få besök: den enda person hon verkade tycka om att umgås med var maken och senare Stefano, den ende levande sonen. Ändå hade hon visat sig vara en lydig hustru, en god husmor och en oklanderlig moder. Assunta märkte att det var något som inte var som det skulle, hon kände att hon var reserverad, det fanns hos Caterina något ogenomträngligt, dunkelt, nästan tragiskt. *Inled oss icke i frestelse utan fräls oss ifrån ondo.*

”Amen”, stämde de andra kvinnorna upp och återtog sina Ave Maria.

5

”Den som lyckas, dör inte.”
Ett samtal fullt av anspelningar mellan bröderna Safamita

Det var sent på kvällen och det var kyligt i den gröna salongen. Carolina hade äntligen gått till sängs efter att melodramatiskt ha förklarat att det nu var hennes uppgift, som äldsta syster och gift, att ersätta den högt älskade svägerskan Maria Stella: alltså skulle hon stanna kvar i huset och se till den nyblivna modern. Bröderna såg påtagligt lättade ut när de blivit lämnade ensamma. De förenades av att de inte kunde tåla Carolina. Utmattade efter dagens känslostormar satt de nu tysta och rökte, försjunkna i tankar.

Domenico Safamita frös och fick lust att tända en liten brasa. Han väckte Gaspare, som satt och småsov på en pall innanför dörren, och denne stapplade iväg och väckte fler tjänare. I en odör av den första sömnens ljumma svett, med livréerna i oordning och skjortorna utanför byxorna som de dragit på sig i hast, låg två tjänare på knä framför eldstaden inför herrarnas uttråkade och likgiltiga blickar.

Domenico tände en ny cigarr, sträckte ut sig i fåtöljen och lyfte huvudet.

Röken steg i rummet, upplyst av ljuset från ljusstakarna och bleknade när den sedan slukades av mörkret i det höga, målade takvalvet.

Guglielmo satt med ögonen halvslutna och stirrade håglöst in i lågorna. Med djupa långsamma andetag drog han in doften från olivgrenarna som sprakade i eldstaden.

”Jag tycker inte om att Carolina sover över hemma hos mig i morgon också... Skulle inte du kunna ha henne i slottet?” frågade Domenico.

”Hon tänker ju stanna här för att se till Caterina.” Guglielmo stod inte ut med tanken på att ha den odrägliga systern som gäst, särskilt som det viskades att hon gått och blivit kleptoman.

”Hon vill inte ha henne här”, försvarade sig Domenico.

”Fattas det något för er?”

”Hon har inte tagit något, vad jag vet. Jag har sagt till hennes jungfru att hålla ett öga på henne.”

”Hon är ingen tjuv, det är en sjukdom. Det är klart att jag kan ha henne i slottet, hon är ju ändå min syster.” Efter en stund tillade han: ”Och din också.”

”Jag vet, men Caterina behöver lugn och ro. Carolina pratar jämt och ständigt och ofta rätt ut i luften. I dag berättade hon en komplicerad historia, det verkar som om hon stulit saker från sina väninnor och hamnat i knipa, kanske är någon arg på henne och utövar utpressning eller vill henne illa, jag vet inte... hon är i alla fall rädd.”

”Hon har talat med mig också om de här misstankarna, och det mer än en gång.” Guglielmo började stirra in i eldstaden igen. Långa böljande och sensuella eldtungor lösgjorde sig likt ormar från vedklabbarna, jagade varandra och försvann upp genom kåpan.

Domenico rörde om i glöden och stirrade på flammorna. De var långa. Röda.

”Vem var det?” frågade han plötsligt.

”Det här flickebarnet får du behålla levande.” Guglielmo tog inte blicken från elden, inte ens för ett ögonblick.

”Har du ett finger med i spelet?” frågade den andre otåligt.

”Både ja och nej”, svarade baronen lugnt.

”Vad betyder det?” Domenicos röst var nu till brädden fylld av känslor.

”Det betyder vad det betyder, Caterina gör som det behagar henne och som hon tror att hon bör göra. Jag är bara hennes far, inte hennes man. Du kan befalla över henne. Dig lyssnar hon alltid på.” Nu var de rivaler igen.

”Han måste härifrån”, sa Domenico.

”Jag har redan vidtagit åtgärder”, svarade Guglielmo och såg honom rakt i ögonen.

”När då?”

”Han är ju anställd hos mig.” Baronen ville behålla diskretionen.

”Visste du om det?” Domenico bet nervöst i cigarren.

”Jag var inte säker.”

”Nu då? Är du säker nu?”

”Jag har ju sett henne, och det har du också.” Guglielmos blick var hård och glödande.

”Hon är rödhårig”, sa Domenico.

”Det stämmer”, svarade brodern. Han tog cigarrlådan och erbjöd Domenico en, men denne muttrade ett ”nej, tack”, så han tände en åt sig själv.

”Och våra systrar?” undrade Domenico plötsligt.

”Vad kan väl de stackars våpen göra? Assunta blir säkert lycklig om du ber henne att vara gudmoder vid dopet, vilket åligger henne nu när vi inte längre har vår salig mor. De andra systrarna räknas inte. Vet du förresten att Carolina vill ha ett lån?” sa Guglielmo till slut och bytte samtalsämne i det han plötsligt reste sig. Vid femtio års ålder var han alltjämt en stilig man, elegant och smidig, håret var tjockt och skägget nätt och jämnt grånat. Han såg på sin yngre bror och blev rörd av hans uppenbara förskräckelse. En genuin förskräckelse.

Han glömde både gammal och nuvarande rivalitet, de ständiga konflikter som uppstod så fort han kom i närheten av Domenico, bundsförvant och rival, hans enda dotters make och älskare, och han tyckte synd om honom. Bredvid eldstaden hängde ett porträtt av deras far, Stefano Safamita: i bakgrunden syntes villan La Camusa, familjens sommarställe strax utanför byn, där han inte hade velat sätta sin fot efter hustruns död. Sorgliga tankar från det förflutna dök upp till ytan, han gick en sväng runt salongen och steg sedan förläget och motvilligt fram till broderns fåtölj och lade sin knotiga hand på hans axel, en sällsynt gest av solidaritet för familjen Safamita, som var reserverade och inte mycket för att låta känslorna svalla.

”Den här lilla flickan måste vi två, far och morfar, ta hand om ifall Caterina inte vill veta av henne. Hon har Safamitablod i ådrorna och bör bli lika rik som sin bror Stefano. Jag åker hem och lägger mig nu, gå och lägg dig du också, Mimì”, sa han till slut och använde det bortglömda smeknamnet. Varefter han gick därifrån utan att se på honom igen.

I vagnen, under den korta färden till slottet, frågade baronen Gaetano Cucurullo om han hade gjort som han blivit tillsagd.

”Ja, herr baron”, svarade den trogne kammartjänaren, ”jag har låtit kalla hit direktören för La Corbotta, han kommer i morgon, och jag har sagt till don Antonino Cicero att skicka efter målarmästare Ciappa.”

”Bra”, kommenterade Guglielmo nöjd. Sedan tillade han: ”Jag tycker om min brorsdotter Costanza, rödhårig som den helige Josefs dotter. Det är ett gott tecken, Tano. Ett kjoltyg var lika nödvändigt som bröd i familjen Safamita.”

Den natten sov baronen lugnt och utan drömmar. Brodern däremot låg vaken. I gryningen gick han in i sin hustrus rum och fann henne lugnt sovande på rygg med det kastanjefärgade håret utbrett på kudden som en gloria. Han lade sig fullt påklädd bredvid henne på spetsöverkastet och utforskade henne med blicken för femtioelfte gången: litet ansikte, tunna läppar, släkten Safamitas lätt böjda näsa, mjuk och slät hud... Han älskade henne sådan som hon var, den eldiga varelse som valt honom till sin äkta man redan vid åtta års ålder. Han åtrådde henne. Han tog en hårlock och snurrade den mellan fingrarna men gav akt på att inte väcka henne. Sedan lade han huvudet på kudden och föll i djup sömn.

Tidigt på morgonen kom husorna in i den gröna salongen för att städa. I eldstaden brann fortfarande svarvade, guldglänsande träbitar, tagelstoppningar och trasor av damast: unge baronen hade under ett av sina vredesutbrott haft sönder en liten fåtölj. Den här gången, kanske för att på sitt sätt fira dottern Costanzas födelse, hade han också bestämt sig för att bränna upp den i stället för att ge husets snickarmästare i uppdrag att laga den.

På eftermiddagen satt tjänstekvinnorna i serveringsrummet och rensade grönsaker till kvällens soppa och eftersom de manliga tjänarna inte var närvarande pratade de länge och öppet om detta. Till en början förstod de ingenting, sedan fastslog de att unge baronen hade slagit sönder stolen i besvikelse över att han fått en dotter.

6

”När trädet fallit kommer alla för att hämta ved.”
Sarentini skvallrar efter Costanza Safamitas födelse och glömmer kungens död men inte det förflutna

Redan samma kväll satte prat och skvaller igång, som sedan slingrade sig fram genom hela byn, ända tills familjen Safamita vid Costanzas dop gjorde slut på det, om så bara tillfälligt, med hjälp av sin legendariska frikostighet.

Nyheten om att unge baron Safamita i Sarentini hade fått en dotter spreds med blixtens hastighet och bekräftade därmed, som om det hade behövts, att den trådlösa skvallertelegrafen alltid slår de traditionella kommunikationsmedlen. Härolden, som ledsagades av trumvirvlar och hade till uppgift att informera befolkningen om att den oälskade monarken Ferdinand II hade avlidit i det kungliga slottet långt borta i Caserta och att Francesco II hade efterträtt honom på tronen, väckte föga intresse och ingen sorg bland folket. Däremot gav de nyfikna honom ingen ro: de frågade med låg röst efter nyheter om familjen Safamita, och han berättade allt för dem med en värdighet som överensstämde med hans yrkesroll.

Det skvallrades mer än vanligt. För övrigt fanns det verkligen saker att skvallra om när det gällde denna arroganta familj från Palermo, som i början av seklet flyttat ner till Sarentini tack vare baron Stefano Muraliscis giftermål med Caterina Lattuca, en arvtagerska från borgarklassen. Familjen Safamita hade visat sig vara giriga och högmodiga, de hade ökat antalet privata vakter, anställt grymma tillsynsmän och förvaltare, byggt om och nästan befäst egendomar och bondgårdar och betett sig som om de vore härskare över sina landområden och till och med över hela landskapet. De hade installerat sig i det slott som tillhört furstarna Arcuneri, Sarentinis baroner, storgodsägare som varit frånvarande i generationer och nu var utfattiga, och de hade byggt ut det utan att vända på slantarna. De skulle ha kunnat få plats där allihop, men unge baronen hade velat bygga ett ståtligt palats åt sig och brorsdottern som han gift sig med efter att ha avtvingat biskopen dispens från förbudet om giftermål mellan blodsförvanter. Man visste att det var hon som förälskat sig i sin farbror och förfört honom. Men pengar förlåter inga synder och alla, både rika och fattiga, måste förr eller senare sona dem, och den där hemska dottern, rödhårig som ingen någonsin varit i Sarentinis minne, var nu ett bevis på hennes skam. Men vad ännu värre var: modern hade förskjutit henne. Det sades att hon vid födelsen betett sig som en stolla och inte ens velat hålla dottern i famnen. Carmine-klostrets unga nunnor hade åtskilligt att berätta om detta. Med förevändningen att köpa sötsaker och kakor gick folk till klostrets lucka för att genom den hålförsedda zinkplåten, från nunnan som hade ansvar för försäljningen, höra vad hon i sin tur hört från de oskuldsfulla unga nunnor som kallats till Safamitas palats för att be förlossningsbönerna. Med sitt sedvanligt milda och stillsamma tonfall berättade nunnan att de unga nunnorna fortfarande skälvde vid minnet av de skamlösa vrålen från baronessan, som uppenbarligen ansatts av djävulen under födslovåndorna, och av hennes desperation efter födseln, som om hon känt avsmak för sitt eget kött och blod.

Det var inte bara utomstående som vittnade om den nyföddas utseende och moderns mottagande av henne. Till och med baronessan Scravaglio talade om sin oanständiga svägerska. Caterina Safamita var ”märkt” av den onde och de måste hitta en exorcist eller ta till gamla beprövade trollkonster för att rädda henne och alla i släkten Safamita.

Sarentiniborna skonade inte ens unge baronen: han var högmodig, fast besluten att överträffa sin bror i lyx och rikedom och helt uppslukad av den där osunda passionen för brorsdottern. Guds straff hade sänkt sig över honom och låtit alla hans söner som brorsdottern födde mista livet – utom en, och även om denne skulle det finnas saker att säga, men det var inte så klokt – och nu hade han fått en rödhårig dotter med koögon och gulvitt ansikte fläckat av stora fräknar.

Det faktum att få personer hade sett henne och att Costanza var en normal liten flicka med rött hår och ljus hy fann man lämpligt att ignorera. Snart blev Costanza Safamitas fulhet allmänt accepterad, den blev en måttstock i folks samtal och fördes vidare till efterföljande generationer.

”Rött hår, hår av hin.” Forna tiders människor var sluga.

7

”Var och en har sina bekymmer och sin glädje.”

Amalia Cuffaro minns sitt äktenskap och hur sonen kom till tack vare ingripande från svärmodern och Johannes Döparen

Ångfartyget gled lugnt fram över havet som inte längre var upprört men ännu inte helt klart eller enfärgat. Det var som skrynkligt taftsiden, krusat av små skummande vågor. I stället för sin vanliga klara blå färg, var havet delat i breda horisontella ränder som var blå, gröna eller grå, och de sista, de allra längst bort, var rentav nästan violetta: de kvardröjande effekterna av ett oväder. Fartyget stävade tvärs över dem ut mot öppna havet med fören riktad mot horisonten och det vita kölvattnet likt en långt utdragen solfjäder. Den svarta röken från skorstenen steg rakt upp och bleknade när den blandades med himlens mörka färg. På respektfullt avstånd tuffade två fiskeskutor försiktigt fram i dess kölvatten och släpade trålarnas ändar efter sig. Himlen var en ansamling moln, inte längre ihoprafsade och enformiga i sin gråhet utan ordnade i vida och tjocka lager i olika grå nyanser, från lätt och nästan skimrande ljusgrått till en dyster och deprimerande grå färg som var redo att ånyo förvandlas till ösregn.

Luften var bitande kall. Amalia och Pinuzza satt kvar utomhus för att slippa den fräna lukten i grottan, som var mättad av den fukt som trängde ut från den porösa vita stenen, rann som tårar utefter väggarna och föll i stora droppar från taket.

De satt där orörliga på sina stolar med axlar och ben väl täckta – de hade tagit på sig alla kläder de ägde – och andades för fulla lungor in den friska brisen och blickade ut mot havet. Medan ovädret rasade hade

Pinuzza, som var rädd för åskan, suttit stum, hopkrupen i alkoven som tjänstgjorde som sittplats, bord och säng. När de nu flyttat ut var hon idel frågor.

”Vart går det där stora fartyget?”

”Till en ö långt bort.”

”Hur vet du det?”

”Det brukade don Paolo säga.”

”Och därifrån går det sedan till Nevjork?”

”Det vet jag inte.”

”Men skulle du tycka om att åka och hälsa på Giovannino i Nevjork?”

”Det är klart jag skulle.”

”Varför åker du inte dit då?”

”Därför att jag är här med dig.”

”Vad har det med saken att göra? Han är ju din son och han vill ha dig där. Om du vill kan du åka dit, så åker jag tillbaka hem till byn.”

”Jag har inte sett honom sen han var arton år.”

”Varför gav han sig av?”

”För att arbeta. Det är ju ödet för oss fattiga stackare.”

”Men varför gav du dig inte av tillsammans med honom?”

”För att inte överge markisinnan.”

”Tyckte du mer om henne än om din son?”

”Det är inte samma sak, jag tyckte om bägge två.”

”Men ni var ju inte av samma kött och blod, som du och Giovannino, och ändå stannade du hos henne...” Pinuzza avslutade inte meningen utan tystnade och lät den hänga i luften.

Fartyget hade nu blivit så litet att det såg ut som ett halmstrå från en svart stubbåker och det var på väg att försvinna och snabbt dyka ner bortom horisontlinjen, i ett fritt fall men säkerligen ner på ett annat, jättestort hav, det som förde till det fjärran land där Giovannino bodde; så tänkte Amalia, som hade svårt att tro på det som don Paolo sade, att jorden var rund som ett duvägg. För henne var havet en fontän bestående av skålar där löven gungar och glider iväg från skål till skål i all evighet.

”Men när du kom till markisinnan, blev du ju förtrollad!” återtog Pinuzza.

”Kom så flyttar vi in, det är sent och du blir förkyld.” Amalias ton var mild men uppfordrande. Fartyget hade försvunnit. Fiskebåtarna var på väg tillbaka in mot land. Amalia lyfte filten från benen, vek ihop den noga, lade den på stolen och lyfte upp Pinuzza.

De låg omfamnade för att värma varandra – filtarna var genomfuktiga – men den natten hade de svårt att somna. Pinuzza darrade där hon låg hopkrupen med sin krökta rygg tryckt mot fasterns bröst och mage som ett jättelikt foster. Till slut somnade hon. Amalias halvslummer fylldes av syner och mardrömmar.

Fram till sitt giftermål hade hon bott i ett ruckel som klamrade sig fast på sluttningen nedanför slottet. Amalias far, som arbetade hos familjen Lattuca och var en duktig bagare, hade fått det av baron Stefano Safamita när han drabbats av glaukom och avskedats från bageriet. Hon var hans yngsta barn, favoritdottern, och hon var hans vägvisare. De var som sammansvetsade och tyckte mycket om varandra. De levde ett fattigt men inte olyckligt liv. Hon och den näst yngsta systern var förutbestämda att inte bli gifta, för det fanns inte pengar till hemgift åt alla döttrarna, men Amalia bekymrade sig inte, för hon trivdes hemma.

Ändå gifte hon sig faktiskt när hon var knappt fjorton år gammal. Donna Titta Cuffaro ville ha henne åt sin ende son, Diego, och förväntade sig varken hemgift eller brudutstyrsel. Hon mindes hur svärmodern stod hotfull framför henne: ”Jag vill ha henne precis som hon går och står, med bara de kläder hon har på sig!” Amalia förstod att donna Titta hade valt henne därför att en familj som inte var helt utblottad inte skulle ha gett en dotter som brud åt Diego, som var alldeles skev och vind och klen både till huvud och kropp.

Familjen Cuffaro hade sett betydligt bättre tider. Deras vinhandel hade i det förgångna besökts av de engelska soldaterna, som drack kopiöst och betalade genast. Don Diego Cuffaro, donna Tittas svärfar, var övertygad om att den engelska ockupationen skulle bli långvarig och hade därför ingått ett avtal med en storgodsförvaltare att köpa vin till fast pris under en längre period och på så vis hoppa över de vanliga mellanhänderna.

Oturen ville att den engelska hären – sjutton tusen man, ett tal som alla vet bringar olycka – efter fransmännens nederlag lämnade Sicilien och aldrig mer kom tillbaka. Priset på must hade gått ner avsevärt. Kontraktet blev familjens fall. Familjen Cuffaro inledde förhandlingar för att ändra det, men det var omöjligt, inte på grund av elakhet från förvaltarens sida, han skulle nog ha hjälpt dem, men det var inte han som bestämde: han var redovisningsskyldig inför ”andra”, som skulle ha dödat dem bägge två som en varning.

Amalia mindes familjens förtvivlan varje gång det var skördetid, tunnorna med vin som de var tvungna att köpa. Det var många och i butikens lagerutrymme fick de inte plats, så de fyllde bostaden, som redan var full av föregående års osålda vin, som inte ens dög att göra tjänlig vinäger av. De skulle ha drunknat i skulder om de inte förtjänat extra på att fungera som bytesplats för diskreta meddelanden och smuggelgods. Det var svärmor och svärdotter som ägnade sig åt denna verksamhet, medan männen satt på vakt utanför. Hon var oskuldsfull och visste ännu inte att hon var avsedd att bli en inkomstkälla för familjen Cuffaro, som tänkte sätta henne som amma hos någon rik familj och hålla henne kvar där så länge som möjligt; utrustningen och lönen för tjänsten som amma skulle användas till ett sista försök att friköpa dem från vinkontraktet. Men detta var inte allt. Familjen Cuffaro befarade, och inte utan fog, att Diego inte skulle klara av att befrukta henne och hade redan tänkt ut ett skändligt knep.

Äktenskapet hade inte fullbordats under bröllopsnatten, men inte på grund av bristande god vilja hos brudparet. Lakanen som Amalia skulle hänga upp utanför porten dagen efter var nersölade av blod från de gamla hönor som nackats för att bli buljong till bröllopsmiddagen: den där trollpackan till svärmor hade sparat blodet med avsikt, allt hade hon tänkt på. En rysning av motvilja fick Amalia att spritta till. Just i det avgörande ögonblicket – när det hela skulle avgöras – klarade Diego inte av det och sjönk ihop på filten som fungerade som både lakan och madrass, grymtande, genomsvettig och utmattad. Donna

Titta, som fick sonen att berätta allt, föreslog att de skulle göra ett nytt försök på eftermiddagen, då Diego hade mer kraft. Amalia hade kommit att avsky de där eftermiddagssamlagen som dikterats av svärmodern. Den skamlösa svärmodern stod utanför det draperi som avskilde deras sovplats från resten av det rum där de bodde tillsammans med åsnan och hon lotsade sonen genom att ropa: ”Heja på, Diego, ta i, räkna till tio, seså, ta i så ska du se att du får in den, samla dig, Diego”, och hon lättade till och med på draperiet och stack in huvudet för att kontrollera att han gjorde som hon befallde.

Efter två års äktenskap hade Amalia insett innebörden i svärföräldrarnas halvkvädna ord och förstått deras djävulska plan, nämligen att om Diego även fortsättningsvis inte förmådde para sig, skulle don Carmelo ersätta honom. Amalia mindes obehaget hon känt inför svärfaderns blickar, hans kletiga händer, alltmer vågade och motbjudande. Diego, som var enfaldig men tyckte om henne, var rädd och led i tysthet för att han inte förmådde skydda henne. Hans mor märkte detta och oroade sig, men sade inget till sin make.

I ett sista desperat försök hade donna Titta vänt sig till Johannes Döparen, till vilken hon riktat en kraftfull bön. Hon hade berättat det många gånger för Amalia och skrutit med att det var hon som varit orsak till Giovanninos födelse, och detta var ett bevis på att det nyfödda barnet var hennes i dubbel mening. Donna Titta hade övervunnit sin rädsla och på natten gått och utfört trollkvinnans befallningar: bönen till Johannes Döparen skulle läsas av den hjälpsökande själv, i hemlighet, i mörkret och med hög röst i en grotta utanför byn som stank av exkrementer från fladdermöss och där ingen annan kunde trivas än de förtvivlade andar som irrade omkring där.

Hon såg henne framför sig, så levande hade svärmoderns berättelse varit. Där, i den stora grottan, omgiven av fladdermöss som kretsade runt henne och snuddade vid hennes skuldror och sedan blev alldeles besatta av lukten av människohår, dök de ner mot hennes huvud för att gripa tag i håret och slita det av henne med sina krokiga klor. Donna Titta var skyddad av den sjal som hon knutit hårt under hakan, hon hörde inte deras pipande, hon var rädd men inte tillintetgjord, och med den styrka som tro och moderskärlek ger stod hon där rak i ryggen och på stadiga ben som en jätte av sten och läste med fast stämma besvärjelsens alla strofer.

Så kom det sig att Diego tack vare modern äntligen lyckades, och i oktober 1858 föddes Giovannino. Det var inte mer än rätt att gossebarnet fick sitt namn efter Johannes Döparen och inte efter farfadern. Amalia var sjutton år. Donna Titta tog på sig rollen som mor så snart Giovannino kom ut ur hennes mage och meddelade henne bryskt att de hade bestämt att hon skulle bli amma. Amalia tiggde och bad att de inte skulle ta Giovannino ifrån henne. Men även Diego hade ställt sig på deras sida, som om hon inte längre räknades och hon måste se sig besegrad. ”Detta är en Cuffaro, han är min och jag tänker uppfostra honom som det passar mig”, sa svärmodern med segerviss min. Barnmorskan var fortfarande kvar i huset, halvt berusad av vinet hon bjudits på, och till och med hon bleknade inför sådan elakhet. Från och med då var det donna Titta som innehade rollen som mor, medan alla andra sysslor i hemmet och butiken föll på Amalias lott. Den oskyldige Giovannino växte till sig och var frisk och sund. Så snart Amalia höll honom i famnen för att amma honom droppade stora tårar ner på bröstet, rann mot bröstvårtan och in genom den lilla munnen. Giovannino var uppfödd på mjölk och tårar.

Det var nästan morgon och morgonrodnaden trängde in genom springorna. Amalia frös inte längre. Hon klamrade sig fast vid Pinuzza och grät våldsamt; sedan föll hon i halvslummer.

8

”Rött hår, hår av hin.”
Costanza Safamitas dop och don Paolo Mercurios omåttliga nyfikenhet

Bröderna Safamitas order hade varit klara och tydliga: det skulle inte knusslas med utgifterna, det skulle bli en dopfest som både de inbjudna och hela Sarentini skulle minnas. Och så blev det. Man talade länge om den i hela länet och till och med i Palermo, och inte bara på grund av prakten och överflödet av mat.

Den enda som inte uppskattat festen, sades det sedan, hade tråkigt nog varit baronessan. Efter födelsen hade hon inte lämnat sina rum och vägrade att ta emot besök.

Nedstämd och tyst låg Caterina Safamita på sängen i halvmörkret – med gardinerna en aning åtskilda för att släppa in det lilla ljus som jungfrurna behövde för att sköta om henne – och med stenkudden på magen för att platta till den och brösten ännu lindade för att hindra mjölken från att rinna till. Till och med den avgudade Stefanos sällskap var ansträngande för henne. När det gällde Costanza, som hon såg morgon och kväll i närvaro och på begäran av sin make, var avvisandet totalt. Från födelsen hade flickan aldrig vilat i sin mors famn.

Svägerskorna Carolina Scravaglio och donna Assunta drog nytta av detta för att ta hand om förberedelserna. Bägge hade sina egna skäl – önskan att överträffa den arroganta brorsdottern-svägerskan i Carolinas fall, tacksamhet över att ha valts till gudmor i Assuntas fall – och kastade sig med entusiasm in i denna oväntade uppgift, som dessutom var ett förträffligt tillfälle för dem att förnya de känslomässiga banden. Ofta under de där dagarna återkallade systrarna sin lyckliga barndom i slottet och skrattade tillsammans åt småsaker precis som förr.

Detta aktiva lugn hade en välgörande effekt på baronessans Scravaglios märkliga åkomma. Hon stal ingenting, bortsett från det otrevliga tillfälle då don Filippo Leccasarda blev tvungen att be Rosa Vinciguerra, en av baronessans favoritjungfur, att ingripa och övertala henne att plocka bort de sex små silverskedar som hon stoppat ner i sin hårknut som en bisarr solfjädersformad prydnad, som om hon vore en amma, övertygad om att andra, liksom hon själv, inte kunde se dem.

Dagen före dopet hade donna Assunta sett till att från slottets växthus flytta ut tolv stora jasminkrukor. Även detta var för byborna något oväntat och mycket uppskattat, en ren njutning för sinnena och en försmak av nästkommande dag.

Tidigt på morgonen slogs slottets båda huvudgrindar upp på vid gavel. Från parkens breda alléer kom i långsam procession i riktning mot unge baronens palats en konvoj av mångfärgade kärror, var och en lastad med en enda stor kruka med en jasminplanta i, fastbunden och emballerad som om den varit av glas och inte av lergods. Plantorna var allihop manshöga, frodiga och glänsande med de långa grenarna hopböjda till en oval form och de var i full blom, som om det redan varit sommar. Krukorna hade vattnats rikligt för att hålla jorden fast och till tack spred jasminerna en lätt doft, mild och fräsch, som tilltog i intensitet ju mer vatten rötterna sög åt sig. Kärrorna rullade långsamt, medvetna om sin last och dess effekt: den intensiva doften svepte undan stanken av gödsel och gatsmuts, spred sig in i gränderna som korsade huvudgatan, dalade ner mot gårdarna och steg mot terrasserna, trängde in i husen genom fönsterspringorna och under dörrarna som en berusande, ljuv osynlig dimma.

Kvinnor, åldringar och barn ställde sig på balkongerna och i fönstren, grupper av förbipasserande klev in i portgångarna för att ge plats åt kärrorna eller stod tryckta mot husväggarna, orörliga som helgonstatyer. Mulåsnorna skred fram smyckade till fest och kuskarna i familjen Safamitas gröna uniformer saktade stolt och medvetet in farten. Palazzo Safamitas vakter stod i rad och väntade på dem utanför och innanför den stora entrédörren, redo att lasta av.

”Vilken härlig doft”, sa en av dem, som stod tryckt mot palatsets vägg.

”Det är maktens doft”, sa en röst bakifrån.

”Det är ingenting för oss, vi får nöja oss så här, att känna doften på avstånd”, tillade don Paolo Mercurio och gick därifrån.

Costanza Safamita döptes hemma i palatset. Det skåp som egentligen var ett altare hade flyttats från sin vanliga plats i röda salongen, där det brukade stå i skymundan, högt, imponerande och diskret i sitt hölje av trämosaik. Nu tronade det med öppna dörrar i den stora salongen. Det hade blankpolerats, till och med förgyllningarna och amorinerna inuti hade fräschats upp av en förgyllare som hämtats från Palermo enkom för detta. När det nu äntligen var bara altare, avslöjade det sin skönhet på ett nästan oanständigt sätt: silver, emalj, speglar, ädelträ, inlagda ädelstenar och skulpturer, allt ledde åskådarens öga mot det gamla krucifixet av äkta guld – en lidande och spröd, nästan feminin Kristus mot en bakgrund av ljusblå, gröna och rosa emaljarbeten, som unge baronen köpt i Frankrike.

Salongen fylldes av doften från jasminerna, som placerats i en halvcirkel runt altaret.

Vid dopet närvarade bara släktingarna på Safamitas sida samt baronessans båda jungfrur och amman. Gaspare Quagliata, unge baronens kammartjänare, assisterade vid mässan. Padre Sedita, huset Safamitas gamle präst, hade gjort sig besväret att komma ända från klostret i Grottavacante, dit han dragit sig tillbaka på äldre dagar, för att förrätta dopet, assisterad av padre Puma. Ceremonin var intim och kort av hänsyn till baronessan, som var svag efter förlossningen och fortfarande opasslig. Dold av dopklänningens spetsar hade Costanza slumrat till i den stolta ammans famn; med en artonårings hela fräschör stoltserade denna med nålar och kammar av ciselerad mässing instuckna i hårvalken – en gloria formad som en öppen solfjäder – och prydd med de smycken av guld och korall som kännetecknade en amma.

Greven Vasciterre, Antonio Safamita, kusin till unge baronen och ättens överhuvud, hade kommit från Palermo med hustrun Illuminata för att stå fadder tillsammans med donna Assunta. Vid ceremonin lades Costanza i gudmoderns armar, vilket hon inte tyckte om. Hon satte igång att skrika och sparka, hennes kritvita hud täcktes med röda fläckar och hon vred sig i lindorna som en liten fisk som fångats i ett nät. Hon lugnade sig inte förrän hon lämnats tillbaka till amman.

Caterina Safamita stod arm i arm med sin make och såg påtagligt krasslig ut. Rätt som det var såg det ut som om hon skulle svimma och omedelbart efter dopceremonin drog hon sig tillbaka till sitt rum. Släktingarna stannade kvar en kort stund i palatset, där de intog förfriskningar tillsammans med tjänarna. Ledda av baronen åkte de sedan i sina glänsande sommarvagnar till domkyrkan för tacksägelsegudstjänst och lämnade mor och dotter hemma i palatset.

Familjen Safamita hade för vana att vid högtider och fester samla även de anställda och deras familjer och folk som hade med dem att göra: med andra ord hela Sarentini.

Detta arv från feodaltiden, som större delen av aristokratin gjort sig av med, upprätthölls med envis stolthet av Guglielmo och Domenico Safamita. Även vid detta tillfälle hade de på det vanliga indirekta sättet låtit meddela att tacksägelsegudstjänsten skulle firas i domkyrkan och att de Sarentinobor som ville delta var välkomna.

Kyrkklockorna ringde till gudstjänst. Folk vandrade iväg mot kyrkan och fyllde torget. Baronen och hans dotterson Stefano stod utanför huvudingången. De såg ut som far och son: samma avmätta blick, samma bleka hy, samma värdiga hållning. Stefano imiterade morfadern ledigt och spontant och visade inte den otålighet och leda som man skulle ha väntat sig av en sjuåring. De stod kvar där utanför kyrkan in i det sista och tog emot inbjudna, familjemedlemmar och ortsbor, och tackade med samma avmätta artighet alla som kom fram för att gratulera, en del med ett handslag, andra med en nick, alltefter samhällsklass, och betedde sig – som skvallret sade – inte bara med självsäkerheten hos traktens största jordägare, vilket de också var, utan till och med som om även domkyrkan tillhörde ätten Safamita. Detta var faktiskt inte långt från sanningen, eftersom deras förfäder av ätten Lattuca låtit bygga den och familjen Safamita stod för dess underhåll.

Domprosten officierade, assisterad av padre Puma, inför padre Seditas trötta och välvilliga blick; denne satt nersjunken i den lilla fåtölj som ställts in i kyrkan åt honom på order av unge baronen. Gäster och ortsbor trängdes i mittskeppet och sidoskeppen. Organisten ackompanjerades av en violinist som kommit från Palermo för detta tillfälle;

nunnorna från klostret i Portulano sjöng som änglar.

Medan gudstjänsten pågick hade slottets personal dukat fram förtäring på torget för hela församlingen och alla andra som ville delta. Under de blommande oleandrarna alldeles framför balustraden där åsen stupade brant ner och inlandets vida panorama öppnade sig, stod fyra vackra målade kärror fyllda av allehanda Guds håvor. Mulåsnorna var smyckade till fest och kuskarna praktfullt klädda. Bredvid kärrorna stod slottets betjänter raka och orörliga och höll fram silverfat prydda med familjevapnet och överfulla av kringlor, mandelkakor, rosa mandeldragéer, vit nougat, konfekt i svaga rosa färgnyanser, allt utsökt gjort. Så snart baronen kom ut ur kyrkan satte sig hela raden av livréklädda tjänare i rörelse och gav sig in i folkmängden för att bjuda på förfriskningar. De gick runt på torget som om det varit en salong i palatset, stannade framför var och en, fattiglapp och trashank såväl som adelsman, och bjöd på sötsaker. Andra tjänare gick omkring med brickor där det stod glas med lemonad, granatäpplesaft i krossad is, vatten och anislikör, samt mindre glas med sött vin som spetsats på engelskt vis. Det var som miraklet med brödet och fiskarna: ju mer folk åt och drack, desto mer kakor och drycker dök det upp på silverfaten. Familjen Safamita och deras gäster tog emot folkets gratulationer, varefter de åter satte sig i vagnarna och åkte mot slottet. De Sarentinibor som närvarat vid gudstjänsten och mottagningen på torget var mer än nöjda.

I slottet hade baronen ordnat den riktiga dopfesten, till vilken man bjudit in ortens få dignitärer och en stor grupp släktingar och vänner från närliggande orter och från Palermo. Man åt lunch på terrassen och bröderna Safamitas båda köksmästare överträffade sig själva när det gällde den framdukade matens överflöd och kvalitet. Det vackra vädret – inte för varmt, men soligt och klart – tillät gästerna att promenera i slottets trädgårdar och beundra dem. Safamitas tyckte om trädgårdsodling och förutom de traditionella växterna växte där också sällsynta plantor som frodades och vårdades väl. På eftermiddagen kom baronens vagn långsamt körande i parkens alléer och stannade bredvid marmorfontänen. Amman steg ur med Costanza i famnen.

De omringades snabbt av gästerna, som var nyfikna och ivriga att med egna ögon få se den där märkliga lilla varelsen.

Herrarna Safamita uppträdde som värdar och underhöll sig i tur och ordning med alla och höll sig på avstånd från varandra. Baronen var mycket glad, som om den nyfödda varit hans dotter. Han var rentav pratsam, just han som i salongerna aldrig yttrade ett ord. Domenico Safamita såg däremot tankfull ut, kanske var han bekymrad för hustruns hälsa, men när han talade om den nyfödda lyste han upp.

Greven och grevinnan Vasciterre satt tillsammans med donna Assunta, som det förväntades, ty eftersom de var mindre välbärgade än kusinerna, var de hedersgäster och behandlades som sådana. Greven kallade till sig Stefano, som snart skulle börja på internatskola i Palermo: ”Du bär namnet Safamita och det måste du alltid hålla i minnet och bete dig precis som du gjorde i kyrkan i dag. Vi respekterar enkelt folk och förväntar oss att bli respekterade av dem”, sa han vänligt till honom inför donna Assuntas belåtna blick. Sedan började han berätta urgamla historier om släkten och prisa dess lojalitet mot regenterna. Nyfikna och en smula förlägna stod några företrädare för länets borgerskap bredvid och lyssnade, efter att ha avböjt donna Assuntas invit att slå sig ner på de tomma stolarna. Små grupper av adelsmän stod lite längre bort och var idel öra, inte för att lära känna ätten Safamitas historia utan för att snappa upp ett och annat som kunde användas till skvaller och kritik. Antonio Safamita var inte förskonad från skvaller, trots att han var en mycket omtyckt man – eller kanske just därför.

”För det första ska du komma ihåg att du är av mycket gammal börd, för det andra att du är sicilianare. Vi är Vår Heliga Kyrka och våra härskare trogna. Sicilianare är vi och förblir vi, och kungariket Bägge Sicilierna måste bestå och kommer att bestå.” Med ett ironiskt leende tillade sedan Antonio Safamita så att de andra hörde: ”Jajamen, det kommer att bestå vad som än sägs av vissa herrar som har glömt innebörden av ordet ”lojalitet”. Stefano lyssnade utan att säga ett ord och dolde sin leda som om han varit vuxen: det var samma förmaningar som morfaderns.

”Vår Heliga Kyrka har vi alltid tjänat, vilket bevisas av de erkännanden vi fått genom seklen. Vi Safamita tänker inte på pengar, kom ihåg att du har en kristen själ!" Greven blinkade mot padre Puma och fick till svar en grimas som kunde ha varit ett litet leende.

Baron Francesco Orata, kusin till greve Alessandro Pertusi från Trasi, svåger till bröderna Safamita, viskade till den som stod bredvid honom: "Han har inte mod nog att säga att de i kyrkan skryter med den där lilla platsen i den Heliga Inkvisitionen, som gick i arv från far till son och gav flera generationer av Safamita mat på bordet. Det var minsann ingen kärlek till tron, de där pengarna fick de från den Heliga Inkvisitionsdomstolen!"

"Nåja, helig och helig", sa Baldo Bentivoglio, känd självständighetsivrare och nu anhängare av carbonararörelsen, sades det. "Det var bourbonerna som höll den gående, denna Heliga Inkvisitionsdomstol", och han betonade ordet "heliga", "för att kunna fortsätta att ge anställning åt tusentals onyttiga personer."

"Det håller jag inte helt med om", infogade greve Gioacchino Acere. "Irrläror måste bekämpas och vi skulle behöva den domstolen än i dag!"

Då inflikade Orata: "Det är möjligt att den var till nytta... Det kan väl hända, men den var en historisk absurditet och måste avskaffas."

"För hundra år sen såg världen annorlunda ut", avbröt Acere.

Medan Bentivoglio gick därifrån, tillade Orata med låg röst. "Baldo visar sig stursk på grund av vissa bekantskaper som han odlar. Han kan inte ens bete som en herreman."

De andra nickade nästan omärkligt för att inte ställa sig på den djärve Oratas sida – ingen kunde ju säga från vilket håll vinden skulle blåsa i framtiden och Bentivoglio var en förmögen och ambitiös adelsman – men de ville ändå uppmuntra honom till att tala. Orata uppfyllde deras önskan: "Gode Gud... vi vet ju vem hans far, fursten av Piscitelli, gifte sig med för att bli av med sina skulder: en borgarflicka från orten! Herre föds man till, man blir det inte: man får vänta till kommande generationer för att återigen bli hundraprocentigt adlig."

Detta tillkännagivande mottogs med energiska nickanden, menande blickar och hånflin: de höll med, medvetna om sitt ursprung.

Don Paolo Mercurio längtade efter sitt Palermo och aristokratins fester, förr flitigt besökta av unge baronen, och som han och de andra kuskarna brukade roa sig med att smygtitta på. Han stod bakom en fönsterruta i andra våningen och betraktade gästerna och försökte av deras ansiktsuttryck och gester gissa vad de pratade om. Fast egentligen visste han det, det var alltid detsamma.

Utan att vara medvetna om det hade gästerna delat upp sig i grupper, precis som djuren gör på stallbacken. De här gjorde det emellertid medvetet: de samlades och skildes åt efter samhällsklass, inkomst och ursprung. Aristokratins beteende hade en egen medfödd elegans: männen skred fram långsamt med behärskad lojhet, de bugade för damerna, ibland nästan omärkligt och andra gånger med en överdriven handkyss, allt efter det budskap som skulle framföras; sinsemellan använde de spelet mellan gester och hållning: rakryggade och med armarna i kors när de var överens, händerna i fickorna när de kände sig avslappnade och tillfreds, och de strök skägg och mustascher när de ville visa att de funderade, allt enligt en sträng etikett som blivit en del av vardagslivet och sålunda någonting helt naturligt. Kvinnorna var behängda med juveler och rörde sig lika ledigt och lätt som deras intensiva småprat.

Palermoborna beblandade sig inte gärna med landsortsborna, de höll sig för sig själva och män och kvinnor umgicks inte särskilt mycket. Salongsriterna återupptogs, vilket innebar förtäckt kritik mot värdfolket, mer uttalad mot andra, förutom det vanliga skvallret som de livnärde sig på och som utgjorde deras dagliga bröd.

Sedda uppifrån tyckte don Paolo att krinolinerna i skira vårfärger liknade maneter, som ibland när havet är lugnt kommer upp till ytan och flyter runt skeppet och gungar på vågorna, loja och vackra, redo att slå till, som de där kvinnorna med sina dräpande repliker.

Borgarna stod och pratade med varandra i sina finkostymer, strikt uppdelade i grupper efter familj och kön, med livlig blick och öronen vidöppna, redo att ta emot och minnas allt – från trädgårdarnas skönhet till de närvarandes titlar och elegans – från detta sällsynta tillfälle då de underhölls som jämlikar av familjen Safamita. Kvinnorna var tafatta och stela, framför allt de äldre. De unga kvinnorna, som uppfostrats på internat tillsammans med aristokratin, lade sig till med ett ansträngt otvunget uppträdande, där något visst lantligt och sedesamt sipprade igenom, som tilltalade don Paolo mycket. De begynnande samhällsförändringarna avspeglades i glansen från borgarkvinnornas smycken, som nästan kunde mäta sig med adelskvinnornas, och i de blickar som en och annan utarmad adelsman på jakt efter en hemgift i smyg gav de rika arvtagerskorna. Männens sorgsna miner och handrörelser visade att när euforin inför måltiden och mättnadens och matsmältningens trötthet väl hade gått över, hade samtalen blivit allvarliga.

Don Paolo granskade terrassen. Golvets sicksackmönster av gröna och vita plattor syntes tydligt. Några servitörer bar undan använda tallrikar och glas, andra stod bakom de dukade borden vid terrassens båda kortsidor, åter redo att servera. Han kände igen padre Pumas korpulenta gestalt. Gömd bakom blåregnet under skärmtaket bredvid bordet med förfriskningar stod också han och iakttog gästerna.

”Han ser inte alls ut som en präst”, tänkte don Paolo, som i likhet med sin värd inte hyste några högre tankar om padre Puma och inte heller om präster i allmänhet.

Padre Puma hade fått syn på det där gömstället när han just skulle gå därifrån och hade tagit tillfället i akt att se unge baronen i ansiktet och utan att bli sedd överösa honom med det förakt och den illvilja som han varit tvungen att dölja bakom låtsad respekt och vördnad. Likblek i ansiktet stod han där och tänkte på de förolämpningar och oförrätter som han fått utstå, ansträngningen fick honom till och med att tugga fradga och då och då drack han en klunk vin för att dämpa hettan.

”Varför behandlade han mig som han gjorde inför alla i dag? Stefanos dop passade det honom att jag förrättade, men inte det här rödhåriga och ludna flickebarnets, nej, minsann, ’padre Puma är inte värdig att göra det’, han ville förödmjuka mig offentligt för brister som jag inte har, som om jag hade med det här flickebarnet att göra, och ful är hon ju dessutom. Folk pratar och drar slutsatser. Han vill krossa mig, han vill se mig fastkedjad som en slav, han vet att jag måste uthärda allt, jag kan inte vara utan dem. Han skulle förtjäna att jag slungade en förbannelse, onda önskningar, över både honom och den här dottern, men hon är sin mors dotter och jag kan inte, jag kan inte...

Det är hans fel att jag inte är domprost. Sedan han kom tillbaka till Sarentini har han inte gjort annat än hindrat mig, motarbetat mig och gjort narr av mig. Det är så de adliga roar sig, genom att vara elaka mot den som inte kan reagera eftersom han är beroende av dem. Han hälsar knappt på mig, han förödmjukar mig. Han tackar mig med sammanbitna tänder men inte förrän han känner sig tvingad; vid matbordet ser han till att jag får den sämsta platsen; han förvägrar mig alla möjligheter att komma i närheten av baronessan. Någon kärlek var det ju inte, han tog henne för hemgiftens skull! Den där stackars kvinnan har inte gjort annat än lidit, hon vågar inte ens tala om det i biktstolen, så rädd är hon för honom. För henne, men bara för henne, underkastar jag mig hans hån, enbart för att kunna gå till palatset för att påminna henne om att jag, padre Puma, finns här för henne och Stefano, jag som gett mitt blod för familjen Safamita och aldrig tröttnar på att be för dem; jag som bara vill få möjlighet att hjälpa den olycksaliga kvinnan."

Padre Puma var högröd av ilska och av vinet han stjälpt i sig och kände att han var färdig att spricka. Han gick sin väg utan att ta farväl av värdfolket, hans första förolämpning mot familjen Safamita. Också den passerade obemärkt.

Don Paolo lutade sig mot fönsterluckan, han var trött i benen och såg suddigt, men han ville inte gå miste om underhållningen.

Det började skymma. Långa skuggor avtecknade sig på terrassen. Gästerna fortsatte att röra sig långsamt och gick från grupp till grupp, skildes och återförenades likt en mängd sniglar som flytt från korgen och först kryper blygt och trevande och sedan sakta men beslutsamt, kryper upp på varandra och bildar härvor men genast efteråt löses upp som genom ett trollslag, och de första som ger sig iväg lämnar efter sig ett glänsande och slemmigt spår som de andra lydigt kryper iväg på, en och en. Gästerna drog sig sakta mot terrassens balustrad i det de sänkte rösten: adelsmän och borgare stod sida vid sida och betraktade solnedgången. Himlen var blå, svagt randad av långa smala rosafärgade penselstreck vid horisonten. Bakom träden tittade en nästan genomskinlig måne fram. Havet glimmade långt bort, väntande: solen hade svällt upp till ett eldklot och nu sänkte den sig tyst i ett amarantrött sken som spred sig över horisonten. Strimmorna höjde sig sakta och värdigt och bredde ut sig i vida band i skiftande färger – från cinnoberrött till karmin, från karmosin till violett – och smekte de första stjärnornas blyga ljus. Jalappablommornas söta, tunga doft fyllde terrassen.

Don Paolo Mercurio drog en suck och gick tillbaka till stallen.

9

”Minns, åkervinda, att du varit ett litet skott.”

Costanza Safamitas första tre år

Fram till tre års ålder kan man säga att Costanza Safamitas liv var som alla andra små flickors i hennes samhällsklass. På hösten 1860 fick hon en lillebror, Giacomo. Hon bodde i sina rum bredvid brödernas, vart familjen än flyttade, till husen i stan eller till husen på landet på sommaren.

Tre personer tog hand om henne: amman, som blivit kvar i tjänst efter avvänjningen; Maddalena Lisca, hennes jungfru, och Madame. Den sistnämnda, som nu var gammal, hade stannat hos familjen Safamita efter det att Stefano börjat på internatskolan. I sin ungdom hade hon varit operasångerska och hon lärde baronessan nya operaarior och sonater. Hon hade fäst sig vid den lilla flickan och bad att få lära henne franska, som på så vis blev Costanzas andra språk efter sicilianskan.

Efter flickans födelse hade Caterina Safamita så småningom repat sig från sin depression, men hon visade fortfarande inget intresse för det oönskade flickebarnet. Hon ville inte gärna leka med henne och inte ens hålla henne i famnen; när amman kom med flickan till hennes rum, längtade hon bara efter att bli av med henne.

Maken och tjänarna trodde att det var något övergående. Det var det inte. Caterina levde efter sina instinkter och skulle ha velat njuta av detta moderskap: hon hade nästan blivit övertygad om att hennes man hade rätt och att hon med tiden säkert skulle komma att älska Costanza.

Eller åtminstone hoppades hon det.

Stefano hade resignerat inför moderns ständigt avbrutna graviditeter och slutat hoppas på att få några syskon. Han tog emot Costanza med entusiasm och blev mycket fäst vid henne: han satt ofta bredvid amman och tittade på lillasystern, han vaggade henne till sömns i sin famn och sjöng barnvisor för henne. Han struntade helt i fastställda könsroller och visade tidigt ett upproriskt och antikonformistiskt beteende, han lärde sig till och med att linda och klä på henne, det vill säga att sköta henne, utpräglat kvinnliga göromål, vilket var en källa till förvirring för tjänstefolket men inte upprörde fadern och morfadern. De var övertygade om att Stefano snart skulle visa att han var manlig nog och hade ingen aning om tjänstefolkets åsikter, och de trodde att Stefanos intresse för systern berodde på att även han uppskattade den mulliga amman. Men Caterina Safamita blev svartsjuk: först försökte hon hålla Stefano borta från systern, sedan beslöt hon att bistå honom och sökte upp honom i flickans rum bara för att få vara nära honom. Tack vare Stefano fick Costanza lära känna sin mor och fäste sig vid henne. Men modern tyckte inte om henne. Blotta åsynen av henne väckte en outhärdlig oro, så när Stefano gav sig av till internatskolan började hon ignorera henne igen.

Vid sexton månaders ålder kunde Costanza redan gå och tala lite grand. Hon hade mottagit Giacomos födelse med glädje och nyfikenhet. Hon förstod inte varför modern inte längre brydde sig om henne och hon kände att modern inte tålde henne. När hon såg henne med Giacomo försökte hon närma sig, men modern beordrade amman att ta undan henne. Costanza var förtvivlad.

Amman visste inte vad hon skulle ta sig till: det fanns ingen hon kunde vända sig till för att få baronessan att ta sitt förnuft till fånga. Hon bestämde sig för att oftare ta med sig flickan till tjänstefolkets avdelning, långt från modern och brodern. Där fick Costanza lära känna tjänstefolket, arbetare och hantverkare, barberare, värderingsmän, handelsmän och kommuntjänstemän, allihop personer som för sitt uppehälle på ett eller annat sätt var beroende av familjen Safamita. De var noga med att upprätthålla det urgamla förhållandet av förtrolighet och underkastelse – nästan en rättighet – och att lära känna godsägarens barn, sina framtida herrar. I Costanzas fall drevs de också av nyfikenhet, för det pratades så mycket om unge baronens rödhåriga dotter, och de kommenterade ogenerat hennes utseende, utan att bry sig om att hon kunde höra dem.

Costanza var en frisk och sund, lång och mager flicka. Hon hade lång och smal hals och ett finmejslat ansikte, ljus genomskinlig hy full av fräknar, liten rund näsa, stora ögon av olika färg – det ena kastanjebrunt och det andra kastanjebrunt med blågrå strimmor – kantade av en rad långa gyllene strån och håret var yvigt, krusigt, ostyrigt, eldrött och slet sig loss ur flätor, band, nålar och spännen och bildade en gloria runt hennes ansikte och framhävde dess blekhet.

Don Paolo Mercurio, unge baronens personliga kusk sedan mer än tjugo år – tidigare hade hans far och farfar varit det, så han visste allt om familjen – berättade att det funnits rödhåriga i familjen Safamita i det förgångna. Salig Giuseppe Safamita – en helig man som tillfångatogs av berberna och sedan friköptes av Ärkesamfundet för kristnas återlösning i Palermo – hade också han haft en rödhårig dotter, men hon hade dött ung. Han hade sett ett porträtt av henne i palatset i Palermo.

Detta hade räckt för att tysta skvallret bland tjänstefolket, men inte andras grymma och entydiga kommentarer. Några gick ännu längre: de gjorde narr av flickan och familjen, övertygade om att amman inte skulle rapportera till husbondsfolket. Amalia var säker på att Costanza förstod att man gjorde narr av henne och att det var därför hon vägrade att hälsa på de där människorna, hon gömde ansiktet i händerna, viftade bort dem och ville inte att de skulle röra vid henne.

En dag när Costanza lekte med morfadern på slottets terrass berättade Amalia till slut för baronen om sina bekymmer. Han överöste henne då med frågor och ville att hon skulle berätta i detalj vad som hänt. Han befallde henne att berätta allt som folk sade och sedan skulle han se till att skydda dotterdottern. Han höll sitt ord: Amalia berättade exakt vad som sagts och de skyldiga blev vid lämpligt tillfälle avlägsnade eller rentav avskedade utan vare sig förbarmande eller förklaringar. Ingen fick någonsin veta den verkliga anledningen.

10

”Vi håller till godo med den här kungen,
ty nästkommande vet vi ingenting om.”
Pepi Tignuso reser i vagn.
Händelserna före Giacomo Safamitas födelse

Det var de första dagarna i maj år 1860. Domenico Safamita gjorde sig i ordning för natten när det plötsligt knackade upprepade gånger på dörren. Don Filippo Leccasarda tryckte upp dörren och slog nästan omkull Gaspare. Han stod där andfådd: ”Ursäkta, men herr baron säger att ni måste komma till slottet: Malivinnittis tillsynsman är på väg.” Gaspare höll redan fram åt unge baronen den kavaj som han just tagit av sig och ett ögonblick senare satt de i vagnen på väg mot slottet.

Domenico fann brodern i tamburen, lutad mot en dörr till det inre av slottet; Pepi Tignuso stod i hörnet snett emot och torkade svetten ur pannan med en skrynklig näsduk. Unge baronen antydde en hälsning, en lätt höjning av ögonbrynen, och muttrade: ”Ursäkta att jag är sen.”

”Pepi har just kommit tillbaka från Malivinnitti”, förklarade brodern, ”de är och hämtar vatten åt honom.” Sedan vände han sig till tillsynsmannen och tillade: ”Jag vill att unge baron ska höra på. Han måste få veta att jag har gett Malivinnitti i hemgift åt hans dotter Costanza.”

”Gud vare med er”, muttrade Pepi och tömde vattenglaset som Gaetano Cucurullo hämtat åt honom. ”Friskt vatten var vad som behövdes, för jag har suttit i sadeln hela dagen.”

”Berätta”, beordrade baronen.

Pepi Tignuso var en durkdriven och pålitlig tillsynsman: innan han satte igång att tala följde han betjänten med blicken och väntade på att han skulle gå sin väg. ”Baron vet att jag står på er sida. Att jag gjort allt för familjen Safamita för att ni ska bli respekterade, det vet ni.”

”Vad har hänt?”

”Det är inget som har hänt ännu, men det som är på väg att hända är enormt, förfärligt. Jag är tillsynsman och när inte baron är på Malivinnitti, gör jag som ni lärt mig för att ni ska bli nöjd. Den här gången vet jag inte vad jag ska göra, baron får bestämma."

Domenico Safamita stod lutad mot entrédörren med ljungande blick, redo att ingripa vid ett tecken från den äldre brodern: inför underlydande måste familjehierarkier se ut att respekteras. Pepi var jämnårig med honom – de hade lekt tillsammans som barn på Malivinnitti – men såg ändå ut som en gammal gubbe och han hade aldrig sett honom så bekymrad. Hans släta hår var tillplattat av att han ständigt hade mössan på och det hängde i stripor över den svettiga pannan, som horisontellt delades i två delar: huden på den övre delen var vit och mjäll, resten av ansiktet, inklusive de tunga, halvslutna ögonlocken var solbränt: terrakottafärgat, rynkigt, läderartat och täckt av en blandning av damm och svett. Han stank. Han kunde knappt stå på benen men höll sig ändå upprätt.

"Baron vet att jag håller öron och ögon öppna åt alla håll för att tjäna er. Be mig inte att avslöja några namn, men det är pålitliga personer. Från fastlandet är ett skepp med beväpnade revolutionärer på väg. De är mycket speciella: de är bra på att övertala, de unga glömmer sin plikt och följer dem. De kan väcka liv i stenar. Jag vet att de först vill tala med fattigt folk, daglönare och bönder, kort sagt så har de kommit hit till våra trakter för att göra uppror. Det sägs att de söker hus ute på landet där de kan äta, sova och annat. De har siktat in sig på Malivinnitti, för hos oss finns vad de behöver." Pepi sneglade på bröderna Safamita medan han smuttade på ett andra glas vatten, men de var outgrundliga.

"Jag känner till Malivinnitti bättre än någon annan, jag är född där, jag känner varenda bonde och daglönare till namnet och vet allt om dem. Folk respekterar mig. Till Malivinnitti har det aldrig kommit några främlingar så länge vi i familjen Tignuso har bott där och hela tiden varit i er tjänst. Men det här är ogudaktiga människor och de vill komma hit till oss. Jag har tittat runt på vetet och nästan allt är moget. Russellos vete är högre än min häst och färdigt för skörd. Det måste vaktas, för det torkar genast. Vi måste ta itu med skörden och det behövs daglönare. Om de som talat till mig har rätt – och det är alldeles för många som har talat, tro mig, baron – ställer sig bönder och daglönare på de här skamlösas sida och lyssnar inte på mig, och då blir det ingen skörd på Malivinnitti i år.

Baron vet ju att det ända sedan förra månaden har förekommit revolter här och var, inte bara i Palermo, även på landsbygden. Det är som när jorden mullrar före en jordbävning: det här fartyget är på väg hit med en jordbävning, en revolution. Den här gången kommer de utifrån för att säga det enda ord som alla begriper, bönder såväl som stadsbor. 'Frihet', 'självständighet' eller 'författning' är ord de inte förstår. När de gått i land från fartyget börjar de säga: 'Jord, det finns jord åt er allihop, följ med oss'. Så snart våra stackars fattiglappar hör ordet 'jord' följer de efter dem och glömmer allt annat. Tro mig, jag, Pepi Tignuso, skäms för att säga det, men jag har ingen makt när det gäller de här förfärliga revolutionärerna. Daglönare till skörden i Malivinnitti går bara inte att hitta, varken levande eller döda."

"Förklara bättre."

"Till Malivinnitti vill de komma som tjuvar och plundra och förstöra. Jag kan inte upprätthålla ordningen, inte ens om baron skickar alla sina vakter. Vi måste resonera om saken."

"Då får vi göra det, Pepi."

"De här vill göra revolution och Malivinnitti är inte rätt plats. De vill ha upplysningar och män att rusta; de nöjer sig med bröd, vatten, halm och en bit ost och sedan går de vidare. Om vi inte ger dem detta, tar de det ändå utan att säga tack och förstör allt. Baron kan säga: 'Pepi, vi kan väl vänta, fartyget är ju fortfarande ute till havs'. Men blir det inte den här gången, blir det nästa, för folk har tröttnat på bourbonerna." Pepi spände ögonen i baronen och började tala ansträngt långsamt. "Det finns två andra utvägar. Den ena är att sprida ut att om de begär hjälp så lyssnar vi på dem först och beslutar senare. På så sätt kan vi förhoppningsvis lugna daglönarna. Men jag vet inte om vi kan klara oss undan de andra: beväpnade band av utstötta driver omkring på landsbygden, de tillhör ingen och väntar bara på ett uppror för att anfalla oss. Med dem går det inte att resonera.

Den andra utvägen är annorlunda. Om det jag fått veta är sant, måste vi dela ut spannmål och vatten och ge upplysningar till de berörda och det genast. Vi kan säga att familjen Safamita inte vill ställa upp hinder men inte heller delta. Endast på så sätt kan jag försäkra mig om att detta revolutionära tjyvpack inte ger sig till att sova och äta i barons hus på Malivinnitti och inte heller i slottet.”

”Är det så allvarligt?” undrade baronen.

”Ja, det är det faktiskt. Jag har talat med andra jordägares tillsynsmän också. De tycker det är bra med revolution. Jag är anställd hos er och vill er väl. Jag känner de andra privategendomarnas tillsynsmän, vi kan nog resonera med dem. Ingen får röra Malivinnitti, för det tillhör unga baronessan.” Pepi hade sagt det han hade att säga. Han gav de båda männen en talande blick och lutade sig mot en marmorpelare och sänkte blicken för att ge dem tillfälle att osedda kommunicera i tystnad.

Baronen såg på sin bror och denne sänkte långsamt ögonlocken.

”Pepi, gör vad du bör göra. Men inte ett ord om vår politiska position, lova det. Kungen sitter fortfarande kvar”, sa Guglielmo Safamita.

Tillsynsmannen hade rätat på sig. ”Som baron befaller, och tack för förtroendet.”

”Pepi, på ett villkor”, tillade Domenico. ”Till skörden vill jag i år ta med min dotter och allt måste vara avklarat.”

”Baron kan vara lugn, jag gör vad jag kan.”

De tre männen stod där tysta och kände tyngden av beslutet. Pepi Tignuso såg sig omkring; han hade aldrig tidigare satt sin fot på slottets herrskapsvåning: baronen brukade ta emot honom på förvaltningskontoret, som alla andra. Salen var stor och kal: i mitten stod ett stort rektangulärt bord med två femarmade ljusstakar och ett enormt silverfat. I hörnen stod vita marmorbyster av tankfulla män på små kolonner av grön marmor: det såg ut som ett bisättningskapell och det var bara den döde som saknades.

”Herrarna baroner får ursäkta, men jag måste omedelbart tillbaka till Malivinnitti: det är massor att göra och jag har inte sovit sen i går. Jag är dödstrött, får jag fråga om ni vill låna mig en enkel vagn för ett par tre timmar så jag kan sova en stund?”

”Säg bara till Gaetano.”

Med ett ”Gud välsigne” tog Pepi Tignuso farväl av godsherrarna. Bröderna Safamita stod där alldeles bestörta efter allt de fått höra och inte minst av djärvheten i denna sista begäran.

Det blev precis som Pepi Tignuso förutspått och ännu värre. Den 11 maj 1860 landsteg i Marsala Giuseppe Garibaldi och ett hundratal volontärer. Garibaldi utropade sig till diktator för att regera i kungen av Piemontes namn och lovade jord åt de egendomslösa och åt dem som tagit till vapen tillsammans med honom. Med ett briljant gerillakrig lyckades han besegra bourbonernas armé och gjorde slut på deras välde på Sicilien. Det förekom grymma och våldsamma episoder och de som var kända anhängare av bourbonerna fick sina gårdar plundrade och deras tillhörigheter brändes. Familjen Safamita led jämförelsevis få skador och deras palats förblev intakta.

Domenico tog med sig familjen till Malivinnitti i mitten av juni, när revolutionärerna redan tågat förbi, och med hustruns långt framskridna graviditet som ursäkt besökte han inte de andra lantgårdarna. Familjen Safamita hade tagit sin tillflykt till en värdig tystnad, men de uttryckte påtagligen vederbörlig tacksamhet till Pepi Tignuso, som under tiden skaffat sig anseende som patriot och dessutom som betydelsefull mafioso, vilket var ännu viktigare. ”Den där kvällen i palatset”, sa Domenico till sin hustru, ”tänkte jag inte så mycket på bourbonerna som på oss. Begäran att få låna vagnen var bara början. Vi är inte längre riktiga herrar, vi är det bara så länge det passar dem och det går inte att göra någonting åt.”

Giacomo föddes på hösten 1860, en frisk och robust pojke. Vid hans dop – som förrättades av padre Puma – var bara de närmaste släktingarna närvarande. Hans födelse passerade nästan obemärkt för Sarentiniborna, som var upptagna av de politiska och sociala händelserna och av folkomröstningen den 21 oktober, som stadgade att Sicilien skulle tillhöra kungariket Piemonte och gjorde slut på öbornas hopp om självständighet.

11

”Moderskärleken sviker aldrig.”
Caterina Safamita vänder sig mot sin släkt

Maria Caponetto, Giacomos amma, och Amalia Cuffaro tillbringade dagarna tillsammans med barnen, som var två respektive tre år och kom väl överens. Costanza avgudade sin lillebror. Caterina Safamita tillbringade en del av eftermiddagen med dem och ägnade sig då uteslutande åt Giacomo. Costanza ville att modern skulle krama henne och visa henne uppskattning, men hon tillbakavisades medvetet. Baronessan beordrade kvinnorna att förströ henne med andra lekar. De lydde henne med sänkt blick och gjorde sitt bästa, men förgäves. Costanza kom tillbaka till modern, klamrade sig fast vid hennes kjolar, tog hennes händer och överhöljde dem med små kyssar, erbjöd henne sötsaker och leksaker. Hon ville helt enkelt vara hos modern. Denna försökte jaga bort henne men lyckades inte. Costanza ropade på henne och sträckte fram armarna mot henne och när allt detta visade sig lönlöst började hon snyfta och stod stel och rak bredvid modern. Amman kunde inte trösta henne.

Dotterns blotta närvaro räckte för att nästan göra Caterina Safamita nervsvag. Skuldkänslan och skammen som sedan drabbade henne sveptes bort av den grämelse som sjöd inom henne så fort hon såg dottern. När Costanza hindrade henne från att i lugn och ro njuta av Giacomos sällskap, tog hon till hårda tag utan att bry sig om de andra kvinnornas närvaro; hon snäste åt henne, skakade av sig henne och knuffade bryskt bort henne. Inför familjemedlemmarna behärskade hon sig.

En eftermiddag i oktober 1862 satt ammorna och barnen i lekrummet. Baronessan kom dit och efter att ha gett Costanza en hastig kyss tog hon Giacomo ur ammans famn och sade åt henne att gå därifrån. Hon satte sig i en fåtölj, överhöljde honom med kyssar och nynnade på en barnvisa. Costanza sträckte upp armarna för att också hon få sitta i knät. Hon vädjade till modern med mild röst, gav henne små leenden och klängde sig fast vid hennes klänning, kysste volangkanterna, ja, hon försökte med allt för att få vad hon ville. Baronessan beordrade Amalia att lyfta undan henne.

Med svårighet övertalades Costanza att sätta sig vid barnens arbetsbord för att göra i ordning blommor av silkespapper till de girlander som skulle pryda rummet på Allhelgonahelgen. Hon var händig. Hon vek kronbladen, klistrade ihop dem med lite klister och virade dem runt stjälken av kräppapper. Hon gjorde en vacker ros. ”Det är en present till mamma”, sa hon och sprang blixtsnabbt bort till modern. Amalia kunde inte hålla kvar henne.

Stolt räckte Costanza fram sin pappersros till modern och trampade otåligt med sina små fötter i väntan på det ”duktig flicka” som hon visste att hon förtjänade. Modern såg på henne och Costanza såg på modern. Caterinas uttryckslösa och Costanzas granskande ögon stirrade in i varandra. Men de såg inte på varandra. Det ena paret bad och det andra vägrade att ge.

Caterinas hand tycktes lösgöra sig och sänka sig ner från en svindlande höjd. Pekfingret och tummen nöp tag i blommans kronblad, kupade sin hand runt den och krossade den obarmhärtigt. Caterina sneglade först på blomman, sedan på den sovande Giacomo och till slut vände hon blicken mot fönstret och lät den stanna där.

Hon frigjorde den andra handen och pressade ihop papperet genom att rulla det mellan handflatorna som om det varit deg. En fr än lukt kändes från det varma och fuktiga klistret. Det var bara en grön och skär klump kvar av Costanzas blomma. Briljanterna gnistrade, händerna snuddade knappt vid varandra. Långsamt rörde de sig, långsamt som om Caterina befunnit sig i trance. Costanza och Amalia var lika hypnotiserade av händerna som hon av himlen, den molnfria himlen som var lika lysande som himlen över Malivinnitti. Malivinnitti.

”Gå till Amalia”, sa modern och var alldeles blek. Hon sänkte blicken mot det som var kvar av blomman och lät det falla ner på golvet. ”Gå din väg, gå din väg”, sa hon, ”gå din väg, gå din väg”, upprepade hon med allt högre röst och föste undan henne. Costanza klängde sig fast vid hennes klänning: ”Mamma, nej, nej, mamma varför gjorde du så?” sa hon utan att släppa taget.

Caterina Safamita reste sig tvärt. Hon stöttade Giacomo med vänsterarmen och satte honom gränsle över höften och höll honom stadigt. Med den andra handen försökte hon fösa undan Costanza. Med knuffar tvingade hon henne att släppa taget om kjolen. Costanza fäktade med armarna för att åter gripa tag i modern. Giacomo blev rädd och började gråta och då blev Caterina ursinnig.

Hon fattade tag i Costanzas överarm och med handen i ett hårt grepp runt armen så att fingrarna möttes under armhålan lyfte hon henne från golvet. Costanza vrålade ohejdat: mager som hon var slängdes hon hit och dit som om hon varit en trasdocka. Skakningarna blev frenetiska.

Försiktigt så att hon inte skulle tappa Giacomo vred sig Caterina, böjde benen lätt och slungade Costanza mot väggen. Flickan föll ihop på golvet.

”Du har ju ihjäl henne, ditt eländiga stycke! Sluta, du är ju galen!” vrålade amman och sjönk ner bredvid Costanza. Blodet rann ymnigt ner över vänstra ögat och ända ner till munnen. ”Mamma, mamma, mamma”, jämrade sig Costanza mellan tårarna och sökte henne överallt i rummet. Caterina hade gått sin väg.

Med huvudet i ammans knä låg Costanza och snyftade. Amalia baddade hennes sår, överhöljde henne med kyssar, strök henne över håret som blivit en enda krusig massa som var fuktig av svett, hon masserade henne och viskade små kärleksfulla ord. Men Costanza ville bara ha sin mor och ingen annan. Hennes röst blev allt svagare och drunknade i tårarna. När hon inte orkade längre förlorade hon medvetandet och blev liggande till hälften på golvet och till hälften i den rådvilla ammans famn.

12

”Åt tjänaren tålamod, åt herren förstånd.”

Pinuzza Belice frågar ut sin faster Amalia Cuffaro om skälen till att denna blev avskedad

”Men om du var markisinnans amma varför hamnade du då här på La Montagnazza med mig?” Pinuzza slickade sig om munnen efter att ha ätit ett sött och moget fikon.

”Varifrån får du alla dessa frågor?”

”Du kan väl svara!”

”Markisinnan dog och hennes bror, baron Giacomo, arvtagaren, sa till mig att ge mig av. Han var den som bestämde.”

”Väntade du dig det?”

”Nej, inte den gången.”

”Men en annan gång väntade du dig tydligen att de skulle köra iväg dig?”

”Ja, för många år sedan.”

”Och hur kom det sig?”

”Det är inget för barn, när du blir äldre ska jag berätta det för dig.” Amalia torkade henne om munnen och lade henne att sova. Sedan satte hon igång att göra rent tallrikarna med en trasa som nätt och jämnt fuktats med vattnet som fanns kvar i vattenkannan.

Ammorna rengjorde såret med fuktiga linnetrasor. Det var inte djupt men skulle lämna ett ärr på Costanzas panna. De täckte det med spindelväv och förband det ordentligt. På blåmärkena lade de kompresser av kamomillblom. Sedan gav de barnen mat och gjorde i ordning dem för natten. Den kvällen visade sig inte föräldrarna.

Amalia lade Costanza i sin egen säng, inte så mycket för att trösta flickan som för att trösta sig själv. Hon var orolig och ängslig, för hon hade förolämpat sin matmor och fruktade att hon skulle hämnas med att avskeda henne och påstå att det var hon som skadat Costanza. Under större delen av natten fick Amalia inte en blund i ögonen: hon smekte den lilla, överhöljde henne med kyssar, men försiktigt, för att inte väcka henne, hon flätade samman sina fingrar med hennes och låg och tittade på henne i det svaga månljuset som lyste in genom fönstret.

När tröttheten tog överhanden, kom syner och mardrömmar, och en av dem återkom oftare än de andra: unge baron och baronessan i jätteformat stod vid foten av sängen, dystra och allvarliga. De var klädda i blodröda mantlar, höll högerhanden höjd och pekfingret riktat mot henne. De talade italienska och sade unisont, som kören i domkyrkan: ”Du har gjort dig skyldig till de tre värsta fel som en amma kan befläcka sig med.”

Unge baronens djupa röst räknade upp anklagelserna, baronessan hade knutit högra handen och ledsagade makens ord genom att räkna synderna på sina fingrar, först tummen, sedan pekfingret och sist långfingret, samtliga riktade mot henne. För varje fingerrörelse gnistrade hennes ringar som reflexerna från ett svärd berett att hugga huvudet av Amalia. Baronessan var ohygglig att se: hennes ögon var elaka och ett grymt litet leende med slutna läppar vanställde hennes bleka ansikte.

”Du har inte förmått lära Costanza att det är rätt att hennes mor tillbringar mer tid med sin son. Hon är ju flicka. Detta är det första felet”, sa unge baronen, ”men du har också begått ett andra, oförlåtligt fel: du har behandlat vår dotter som en jämlike. Du vågar älska henne som om hon tillhörde dig.

Det tredje felet är allvarligt, mycket allvarligt. Du känner dig också jämbördig med familjen Safamita, men så är det inte ens nuförtiden. Du har till och med vågat höja rösten mot din matmor, när hon rätteligen straffade sin dotter. Du är amma här och ska respektera din husbonde och hans familj. Jag skulle kunna låta fängsla dig. I stället skickar jag tillbaka dig till dina svärföräldrar. Jag vill ha tillbaka utrustningen och smyckena som tillhör befattningen som amma. Vad beträffar Costanza kommer du inte att se henne mer så länge du lever.” Bilden av unge baronen och hans hustru bleknade bort och de sista orden – ”så länge du lever, så länge du lever” – ekade allt svagare. Rummet började snurra med svindlande fart och förlängdes till en trång och mörk grotta som rullade ihop sig som en orm och sedan sträckte ut sig och trängde ner i jorden och blev till en bottenlös brunn. Amalia och alla möblerna störtade ner i den och slog emot väggarna som smalnade av allt mer, ner, ner i det där helvetet.

När hon vaknade morgonen därpå låg hon med Costanza i famnen i en pöl av svett. De var genomvåta.

Dagen tycktes förlöpa som om ingenting hade hänt. Luften var tryckande, som alldeles före en naturkatastrof. En gammal brodös som kommit för att lämna arbeten undrade obetänksamt: "Vad har hänt med den lilla?" och fick av don Filippo Leccasarda det obligatoriska svaret: "Ingenting. Det finns väl inget som kan hända henne." Ingen annan visade intresse för Costanzas skada och herrskapet höll sig uppe på sin våning.

Tidigt på eftermiddagen lade Amalia Costanza att sova och stannade kvar i hennes rum. Efter att ha tagit av sig broscherna och kopparkammarna satte hon sig i gungstolen och slöt ögonen. Hon hade nästan somnat när Gaetano Cucurullo knackade på dörren. Baronens order: Costanza och hennes jungfrur var väntade i slottet, vagnen stod redan klar. Amalia hann nätt och jämnt sätta upp håret så gott det gick, kasta en sjal över axlarna och klä på den alltjämt halvsovande Costanza. Hon kallade på Maddalena och alla tre gick ner till stallen.

Baronens personliga vagn med karmosinröd stoppning, vaddstickade dynor och en klotformad förgylld klocka stod och väntade på dem. Don Vito Pelonero, kusken, satt på sin plats. Med en klatschande pisksnärt fick han tvåspannet att sätta igång. Amalia kurade ihop sig i sjalen som om hon på så vis kunde dölja sitt hjärta, som säkert hördes på långt håll, för det hoppade i hennes bröst som en instängd padda. Hon var alldeles torr i munnen. Rädslan tycktes äta henne levande.

Hon steg in i baronens arbetsrum. Bröderna Safamita stod stela som två statyer mitt i rummet och väntade på henne. De talade inte till henne. Hon mumlade ett "Gud välsigne" och satte ner Costanza på golvet. Flickan sprang iväg mot dem. Unge baron böjde sig ner och kysste flickan och knöt omsorgsfullt upp spetshättan som nätt och jämnt täckte förbandet.

De båda bröderna satte sig på huk och löste upp bandagen och betraktade såret under en tystnad som tydligt vittnade om deras skam. Amalia kände sig överflödig, som en inkräkterska.

”Mamma kastade mig mot väggen och det blödde och jag grät”, sa Costanza med handen stödd mot faderns arm.

Unge baronen reste sig med flickan i famnen och gick mycket sakta bort mot balkongen. Han stannade mitt i dörröppningen. Med högerarmen runt hans hals och huvudet mot hans axel betraktade Costanza honom med sin genomträngande blick, som om det ur denna förtroliga hängivelse kunde uppstå en förnyad ömsesidig tillgivenhet. Flickans hår, som befriats från bandagen, var en hjälm av mörkt guld. Konturen av deras omfamnade kroppar avtecknade sig mot himlens intensiva blå färg. Länge stod de kvar så.

Unge baronen vände sig om och räckte försiktigt över dottern till Amalia: ”Ta med flickan till Maddalena och kom sedan tillbaka hit ensam.”

Hon stod framför baronerna som satt i två stora fåtöljer och stirrade på henne. Slottet med sina mörka, trista rum hade alltid fått henne att känna obehag. Arbetsrummet var dystert, överfullt av uppstoppade djur, bronsstatyer och massiva möbler. På de delar av väggarna som inte täcktes av bokhyllor hängde dystra tavlor av förfäder.

De båda männen betraktade henne utan att säga ett ord. Hon vacklade och blev allt räddare, som en anklagad: baronen var nu gråhårig och hans skägg var kraftigare än broderns, men bortsett från detta var bröderna trots skillnaden i ålder lika som två vattendroppar: de stora böjda näsorna var identiska och likaså de stora händerna med framträdande ådror, de små mandelformade ögonen och den strama hållningen.

Till slut talade unge baron till henne: ”Jag har sett Costanzas sår. Baronessan säger att det är hennes fel och Costanza bekräftar det. Har Amalia något att tillägga?”

”Nej, baron”, mumlade Amalia.

”Vi måste till varje pris se till att detta inte händer igen”, sa baronen.

”Vad föreslår ni, Amalia? Baronen såg ängsligt på henne, som om han talat till en jämlike.

Denna vänliga förtrolighet gjorde henne fullständigt förvirrad. De måste skydda Costanza och de bad henne, amman, om råd, just henne. Det snurrade i huvudet på henne, hon var alldeles yr. Hon hade en underlig känsla, det var som om hon fördubblats och den riktiga Amalia hade lämnat sin generade och plågade kropp och likt en fjäder fladdrat upp i det freskmålade valvet och nu betraktade henne därifrån i väntan på hennes svar. Amalia hörde sig själv säga: ”Fru baronessan kommer ju till övervåningen för att träffa Giacomo. Kanske skulle jag kunna ha flickan i det andra rummet.”

”Amalia, tänk på att när Costanza hör sin mors röst, vill hon vara hos henne och springer till henne. Vi vet att min hustru inte bör vara tillsammans med henne. För ögonblicket utgör hon en fara.” Unge baronen såg in i hennes ögon och upprepade: ”En fara, förstår Amalia det?”

”Ja, herr baron!”

”Det måste undvikas att hennes mor utsätter henne för fara, förstått? Amalia måste skydda henne, skydda henne mot alla. Uttrycker jag mig klart nog?” Unge baronen hade höjt rösten hotfullt.

”Amalia måste hålla Costanza borta från sin mor”, inflikade baronen, ”för min dotter mår inte bra och det dröjer innan hon blir frisk.”

”Ja, herr baron, ja.”

”Vilka rum ligger längst bort från Giacomos?” frågade unge baronen.

”Tjänstefolkets rum på bottenvåningen”, svarade Amalia i ett enda andetag.

”Bra, då får Amalia min tillåtelse att ta med min dotter till de rummen. Jag ska tala med don Filippo, så ordnar han med plats åt hennes leksaker och allt annat hon behöver. Min dotters säkerhet är i era händer.” Sedan höjde han rösten och tillade. ”I era och mina händer.”

”Här, varsågod, Amalia.” Baronen räckte henne en liten påse full av mynt.

Hon tog emot den, alldeles förvirrad. Hon glömde tacka honom när hon kysste hans hand och frågade ivrigt: ”Och vem har talat med fru baronessan om dessa förändringar? Tänk om hon inte tillåter det?"

"Var inte uppstudsig, Amalia", varnade unge baronen och återtog en auktoritär ton, "det är jag som är herre i huset Safamita och det är jag som bestämmer. Min hustru får lov att bestämma inom de gränser som jag avgör och det ska hon tacka mig för."

Brodern gav honom en vass och hotfull blick, men unge baronen tillade utan att bry sig om den: "Jag talar också för baronen, här närvarande: på slottet kommer det att råda likadana regler, don Calogero Giordano kommer att förklara dem för er efteråt. Nu kan Amalia gå."

Hon var på väg över arbetsrummets tröskel, när han ropade på henne: "Amalia, jag behöver väl inte säga det: inte ett ord till någon."

13

"En piga får antingen kyssar eller nyp."

Bröderna Safamita känner för en kort stund åtrå till amman Amalia Cuffaro

Maddalena och Costanza stod och strödde brödsmulor i fiskdammens grumliga vatten. Amman gick fram till dem och böjde sig ner och omfamnade Costanza. Alla tre gick sedan iväg nerför allén som gick till stallen, ovetande om att de observerades av husets herrar, som kommit ner i trädgården för sent för att säga farväl till Costanza.

Guglielmo och Domenico Safamita stannade bredvid fiskdammen och följde dem med blicken. Trädgården stod i sin fullaste prakt: kaktusväxterna var fortfarande uppsvällda av vatten, rosorna stod i full blom, träden var lummiga, vaser och rabatter prunkade. Amman svängde smidigt på höfterna och gick hand i hand med Costanza, som traskade raskt vid hennes sida. Maddalena var kortväxt och robust och följde håglöst efter på avstånd, påtagligt missnöjd med att lämna trädgårdens svalka. Hon släpade fötterna i gruset och vred huvudet åt höger och vänster: än stannade hon framför en liten fontän i form av en snäcka, än vidrörde hon en staty, än smekte hon de köttiga och glansiga bladen på en fikus, än böjde hon sig fram och luktade på oleanderträdens blommor.

Amman fortsatte att gå, försjunken i sina tankar. Hon hade släppt Costanzas hand och flickan hade saktat in stegen och kommit på efterkälken. När hon insåg detta stannade hon, vände sig om och log ett stort leende. Costanza skyndade sig fram till henne och så fortsatte de vägen fram hand i hand. Då och då log de mot varandra.

Bröderna Safamita stod kvar och tittade. Det där leendet var friskt och bländande. Amman gick nu med ny spänst i stegen, som om en känsla av mjukt välbehag vuxit fram inuti hennes kropp och syntes i hennes gång, och hon njöt av det, övertygad om att hon var skyddad från indiskreta blickar.

Hon svängde på höfterna och bomullskjolen följde kroppens rörelser, den gungade och frasade mot raden av ormbunkar som invaderade gångstigen; snibbarna och den stora luftiga rosetten på det vida, vita, spetsprydda ammaförklädet höjde sig ovanför den blå klänningen i en rytm som markerades av örhängenas svängande koralldroppar och skälvandet hos den halvt upplösta mjuka hårknuten som hade glidit ner och nästan täckte hennes nacke. Hon sade något till Costanza, lätt lutad över henne. De skrattade tillsammans och försvann bakom alléns kurva.

”Stiligt fruntimmer, den där amman... undrar vem som får njuta av den kroppen”, kommenterade baronen.

”Ja”, sa den yngre brodern med en sällsynt blick av samförstånd: ”Varken du eller jag, det kan du skriva upp.”

”Ja, det är då helt säkert.” På deras trötta ansikten syntes ett skälmskt leende, det första denna förfärliga dag.

14

”Goda kunskaper och god omvårdnad
driver ofärd på flykten.”
Costanza Safamitas nya liv i strykrummet

Don Filippo Leccasarda, unge baronens husföreståndare, gav speciella förhållningsorder när det gällde att ta emot Costanza i tjänstefolkets avdelning. Betjänterna utförde orderna noggrant utan att vare sig klaga eller ställa frågor. Strykrummet, som låg intill serveringsrummet och inte långt från tjänstefolkets trappa, var tillräckligt stort för att man där kunnat inreda ett stort och bekvämt utrymme avskilt av en skärm, nära terrassen där man hängde tvätt. Det var det utrymme som reserverats för Costanza: ett blygsamt men trevligt arrangemang, utsmyckat med utländska planscher med jaktscener och en gammal matta. Amman var nöjd och Costanza började genast tillbringa hela eftermiddagarna där.

Under dagens övriga timmar upprätthöll Costanza och Giacomo sina tidigare vanor. De sov i sina respektive rum på tredje våningen och åt sina måltider i sitt vardagsrum, ensamma; i sällskap med ammorna gick de ner till herrskapsvåningen för att hälsa på föräldrarna, både morgon och kväll; efter ”konversationen” på franska med Madame – på grund av deras ålder begränsade de sig framför allt till att leka med den gamla österrikiska damen – tog de mitt på förmiddagen den dagliga promenaden upp till slottet, där de träffade morfadern och faster Assunta. Efter middagsmålet väntade de på att föräldrarna avslutade sin måltid, för ibland ville dessa se dem medan de drack sitt kaffe. Sedan drog sig alla i familjen Safamita tillbaka, var och en för sig, för att sova middag.

Unge baronen, som inte tyckte om att sova på dagen, lät då ofta hämta Costanza till rökrummet och tog för vana att då tala franska med henne, som han brukade göra med sin hustru när de var ensamma.

Barnens eftermiddagar ägnades åt lek och modern besökte dem i deras rum. Men nu stannade Costanza kvar i strykrummet fram till kvällsvarden, skild från Giacomo och modern. Hon saknade sin lillebror men accepterade snällt det som ålades henne. Däremot var hon väldigt ledsen för att modern höll sig borta och hon frågade ofta efter henne. Costanza hade få tillfällen att se henne och deras sällsynta möten var korta och alltid i närvaro av amman eller fadern.

Giacomo förstod inte vad som hade hänt: från en dag till nästa hade han berövats sin lekkamrat. När han växte upp, framför allt när Costanza berättade för honom vad de sysslade med i strykrummet och i köken, dit han inte hade tillträde, kunde han inte förstå varför han var utesluten därifrån. Fadern dolde inte att han föredrog Costanza; Giacomo uppfattade henne som en rival och reagerade med avsiktliga grymheter och trakasserier. Costanza uthärdade tålmodigt och lekte med honom, vilket ökade hans ilska och frustration.

I palazzo Safamita bodde och arbetade ungefär tjugofem personer, kökspersonal, vaktmästare, kuskar och några gamla trogna tjänare som på sin ålderdom inte hade någonstans att ta vägen eller helt enkelt föredrog att sluta sina dagar i detta palats, som de betraktade som sitt hem, och försökte vara till nytta där de kunde. Andra anställda lydde direkt under unge baronen och bodde inte i palatset, till exempel de som skötte förvaltningen och de privata vakterna. De sistnämnda hade vaktstugan helt för sig själva, bredvid portvaktstugan, och där intog de också sina måltider. Deras uppgift var att skydda familjen och egendomarna.

Gränserna mellan tjänarna var skarpa och grundade på respektive roller, och uppdelningen mellan män och kvinnor var lika strikt. Monsù och don Filippo Leccasarda åt tillsammans i rummet med linneskåpen. De serverades av Lina Munnizza, köksan, som sades vara Monsùs älskarinna och mycket svartsjuk och att hon hade valt rollen som uppasserska för att kunna lyssna på deras samtal. Männen åt i köket, uppassade av kvinnorna, som i sin tur var hänvisade till att äta tillsammans med ammorna i serveringsrummet.

Till skillnad från herrskapets liv, som på det hela taget var tillbaka draget, var det på de lägre våningsplanen ett ständigt vimmel av folk och ett myller av noggrant styrd verksamhet i en atmosfär som man skulle kunna kalla lugn och till och med uppsluppen. Costanza skämdes bort av alla och var särskilt välkommen i de rum där kvinnorna arbetade. Ibland fick hon hjälpa till. Jungfrurna hade till en början känt sig besvärade av samvaron med en härskarinna, även om hon var en liten flicka; sedan gick det som det brukar gå, de vande sig och fäste sig ännu mer vid henne. När familjen flyttade till Palermo eller till husen på landet, där det inte fanns möjlighet att dela av ett utrymme åt henne i tjänstefolkets rum, sökte Costanza nästan naturligt tjänsteflickornas sällskap.

Utan en moders kontroll och föredöme tog Costanza instinktivt amman som förebild, härmade hennes sätt att tala, hennes rörelser och lade sig till med samma smak. Amalia hade åtagit sig en speciell uppgift som passade en ammas lediga stunder i huset Safamita, nämligen att lappa och laga. I familjen Belices hem var detta vardagsmat, trasorna som hängde på föräldrar och barn hölls ihop av lagningarnas trådar snarare än vävens. Det var alltså ett nostalgiskt återvändande till ungdomens sysslor och det blev snart hennes käraste tidsfördriv.

Varje eftermiddag ställde Costanza och hennes amma sina stolar framför fönstren till terrassen och satte igång att sy. De diskuterade vad som skulle göras och valde bland det som samlats i korgen: handdukar, servetter, putsdukar, strumpor, näsdukar, vita serveringsvantar eller uniformer. Det fattades aldrig arbete, vilket gav dem en behaglig känsla av trygghet. Till skillnad från broderi behövde lagning dessutom inte särskilt mycket uppmärksamhet, så de kunde prata och roa sig med att lyssna på de andra. Costanza var flitig och lärde sig att utföra mindre arbeten som passade hennes ålder och blev så småningom mycket skicklig med nålen. Att lappa och laga var och förblev hennes favorithandarbete. Hon tyckte om att sjunga och ofta medan de satt där och arbetade började hon småsjunga på en visa. Amman satt bredvid och nynnade.

Det fanns två äldre, ej längre arbetsverksamma kvinnor, ständiga gäster i palazzo Safamita, som för Costanza betydde minst lika mycket som Amalia. Maria Teccapiglia hade varit jungfru hos Costanzas mormor – baronessan Maria Stella, som dött mycket ung –, som, vilket hon tyckte om att berätta, på sin dödsbädd hade bett henne att hålla uppsikt över dottern. Hennes make, Gaetano Tignuso, bror till tillsynsmannen på Malivinnitti, hade dött ung av en åsnespark. Eftersom hon var van vid livet i slottet trivdes hon inte hos svärföräldrarna, så hon föredrog att lämna sin dotter på Malivinnitti och flytta tillbaka till familjen Safamita. Förutom hennes ålder hade släktskapet med Pepi Tignuso förlänat Maria både husbondfolkets och tjänstefolkets respekt. Hon var särskilt bekymrad över baronessans beteende och hade en alldeles egen förklaring till det som hänt, men den behöll hon för sig själv. Hon hoppades att modern med tiden skulle komma att tycka om flickan och hade därför tagit på sig uppgiften att hålla liv i Costanzas tillgivenhet för modern. När flickan längtade efter att få träffa modern, lyckades Maria distrahera henne genom att berätta episoder från moderns barndom. Detta lugnade Costanza och tack vare Maria Teccapiglia lärde hon känna modern bättre och det slutade med att hon älskade henne ännu mer.

Annuzza la Cirara hade varit sömmerska hos baronessan Maria Stella och var en skicklig berätterska. Tvärtemot vad hennes tillnamn ”vaxmakerskan” antydde, hade hon aldrig arbetat med vax. Hon hade ägnat sig åt sömnad sedan hon var sex år och hade antagit kroppsformen hos den som sitter länge och arbetar med krökt rygg och går för lite: hon var fet och hade breda höfter och platt bakdel och gick med små steg. Hennes svärmor var tacksam för att Annuzza fogligt höll tyst om maken Peppi 'u Cirarus böjelser – han var ljusmakare till yrket och homosexuell till sin läggning – och hade därför låtit henne fortsätta sitt sömmande och själv tagit på sig hushållsarbetet. Peppi dog efter några få års äktenskap, men i stället för att stanna kvar hos en familj som hon inte trivdes med, hade Annuzza flyttat tillbaka till palazzo Safamita. Där sydde hon åt tjänstefolket: uniformer, förkläden, grytlappar, servetter och andra vitvaror. Hon accepterade att bli behandlad som en gift kvinna och uppförde sig som en sådan, diskret och försynt.

Hon var i total avsaknad av illvilja och långsinthet och var därför trots sin ålder som en ung flicka: oskuldsfull, romantisk och full av kyska fantasier. Annuzza sömmade och berättade och tröttnade aldrig. Hon tröstade Costanza med sagor som hon ändrade eller måttsydde allt efter omständigheterna och för henne uppfann hon till och med en hjältinna, prinsessan Babbaluci, Snigelprinsessan. Eftersom hon var en outtömlig källa till underbara sagor vände sig Costanza just till henne för att få tillträde till en värld där lidande, tålamod, generositet och talang belönades med kärlek, äktenskap, rättvisa och lycka.

När Costanza förvisats till strykrummet hade hon hamnat i en helt och hållet kvinnlig och muntlig värld, där hon kände sig älskad och skyddad; hon trivdes inte i mäns närvaro, med undantag för de män som stod henne nära: fadern, bröderna och morfadern. Hon var blyg och tillbakadragen, i farbrödernas och de vuxna kusinernas sällskap fick hon inte fram ett ord och hon kände sig orolig när hon mötte de män som arbetade i palatset. Amman trodde att denna rädsla berodde på det möjligen omedvetna minnet av det förakt som alla visat när de retat henne för hennes utseende. Med tiden vande sig Costanza vid don Filippo Leccasarda och ytterligare några få anställda karlar, framför allt de äldre. Don Paolo Mercurio och Gaspare Quagliata kom att tillhöra hennes lilla vänkrets. De berättade sanna historier för henne om fjärran och fascinerande länder och främmande städer.

Följande sommar, när Stefano kom hem från internatskolan, ville unge baronen att Costanza skulle tillbringa mer tid tillsammans med sina bröder. Han hade talat med sin hustru om det. Caterina accepterade detta och lovade att hon skulle behärska sig, för hennes enda önskan var att vara en god mor och hustru och hon hoppades att hon skulle kunna älska sin dotter.

Hennes make tänkte länge och med smärta på detta. Han betraktade henne. Till slut bestämde han sig för att ge henne tillfälle att skaffa sig upprättelse. I och med äktenskapet hade han inte upphört att bete sig farbroderligt beskyddande och överseende. Samtidigt hade hans önskan att äga sin hustru blivit starkare just därför att det var omöjligt att äga Caterina helt och fullt: detta var hemligheten med deras passion och hans tolerans.

Domenico Safamita tog på sig uppgiften att uppmuntra Costanza att besöka lekrummet och herrskapsvåningen tillsammans med bröderna.

Flickan följde honom, men det var tydligt att hon var orolig och ängslig: hon betraktade nu strykrummet som sitt eget lilla rike och på sin fritid återvände hon dit så ofta hon kunde för att lappa och laga tillsammans med Amalia och umgås med tjänstefolket.

15

”Äktenskap och biskopat instiftas i himlen.”

Snigelprinsessan. Annuzza la Cirara hittar åt Costanza Safamita på en underbar saga om sniglar, en snigelkung och dottern till en fåraherde

”Det var en gång en fåraherde som bodde i en liten stuga med sin hustru och sju söner. Hustrun ville ha en dotter också, men det ville sig inte. En dag när hon var ute och plockade kapris, fick hon en vass tagg i fingret och hela handen svullnade upp. Hon fick inte bort taggen. Hon satte sig på en sten och började gråta. ’Vem kan dra ut den här otäcka taggen? Åh, om jag hade en dotter, skulle hon dra ut den genast!’ suckade hon.

’Jag kan dra ut taggen’, hördes en röst säga, ’och ge dig en dotter, om du gör som jag säger.’ Fåraherdens hustru såg sig omkring, men där fanns inte en levande själ. Rösten kom från en vinbergssnäcka stor som en sten och skalet var mörkrött med gula ränder som lyste som guld. ’Men först måste du lova att ge mig dottern du får.’ ’Jag lovar’, sa fåraherdens hustru. Snigeln kröp över hennes hand och spred ut sitt slem på den: smärtan försvann och taggen var försvunnen.

Nio månader senare födde fåraherdens hustru en dotter. En morgon fick hon se snigeln framför huset, sittande på en taggig planta. ’Jag har kommit för att hämta dottern som du lovade mig’ påminde henne snigeln. ’Ge dig iväg innan jag krossar dig!’ skrek hon, och snigeln kröp iväg.

Flickan hade mjölkvit hy och kastanjefärgat hår som var underbart vackert: i solen blev det rött med gyllene reflexer, precis som snäckskalet.

Fåraherden och hans hustru var lyckliga.

En dag när fåraherdens hustru kammade dottern, märkte hon att två horn höll på att växa ut på hennes huvud, precis som snigelhorn. Hon försökte täcka över dem med håret, men de stack rätt upp mellan lockarna. Då satte hon på henne en liten hätta och såg till att hon hade på sig den dag och natt.

Dottern växte upp vacker och charmerande och blev giftasvuxen. 'Vem vill väl gifta sig med en flicka som har snigelhorn? Och vem vill väl gifta sig med mina sju söner och få en sådan svägerska? Den här blir kvar här hemma, en mun till att mätta!' Fåraherdens hustru var förtvivlad och pryglade dottern. Hon talade med sin man och de beslöt att sätta ut henne i skogen.

Sommaren närmade sig och fåraherden måste ge sig av med fåren till betesmarkerna uppe i bergen. Han tog med sig dottern. De kom till en hasselskog och stannade för att sova i en grotta. När flickan vaknade på morgonen såg hon varken fadern eller fåren. Hon letade efter honom hela dagen och på kvällen grät hon sig till sömns. Under natten kom många sniglar tyst fram och täckte henne med slem, som blev till en kokong: den stackars flickan blev en snigel. De tog med henne till sitt underjordiska rike, där en snigelkung regerade, och där levde hon vördad som en prinsessa.

Efter en tid började hon längta efter sin mor. Modern var elak, men hon var i alla fall hennes mor. Hon längtade mycket efter henne och plågades. Snigelkungen lät henne återvända hem på villkor att hon aldrig tog av sig huvudduken och inte talade om för en levande själ att hon hade horn.

Föräldrarna tog emot henne illa; de satte henne att arbeta och slog henne ofta. 'Se efter om hon fortfarande har snigelhorn', sa en dag fåraherden till sin fru, 'de kanske har torkat in och då kan vi gifta bort henne.' Men flickan vägrade att låta modern vidröra henne huvud. Till slut jagade de bort henne. Den stackars flickan var förtvivlad och återvände till skogen. Hon lade sig i grottan och önskade att hon skulle vakna som snigel, men så blev det inte. Nästa dag gick hon omkring bland träden och hoppades på att hon skulle träffa på snigelkungen.

Men i skogen mötte hon i stället en vacker prins, som hade gått vilse. Han bad henne om mat. Hon tog honom med sig till grottan och bad honom vänta där. Hon letade överallt, men någon mat hittade hon inte. Hon var förtvivlad. Vad skulle prinsen säga? Från undersidan av en sten kom då snigelkungen krypande mycket långsamt. 'Var inte bekymrad, du är inte ensam, jag är här för att hjälpa dig', sa han. 'När du vill ha mat, dra bara loss ditt ena horn.' Hon gjorde som han sagt och vips stod där ett dukat bord med alla upptänkliga läckerheter. Prinsen åt med god aptit och de fördrev tiden med att prata. När han var hungrig drog hon loss ett horn och maten dök upp. Det gjorde ont att dra loss hornen, men det var nödvändigt att göra det. Hornen växte sedan ut igen som genom ett trollslag.

Prinsen tog henne med hem till sitt palats och berättade för sin mor att hon var den bästa kokerskan i världen och att han blivit förälskad i henne. De pratade hela dagen om henne och drottningen blev svartsjuk. Hon blev förargad på den stackars flickan och plågade henne mycket. Hon grät men sade inget till prinsen. Till slut satte drottningen i gång att planera ett bröllop mellan prinsen och en mycket förmögen prinsessa, men han ville inte höra talas om det.

En dag sade prinsen att han ville gifta sig med henne, fattig som hon var och duktig på att laga mat, men först ville han se henne i hela hennes glans: hon måste knyta upp huvudduken och visa honom sitt hår. Hon kunde inte bryta sitt löfte till snigelkungen och sade därför nej. Prinsen var inte van vid att bli motsagd och blev förolämpad. Han gav sig ut på jakt och när han kom tillbaka såg han inte ens åt henne. Inför den stackars flickan talade han ömt om den prinsessa som han skulle gifta sig med. Hon plågades. 'Aldrig kommer han att älska mig igen, min prins! Jag plågas bara av att se honom och han vill inte längre ha mig', sa hon. Under tiden förberedde drottningen sonens bröllop och flickan plågade hon ännu mer.

Dagen före bröllopet kallade prinsen henne till sig och sa att han inte kunde glömma henne: han var beredd att fly med henne, men först måste han få se hennes hår. Hon tyckte så mycket om honom att hon tog av sig huvudduken.

Underbart hår hade hon, kastanjebruna lockar med röda och gyllene slingor. Prinsen ville smeka det, men så fort han rörde vid det täcktes hon av slem och försvann. Hon hade blivit snigel igen. Han blev alldeles förtvivlad, ställde in bröllopet och återvände till skogen. Han hittade grottan där de hade lärt känna varandra och grät sig till sömns. På natten visade hon sig för honom i sömnen. 'Jag kommer tillbaka till dig om du låter den första Guds varelse du möter kyssa dig på munnen', lovade hon. Prinsen vaknade och tittade sig omkring. Han såg ingen. Han började vandra omkring i skogen, men det fanns inga spår av vare sig människor eller djur. Till och med myrorna hade gömt sig i sina hålor. Prinsen vandrade i en dag och en natt och morgonen därpå föll han till marken och somnade under ett johannesbrödträd.

När han vaknade såg han en snigel vid sina fötter. Den fällde långsamt ut sina horn och den fuktiga foten och kröp upp på hans stövlar, klättrade uppför byxorna, nådde skjortan och kröp sedan upp på hans hals. Prinsen var äcklad, slemmet sved på hans hud som om det varit en nässla, men han tänkte på sin älskade och rörde sig inte. Det sved rejält och rätt som det var svimmade han.

Han vaknade igen med sin käresta bredvid sig. Hon var underskön; två horn stack upp bland hårlockarna. De kysste varandra länge och sedan berättade hon sin historia. För henne var snigelkungen hennes riktige far, så om prinsen älskade henne, måste han acceptera de båda hornen och förlåta fåraherden och hans fru. Han gick med på det. Då dök en kung upp framför dem med krona och allt. Det var snigelkungen: en häxa hade förtrollat honom och förtrollningen kunde inte brytas förrän en liten flicka älskade honom som en far och inte skämdes för hornen.

På bröllopsdagen föll hornen av hennes huvud, men alla människor tyckte så mycket om henne att de fortsatte att kalla henne Snigelprinsessan."

16

”Det är tråkigt med tillgångar som ägaren inte kan se.”
Familjen Safamitas sommarvistelse på Malivinnitti

På somrarna inledde familjen Safamita sina ferier på Malivinnitti i juni, lagom till tröskningen. Systrarna och padre Sedita var flitiga besökare och familjen stannade för nöjes skull kvar där längre än vad som var nödvändigt. Sedan flyttade de vidare till sina andra lanthus, för egendomarna krävde deras närvaro.

Malivinnitti var en stor jordegendom i inlandet, där det uteslutande odlades säd, och det var familjen Safamitas största egendom. Gården låg halvvägs upp på kullen och var omgiven av höga murar och dominerade de andra kullarna. Under en stor del av året verkade egendomen övergiven av människor och djur, men så var det inte. Malivinnitti övervakades av tillsynsmännen. Far och son Tignuso red kors och tvärs över den på sina ston. Beväpnade med bössa och pistoler satt de på vakt i hemliga gömslen och övervakade markerna, medan kvinnorna på gården turades om att utföra sina sysslor vid fönstren i vaktstugan där de bodde, och höll alltid ett öga på gården och fälten. Malivinnitti levde upp först när det var dags för säsongsarbetena – plöjning, sådd och skörd – och dussintals daglönare kom från angränsande byar för att tjäna ihop till mat; även de övervakades av karlarna Tignuso.

På bondgården bodde både djur och människor. I början av artonhundratalet hade baron Safamita låtit bygga mangårdsbyggnaden intill ena sidan av bondgården, med en inre gård av samma dimensioner. Deras bostad en trappa upp vette mot gårdens alla fyra sidor och hade mängder av sovrum, som sovavdelningen i ett kloster. Huset var enkelt och utan bekvämligheter och var tre generationer Safamitas favoritbostad på sommaren, trots att de hade flera andra ställen som var mycket luxuösare.

Deras vänner förstod inte: sädesfälten gick ända fram till väggarna och den enda ögonfägnaden var ett dussintal enorma johannesbrödträd som planterats på sluttningen nedanför terrassen, där det fläktade skönt, och där hade man ställt ut bord och stolar för att njuta av svalkan i skuggan av de där stora träden; landskapet var enformigt och typiskt för en stor lantegendom: kulle efter kulle med oändliga rader av sädesfält. Inte ett träd, inte ett hus. ”Jord och himmel, det är allt som finns på Malivinnitti. Vad i hela friden ser de där?” frågade sig folk.

När solen steg upp drog sig nattens fuktiga skuggor undan från de öde sluttningarna och lämnade kvar blå penseldrag; de vederkvickta sädesfälten susade och fåglarna flög över dem på jakt efter mat. Himlen fick ett djup och blev intensivt blå. Sedan blev den vitglödgad. Solen stod i zenit och dominerade och glänste obevekligt över allting. Fåglarna var trötta och förblindade av det gnistrande ljuset och sökte skydd bakom stenarna; örter och plantor vid kanten av stigarna höll tillbaka sina dofter och sänkte sina förtorkade blad. Kvällens uttörstade skuggor – långa, tydliga, röda – väckte insekter, fåglar och dofter från fälten. Solen gick ner bakom kullarna i en fantasmagori av rött, gult och violett. Sedan blev det lugnt. Ett fullständigt mörker föll över Malivinnitti. De första eldflugorna lyste svagt.

Dag och natt låg landsbygden orörlig men inte ofruktbar: i tystnaden som blandades med cikadornas gnissel svällde säden korn för korn och berikades av stärkelse. Jorden som frätts av solen upprepade fruktbarhetsriten år efter år. Sedan millennier. Jord, säd och himmel. Ägodelarna. Familjen. Det var så familjen Safamita betraktade Malivinnitti. Det var deras sätt att hylla livet och det starka bandet till jorden.

Barnen Safamita hade en annan anledning att tycka om sommarvistelsen på Malivinnitti: samvaron med kusinerna. På Malivinnitti kände sig barnen fria, fastän de aldrig var ensamma. De strövade omkring bland sädesfälten och deltog i skördearbetet åtföljda av en av karlarna Tignuso och diskret övervakade av vakterna. På bondgården fanns det massor av andra saker att göra. Ensamma eller tillsammans med böndernas barn tillbringade de de varma timmarna med att samla sköra stenar av olika färger, som de sedan krossade till ett fint pulver, rött, vitt, grått, gult eller grönblått; de formade våt lera, repade de ännu gröna sädesaxen för att äta de fuktiga och sötaktiga kornen och de flätade korgar av vass: lekar som de fattiga alltid lekt.

Pojkarna lekte med Pepi Tignusos barnbarn och böndernas barn, som till en början höll sig avvaktande men sedan tyckte det var roligt och var stolta över att umgås med husbondfolkets barn och över att kunna stoltsera genom att visa upp blinda kattungar, plåga hundvalpar och skära av vingarna på fåglar och stjärten på ödlor.

Caterina Safamita trivdes på Malivinnitti. Om kvällarna på terrassen spelade hon kort och småpratade med både stora och små, hon sjöng tillsammans med de andra kvinnorna och erbjöd Costanza, som var mycket tonsäker, att sjunga med. Det blev hon väldigt glad för.

Fadern red varje dag runt ägorna tillsammans med Pepi Tignuso. Ibland kom han tillbaka från dessa ridturer och var bekymrad och drog sig ifrån sällskapet. Costanza märkte det och försökte lugna honom. Efter kvällsmåltiden stod han på terrassen och betraktade den trötta karavanen av åsnor och mulor lastade med vattenkrus som återvände från sista vändan till vattningsplatsen. Han verkade orolig. Costanza kom och ställde sig bredvid honom. Fadern lade armen om hennes axlar och höll henne tätt intill sig. Hon kände hans sorgsenhet och plågades. En gång talade hon med Stefano om det, men han sade att hon inte skulle tänka på det, för det var ingenting för kvinnfolk.

En morgon satt amman och Maria Teccapiglia på trappan till spannmålsmagasinet och vaktade barnen. Amalia fållade en näsduk och Maria drog tråckeltråden ur de redan färdigfållade.

”Jag tycker inte om Malivinnitti”, muttrade amman, ”barnen har roligt men jag förstår inte... varför trivs husbondfolket så bra här?”

”Varför och varför... jag vet varför”, sa Maria utan att lyfta blicken från sömnaden. ”Det finns alltid en förklaring: det var här det hela började för ett tjugotal år sen. Jag satt här där vi sitter nu och vaktade unga baronessan och hennes kusiner Scravaglio och Limuna: de lekte med säden, precis som de här barnen gör nu. Ingenting har förändrats. Unga baronessan hade mist sin mor och hennes kusin Stefano Scravaglio kastade sina blickar på henne, precis som Vincenzo Limuna nu kastar sina blickar på Costanza: en hemgift från familjen Safamita är mycket lockande. Men unga baronessan roades inte av kusinens lekar:

han drog henne i kjolen, slängde sig över henne och provocerade henne rejält. Jag kunde ingenting säga. En dag kom unge baron till magasinet och han stannade tvärt. Hon hade klättrat högt upp och hennes kusin retade henne.

'Hjälp mig, zio, Stefano lämnar mig inte ifred!' ropade hon, och innan unge baronen hunnit svara, hoppade hon ner och hamnade rakt på honom; han hann nätt och jämnt gripa tag i henne under armarna. Och jag såg vad jag såg. Hon hade en kvinnas ögon och de ögonen var riktade mot hennes farbror. Jag såg honom inte framifrån, men han höll hårt om henne och släppte henne inte. Jag vände bort huvudet.

'Var försiktig, Caterina, lek lite lugnare!', sa han och gick därifrån utan att ta avsked. Caterina kom och satte sig bredvid mig och sa inte ett ord.

Flera år senare såg jag dem komma utsmygande från bondgården tidigt en morgon och försvinna in under ett stort johannesbrödträd, ett sånt där med grenar som går ända ner till marken, och där stannade de. Det är därför unge baron och baronessan kommer till Malivinnitti och stannar kvar, nämligen för att minnas när de blev kära i varandra."

17

"I Palermo tar de två guldmynt för pålägget och två kopparmynt för brödet."

I Palermo är folk annorlunda och Costanza Safamita förstår dem inte

Domenico Safamita var trettiosex år gammal när han gifte sig med sin brorsdotter. I familjen trodde man att han skulle förbli ungkarl. Systrarna blev förbryllade och överraskade av det där äktenskapet och inte bara på grund av släktskapet. Domenico var en sällskapsmänniska, han hade rest mycket och uppskattade konst och musik och nu gifte han sig med en femtonårig brorsdotter som vuxit upp på landsbygden. Och systrarna tyckte i alla fall inte om inflytandet från brorsdotterns guvernant, mademoiselle Annie Besser. Genom henne hade Caterina lärt känna och älska fransk litteratur och musik; hon hade lärt sig att spela piano och spelade klaverutdrag och arior av Mozart, Donizetti, Bellini och Rossini, som mademoiselle Besser hade haft med sig till Sarentini. Guvernanten hade lämnat kvar dem som gåva när baronen efter förlovningen förläget meddelat att hon inte längre behövdes. Hon förstod att det var Caterina som krävt det.

Efter bröllopet stannade Domenico och Caterina kvar i Sarentini, i palatset som han låtit bygga och som var mycket bekvämare än palatset i Palermo, där de tillsammans bara tillbringade ett par veckor på våren. Varje höst återvände Caterina till slottet medan hennes make var i Palermo eller ute och reste. Hon visste att han hade en hålldam men var inte svartsjuk. Detta var inget ovanligt och tolererades av hustrurna så länge det inte hotade äktenskapet. Unge baronen hade fler äventyr, även med kvinnor ur sin egen samhällsklass, men han skötte det diskret och utan hustruns vetskap.

När Stefano sattes på internatskola i Palermo 1860 förändrades saker och ting. Caterina följde med sin make på korta besök i Palermo och lämnade de yngre barnen i Sarentini och när Giacomo blev större flyttade hela familjen till Palermo under vintermånaderna.

Resan från Sarentini till Palermo var för Costanza ett både stimulerande och skrämmande äventyr på samma gång. De gav sig av i vagn och planerade färdsträckan noga av rädsla för stråtrövare, vilkas skaror utökats med de värnpliktsvägrare som efter Italiens enande drev omkring i bergen. Ibland måste de förflytta sig på mulåsnor eller till och med i bärstol om vägen inte var farbar. Konvojen ledsagades av vakter och andra vakter red före och rekognoscerade och förvarnade. För Costanza var det en tröst att se dem placerade på kullarnas toppar, imponerande i sina gröna rockar och med gevärspipan uppåt, sittande på sina stora fuxar. På långt håll tyckte hon att de såg ut som krigande och beskyddande änglar.

Costanza fortsatte sina lektioner – italienska, franska, aritmetik, musik och sång – men dagarna följde en annan och ofta oförutsedd rytm, bestämd av kravet på att odla sociala förbindelser. Hon hade vant sig vid den skenbara monotonin i Sarentini och saknade de lugna eftermiddagarnas behagliga ritual då hon satt och broderade tillsammans med amman. Hon behövde trygghet. Hon såg fram emot de flitiga eftermiddagsstunderna framför fönstret, som ackompanjerades av en svagt nynnad refräng som påbörjades av den ena och fortsattes av den andra. Hon kände att hon fritt kunde försjunka i tankar eller prata utan rädsla för att göra fel eller förarga de andra. Hon placerade broderbågen i knät, sträckte ut linnetyget över den och satte därefter fast spännbågen för att hålla duken på plats och drog i flikarna för att spänningen skulle vara jämn; hon mätte upp en bit tråd och trädde nålen. Hon var klar: hon stack i nålen uppifrån och drog i tråden underifrån tills hon fick rätt spänning, sedan stack hon upp den på känn. Återigen drog hon i tråden, återigen stack hon igenom duken och tryckte på med fingerborgen och följde mönstrets linjer: hela tiden samma rörelser. Stygn för stygn växte broderiet långsamt fram och varje stygn skänkte henne en subtil njutning. När det var dags att lägga ifrån sig broderiet för dagen, fäste hon tråden ordentligt och lade tillbaka alltihop i korgen. I Palermo däremot var det med ängslan hon varje eftermiddag tog itu med sitt arbete och hon vågade inte se fram emot njutningen eftersom hon var rädd att bli avbruten för att ta emot besök eller gå ut.

Hon lärde sig snart att i Palermo var det så här: att göra ett gott intryck och ha vänner var viktigt, resten betydde mindre eller ingenting alls. Utseende och elegans – såväl vad gällde den egna personen som representationsvåning och vagnar – var mycket viktigt och så även pengar, som folk spenderade omåttliga mängder av. Vänskap värderades utifrån inkomst och samhällsställning. Allt detta var för henne obegripligt.

Kvinnorna klagade på sällskapslivet, de sade att de kände olust och var trötta och uppgav att de hellre stannade hemma och att de var tvingade att delta i allt detta sällskapsliv, som de gärna skulle vara utan. Men så organiserade de mottagningar, meddelade besök men ångrade sig när det var dags att gå och sade att de ville stanna hemma men blev förolämpade om de inte fick några inbjudningar.

På eftermiddagarna samlades ofta modern, fastrarna, de kvinnliga kusinerna och några vänner till familjen. Costanza hörde dem skvallra, prata om äktenskap, diskutera kläder och smycken. De pratade alltid om samma saker, som om de glömde från en dag till nästa, men ingen fäste sig vid det. Hon märkte att modern deltog i konversationerna med en viss motvilja, något de andra inte uppfattade. Då kände hon sig nära henne, tänkte att hon saknade sina eftermiddagar i Sarentini, när hon läste, spelade piano, pratade med fadern och hon frågade sig om också hon saknade sköldpaddorna. Men hon vågade aldrig tala med henne om dem.

I Palermo förändrades också umgänget med familjen. Hon saknade tjänstefolkets sällskap: i palatset i stan var hon förbjuden att gå in i deras rum. Giacomo gick på internatet som externelev och hade sina vänner. Fadern var mycket upptagen och var ofta hemifrån, men modern hade mer tid för henne. Hon tog henne med på artighetsvisiter hos släktingar, manade henne att bli vän med sina jämnåriga kvinnliga kusiner, beskrev för henne de invecklade släktförhållandena med folk som de gick på besök till och gav henne ständigt råd om hur hon skulle uppföra sig, men aldrig någonsin med ett leende eller en smekning som uppmuntran. Costanza var medveten om sitt utseende och att hon var annorlunda och var rädd för att göra modern förlägen även på grund av sin Sarentini-dialekt och sin dåliga italienska. Hon svarade enstavigt på de vuxnas frågor och var generad inför jämnåriga och rodnade för ingenting. Fastän hon hade en god hållning höll hon axlarna böjda och ögonen sänkta och hon undvek att se på de där personerna som hon instinktivt uppfattade som fientliga.

Costanza gick ibland och handlade tillsammans med modern. Ängsligt räckte hon henne handen. Varje gång blev hon besviken, för hon kände hennes kyla när hon tog hennes hand, redo att släppa taget redan innan de hunnit över gatan. Att gå in i affärer eller sömmerske- och modistateljéer var en ren plåga för Costanza, eftersom hon var helt befriad från fåfänga.

De där stackars kvinnorna som levde på att sälja till de rika gav henne komplimanger för hennes stora ögon, hennes späda ansikte eller hennes längd. Costanza lyfte blicken mot modern, som stod där med munnen hopbiten, hakan indragen och outgrundlig blick och tycktes säga: ”Besvära er inte, den här oönskade dottern är ful och det är inget att göra åt.”

Costanza plågades och blev flammande röd. Aldrig hade hon känt sig så ängslig och klumpig som när mamman ägnade sig åt henne, men ändå slutade hon inte att hoppas på att hon en dag skulle få en smula av den ömhet som modern visade sina söner.

18

”Berg möter aldrig berg, men människor möter människor.”
I Palermo lär Costanza Safamita känna fadern och Stefano bättre

I Palermo träffade Costanza Stefano de dagar han inte var på internatet.

De åkte i vagn och köpte glass nere i hamnen. Stefano pratade om allt, som om han tänkte högt. Ända sedan hon var liten hade Costanza varit en god lyssnerska: hon ställde inte så många frågor, men hon sög åt sig det hon kunde och lade på minnet.

Det var på så vis hon fick veta att Palermos aristokrater var uppdelade i två läger, de som stod på de nya härskarnas sida och de som saknade bourbonerna, att det fanns hemliga sällskap som konspirerade för att få dem tillbaka på tronen, andra som ville ha en regering utan kung, andra som inte respekterade kyrkan och åter andra som var ännu mystiskare och konstigare. Stefano talade också om de ungas tvivel, men framför allt om deras förhoppningar; han hade faktiskt sina egna idéer: han trodde fullt och fast på att det vid Siciliens horisont fanns en ny värld, det skulle räcka att gripa de tillfällen som yppade sig: nya jordbruksverksamheter, ökad hästavel, tonfisksfiske, bearbetning av korall, sjöfart och industri.

Costanza förstod inte helt och hållet, men hon ställde inga frågor, eftersom hon var så förtjust i de där åkturerna i vagn av och an längs strandpromenaden då hon satt där stolt bredvid sin storebror. På ena sidan fanns de stora adelspalatsen med sina yppiga terrasser. På trottoaren som vimlade av folk som klätt upp sig för eftermiddagspromenaden låg hamnkaféerna, framför vilka vagnarna stannade för att köpa glass. Gatan gick längs det klara, lugna havet som i väster reflekterade den beskyddande husguden, Monte Pellegrino. Kyparna serverade dem medan de satt i vagnen. De banade sig väg bland kunderna vid kaféborden och folk som promenerade framför dem, och de balanserade en bricka på sin uppsträckta hand högt över de förbipasserandes huvuden, stora runda brickor med vattenglas och små försilvrade metallbägare bräddfulla med glass. I varje bägare satt ett rullat, knaprigt kex. Costanza var en läckergom: hon njöt vällustigt till och med av det färska och uppfriskande vattnet, som hon drack i små klunkar efter glassen.

Fadern åt ofta middagsmålet på klubben och upprätthöll inte vanan att tillbringa eftermiddagarna med henne, men då och då tog han med henne ut på en åktur i vagnen, som en överraskning. Ofta beordrade han Paolo att stanna och pekade på något, vare sig hon kände till det eller ej. Med hjälp av faderns förklaringar blev allt annorlunda och fascinerande.

En dag när de stannade för femtioelfte gången sade han åt henne att stiga ur. De gick uppför en stinkande gränd med kyffen som var överfulla av folk på båda sidor. De gick bland högar av dynga, kringstrykande djur och tjänstefolk, kvinnor, barn och eländiga åldringar. Det var ett enda högljutt skränande. Gränden slutade framför en mycket hög mur och stanken var förfärlig. ”Titta här”, sa fadern och pekade på stenarna som utgjorde murens bas, ”de här har huggits ut och lagts på varandra; ser du hur utrymmena har fyllts med tunna tegelstenar, som stoppats in mellan dem?” Han pekade på dem med sin promenadkäpp. Runt omkring dem hade det samlats en liten hop av halvnakna barn, utmärglade, smutsiga och nu alldeles stumma. Costanza kände sig iakttagen där hon stod med sin hand i faderns. De gamla hade sträckt på halsen, med orörligt ansikte och matt blick under rynkiga ögonlock.

Kvinnorna fortsatte sina sysslor men kastade då och då misstänksamma och skrämda blickar.

Costanza var överväldigad av stanken och rädslan och hon kramade faderns hand hårdare. Han smekte hennes handflata med fingrarna och fortsatte: "Här kan man läsa historien. De här stenarna tillhör den ringmur som byggdes för nästan tretusen år sedan av fenicierna, Palermos grundare. De kom över havet från Afrika och när de seglade längs Siciliens kust och hade kommit förbi Monte Pellegrino, fick de syn på den vidsträckta, bördiga Palermoslätten, full av vatten och omgiven av berg, som min kupade handflata." Fadern höll fram handen med fingrarna böjda inåt för att föreställa en ring av berg: en stor fluga med gröna regnbågsskimrande vingar kom och satte sig där. Costanza stirrade fascinerat på den och tyckte att den var vacker. Hon tittade och lyssnade. "De sa till varandra: det här är en vacker plats, nu kastar vi ankar och stannar här. Vi anlägger en stad här och bygger kraftiga murar omkring den. Så restes de här tjocka murarna och fenicierna stannade i Palermo i många år. De var ett intelligent, nyfiket folk. Det var de som uppfann glaset.

Sedan kom ett annat folk långt bortifrån och tänkte samma sak: den här staden är vacker, den vill vi ha. Vi tar den och bygger ännu högre murar. Det var romarna, stora byggare. Ser du de där rektangulära stenarna däruppe, allihop likadana? Sedan kom andra, muselmaner från Afrika, normander från Europa och flera andra och alla tyckte om Palermo och de erövrade staden. Vart och ett av dessa folk lade på nya stenar och murarna blev skyhöga. Ser du de där stenarna högt däruppe? De är mindre. Och däruppe ser du ett litet fönster med spetsbåge, det byggdes av aragonierna. Även de erövrade Palermo. Sedan kom ytterligare andra och byggde nya murar. Men den här biten står kvar, ingen har lyckats rasera den.

Vi är en gammal palermitansk släkt. Du har blod från alla dessa folk i dina ådror och även du kommer att bygga murar på dina egendomar. Kom ihåg att bygga dem väl, så att de står kvar för dina barn och dina barns barn."

Ofta tog fadern med henne utanför staden och valde då platser som väckte hennes fantasi: en gammal kyrka, en bro, ett gammalt palats, en marknadsplats, en plats ute på landet vid foten av kullarna som omgav Palermo. När de kom fram steg de ur och strövade till synes utan mål, hand i hand och till en början under tystnad. ”Nu andas vi in dofterna och du blundar”, sa han, ”sen pratar vi.” Costanza lät sig tillitsfullt ledas. Hennes näsborrar skälvde som en jakthunds och hela hennes kropp vibrerade när hon försökte urskilja dofterna: stickande, tunga, svaga, blandade med svett och smuts i staden; dammiga, skira och livliga på landet, ofta genomsyrade av fukt i de gamla byggnaderna; långsamt antog varje plats sin identitet allt efter sin doft.

I Sarentini kände alla familjen Safamita. I Palermo däremot var de okända utanför de platser som frekventerades av deras gelikar. ”Här är vi inga”, brukade fadern säga, ”inga. Förstår du det? Du måste bli erkänd för hur du beter dig och du måste bete dig som en dam, överallt och mot vem du än träffar.”

Costanza avgudade honom och bestämde redan som liten att hon aldrig någonsin skulle vara olydig mot honom.

19

”Det som inträder i Kristi hus får där förbli.”

Costanza Safamita besöker Den hjälpande madonnans kloster och äter pressade oblater

En dag fick Caterina Safamita en snilleblixt: Costanza var som gjord för klosterlivet. Hon var knappa sex år gammal och tyst och snäll, lydde de vuxnas order och var slav under sin yngre bror. Hon tyckte om hushållsarbete men inte böcker.

Trots att hon fortfarande var liten visade hon sig redan fri från koketteri och lade ingen som helst vikt vid att förvärva den kvinnlighet som tillsammans med den medfödda så småningom utgör en grundläggande del av förhållandet mellan en man och en kvinna. Caterina Safamita tyckte att hon hade funnit ett sätt att bli kvitt den där besvärande eldröda kalufsen – som kunde klippas och döljas av nunnedoket – och dotterns närvaro. Dessutom var utstyrseln för en nunna mycket mindre omfattande än den som krävdes för en giftasvuxen dotter, och familjens förmögenhet skulle delas i olika delar enbart mellan sönerna: större delen till Stefano, medan Giacomo i alla fall skulle få tillräckligt för att leva på en mer än skälig nivå.

Hon lät Annuzza la Cirara sy nunnekläder till Costanzas dockor och berättade sedan för faster Assunta att flickan älskade att klä ut dockorna till nunnor och överdrev hennes begynnande religiösa kallelse. När hon fått fasterns gillande, talade hon med maken och fadern. Ingendera ville gå till överdrift: man måste vänta tills hon vuxit upp och dessutom hade regeringen för avsikt att avskaffa klostren.

Men Caterina gav inte upp och beordrade Costanzas jungfrur att uppmuntra henne att leka med de där dockorna i nunnekläder och hon lyckades till och med ta ifrån henne de andra. Jungfrurna fruktade att baronessan skulle få vredesutbrott och misshandla dottern igen, så de vågade inte berätta för henne att fastän Costanza troget lekte med sina små nunnor, försåg hon dem lugnt och sansat med både man och barn.

Under tiden hade faster Assunta åtagit sig uppgiften att introducera Costanza i klostren. Hon gick dit glad och lycklig, vilket bekräftade hennes kallelse för modern och fastern; eftersom hon inte talade mycket och bara när vuxna tilltalade henne, avslöjades aldrig den verkliga orsaken till hennes entusiasm för de där besöken. Faster och brorsdotter åkte ut i den enkla vagnen klädd med mörkblå sammet och med ett krucifix hängande på klockans plats, och med sig hade de också fasterns nya jungfru, Peppinella Radica, även hon hemmanunna och fasterns oskiljaktiga följeslagerska.

De togs emot med alla tänkbara hedersbetygelser. Abbedissan bjöd på läckra sötsaker, tillagade enligt urgamla hemliga recept: snäckor av marsipan fyllda med pistaschnötter och kanderad pumpa och täckta av ett tunt lager florsocker som doftade förföriskt av vanilj; berg av söt couscous – blandad med malda pistaschnötter, socker och choklad – som doftade kryddnejlika och kanel; mandelkakor som var frasiga utanpå och mjuka och fuktiga inuti. Nunnorna smakade inte på dessa godsaker trots att fastern bad dem att smaka på åtminstone någon för att göra henne sällskap. Med en sakral handrörelse visade de att de avstod från synden frosseri, vilket ofelbart kompenserades i avskedets stund, då kusken lastade av sockerpaket, säckar med spannmål och torkad frukt, alltihop avsett att inleda köksnunnorna i frestelse och bekräfta deras uppoffring.

Men den verkliga läckerheten och orsaken till Costanzas entusiasm var oblaterna med socker på som bakades enkom för henne i Den hjälpande madonnans kloster, där en anmoder av ätten Lattuca varit nunna. Enbart för att få smaka dem övervann Costanza sin blyghet och när de omtänksamma unga nunnorna inte erbjöd henne några bad hon om dem. Hon ledsagades till klostrets strykinrättning, där de unga blivande nunnorna – klädda i grå uniformer och var och en med det rakade huvudet täckt av en enkel hätta – stod tysta och strök nunnornas mörka dräkter och deras vita, stärkta accessoarer: dok, kragar och linneband. De stora svarta tunga strykjärnen fyllda med glödande kol släppte ifrån sig en tät ånga som luktade kol och stärkelse och doftade rent. Nunnan viskade något i örat på en ung flicka och denna gick nästan ljudlöst ut ur rummet och kom sedan tillbaka med en videkorg full av trasiga oblater.

Sedan valde hon noggrant ut oblatbitar som var lika stora, passade ihop dem två och två och lade dem åt sidan. Därefter lade hon en ren duk på strykbrädan och på den oblaterna i två rader. Över den första raden strödde hon socker blandat med mald kanel och täckte sedan oblaterna med de övriga dukarna som var klara att strykas. Slutligen blåste hon liv i glöden, lyfte det glödheta järnet och inför Costanzas skälvande blick sänkte hon det över de båda oblatraderna och pressade. Som genom ett trollslag fylldes strykrummet av doften av bränt socker och kanel: oblaterna hade förvandlats till tunna våfflor, varma och frasiga, och sockret hade nätt och jämnt karamelliserats. Noviserna stod med sänkt huvud och fortsatte sina arbeten och lydde tystnadsregeln. En flyktig blick fylld av längtan, en lång och försiktig inandning, en omärklig paus i strykandet avslöjade att även för dem var detta paradisets sanna doft. Det var åtminstone vad Costanza tänkte.

När Costanza fyllde sju år ansåg modern att det var dags för nattvarden. Hon ville utan dröjsmål göra henne förtrogen med klosterlivet innan lagarna mot de religiösa ordnarna omintetgjorde hennes planer. Hon anförtrodde padre Puma uppdraget att undervisa i katekesen. Han accepterade tacksamt.

20

”Trädet syndar och grenarna bär frukten.”
Domenico Safamita beslutar att hans dotter Costanza inte skall bli nunna

I Sarentino tog unge baronen varje eftermiddag efter middagsmålet med sig Costanza till rökrummet. Han satt i gungstolen och hon satt i hans knä och lutade sig mot honom som om han varit en kudde. Ibland småpratade de eller rättare sagt han berättade gamla släkthistorier eller äventyr från hans resor i ungdomen; andra gånger somnade han med armarna om Costanzas midja och hon låg kvar orörlig och lät blicken vandra från väggarna till terrassen, där det alltid fanns något att observera: blåregnets skälvande löv, fåglarnas flykt eller bara himlen.

Under en av dessa eftermiddagar slumrade Costanza in där hon låg lutad mot fadern, men han förmådde inte koppla av. ”De framförde löften, de gav oss förhoppningar som nu är borta, svikna. Illa, illa, illa”, sa Domenico Safamita för sig själv. ”Fattigdom var oundvikligt. Tidigare. Nu är det outhärdligt. Det här är ju allt annat än självständighet, allt annat än union mellan jämlikar. De tvingar på oss sina system, sina ämbetsmän, sin krigshär. Det är vad de har gett oss. Och de tror att de styr. Detta är ett belägringstillstånd.

Sicilien går inte att styra. Nu ännu mindre än tidigare. Vi kan inte vara till hjälp. Feodalismen är död. Det finns bara mafiosi. Tillsynsmännen har bytt ut baskermössorna mot kepsar. Vara en del av det hela. Andra, det är andra, inte adeln, andra. De där vet hur man gör. De är beredda. Trogna, trogna. Mot oss? De vill ha makten och vi har förlorat den. Vi äger rikedomar. Men för hur länge till? Jord och gruvor: det behövs investeringar. Den moderna världen. Mycket prat utan resultat. Det behövs investeringar. Ta oss ur isoleringen." Domenico knöt näven hårt och lät den falla ner. "Vi Safamita kommer att förbli rika, men om det fortsätter så här, blir det inte för lång tid framåt. Caterinas söner tror jag inte på. Stefano är en karaktärslös känslomänniska. En svag person. Giacomo verkar inte lovande. Inkompetent är vad han är."

Costanzas rufsiga hår kittlade honom på halsen nedanför skägget. "Den här flickan är bättre, hon är bäst. Costanzas söner kommer att bli de som bevarar hennes mors blod." Han tinade upp vid tanken på sin hustru. Costanza slog upp ögonen och betraktade honom underifrån. Han höll henne i ett fast grepp med händerna över hennes mage och förstod på så vis hennes djuriska känslighet för andras reaktioner, även deras tankar. Härifrån ska Safamitas blod rinna ut till tappra män och kvinnor, tänkte han. Den här flickan måste bevaka sitt arv, hon ensam.

"Pappa, jag tycker inte om att bli kramad av padre Puma. Måste jag bli det för att komma till paradiset?" Costanza talade med knappt hörbar röst, som om hon sov.

"Nej, det måste du inte. Säg det till honom", svarade fadern.

"Det har jag gjort, men han säger att det är så man lär sig att ta emot Kristi lekamen. Det är en hemlighet. Jag tycker inte om padre Puma. Måste jag låta honom göra det?"

"Nej, det måste du inte", svarade fadern. En ny sorts svett, varm och salt, rann från hans tinningar, från pannan och från näsan och in i munnen. Han måste få veta.

"Var rör han vid dig?"

"Här", sa Costanza och förde hans hand med sin lilla beniga hand mot ljumsken. "Det gör ont."

"Så gör man inte, det säger din far", svarade han. "Säg till honom att man inte måste göra det för att få ta nattvarden."

”Men han säger att man gör så och att det är en hemlighet. Vad gör jag i morgon när han kommer?” Costanza hade blivit orolig.

Fadern hade svårt att behärska sig. Vreden fick hans muskler att svälla. ”Var inte orolig, Costanza. Du kan alltid anförtro dina hemligheter för din pappa, jag berättar dem inte för någon, inte ens för mamma. Den här behåller du och jag för oss själva. Jag ska tala med padre Puma. I morgon kommer han inte hit. Du är klar för nattvarden och behöver inte längre någon katekesundervisning, och dessutom måste vi åka till Palermo allihop för att följa Stefano till internatskolan.”

”När åker vi?”

”På måndag. Du kan vara lugn.”

”Bra, pappa.” Han kände henne luta sig mot honom, äntligen avslappnad.

Costanza vände på sig och kysste honom lätt på skägget.

”Costanza, säg mig en sak... vad vill du ha i konfirmationspresent?”

”Det får du bestämma, pappa... eller förresten, en vacker docka, en sån där som kan röra ögonen.” Nu såg hon allvarligt på honom med genomträngande blick.

”Hur ska hon vara klädd?”

Costanza satte ett finger i mungipan och tänkte. Hon tänkte alltid, denna tillitsfulla flicka, hans dotter, bara hans. ”I grönt, som mammas nya klänning, med röda band.”

”Och när du gifter dig, hur vill du att dina barn ska vara klädda?”

”Låt mig tänka”, sa flickan, ”jag vill ha fyra barn, två pojkar och två flickor, så att de får sällskap. Sen klär jag dem som de själva vill, men tjänstefolket måste ha våra färger och jag tycker väldigt mycket om grönt.”

Fadern antydde ett leende och svarade i en ton mellan allvar och skämt: ”Costanza, du måste rätta dig efter din man, som din mamma gör: hon lyder alltid mig. Du kommer att vara mycket rik och det är viktigt, med dina pengar kan du göra vad du vill, men du måste tänka på din man och respektera honom. Uniformerna kommer att vara hans släkts och inte din. Vad vore han annars för make?”

”Ja, pappa, det ska jag göra”, lovade Costanza med allvarlig min.

”Men berätta inte för mamma vad jag berättade, det är en hemlighet, ett religionens mysterium, förstår du?”

”Visst. Jag ger dig Domenico Safamitas hedersord. Men du måste lova att berätta allt du kommer att tänka på och som du vill ska stanna mellan oss. Jag ska inte berätta det ens för mamma. Blir det bra så? Padre Pumas hemlighet ska du inte tänka på längre, katekesundervisningen är slut.”

”Ja”, sa Costanza högtidligt, ”jag ger dig Costanza Safamitas hedersord.” Varefter hon gled ner från faderns knä.

Hon sprang fram till balkongen och sträckte på sig och tittade ut. Hon stod där lång och rak på sina små ståltrådsben, naturligt elegant och det röda håret var som en stor eldslåga. Domenico Safamita reste sig ur gungstolen och torkade sig i ansiktet med sin näsduk. Han drog i tofsen till ringklockan och lade händerna på dotterns axlar. Costanza smekte förstrött hans fingrar.

Det var varmt, himlen var klar och allt verkade orörligt. Långt bort kom en flock svarta kråkor fladdrande över hustaken.

De flög i oordning, kraxande.

21

”Det är från huvudet som fisken luktar.”

En våldsam diskussion mellan bröderna Safamita och deras äldsta syster donna Assunta

Den eftermiddagen gav unge baronen Safamita de nödvändiga instruktionerna.

Han lät meddela padre Puma att Costanzas första kommunion skulle äga rum redan den här söndagen, så han behövde inte göra sig besväret att komma till palatset mer. Costanza hade lärt sig det nödvändiga och var i alla fall opasslig. Givetvis var han välkommen att delta i ceremonin och måltiden efter gudstjänsten.

Han lät sadla sin favorithäst, valde ut de bästa ryttarna bland vakterna och gav sig ut på en snabb ridtur. När han kom tillbaka informerade han amman om sina beslut och beordrade henne att vaka mycket noga över Costanza.

Nu väntade honom den sista uppgiften, nämligen att tala med brodern mellan fyra ögon. När han satt av hästen i slottets stall greps han av en väldig trötthet, som kändes i både själ och kropp. Domenico Safamita kände tyngden av sin ålder.

Han hade väntat sig att finna Guglielmo ensam, men istället var även Assunta där.

”Vad har hänt?” frågade systern upprörd. ”Varför så bråttom med den första kommunionen? Så får det inte gå till! Du måste ta religionen på allvar, Domenico, nattvarden är ett viktigt sakrament.”

”Vem har sagt det till dig?” svarade han bryskt.

”Padre Puma var här för en timme sen och var mycket besviken. Du har förolämpat honom, han säger att du inte vill att han kommer till palatset. Varför det?”

”Berätta vad som har hänt”, beordrade Guglielmo.

Domenico reste sig ur fåtöljen, vände ryggen till dem, vred sig sedan långsamt om och sa i iskall ton: ”Vad som hänt: nu eller innan, Guglielmo?”

”Vad säger du?” undrade Assunta. ”Förklara dig.”

”Innan vad? Innan du tog min dotter?” sade Guglielmo hotfullt.

Domenico gav honom en hotfull blick och dunkade en stol mot golvet.

”Men herregud, det är ju bara fråga om en enkel första nattvard! Fast med allt som numera sker med vår heliga kyrka, var väl detta bara att vänta!” gnällde Assunta.

Domenico kände mycket starkt broderns illvilja och svarade inte. Han höll hårt i stolen och tittade ut.

Det var kväll och jalappablommorna började sprida sin doft, de slingrade sig runt varandra och var redo att öppna sig. De första nattfjärilarna vaknade. En lätt vindpust fylld av blomdoft trängde in i rummet.

”Låt oss då prata om hur saker och ting förhåller sig. Låt oss äntligen dryfta detta oss syskon emellan, för ibland måste man faktiskt gräva upp det förflutna. Guglielmo, det här huset där vi föddes och den här trädgården har upplevt mycket och vi glömmer inte. Vet du när din dotter för mig blev mer än en brorsdotter, nästan som en dotter att beskydda? Det ska jag berätta. Det är på tiden att ni får veta det bägge två", sa Domenico ivrigt. Sedan fortsatte han i sitt vanliga enformiga tonfall: "Maria Stella hade nyligen avlidit."

"Jag förbjuder dig att tala om min hustru!" dundrade den andre.

"Du kan inte förbjuda mig någonting! Jag talar om min svägerska, moder till din dotter och mormor till Caterinas dotter. Har du förstått? Jag har uppfostrat Maria Stellas dotterdotter som om hon vore den dyrbaraste varelsen i världen. Jag beskyddar henne, precis som jag gjorde med din dotter efter din hustrus död.

Caterina var då lika gammal som min Costanza. Det handlar inte om Maria Stella, jag talar om dig och din dotter när hon var knappt åtta år, och om mig.

Jag brukade då och då klättra upp i tornet, till skräprummet, där jag hade samlat allt från mina resor."

Assunta tittade förbryllat på honom, som om han yrade: det var inte rätt stund för ungkarlsminnen. Guglielmo försökte förstå.

"Det fanns en berså på terrassen på den tiden. Uppifrån kunde man se in i den, men bara uppifrån. Förstår du? Jag stod och tittade på utsikten och sedan tittade jag ner på terrassen, in i bersån. Du", sa Domenico i samma nedlåtande ton som till en underordnad, "du märkte det inte, men du såg dig noga omkring. Noga. Mycket noga. Du visste nämligen att du inte fick bli sedd. Du höjde inte blicken, för du var säker på att det inte fanns någon i tornet."

"Vad är det för ont i det?" undrade Assunta.

"Det är absolut inget ont i att slå sig ner ensam i bersån och se sig omkring utan att titta uppåt", svarade Domenico. "Från andra våningen ser man ingenting, det är bara från tornet man har full insyn, absolut full insyn." Han sträckte ut armen mot Guglielmo med handen utsträckt och pekfingret riktat mot honom. "Du tänkte inte på det, din usling."

Assunta sa hånfullt i storasysterton: "Sluta, Domenico, du behöver inte vara elak."

”Men han var inte ensam när han försäkrade sig om att ingen kunde upptäcka honom och hans snusk, han var inte ensam!”

Assunta var övertygad om att Domenico efter alla dessa år ville anklaga brodern för att ha kelat med någon jungfru: ”Lugna dig, Domenico. Vem kunde det väl vara som var så viktig som var tillsammans med Guglielmo i bersån? Ni är ju trots allt män.”

Domenico släppte greppet om stolen och gick fram mot brodern.

”Vem det var? Jag ser henne framför mig nu och för alltid. Vem var det som var så viktig? Vad försökte du dölja?” Han sänkte huvudet och han darrade. Ådrorna på halsen, på handens översida och vid tinningarna var uppsvällda och blå. Han hade mörka ringar runt ögonen och de stack av mot hans kritvita ansikte. ”Det var hans dotter.”

”Nu räcker det! Nu räcker det!” Guglielmo lämnade rummet och smällde igen dörren efter sig.

”Vad gjorde han, vad gjorde han med den lilla?” sa donna Assunta flera gånger i rad.

”Ingen av de där två gjorde någon allvarlig, obotlig skada. Jag ingrep då liksom jag blivit tvungen att göra nu. Skadan är skedd när den är skedd. Padre Puma måste bort härifrån, men inte omedelbart. Och Costanza måste ta sin första nattvard och sedan ge sig av. När vi kommer tillbaka ska jag ordna det hela. Assunta, inte ett ord! Caterina får inte veta något.”

Hon satt lutad mot ryggstödet och blickade ut i det tomma. Nu hade till slut det ögonblick kommit som hon fruktat så mycket och stora tysta tårar rann nerför hennes kinder och droppade ner på klänningen.

”Nu går jag, det är dags att äta kvällsmat. Och att sätta Costanza i kloster blir det inte tal om. Hon ska gifta sig och bli lycklig. Är vi överens? Säg det till Guglielmo.” Systern sänkte huvudet och sjönk ihop.

Domenico Safamita satt redan i sadeln igen, när Gaetano Cucurullo, broderns betjänt, kom springande med andan i halsen: ”Vänta, herrn, herr baron skickar bud. Konfirmationsmåltiden äts i slottet; han ordnar allt, inbjudningar och allt och baronessan behöver inte bekymra sig”, sa han i ett enda andetag.

”Säg till baronen att jag tackar honom.” Unge baronen satte sporrarna i sin fux.

Vid kvällsmåltiden märkte Caterina Safamita att hennes make åt sina riskroketter utan någon större aptit.

Plötsligt meddelade han henne att de måste bege sig till Palermo så snart som möjligt och att den första kommunionen skulle firas följande söndag. De skulle ge sig av dagen därpå. Caterina satt mållös. Det var inte dags att flytta till Palermo, men hon protesterade inte. När han gav order hade hon liksom alla andra bara att lyda.

Efter måltiden bad Domenico Safamita sin hustru att spela och sedan tillbringade han natten tillsammans med henne.

22

”Tänk efter innan du handlar, ty det genomtänkta är värdefullt.”

De sju dagarnas anarki och Stefano Safamitas upplevelser

Familjen Safamita kom till Palermo den 9 september 1866. Många av deras släktingar och vänner hade stannat kvar på sina lantställen eller i sina semesterhus. I staden rådde det upprorsstämning: folkets missnöje och de politiska partiernas oro fick folk att tro att det skulle bli ett uppror, trots att det inte var klart vilket av de olika partierna som skulle tända stubinen. Under tiden hade kruthuset i närheten av Monte Pellegrino sprängts i luften.

Don Antonio Cicero, husföreståndaren i Palermo, hade underrättats med kort varsel. I största hast hade han organiserat storstädning: de randiga överdragen hade tagits av fåtöljer och soffor, gardinerna hade tvättats och stärkts, möblerna polerats med vax och mattorna borstats. Den kvällen, efter det att husbondfolket, trötta efter resan, dragit sig tillbaka för natten och även tjänstekvinnorna gått och lagt sig efter att ha diskat, träffades don Antonio Cicero, Gaspare Quagliata och don Paolo Mercurio i köket för att ta sig ett litet glas vino dolce och småprata, som de brukade göra dagen för återkomsten från Sarentini. De berättade för varandra vad som hänt i familjen och fick nyheter från Sarentini och Palermo.

Don Paolo Mercurio klagade över resan: ”Vi har varit tvungna att ta oss fram på söndertrampade stigar fulla av stenar. Den här regeringen har bara varit bra på en sak, nämligen att kopiera de bourbonska kungarnas dåliga göranden. Massor av löften om vägar, distribution av jord och förbättringar, men sedan görs absolut ingenting.”

”Du har fel, Paolo”, tillrättavisade honom Gaspare, ”så är det inte. Den är värre. Märkte du inte hur många fula typer som var ute och reste? Hade det inte varit för våra vakter, hade vi inte kommit levande fram till Palermo. Jag såg dem stå på pass uppe på kullarna. Men de är fega, och så snart våra vakter dyker upp försvinner de. Förr var det inte så. Rövarna är överallt och krigshären likaså. Kungarikets soldater kallas de, men de är rädda för rövarna, de har bara ihjäl de stackars satar som inte vill göra militärtjänst, dem skjuter de ihjäl och bränner till och med oskyldiga människor i deras hem. Men tjuvar och bovar lämnar de ifred.”

”Det är ena arma stackare, som inte har pengar att köpa sig fria från militärtjänsten som de rika. De är inte onda av naturen, men regeringen tvingar dem att hålla sig gömda, så de måste stjäla för att leva. Och det kommer att bli värre, det sägs att det behövs karlar till kriget, men vem ska då tänka på att förtjäna familjens bröd, gifta bort sina systrar, skaffa hemgift och utstyrsel? Antingen drar de på sig en massa skulder eller så stjäl de eller också gör de inte sin plikt som söner och bröder”, sa don Antonino, som kände till sådant. Han var en man av heder och hade därför tillstånd att låna ut pengar mot ockerränta, en verksamhet som han ägnade sig åt nästan på heltid och framgångsrikt under de långa perioder då husbondfolket vistades i Sarentini.

”Jösses, militärtjänsten är värre än fängelset i Tunis! Där fanns åtminstone efter två år hopp om allmosor från Palermo!” utbrast Gaspare.

”Det är väldigt illa, vet ni inte det? Allmosor kommer vi inte ens att minnas namnet på, vare sig de gamla eller dagens. Har de inte talat om för er i Sarentini att regeringen avskaffar klostren, stänger prästseminarierna och säljer ut allt som tillhört kyrkan? Det fattas bröd, det finns inga arbeten och regeringen tar ifrån oss våra söner för att göra dem till soldater och nu tar de också ifrån oss våra mynt och ger oss papperslappar i stället. Dessutom har koleran kommit tillbaka. Vi är med andra ord väldigt illa ute", avslutade don Antonino.

Gaspare tyckte inte om husföreståndarens högdragna tonfall. "Det vet jag väl, unge baron talar nämligen om att köpa på auktion. Det är därför han är i Palermo."

"Jag vet." Don Antonio Cicero lät honom inte tala till punkt den kvällen. "Och jag vet också att det inte är bråttom. Det var inte nödvändigt att komma hit vid denna olämpliga tidpunkt."

Gaspare och don Paolo sade inget mer utan satt där och drack marsalavinet i långsamma klunkar. Don Antonio ändrade taktik: "Jag är dödstrött, det värker i benen, för vi har slitit som djur för att göra palatset i ordning åt herrskapet. Kan ni tala om för mig varför unge baron ville till Palermo helt plötsligt, med allt som händer här... Har det hänt något med baronessan?"

"Jag har inget sett och inget hört", svarade Gaspare.

Don Paolo sade inget och hans blick gled från den ene till den andre.

"Det är väl inte så att det kommer att bli samma elände som sommarn femtioåtta?" Husföreståndaren hade träffat mitt i prick, sommaren då makarna grälat om Stefanos internatskola och annat också.

Gaspare drog ner mungiporna i en min av tvivel.

Don Antonino Cicero var inte den som gav upp i första taget: "Fast visst verkade baronessan irriterad i dag."

Gaspare och don Paolo fattade sina glas igen. Han förstod att av de där två skulle han inte få veta något, åtminstone inte den kvällen, så han stjälpte i sig sin marsala.

Don Paolo tog tillfället i akt att ställa frågor. "Säg mig nu, don Nino, vad ska vi göra åt denna förfärliga regering?"

Don Antonino svarade rappt: "Det står illa till, mycket illa. Upproret är nära."

"Det fattades bara det!" utropade kusken. "Med barnen i huset! Visste unge baronen om detta?"

"Han borde ha låtit sin familj stanna kvar i Sarentini", sa den andre lakoniskt. "Om det inte var så att han hade en mycket speciell anledning att komma hit i sådan hast. Men ni vill inte säga något och vet ni vad jag säger då? Jo: nu går vi och lägger oss, för det är sent och vi är allihop trötta.

Folkupproret i Palermo bröt ut exakt en vecka efter familjen Safamitas ankomst och plågade staden i sju och en halv dag, från kvällen lördagen den 15 september till eftermiddagen följande lördag. Det blev aldrig klargjort vilket parti som startat upproret och då man inte visste vad man skulle kalla det, gick det till historien som "De sju dagarnas anarki".

Palazzo Safamita och dess invånare led inga skador, men Caterina Safamita, som hade 1848 års revolution i färskt minne, blev mycket orolig. Hon upplevde stunder av obeskrivlig ångest. Det hela antog tragiska dimensioner när det blev känt att Stefano gripits av nyfikenhet och flytt från internatskolan och uppgavs vara försvunnen. Familjen Safamita skickade ut vakter och tjänstefolk på Palermos gator med order att gå in i plundrade byggnader, genomsöka slumkvarteren, gå runt bland krogar, bodar och till och med bordeller på jakt efter pojken.

Stefano återfanns på ett värdshus i slumkvarteren, oskadd men berusad. Han hade blivit rädd och tagit sin tillflykt dit eller blivit kvarhållen av vinhandlaren, det framgick inte klart, eftersom han hade spenderat alla sina pengar där. Han hade lämnat sin guldklocka i pant för att betala logi och vin för sig och de andra. I själva verket hade Stefano erbjudit dryckjom åt slöddret som frekventerade värdshuset, enligt egen utsago för att lugna dem och rädda sitt eget skinn. Modern tog emot honom med öppna armar, tacksam över att se honom välbehållen. Hon förlät honom för att han fått henne att lida och förebrådde honom nästan inte alls. Fadern stängde in sig med honom i arbetsrummet och alltför många ord blev sagda, alltför många sanningar. Stefano kämpade och ställdes inför en rival som straffade honom orättvist och förödmjukade honom som son och som man. Domenico Safamita klarade sig ur det hela med sin stolthet intakt men med en känsla av skam som plågade honom ända till hans död.

Palermo kuvades av kungarikets flotta efter ett kanonbombardemang från havet som varade i fyra dagar. Belägringstillstånd proklamerades och finansministern beordrade omedelbar expropriering av alla munk- och nunnekloster i Palermo med omgivningar. Än en gång skickade regeringen ut armén och lät den stanna kvar, vilket skapade ytterligare missnöje och gynnsam jordmån för maffians och andra hemliga sällskaps tillväxt.

Ett underligt lugn hade sänkt sig över staden. Palermoborna, vanligtvis fulla av livskraft och resurser, var handfallna och ovilliga att återuppta den vanliga livsrytmen. Unge baron beslöt att ta med sig hustrun och Giacomo till Sarentini och lämna Costanza i Bagheria hos sin yngsta syster, favoritsystern Maria Anna Pertusi, grevinnan di Trasi, för att delta vid systerdottern Maria Antonias giftermål med Iero Bentivoglio. Hon skulle komma tillbaka till Sarentini i slutet av oktober tillsammans med familjen Trasi för Safamitas årliga sammankomst. Stefano fick stanna kvar i Palermo, förödmjukad och nedslagen, för att genomföra sitt sista studieår.

Costanza var omtumlad av allt som hände runtomkring henne och oroad vid tanken på att återvända till Sarentini. Hon accepterade lättad föräldrarnas beslut att skicka henne ensam med amman till fastern och farbrodern. Hon hade alltför tidigt blivit både utnyttjad och gjorts förtrogen med ett sakrament som hon inte förmådde finna tröst i. Natten före kommunionen hade hon haft en mardröm: när hostian kom i kontakt med hennes mun började den blöda. Kristi blod fyllde hennes mun, trängde ut över läpparna, rann ner på hakan och halsen och vidare ner på hennes klänning och bildade en röd pöl vid hennes fötter. Efter det gick Costanza alltid till nattvarden med en vag känsla av kannibalism. Upploppen och Stefanos försvinnande tycktes henne som ett gudomligt straff.

Inget av detta ville Costanza anförtro amman. Att Amalia anade något förstod Costanza av hennes oroliga blick, hennes vaksamma tystnad och beräknande frågor. Hon svarade reserverat och blygt. Med tiden skulle hon kanske övervinna sin blyghet. Men efter ett samtal med don Paolo Mercurio betraktade Costanza denna möjlighet som utesluten.

En dag före upproret stod barnen och ammorna i begrepp att ge sig iväg till familjen Trasi i Bagheria. Giacomo hade försvunnit ut i trädgården, följd av Amalia och Maria Caponetto, och Costanza satt kvar i vagnen med don Paolo: det var inte första gången och hon var inte orolig för det. Hon tyckte om honom och anade att det rådde en speciell och innerlig vänskap mellan honom och amman. Den dagen var don Paolo ovanligt tyst: han betraktade ömsom henne, ömsom hästspannet och verkade besvärad.

”Costanza”, sa han rätt som det var, ”du måste lyssna på mig: jag är anställd hos din far och hos er alla. Om någon gör dig orätt, säg bara till så ska jag slå ihjäl honom, för dig får ingen röra. Förstår du? Det räcker med ett enda ord till Paolo Mercurio, så sätter han den som beter sig illa mot dig på plats.” Men just då kom ammorna tillbaka, släpande på den gastande Giacomo.

Costanza förstod att don Paolo visste. Hon betraktade det som ett förräderi från ammans sida. Hon svor på att hon aldrig mer skulle tala med henne eller någon annan.

23

”Brudsäng i maj ger klen frukt.”
Äktenskapet Trasi-Bentivoglio och Costanza Safamitas missöden i hönshuset

Amalia var ordningsam och hade blivit det ännu mer för att tillmötesgå Costanza, som älskade ordning och reda. I grottan höll hon ordning på dagarna genom att stryka över datumsiffrorna med ett pennstreck och varje år började hon på nytt, så siffrorna var nästan oläsliga. Detta var ritual varje kväll, innan hon gick till sängs.

”I morgon är det den första oktober, en bra månad för bröllop!”

”Hur då bra?” frågade Pinuzza.

”Därför att barnet då föds när det är vackert väder och blir inte förkylt. Dessutom är det trevligt med bröllopsfest när det inte är varmt.”

”Så markisinnan gifte sig i oktober?”

”Nej, i maj, för så ville de ha det. Det är den månad då man inte bör gifta sig, för det bringar olycka. Men hennes kusin Maria Antonia gifte sig i oktober, efter upproret i Palermo, och det var mycket vackert.”

”Varför bringar det olycka att gifta sig i maj?”

”Min kära Pinuzza, du frågar för mycket. Därför att det är så.”

”Bringade det henne olycka då?”

”Javisst, vad ska man annars med gamla talesätt till om de inte säger sanningen?”

I farbrodern Alessandro Trasis villa i Bagheria rådde det lugn och ro eftersom alla var sysselsatta med att förbereda bröllopet. Familjen Trasi var talrik med många glada och trevliga barn. Villan svämmade över av barn och barnbarn och det blev aldrig en sekunds leda och rummen ekade av skratt. Maria Antonia var den sista som giftes bort. Hon var bortskämd av föräldrar och äldre syskon och knappt sextonårig skulle hon nu gifta sig med sonen till don Baldo Bentivoglio, rikssenator; ett arrangerat äktenskap, men det var också kärlek med i spelet.

Grevinnan hade delat ut uppgifter till var och en. Amman och två jungfrur arbetade med brudens utstyrsel, vilket innebar att ur kistor och kartonger ta fram brudens underkläder som tillverkats dussinvis, stryka dem väl och sedan lägga linnen, strumpor, livstycken, underbyxor, underklänningar samt ett oräkneligt antal klänningar, sjalar, jackor, hattar – var och en i sin hattask –, skor och kappor på de damastklädda borden i sovrummen och salongen för att visas upp. I salongerna, som för tillfället tömts på prydnadsföremål, stod presenterna uppställda, smycken i vitrinskåpet och de andra lite varstans.

I början hade Costanza varit besvärad av familjen Trasis okonventionella högljuddhet. Fastern och farbrodern var inte så förmögna som familjen Safamita och hon märkte detta: det saknades en viss lyx och bekvämlighet som hon var van vid. Man talade ofta om bristen på pengar och mycket annat, men de verkade vara vana vid det och det störde i alla fall inte familjens glädje; de tvistade om allt, föräldrar barn och barnbarn grälade och slöt fred genast efteråt. Till och med de små kusinerna tycktes henne föga vördsamma mot föräldrar och mor- och farföräldrar, men i stället för att bli tillrättavisade överhöljdes de av kyssar och kramar så snart de var inom räckhåll, och hon också. De höll kort sagt av varandra. Med sitt tjänstefolk hade familjen Trasi en förtrolighet som var otänkbar hemma hos Safamitas.

Costanza fick se ett annat sätt att leva och hon tyckte om det. Hon var alltför lojal mot sina föräldrar för att avundas Trasis, men hon beslöt att hon som vuxen skulle följa faster Maria Annas exempel, för hon var säker på att fadern inte skulle tycka illa vara.

I Bagheria kände hon sig som en del av familjen och hon var omgiven av tillgivenhet. Hon blev lätt om hjärtat och hade roligt. Varje kväll, när amman gjorde henne i ordning för natten, berättade hon upphetsat om allt hon upplevt under dagen.

Vid dessa festliga tillfällen hade de yngsta tillåtelse att beblanda sig med de vuxna. Costanza och hennes små kusiner drog nytta av detta och gick omkring i salongerna bland besökarna, som varje eftermiddag i två veckors tid fyllde villan för att lämna gåvor till den blivande bruden och beundra de utställda presenterna. Utan att bry sig om den militära ockupationen, kom horder av bullriga och nyfikna vänner och släktingar med tåg eller vagn. De granskade allt med expertblick och vågade sig på att gissa priset på varje gåva och varje klädesplagg i utstyrseln, och skärskådade föremålen för att se om de var nya eller använda, de gjorde jämförelser och stod länge och kommenterade presenterna och dem som skickat dem, de lyfte silverpjäserna för att uppskatta deras vikt och förhörde sig mer eller mindre diskret om hemgiftens storlek – man visste att Trasis inte var förmögna –, smyckenas härkomst, linneförrådet – som brudgummens familj stod för –, våningen som anvisats det unga paret i palazzo Bentivoglio och som vanligt anmärkte de med låg röst. De blivande svärföräldrarna gick omkring nöjda och kruserliga.

Barnen ägnades ingen uppmärksamhet av gästerna. De blandade

sig i vimlet med öronen på skaft, uppfångade sarkastiska kommentarer och memorerade obetänksamt skvaller och kritik för att sedan till familjemedlemmarnas allmänna munterhet upprepa det på kvällen när de satt på terrassen och drack lemonad och *zammù*, anislikör i vatten, smekta av en lätt västanvind som blandades med lukten av bevattnad jord och höstens dofter.

Maria Antonia behandlade Costanza som en lillasyster och tog med henne som förkläde tillsammans med brorsdottern Giovanna på de korta och kyska promenaderna med fästmannen som de toleranta föräldrarna lät dem göra bland träden i parken. Costanza lärde sig känna igen förälskelsen, som hon tidigare bara hört talas om i Annuzza la Ciraras berättelser. Nu hade den blivit påtaglig.

Förbryllad av de långa ögonkasten fulla av fuktiga löften, de lätta beröringarna och de förstulna smekningarna, var hon indirekt delaktig i fästfolkets otålighet. Hon följde dem på gångarna i parken och nynnade på en melodi som hon hört i korridorerna när hennes mamma sjöng för fadern. Då och då sjöng hon ord som *vederkvickelse*, *suckar*, *kval*, och hon fylldes av en ny värme.

Hon hade blivit hänförd av bröllopsceremonin. Kvinnornas gråt – att bli rörd på ett bröllop hörde till – hade inte förtagit stundens glädje. Costanza drömde om den stund då det skulle bli hennes tur att gifta sig.

Efter bröllopet hade villan tömts på folk. Costanza hade stannat kvar hos fastern och farbrodern och den äldste sonen Giuseppes familj i väntan på att återvända till Sarentini. I närheten av villan låg gården där vakterna och deras familjer bodde. De höll lite husdjur, bara de nödvändigaste för att få färsk getmjölk, ägg och höns, men ändå räckte inte alltid de dagsfärska äggen till alla. Costanza älskade ägg och drack ett rått ägg varje morgon. I husen på landet hoppade hon ibland ur sängen på morgonen och gick själv och hämtade sitt ägg, ett ofog som amman tolererade. I Bagheria gick Amalia till hönshuset i gryningen, men ofta hade någon varit där före henne och Costanza fick vara utan ägg.

En morgon väcktes amman och de andra kvinnorna av vakternas

röster: lilla baronessan Safamita hade råkat ut för något förfärligt i hönshuset. De slängde på sig vad som fanns till hands, sjalar och förkläden, och rusade ut på gården. Där var det fullt av djur, män, kvinnor och barn.

Rösterna dämpades och alla gick åt sidan för att lämna plats åt amman. Hon rusade in i hönshuset. Det var ett fallfärdig träbyggnad som lutade sig mot en yttre mur, den var lång och smal med lågt, sluttande tak. De skrämda hönornas kacklande gjorde Amalia döv och den fräna lukten av hönsgödsel svepte sig kvävande om henne. Längst in, där taket nästan nådde ända ner till marken, låg Costanza hopkrupen och orörlig med huvudet mot bröstet. I halvmörkret framträdde två färgfläckar: det vita nattlinnet och det utslagna och rufsiga röda håret. Tillsynsmannens hustru satt hopkrupen bredvid henne och såg ut som en figur i en julkrubba. Hon hade inte vågat röra vid henne.

Nästan dubbelvikt gick amman fram till Costanza. Hon hade svimmat och blödde från pannan. Hon lyfte upp henne i sina armar, benen och huvudet hängde ner, och alltjämt dubbelvikt nådde hon fram till dörren och såg noga till att inte håret och fötterna snuddade vid dyngan. När amman rätade på sig ute på gården såg hon den gula, klibbiga äggfläcken på Costanzas bröst: på framsidan av nattlinnet satt en nål fästad.

De lade henne på bordet i serveringsrummet. Hon hade två sår i pannan och ett på underarmen, men blodet hade redan koagulerat. Man rekonstruerade vad som hänt: i gryningen hade en av drängarna gått dit för att stjäla ägg. Längst in i hönshuset hade han sett en underlig vitklädd varelse med ansiktet till hälften dolt av det röda håret. Det var Costanza som satt uppflugen på en sten med sänkt huvud och just skulle suga i sig ett ägg. Han trodde att hon var en illasinnad varelse, en nattens ande, en djävul. Han vrålade först obsceniteter och sedan besvärjelser, men hon svarade inte och försvann inte heller. Han grep några jordkokor och kastade på henne. Costanza, som satt böjd i det där hörnet för att sticka hål på ägget med nålen, föll framstupa.

Greve Trasi skickade efter en läkare som kom blixsnabbt, rengjorde såren och ordinerade vila. Följd av kortegen av förvirrade tjänstekvinnor återfördes Costanza till sin säng. Fastern försäkrade att drängen skulle avskedas omedelbart och att hon inte hade något att frukta: hon skulle snart återhämta sig. De gav henne en kopp kamomillte, varefter hon somnade. Amman stannade hos henne. Strax därefter började flickan bli orolig. Hon hade hallucinationer och såg angripare överallt, gömda bakom dörren eller under möblerna, de stirrade ondskefullt på henne genom fönsterluckornas spjälor och gav henne ingen ro. Dagsljuset gjorde henne upprörd och hon ville vara i mörker. Febern steg, hon vägrade att äta och dricka och hallucinationerna blev värre. Dagen därpå bad hon fastern att bära ner henne i sciroccorummet, som låg under marknivå och inte hade några fönster. Hon tiggde och bad tills de gjorde henne till viljes. Sciroccorummet var fuktigt och luktade instängt och var inte rätt ställe för en sjukling, men Costanza verkade lugna sig och drack lite buljong, men nästan genast började hon sedan yra igen. Fastern och farbrodern var oroliga för både hennes fysiska och mentala hälsa och beslöt att omedelbart underrätta hennes föräldrar.

Unge baronen steg ljudlöst in i sciroccorummet tillsammans med systern och svägerskan. Det var natt och Costanza hade slumrat till. Amman satt på en pall och höll hennes hand med huvudet lutat mot armen; även hon hade slumrat till. Hon samlade raskt ihop sina tillhörigheter och drog sig tillbaka till ett hörn för att samla sig. Costanza öppnade ögonen och med ett dåsigt leende sa hon till fadern: ”Lägg dig här bredvid mig.” Unge baronen kysste henne lätt på kinden och lade sig på den lilla sängen och stödde sig med ena foten mot golvet. Han tecknade åt de andra att lämna dem ensamma.

Följande morgon kom Domenico Safamita ut ur sciroccorummet med dottern i famnen och bar henne tillbaka till hennes rum. Två dagar senare återvände de till Sarentini.

24

”Sitt, sitt, min dotter, sitt, för det lönar sig att vänta.”
Costanza Safamita växer upp väl med en smula ömhet från modern

Caterina Safamita ville inte veta anledningen till att padre Puma förflyttats till prästseminariet och hon hade ingenting emot det, för prästens närvaro hade blivit överflödig, hans tillgivenhet besvärade henne och hans plufsiga och slarviga utseende äcklade henne. Dessutom hade hon värre bekymmer: Stefanos otäcka upplevelse under upproren hade skakat henne grundligt. Hon plågades vid tanken på sonen i internatskolan, hånad av sina kamrater och sårad av faderns förebråelser. Hon skulle vilja vara hos honom, skämma bort honom.

Då Caterina fick se Costanza när hon kom tillbaka från Bagheria blev hon rörd. Hon såg så eländig ut: blåmärken på axlarna och i ansiktet, ett alltjämt öppet sår i pannan och ett skräckslaget och förvånat ansiktsuttryck. Då överöste hon henne med den ömhet som hon vanligtvis reserverade åt Stefano och för första gången visade hon henne tillgivenhet. Hon lade henne att sova i rummet bredvid sitt eget och skötte om henne. Utan att inse det började hon tala franska med henne, som fadern, och på det språket tilltalade hon henne med smeknamn som hon aldrig använt förut, och hon gav henne presenter. Costanza accepterade moderns förändring som om hon väntat sig den och reagerade med att uppträda naturligt men med en viss reservation, ty instinktivt fruktade hon, och inte utan fog, att det inte skulle vara så länge.

Hon började spela piano igen. Modern gav henne nya nothäften och då och då dök hon upp under lektionerna med Madame, stannade kvar och lyssnade och uppmuntrade henne. Ibland bjöd hon in henne till sin salong på eftermiddagen när hon spelade för sin man. Costanza slog sig ner bredvid henne. Domenico Safamita satt nedsjunken i fåtöljen framför pianot med slutna ögon, men han sov inte: handen som vilade mot armstödet smekte fransarna och rörde sig i takt med musiken. Andra gånger betraktade han dem inåtvänd och tankfull. Plötsligt lyste han upp, som om en ljusstråle utgick från hans ögon och trängde in i hustruns. Costanza vände sig mot mamman; hon var lysande och mjuk, de kastanjebruna ögonen svarade milt, fingrarna flög över tangenterna och allt var musik. Hon förstod då att det mellan föräldrarna fanns en sorts förälskelse som var annorlunda än kusinens, starkare, och hon var stolt över att vara deras dotter.

Caterina Safamita var rädd om sina sköldpaddor. Hon förvarade dem på sovrummets terrass och tyckte inte om att barnen störde dem.

En dag visade hon små nykläckta paddor för Costanza, som blev alldeles fascinerad. Flickan lärde sig snart att handskas varsamt med dem. Hon såg skillnad på dem och visade sig liksom modern ha en instinktiv sympati för de där tysta reptilerna. De var väldigt många och de blev tvungna att regelbundet gallra kolonin på terrassen och bära ner några till slottets trädgård. Costanza hjälpte modern med urvalet och tillsammans installerade de sköldpaddorna på deras nya boplats. Trots denna ovanliga förtrolighet pratade de aldrig om sina känslor, som om de var rädda för det. Costanza kände ingen som tyckte så mycket om sköldpaddor som modern och hon hade velat veta mer om detta, men hon frågade inte, utan nöjde sig med att hjälpa henne att ge dem mat. Ibland hade mamman tårar i ögonen och de stunderna vågade inte Costanza närma sig henne – ett minne från förr – och Caterina sökte heller inte tröst hos henne.

En dag när hon satt och sömmade tillsammans med sina tjänstekvinnor frågade hon Maria Teccapiglia: ”Varför tycker mamma så mycket om sköldpaddor?”

”Det är en lång historia, som började när hon var liten. Hennes far gav henne en liten svartvit hundvalp, underbart söt. Hon kramade den som om den varit en docka. Sedan blev den lilla hunden sjuk och dog. Baronen gav henne en ny valp, men den dog också efter ett par månader. Alla hundvalpar hon fick dog för henne och jag brukade säga att det vore mycket bättre att de gav henne en kattunge. Katter är annorlunda, de har sju liv, men hon tyckte inte om katter.

Sedan hände det som hände och salig baronessan Maria Stella dog.

Både far och dotter var förtvivlade och klamrade sig fast vid varandra som två sniglar. Sedan kom unge baronen och sade att det här går inte. Han tog hand om den lilla flickan och frågade om hon ville ha en hundvalp eller kanske två små duvor. Hon sade nej till allt. Då kom han på idén att fråga varför och hon sade helt uppriktigt att hon inte ville ha några djur, för de dog alla för henne. Hon ville ha ett som inte dog.

'Bra', sa hennes farbror, 'låt mig tänka.' Unge baronen tänkte den dagen och han tänkte nästa dag och så en dag fick han en idé och kom tillbaka med en stor låda. Inuti låg två sköldpaddor. 'De här kommer inte att dö förrän dina barn är gamla', sa han. Och unga baronessan tog emot gåvan.

Folk började leta upp sköldpaddor och kom till henne med dem. På det sättet kom det ganska många sköldpaddor till slottet. Hon förstod sig verkligen på sköldpaddor och de i sin tur kände igen henne. Ibland hittade jag henne stående i trädgården med alla sköldpaddorna runt sig. Hon såg på dem en efter en, som om hon pratade med dem. En gång frågade jag henne: 'vad är det du tycker om hos de här djuren?'. 'När de vill vara i fred drar de sig in i sitt skal och ingen kan göra dem illa', svarade hon. 'Och sen pratar de inte. Du kan säga vad du vill till dem och de berättar det inte för någon.' Det är därför din mamma har så många sköldpaddor."

Och Costanza trodde att hon förstod sin mor bättre.

Familjen återvände inte till Palermo utom för några korta besök. Med tiden blev Costanza lite självsäkrare, men bara så länge hon befann sig i Sarentinipalatsets skyddande famn. Hon ägnade sig inte åt nöjesläsning, hon växte upp isolerad från sina likar och sin samhällsklass och hennes italienska var dålig. Hon kände sig inte väl till mods tillsammans med släktingar som hon inte träffade regelbundet, hon kände att kusinerna i Palermo inte var likadana som hon och hon hade inga jämnåriga vänner; hon vägrade att gå och besöka andra flickor och tyckte inte om att få besök i palatset.

Fadern var bekymrad: om hon fortsatte så när hon blev vuxen, skulle hon bli ensam och det gjorde honom sorgsen. Han talade med sin hustru om det, men hon delade inte hans bekymmer, tvärtom påpekade hon för honom att andra föräldrar inte var så tjatiga. Caterina blev svartsjuk och detta hindrade mor och dotter från att komma närmare varandra. Han gjorde det han tyckte var rätt: han bestämde att Costanza måste tillbringa mer tid med Madame och ville alltid ha henne bredvid sig när han gick på besök eller när han tog emot folk från orten eller anställda på de egendomar som en gång skulle tillhöra henne. Costanza protesterade inte, utan följde faderns önskningar, men hon längtade tillbaka till strykrummet; hon hade blivit tystlåten och tappat matlusten.

Unge baron insåg att det var riskabelt att utsätta henne för förändringar, vilket just då skulle vara förödande för henne – Costanza behövde hålla fast vid regelbundna vanor och de starka känsloband som knutits med personer som var djupt obildade och nästan analfabeter – och gav hustrun rätt: det var inte nödvändigt att insistera på att förvandla flickan till en dam och inte heller att ge henne en utbildning som hon inte skulle ha någon nytta av. Costanza var till sin natur mild och lydig, hon spelade piano bra och hade en vacker röst, hon talade flytande franska och kunde föra sig. Dessutom var hon rik, så hon skulle göra ett gott parti och allt pekade på att hon skulle få ett lyckligt liv.

Costanza tillbringade de sista uppväxtåren i relativt lugn, väl skyddad i sin ombonade hemmiljö. Men hon var inte utan oro inför framtiden. Hon visste att det för herrskapsfröknar inte passar sig att umgås i tjänstefolkets rum och att hon förr eller senare skulle bli förbjuden att umgås med vännerna från strykrummet. Påhittigt och förutseende hade hon gjort i ordning ett litet hörn för arbete och samtal i sitt sovrum, där hon följde faster Assuntas exempel och lagade och broderade i kretsen av amman och sina jungfrur. Men i stället för att läsa böner och litanior lyssnade de på Annuzza la Ciraras kärlekshistorier.

Costanza ville ha barn och var säker på att också hon en dag skulle gifta sig. Äktenskapen arrangerades av familjerna efter storleken på brudens hemgift och det unga parets ekonomiska och sociala ställning, och detta skedde både bland de rika och de fattiga. Hon visste att hon inte skulle sakna äktenskapsförslag när hon fyllt femton år. Fadern hade sagt många gånger att han inte skulle tvinga på henne en make: han ville att Costanza skulle vara med och välja och hon drog därför slutsatsen att hennes äktenskap skulle vara ett kärleksäktenskap. Hon visste en del om hur man träffar unga män och hittar en äkta make i äktenskap som inte arrangerats. I Palermo träffades ungdomarna i salongerna, på teatern och på baler och dessa tillfällen utgjorde en första möjlighet att börja lära känna varandra. Familjerna avbröt, uppmuntrade eller bistod sedan barnen för att nå det slutliga målet, nämligen ett lämpligt äktenskap. Allt detta skrämde Costanza och hon avundades de flickor som fick sina äktenskap arrangerade.

Men det gick inte så som föräldrarna hade planerat. Costanza levde nästan uteslutande i Sarentini med mycket korta vistelser i Palermo och det talades inte om att gifta bort henne förrän hon var tjugo år.

25

”Den som har kunskap och inte använder den, finner ingen biktfader som kan ge förlåtelse.”

Avvecklingslagarna och ryktena om donna Assunta Safamitas misslyckade invigning i klosterlivet

Bröderna Safamita var besatta av habegär. De sporrades av möjligheten att köpa de egendomar som konfiskerats i kraft av lagarna för avvecklandet av religiösa organisationer. Aristokratin hade inte deltagit i auktionerna på grund av brist på pengar och rädsla för den påvliga bannlysning som många påstod skulle drabba köparna, eller av respekt för Vår Heliga Kyrka, som den kallades av de adliga, anhängare av det klerikala och bourbonska parti som på Sicilien nu fått ett ansenligt stöd.

Guglielmo och Domenico Safamita hörde sig för om de egendomar som såldes, valde ut det som intresserade dem – det fanns i överflöd, ty över tusen kloster hade stängts på Sicilien – räknade ut hur de skulle införskaffa dem till lägsta pris, lade upp strategier för auktionerna och organiserade finansiering för inköpen. Det hade nästan blivit en tävling mellan syskonen, en skattjakt som sysselsatte dem på heltid. De gick segrande ur striden och var sedan bland de största jordägarna på ön. Assunta förfasade sig över detta senaste gudlösa påfund från regeringens sida och ville inte vara sämre. I sitt eget namn eller som bulvan för nunnekloster köpte hon och sålde tillbaka egendomarna till religiösa organisationer för samma pris; sedan greps hon av iver att inte gå miste om en affär och fortsatte att köpa åt sig själv och även hon samlade på sig en förmögenhet. Tack vare denna filantropiska verksamhet lyckades hon undvika att hon och bröderna blev bannlysta av påven.

Donna Assunta hade lärt sig allt om avvecklingslagarna och rabblade paragraferna som om de varit böner. Med sedvanlig beslutsamhet förde hon sin personliga motståndskamp mot regeringen och räddade klostret i Portulano från expropriering genom att tvinga klostrets föreståndarinna att utnyttja de undantag som lagen tillät – och som den okunniga nunnan inte kände till – och tog till och med på sig kostnaderna för ansökan hos prefekten. När hon räddat klostret, såg hon till att antalet nunnor översteg sex i enlighet med normerna för undantag från expropriering och betalade avgiften för eventuella noviser. Därefter var det inte ont om kallelser till klostret i Portulano.

Föreståndarinnan var inte sen med att upplysa de andra samfunden om donna Assuntas välgörande intervention. Dessa följde hennes exempel och vände sig till henne för råd och hjälp och på så vis lyckades många nunneordnar undvika att staten lade beslag på deras kloster. Det gick ett rykte i provinsen om att donna Assunta i sin ungdom av familjen tvingats att ge upp en önskan att gå i kloster och att denna kallelse alltjämt var vid liv, vilket förklarade hennes osedvanliga generositet. I klostren bad de tacksamma nunnorna ivrigt om att baronerna Safamita skulle bevilja systern en välförtjänt men senkommen invigning i klosterlivet.

Baronessan Scravaglio fick höra detta och blev förskräckt, för i så fall skulle hennes förhoppningar om att få ärva sin del av Assuntas förmögenhet gå upp i rök. Hon skyndade alltså iväg till slottet för att avråda systern från denna obetänksamma handling. Efter de sedvanliga kyssarna, redan innan hon tagit av sig kappan, frågade hon henne utan omsvep: ”Assunta, varför har du gett pengar till Portulano-klostrets advokater? Är det verkligen sant att du, gamla människan, vill bli nunna?”

”Det är min ensak”, svarade systern bryskt. ”Men jag ser att du är bekymrad, så jag ska svara, eftersom jag tycker synd om dig, men nästa gång du lägger dig i mina förehavanden kommer du inte att ha sådan tur. Jag har hjälpt nunnorna av två skäl. För det första därför att jag inte tycker om den här regeringen och hur den behandlat oss sicilianare och nu behandlar Vår Heliga Kyrka. För det andra därför att jag har vant mig vid utflykterna i vagn till klostret i Portulano och de läckerheter de bjuder på; man har en storartad utsikt där uppifrån och den söta couscous som nunnorna lagar är utsökt. I min ålder ger man inte så lätt upp angenäma vanor, god mat och de få vackra ting som finns att se.

Men ska sanningen fram så gjorde jag det framför allt för att reta Guglielmo. Han hade siktat in sig på det där klostret och var beredd att köpa det.” Carolina Scravaglio kände sig lugnad och medan de drack Revalenza Arabica med chokladsmak – en ny god variant av det välkända stärkande pulvret – ansatte hon Assunta med frågor om brödernas planer, men denna vägrade att avslöja något.

Medan systern var i färd med att doppa kakor i koppen, stoppade Assunta omärkligt handen i hennes väska och rotade omkring i den tills hon hittade den madonnastatyett i elfenben som baronessan Scravaglio skickligt snappat åt sig från det lilla bord där den stod tillsammans med ett krucifix och en Sankt Franciskus av Assisi.

”Carolina, du måste lära dig att man inte stjäl”, varnade hon henne strängt. ”Jag hade visserligen inte gett dig madonnastatyetten om du hade bett mig, men du måste ändå behärska dig. Det är ett värdeföremål. Lär dina barn att inte slösa och att betala sina skulder, så blir du av med denna mani att stjäla och sedan sälja tjuvgodset till antikhandlare för en struntsumma. Det löser ingenting. Ingen kommer att vilja ta emot dig i sitt hem längre om du fortsätter på det viset, jag minst av alla. Kom ihåg det och tänk dig för innan du handlar. Du borde till exempel inte ha blivit orolig när du hörde ryktas i klostren att familjen motsatt sig min kallelse. Du borde ha kommit ihåg att det var jag själv som inte ville bli nunna. Det var inget att bekymra sig för. Jag trivs bra som det är. Låt nunnorna be för mig, för i mer än fyrtio år har jag varje kväll tackat Herren Gud för att jag inte är som de.” När hon lämnats ensam hällde hon upp en kopp Revalenza Arabica till och åt nöjd och glad upp resten av kakorna. Sedan sökte hon upp sin Peppinella Radica för att läsa rosenkransen tillsammans med de andra fromma kvinnorna.

Assunta Safamita hade alltid varit mycket bestämd av sig. Denna den äldsta av Stefano Safamitas och Caterina Lattucas döttrar hade ända sedan hon var liten flicka visat stort intresse för klosterlivet och hade inte hindrats av föräldrarna. De hade hittat en lämplig plats åt henne i klostret Carmine Maggiore i Palermo, där Assunta till och med skulle kunna bli abbedissa tack vare familjen Safamitas starka band till kyrkan.

Men vid fjorton års ålder ändrade Assunta åsikt: hon ville stanna kvar hemma och bli hemmanunna, en korsning mellan ungmö och religiös fanatiker som inte var ovanlig på Sicilien. Att hon plötsligt ändrade inställning berodde på en illavarslande dröm hon haft efter det årets uppror.

Hela baron Stefano Safamitas familj befann sig i Palermo för att närvara vid ett bröllop. Det var den 15 juli 1820. Man firade Sankta Rosalia, Palermos skyddshelgon med den sedvanliga folkfesten. Förutom ”Leve Sankta Rosalia” hördes krav på återupprättandet av 1812 års författning. Det var med andra ord ett uppror, och man trodde att det kunde tyglas av garnisonens gardister. Men så blev det inte. Gardisterna förenade sig med upprorsmännen och gick till angrepp mot affärer och palats, stal till höger och vänster och satte eld på allt inom räckhåll.

Som det anstod en adelsfamilj av lägre rang låg palazzo Safamita inte på paradgatan Il Cassaro utan i en smal gränd inte långt från processionsvägen. Familjen bommade för dörrar och fönster och förskansade sig i huset, skyddad av vakterna. Med en god portion tur lyckades dessa driva tillbaka angriparna. Upproret kuvades men lämnade Palermo utplundrat. Många adelspalats hade satts i brand och det hade skördats dödsoffer.

Stefano Safamita hade varit ett briljant salongslejon som ungkarl men förvandlats till en tystlåten och tungsint tänkare när han gift sig och blivit tvungen att bo i Sarentini. Ibland kunde han åter bli pratsam, framför allt med barnen, och då gällde det att vara tyst och lyssna. Vid dessa tillfällen pratade Stefano Safamita med alla barnen, inklusive flickorna: "Jag försöker förstå vad det är som har hänt de senaste dagarna och jag tänker på vår framtid. Det är en svår och förvirrad tid för alla. Efter Bonapartes nederlag gick Europas stater samman och vi förlorade i anseende. Engelsmännen lämnade Sicilien efter att ha härskat här i nästan tjugo år, tjugo år under vilka de gav oss välstånd, även om de sedan tvingade kungen att avskaffa våra feodala rättigheter. De drev honom till att ge oss en författning och att återställa kungariket Sicilien. Ingen tycker om att göra det som de starkare tvingar dem till, minst av allt en kung. När kungen återvände till Neapel, återkallade han författningen och skapade därmed missnöje hos aristokratin.

Aristokraterna har inte haft någon funktion i det här upproret, vare sig i början eller i slutet. De var inte ens framsynta nog att skydda sina palats eller skaffa sig effektiva privata vakter. Många av våra vänner och släktingar kommer inte att ha råd att bygga upp dem igen. Borgarklassen har berikat sig och det blir de som kommer att köpa dem, som de redan gjort med jorden. Det här upproret markerar slutet för oss som styrande klass. Men glöm inte att familjen Safamita kom till Sicilien långt före bourbonerna och vi kommer kanske att stanna kvar längre än de. Just nu gäller det att hålla fast vid familjetraditionerna och skydda egendomarna med de gamla systemen: de fungerar ännu och dessutom bra. Vi måste förstärka vakterna och upprätthålla ordningen på förläningarna. Kom ihåg att så länge maktens centrum ligger utanför Sicilien kommer inte staten att måna om vårt välbefinnande och kommer inte heller att kunna ge oss skydd. Vi måste själva tänka på att skydda oss."

Hans ord bekräftade för barnen att det inte fanns någon bättre skyddad plats än hemmet; de måste tänka på sig själva, för någon annan

– inklusive staten – kunde de inte lita på. De gjorde dessutom ett starkt intryck på Assunta, som den natten hade en förebådande dröm. Hon var nunna vid klostret Carmine Maggiore i Palermo. Nunnorna slets ur sina sängar och släpades till den vackra, skuggiga klosterträdgården och där, just nedanför de små pelarna där deras familjers stolta vapen fanns inhuggna, blev de våldtagna av upprorsmännen, både hon och de andra. Hon svor på att hon aldrig mer skulle sätta sin fot i Palermo och aldrig lämna tryggheten i familjen Safamitas hem.

Från den stunden glömde Assunta sin religiösa kallelse och tillkännagav sitt beslut att aldrig låta sig vidröras av en man. Hon levde bekymmerslöst tillsammans med föräldrarna och Guglielmo, omgiven av de fromma kvinnor, tillsammans med vilka hon läste litanior, niodagarsböner och rosenkransar och broderade mässhakar, stolor, korkåpor och andra dräkter. Hon behövde aldrig ångra sitt val.

26

”Lammstek och sås och så blev det inte mer.”
Allhelgonahelgen i Talande tornet. Familjen Ramazza di Limuna grälar och sluter fred

Bröderna och systrarna Safamita tillbringade Allhelgonahelgen tillsammans. Varje år i slutet av oktober anordnades en lantlig fest i Talande tornets olivlund i närheten av Sarentini, följd av Allhelgonafester med traditionella gåvor, och man avslutade det hela med att hylla förfäderna med en gudstjänst i domkyrkan.

Familjen Safamita var mycket för vällagad mat och hade rykte om sig att vara glupska, vilket på en ö där man dyrkar mat och måltider innebär att de verkligen tog gastronomi på allvar. Man firade att man skördat färdigt oliverna, som mognade i förtid i detta milda klimat. Guglielmo Safamita arrangerade en fest för plockarna som var skild från men samtidig med herrskapets fest. De båda grupperna hade sina egna läckerheter – kokt fårkött för arbetarna och för familjen godbitar som gjorts i ordning av köksmästarna – men de delade förrätten och glassarna.

Guglielmo hade lagt sig till med familjen Lattucas tradition, som av släktingarna i staden betraktades som nästan pinsamt vulgär. Han lagade själv huvudrätten: en *taganu* som mättade hundra personer. Detta var en folklig rätt, typisk för Coppolo, familjen Lattucas hemby. Det var en timbal av makaroner, köttfärs och korvar, smaksatt med ost, över vilken man hällde hundra vispade ägg. Den lagades i en terrakottagryta stor som två tioliterskrukor, som var just den *taganu* som användes uteslutande i detta syfte.

Costanza trivdes: detta var det enda tillfälle då morfadern behandlade tjänstekvinnorna som jämställda, vilket hon ju gjorde varje dag. Endast den dagen var kvinnorna härskarinnor över det stora köket tillsammans med honom – köksmästaren var förvisad till det lilla köket, där han arbetade med en min av föraktfull överlägsenhet – och de steg upp i gryningen för att börja tillagningen: tumtjocka rigatoni som tagits upp ur vattnet efter halva koktiden och lagts att torka en och en på därtill avsedda dukar, en köttfärssås gjord efter alla konstens regler och med alla aromer; korv som brynts i en stekpanna och som man sedan hällt vin över och skurit i små bitar. De mest oerfarna hade hand om de ingredienser som inte behövde kokas: de rev stora kvantiteter fårost, hackade persilja och vispade ägg. De skivade bitar av *tuma*, en mjuk, mild olagrad ost som baronen skickade efter speciellt från Muralisci, den förlänade lantegendom uppe i Le Madonie som familjen Safamita hade fått sin adelstitel från.

Tidigt på morgonen kom baronen ner i köket, följd av de familjemedlemmar som ville delta i förberedelserna – för det mesta de allra yngsta – och av dem som inte kunnat säga nej till hans invit. Han satte på sig ett kockförkläde och skred till verket. Han smorde *taganu*-grytans botten och sidor med ister och började sedan fylla den enligt det gamla sättet. Botten täcktes av *tuma* och även sidorna, alltefter som fyllningen växte. Han lade först ett lager rigatoni utan att pressa dem, sedan täckte han dem med köttfärssås. Han avslutade det hela med en äggsmet blandad med hackad persilja och riven fårost, sedan lade han på ett nytt lager rigatoni. Han täckte dem med korven och dess sås, hällde på ytterligare äggsmet och täckte sidorna med nya skivor av *tuma*. Så fortsatte man att varva de olika lagren under allmän munterhet. Guglielmo Safamita var som förbytt: han var avslappnad, skämtade med kvinnorna och handskades med ingredienserna som om han gjorde det varje dag. Kvinnorna å sin sida tycktes glömma sin blyghet och fastän de fortfarande respektfullt tilltalade honom med ”herr baron”, kallade de honom fumlig, kritiserade det han gjorde och hade kort sagt väldigt roligt.

Den dagen hade Costanza märkt att morfadern var trött; i köket stödde han sig mot bordskanterna och svettades kopiöst. Hon förstod att han gärna skulle satt sig ner, men hon visste också att han skulle tacka nej om han blev erbjuden en stol. Faster Carolina Scravaglio var också där, men hon verkade inte bekymra sig för det och därför tänkte hon att det var bäst att inte prata om det.

Arbetet fortskred, ledsagat av kvinnornas pladdrande ända tills hela terrakottagrytan var fylld. Till sist hällde baronen resten av äggsmeten över *taganun* och lät en av kvinnorna täcka över den med ett sista lager *tuma*. ”Så att om den faller isär så är det inte mitt fel”, förklarade han, även den här gången halvt på skämt och halvt på allvar. ”Hämta nu karlarna så att de kan ställa in den i ugnen.” Baronen hade nästan fullgjort sin uppgift, bara sista delen var kvar, den mest spektakulära. Efter gräddningen, när *taganun* fortfarande var ljummen, bars den ut på terrassen av två män och ställdes på ett bord nära räcket så att bönderna som samlats på den öppna platsen framför herrskapets hus skulle kunna se den ordentligt. Baronen spräckte terrakottagrytan enligt traditionen med syl och hammare. Krukskärvorna lossnade från sidorna och avslöjade ostens frasiga skorpa. Timbalen tronade där intakt. Ur sprickorna i höljet av ost sipprade fyllningens doftande sås. Servitörerna skar av en rundel högst upp åt herrskapet. Resten – större delen – bars ner till bondgården, där festmåltiden för bönderna var framdukad. De tog emot den med applåder.

Kockarna hade arbetat i veckor med att förbereda mjuka kakor, granita och konfekt och använt all is som fanns kvar i iskällarna: det var som slutklämmen i fyrverkerierna på Sankta Rosalias dag, när festen slutade i en fantasmagori av ljus som fyllde natten.

Framåt kvällen upplöstes sällskapet. De var mer än femtio stycken med farföräldrar och morföräldrar, barn, barnbarn och syskonbarn. Några skulle åka tillbaka till Sarentini tillsammans med familjen Safamita, andra skulle tillbringa natten på landet. Familjerna Pertusi di Trasi, Ramazza di Limuna och Gesuela Scravaglio, Carolinas äldsta dotter, sov över i Talande tornet. De satt nu och drack vatten och *zammù* på terrassen.

"Maria Anna, när ska Maria Antonia föda sin son?" frågade Vanna Safamita, baronessan di Limuna, sin syster.

"I slutet av november. Efter det flyttar hon till Rom, till svärföräldrarna."

"Så tråkigt för dig att förlora henne... ah, dessa gifta döttrar som ger sig iväg!"

"Ja, men jag vet att hon är nöjd och glad, och vi ses ju till sommaren. Det går snabba båtar, de avgår till fastlandet varje dag, och snart ska de bygga järnväg nu när Italien är enat", svarade grevinnan Trasi, som kände sig träffad.

Familjen Limuna hade fortfarande tre ogifta barn: Maria Carolina, redan tjugosex år – och således på väg att bli nucka – samt Ferdinando och Vincenzo, de sistfödda, båda lite udda. Den verkliga orsaken till att barnen inte kunnat giftas bort var deras brist på tillgångar. Vanna var avundsjuk på att alla syskonbarnen Trasi gjort ett gott parti, fastän de fått en blygsam hemgift. "Hennes make är en stilig man, så hon får se upp: det sägs att det finns kvinnor som är ute efter honom i Rom, till och med bland respektabelt folk", sa hon med minen hos den som vet.

"Faster, sådana där kvinnor finns överallt. Iero är kär i sin hustru." Giuseppe Trasi, Maria Annas äldste son, hade ingripit till svågerns försvar, men framför allt för att inte avslöja för mycket. Alla i familjen Trasi visste att svågern redan hade en älskarinna sedan före bröllopet, men i Palermo.

Stefano Trasi, som stod lutad mot balustraden, lyssnade på brodern och blinkade med leende ögon. I det ögonblicket kom Maria Carolina Limuna ut: ”Vad nytt från Palermo, kusin? Jag längtar efter att bli inbjuden, jag saknar palermobornas fester… ni kan verkligen ha roligt och njuta av livet med alla besök av folk utifrån, till och med av kungliga. Vi i Tafani är efterblivna. Hur mår Maria Antonia?”

”Jag tycker allt att ni roar er tillräckligt i Tafani”, svarade kusinen syrligt. Faster Vanna och Maria Carolina var inte omtyckta av syskonbarnen Trasi. Det sades att baronessan Limuna hade haft älskare, uppenbarligen med samtycke från maken – en pratkvarn med dragning åt dryckenskap och nöjen som slösat bort hustruns hemgift – och att Maria Carolina inte var sämre. Det var inte att undra på att de inte lyckats hitta en lämplig make åt henne. Med en arrogans som var typisk för fattiga aristokrater hade familjen Limuna avspisat alla välbärgade friare ur borgarklassen – som var ovetande om flickans rykte – med resultatet att hon fortfarande var ogift och en börda för familjen.

”De som har pengar roar sig alltid överallt, i Tafani, Palermo, Rom och till och med i Sarentini, det kan jag försäkra er! Om jag hade pengar skulle jag också roa mig fastän jag fyllt sextio! Om ni bara visste hur mycket Stefano roar sig här i Sarentini!” Baron Giovannino Limuna gjorde därmed slut på samtalet som blivit obehagligt för alla. Han var slug.

Han berättade om en skrämmande händelse, som man länge talat om i landsorten men ännu inte i Palermo och som bekräftats för honom, påstod han, av ingen mindre än notarien Tuttolomondo.

”Vet ni att Domenico är arg på Stefano på grund av det som hände under upproret i Palermo? Han har stängt honom ute från allt och tar inte ens med honom till lantegendomarna. Den unge mannen har hamnat i Sarentini, ett riktigt skitställe om ni ursäktar, där inget finns att göra och ingen att besöka utom ett par borgare och pöbeln. Han har hur mycket pengar som helst, det ser Guglielmo till. Han har börjat jaga kvinnor och det är ju naturligt i hans ålder. Men det är inte allt! Han gick och blev kär i dottern till en smed – fast man vet inte vem som verkligen är hennes far – en mycket vacker kvinna, det är alla överens om. Han har med andra ord gett en förmögenhet till denne smed, en beryktad skurk."

"Sånt händer, det är varken första eller sista gången", avbröt Maria Anna.

"Vänta lite, min kära Maria Anna, innan du kommer med dina omdömen. Låt mig fortsätta. Den här smedsdottern födde honom en son som dog. Det sägs att Stefano vill ha en son till och att han har blivit upptagen i smedens familj", tillade svågern förnöjd.

Gesuela satt en bit bort för att ingen skulle lägga märke till henne och hon var idel öron. Hon älskade vågat skvaller som man inte berättade inför unga flickor, inte ens om de var lite till åren komna, som hon, men just då kunde hon inte låta bli att utbrista: "Jaså, det var därför han sa i dag att de fattigas enkla liv har sin charm, nu förstår jag vad han anspelade på!"

"Och vad dog det där barnet av?" undrade Maria Anna med ängslig blick.

"Jag vet inte, men jag tror inte att det är det sista vi hör om detta", svarade svågern. "Han hade tagit kontakt med notarien för att erkänna barnet. Kanske tänker han gifta sig med den vackra smedsdottern."

Nu blev han överröstad av alla "Vad nu då?", "Otroligt!", "Ovärdigt!", "Vansinne!", "Skamligt!" Giuseppe Trasi vände sig till brodern: "Vet du inget om detta? Med dig brukade han ju prata."

"Nej", svarade Stefano, "jag har inte sett honom så ofta sen han slutade internatskolan. Jag brukade ta med honom ut och jaga och han verkade lite omogen, bortskämd, men det är en pojke som kan föra sig. Jag tror inte på det: Stefano är utan tvekan kapabel att sköta en sådan sak som sig bör, det är säkert bara skvaller."

"Guglielmo och Domenico tar hand om det, de kommer att ordna allt", inflikade greve Trasi.

"Ni har alltså inte förstått någonting? Stefano har hållit historien hemlig och hans far vet ingenting och inte Guglielmo heller." Giovannino Limuna tycktes verkligen vara välunderrättad.

Då lade sig hans hustru i det hela i upprörd ton: "Med mina bröders ekonomiska ställning är det väl inget problem? Med pengar löser man allt. Giovannino, du har druckit för mycket och fantiserar. Han kan behålla både den här och andra kvinnor och hustrun med. Jag känner många i samma situation.”

”Du begriper ingenting, Vannuzza, och ändå borde just du göra det. Ni Safamita, både Palermogrenen och Sarentinigrenen, är inget homogent släkte. Ni är både helgon och skurkar. Det finns fromma och gudfruktiga Safamita, som din syster Assunta, och Safamita som känner sig som Gud på jorden och beter sig som hundra djävlar för att få vad de vill ha. Stefano hör till de sistnämnda och han är dessutom vansinnigt kär i den här unga flickan. Den här historien kommer inte att ta slut. Det sägs att smeden har gjort sig till ovän med familjen Safamitas tillsynsmän och att de förr eller senare kommer att ha ihjäl honom. Just en skön historia, om han blir svärfar till den blivande godsherren!”

”Och Caterina vet ingenting?” frågade Maria Anna.

”Vem kan säga det? Den där hon pratar ju inte”, svarade Vanna. ”Min son Ignazio och familjen sover över i palatset, i morgon ska jag be Alfonsina se till att hon får Costanza att berätta.”

”Låt Costanza vara i fred, den stackarn har ju lidit så mycket!” sa Anna Maria impulsivt.

”Jag skulle gärna lida lika mycket som Costanza om jag hade den hemgiften!” inflikade Maria Carolina. ”Faster Maria Anna ska inte överdriva, faster ska inte känna skuld för den där historien i Bagheria: Costanza är som sin mor, vatten väter och vind torkar, hon gör vad som faller henne in och farbror Domenico gör henne till viljes i allt. Jag skulle gärna utsätta mig för stenkastning en gång i veckan, om jag finge vara lika rik som hon.”

”Där har du fel, Maria Carolina, vid din ålder borde du ha bättre förstånd”, förebrådde henne fastern.

”Vet ni vad? I morgon får vi ta reda på lite mer. Jag är alldeles uppsvälld av all mat jag ätit, den där *taganun* är som bly, jag känner mig tung. Nu går vi och lägger oss, Giovannino”, sa Vanna för att undvika ett gräl.

”När ska din bror Guglielmo upphöra med den här farsen att leka kock? Det är opassande även om det bara sker en gång om året. Gud förbjude att Stefano börjar sko mulåsnor för att efterlikna morfaderns plebejiska beteende!" Baron Limuna var berusad. "Från fönstret i stora köket såg jag i morse Guglielmo i sitt stora kockförkläde mitt bland alla kvinnorna: det rann sås från händerna på honom, en minst sagt föga värdig scen, särskilt i dessa tider. När jag lärde känna Guglielmo som ung trodde jag att han gjorde det för att få ta köksflickorna på rumpan och brösten, men i hans ålder och tillstånd kan jag inte tro annat än att det är en last. Det förvånar mig inte att Stefano trivs hemma hos smeden. Domenico däremot är högfärdig. Honom skulle jag vilja se i köket bland kvinnfolket för att upprätthålla en tradition som kan mätas med familjen Lattucas!"

Ingen lyssnade på honom, det var uppenbart att de inte höll med.

Rätt som det var ingrep Stefano Trasi. "Jag säger bara en sak som försvar för farbror Guglielmo. Dessa 'opassande' scener, som du, farbror Giovanni, kallar dem, är ett bra sätt att upprätthålla tjänarnas och böndernas respekt. Numera är lugnet på landsbygden inte självklart. När vi kommer hit blir vi respekterade och vördade som förr i tiden. När allt kommer omkring är det väl också därför vi varje år kommer hit som gäster på de här festerna?"

"Min käre Stefano, jag svarar i mitt och min hustrus namn." Giovannino Limuna var ursinnig. "Vi kommer hit av plikt mot familjen och för deras pengar, som bröderna Safamita inte vet hur man njuter av, eftersom de bor i en gudsförgäten håla som Sarentini. Du ska se vilka miner alla sätter upp i morgon när de öppnar presenterna från Guglielmo. Säg som det är, Vanna, är det inte därför du kommer hit?"

Vanna vände sig om och väste som en huggorm: "Ditt kräk, om du verkligen vill säga sanningen, säg då att vi kommer hit och firar semester hos mina bröder därför att av din fars marker finns det mycket lite eller ingenting kvar, allt är intecknat på grund av dina laster! Vi kommer hit för att mina bröder ska gå i borgen för dina skulder, för att tigga om lån. För att be om allmosor kommer vi hit med barn och barnbarn. Nu när det inte längre finns några tiggarmunkar som driver omkring, är det vi Limuna, de utarmade släktingarna, som tigger!" Hon svepte sjalen om sina axlar och brast i gråt.

Med ett värdigt ”God natt, mitt herrskap” reste sig baron Limuna och tecknade åt betjänten att följa med till hans rum.

Sällskapet upplöstes under tystnad. Maria Carolina gjorde sällskap med modern.

När de kom upp till föräldrarnas sovrum fick hon ett hysteriskt anfall och anklagade dem för att vara orsaken till hennes olyckor. Vem skulle någonsin vilja ha henne till hustru, med en slösaktig far och en mor som förödmjukade honom inför släktingarna från Palermo? Till svar förklarade baronessan Limuna att hon fått halsbränna och kände sig mycket dålig. Hon knäppte upp jackan, snörde upp blusen och lutade sig mot kuddarna och lättade på korsetten. Maria Carolina gick ut och stängde dörren med en smäll.

Giovannino Limuna var berusad och stod lutad mot fönsterbrädet och betraktade sin hustru. Det var inte det första uppträdet mellan dem, men tidigare hade Vanna aldrig talat på det sättet offentligt. När hon nu låg där halvt avklädd på sängen syntes det att hon trots sin ålder hade en tilldragande kropp. Det var därför han hade uthärdat hennes otrohet, för övrigt alltid med personer av deras samhällsklass. ”Kom så går vi och lägger oss, lilla Vanna”, sa han, ”så får vi se vad du kan göra för att glädja mig lite grand. Det är inte sant att det finns två sorter av er Safamita: det finns en till, en tredje, en sort som har eld i byxorna. Till min lycka hör du till den sorten, nämligen till hororna.”

Följande dag var Allhelgonadagen. Assunta Safamita höll strängt på de traditionella presenterna för denna återkommande fest, som bringade döden närmare livet. Guglielmo tog tillfället i akt att för släktingarna från stan visa att familjen Safamita hade starka lantliga rötter och samtidigt tillhörde den palermitanska aristokratin genom födsel, förmögenhet och levnadssätt, trots att de valt att bo i Sarentini.

På morgonen samlades de allihop i slottet. Barnen hade vaknat tidigt och gett sig ut på jakt efter de presenter som de döda lämnat under natten. Gömda bakom soffor, under stolar, i hörnen och under kuddar hittades sötsaker, rader av chokladkulor och kakor speciellt gjorda för denna fest: gåvor som stärkte banden mellan familjerna och samtidigt ingav respekt för dem som inte längre fanns i livet. Var och en fick också en figur av socker. Men de viktiga presenterna delades inte ut förrän på eftermiddagen.

Mitt på förmiddagen begav sig familjen Safamita till högmässan i domkyrkan, där deras föräldrar och familjen Lattucas förfäder låg begravda. Efter mässan gick de för att hedra deras gravar. Ortsborna stod på avstånd och beundrade dem: i dessa oroliga och dystra tider var familjen Safamita en enad familj som vördade Gud och respekterade sunda familjetraditioner som få andra.

Efter middagsmåltiden gav Guglielmo sina systrar och andra kvinnor i familjen speciellt raffinerade presenter: utsökt arbetade smycken av emalj och ädelstenar, gjorda av en florentinsk guldsmed. Barnen fick en leksak och två stora guldmynt var.

Den natten dog Guglielmo Safamita i sömnen. Han lämnade villan La Camusa och markerna runtomkring till Stefano, Malivinnitti till Costanza, jaktslottet alldeles utanför Palermo till Giacomo och resten till sin dotter.

27

”Utan svartsjuka skulle kärleken inte leva.”

Medan Rosa Vinciguerra står och stryker, berättar hon för Amalia Cuffaro historien om Stefano Safamita och hans mor

Det var tvättdag, en bekymmersam dag för Amalia, eftersom det var ont om vatten. Hon tvättade Pinuzzas kläder i det grumliga vatten som fanns kvar, sträckte ut dem för hand för att det skulle se ut som om de vore strukna och lade dem på kalkstensklippan för att de skulle torka för vinden och placerade en sten på dem.

”Åh, så härligt det var att stryka i palatset!” suckade hon. ”Stefanos skjortor var rena underverket: Rosa Vinciguerra var mycket noga med dem och de hade inte minsta skrynkla.”

”Men var inte hon hans amma? Varför var det hon som strök hans skjortor och inte jungfrun?” undrade Pinuzza.

”Det spelar väl ingen roll! Hon tänkte alltid på honom och hon tyckte om att stryka och var duktig på det!”

”Och han då, var han duktig?”

”Ja, mycket duktig och glad, den ende som skrattade i den där dystra familjen. Men han hade otur och skulle komma att bli mycket olycklig; det hade han inte gjort sig förtjänt av och inte baronessan heller, för hon hade trots allt ett modershjärta.”

”Och varför gick det så illa för honom?”

”Du vet väl hur det är: alla människor har en härskare, både de rika och de fattiga. De första härskarna är föräldrarna. Han ville inte lyda, men även i familjen Safamitas hem måste man göra det. Men han var snäll och han tyckte om Costanza.”

”Och hon?”

”Hon tyckte om honom också, han var ju hennes bror. Hon var alltid underdånig, hövlig mot alla ända sedan födseln.”

Amalia plockade från golvet upp en liten bit ved som vinden blåst dit och satte igång att vässa den omsorgsfullt. Pinuzza följde ängsligt hennes rörelser. Ibland täljde fastern bort allt och det enda som blev kvar var en liten stump som bara dög till att eldas upp. Men den här gången lyckades Amalia. Med ett leende visade hon den för Pinuzza: hon hade förvandlat den till en spetsig liten mejsel.

”Nu kan du roa dig med att rita”, sa hon och gav hennes hårfläta en lätt kyss.

Hon ställde Pinuzzas stol mitt framför en slät och porös yta av La Montagnazza och placerade träbiten mellan hennes pekfinger och tumme.

Sakta och försiktigt sträckte hon ut hennes arm och iakttog Pinuzzas tysta grimaser, tills handen nådde stenen. Hon hjälpte henne att stödja träbiten mot väggen. ”Rita vad du vill!” sa hon förnöjt. Pinuzza försökte, knep ihop läpparna helt koncentrerad på ansträngningen och fylld av iver att trycka träbiten mot väggen och rispa den. Det var fastern som hade lärt henne det och för varje gång gick det bättre och hon gjorde små teckningar. Amalia stod bakom henne, beredd att plocka upp trästiftet från marken och sätta tillbaka det mellan hennes fingrar och noga rätta till hennes grepp. Pinuzza tecknade fint den dagen. ”Det märks att hon kan bli bättre”, tänkte Amalia och vände sig om och såg ut över La Montagnazza. Solen lyste på berget och den vita stenen glänste, än skrovlig, än slät, än med sluttande parallella veck, som en hög nystrukna lakan som halkat på sned.

Amalia tyckte om att iaktta Rosa Vinciguerra när hon stod och strök. Hon behövde inte koncentrera sig, så van var hon, och under tiden berättade hon. Hon visste nästan allt om familjen Safamita och hade berättat för henne om de händelser som orsakat baronessans svårmod efter Costanzas födelse. Hon satt bredvid strykbordet med spädbarnet i famnen och såg beundrande på Rosa medan hon väntade på att hon skulle börja prata. Lakan som hårdnat av för mycket solsken, örngott som rynkats vid broderierna, handdukar med trassliga fransar och resten av tvätten förvandlade Rosa till ångande och slät vittvätt, indränkt med lavendeldoft som frigjordes av ångan.

Hon dänkte tyget efter konstens alla regler med vatten från handfatet. För mycket skulle göra det genomvått, för lite eller för ojämnt skulle ge en bubblig yta: ”Att dänka är svårt: varken för mycket eller för lite”, sa hon ofta, ”man måste lära sig.” Sedan rullade Rosa ihop lakanen och vek dem noga – med den broderade bården i mitten för att den skulle behålla fuktigheten – och till sist skred hon till verket på bordet som var täckt av tjocka lager bomull med ett gammalt lakan ovanpå. Hon rörde om glöden i järnen och kontrollerade temperaturen. När allt var klart gjorde hon korstecknet och med ett ”Jesus, Josef och Maria” satte hon igång att stryka. När Rosa berättade började hon alltid på samma sätt: ”Du ska veta att...” Hon tyckte inte om frågor. Allt efter humör öste hon ur sig otroliga historier om familjen, en del glada, andra sorgliga, mystiska. Hon fick de där berättelserna att bli till romaner.

”Du ska veta att också Stefano föddes i sjunde månaden, fräsch och vacker som en ros. Den andre sonen, lille Guglielmo, hade då varit död i tre år. Baronessan höll på att bli galen, hon ville ha en son till, men hon fick bara missfall. Det fanns inte en trollkvinna som hon inte hade rådfrågat, men inga läkare, dem var det hennes make som sände till henne, till trollkvinnorna gick hon i smyg, för det skulle han aldrig ha tillåtit henne. Men levande söner blev det inga. Också donna Assunta var desperat och rekommenderade henne för Herren Gud. Baronessan började be till Gud och steg upp i ottan för att höra padre Pumas mässa i slottet och försummade inte en enda. Herren Gud hörde henne och det var så Stefano föddes.

De kom till mig och sa att den son som hon nu bar i sitt sköte verkade vara av god kvalitet och att de behövde mig. Jag lämnade mina ungar till min svärmor och kom hit som amma. Vad hon var förälskad i Stefano! Hon granskade hans helnakna kropp och överhöljde honom med kyssar. Hon fick till och med tillbaka mjölken efter det att alla sagt att den sinat för henne, och hon försökte amma honom. När unge baronen fick veta detta ställde han till med en alldeles otrolig scen. Det sades att han krossade ett litet bord – när han får sina vredesutbrott krossar han allt – och den stackars kvinnan måste lyda. 'Rosa, du måste ge honom all min kärlek när du ammar honom' sa hon med tårar i ögonen. Visserligen var hon född baronessa och sådana ska inte amma sina barn, men ett modershjärta hade hon, precis som vi. Hör på, Amalia, bekymra dig inte för Costanza, förr eller senare kommer hon att älska denna lilla flicka, för det är ju hennes eget blod!" Rosa vek linneservetterna flera gånger, drog järnet över dem, förvandlade dem till perfekta, styva fyrkanter och lade dem på varandra på ett mindre bord till vänster om sig. "Du ska veta att Stefano var galen i sin mor och hon i honom. Baronessan ville alltid ha honom bredvid sig och jag tillbringade dagarna i hennes rum, i salongerna och på terrassen när hon matade sköldpaddorna. Hon tog mig med ut i vagnen till och med, och jag satt mitt emot henne med Stefano i famnen, vi var alltid tillsammans och mycket nöjda och glada.

Men unge baronen tyckte inte om denna glädje. Han ville ha sin baronessa helt för sig själv, för han var svartsjuk. Till och med sin oskyldige son, sitt eget kött och blod, var han svartsjuk på och skickade iväg honom med en eller annan ursäkt. Jag vet inte hur ofta han kom in i baronessans salong – han knackade inte ens – och sa till mig: 'Ge er iväg, Rosa', eller 'Bär bort honom'. Hon såg sorgset på mig och tecknade åt mig att lyda. Jag såg att hon log mot sin man och gav honom en sådan där kvinnlig blick. De var förälskade, men det blev bara missfall av all denna förälskelse. De var otursförföljda." Rosa gjorde ett uppehåll med en djup förnöjd suck, innan hon bytte järn för linnehanddukarna: i strykrummet spred sig en lätt doft av rent. "Hon lekte med Stefano som om hon varit en liten flicka, hon kröp omkring på golvet med honom och de skrattade tillsammans. Visst blev han bortskämd, hans mamma och morfar tillät honom allt, men de är ju rikt folk och kan tillåta sig det. En dålig son skulle ha blivit förstörd, men Stefano blev det inte, han var naturligt hänsynsfull och snäll, han tänkte på andra och mig gav han presenter... Hans far var sträng men rättvis mot honom och aldrig att han höjde en hand mot honom.

Baronen och unge baronen, som aldrig tyckt särskilt mycket om varandra, ingick en dag en överenskommelse: Stefano skulle skickas till internatskola på fastlandet året därpå. Baronessan ville inte höra talas om att skiljas från sonen och vände sig till fadern, som den här gången inte hjälpte henne: Stefano måste skickas iväg.

För att glädja henne en smula valde de till slut en internatskola i Palermo, men baronessan ville inte ens veta av detta. Hon var alldeles förtvivlad.

De hade ju redan en lärarinna, Madame, som undervisade Stefano i franska, men det räckte inte för baronerna Safamita, pojken måste studera utanför hemmet. Du ska veta att i familjen Safamita är de envisa och ingen rår på dem. Stefano ville inte till någon internatskola, men barn och kvinnor måste lyda. Man gjorde i ordning hans utstyrsel – en hel utstyrsel måste han ha med sig till skolan, alldeles som en blivande brud. Vad som sedan hände vet jag inte, men en dag blev det ett stort gräl mellan unge baron och baronessan. I största hast gav sig unge baron iväg till Palermo och lämnade baronessan ensam med Stefano. Den stackars baronessan satt där och grät. Baronen tog då med henne till Malivinnitti för att hon skulle få omväxling och där blev hon kvar hela sommaren. Mannen kom tillbaka från Palermo, reste sin väg igen, begav sig till Malivinnitti, reste tillbaka till Sarentini... kort sagt så var det rena helvetet mellan dem.” Rosa ackompanjerade sin berättelse med att med en smäll slå de hoptrasslade fransarna mot bordskanterna och för varje slag löstes de upp allt mer och kunde snart kammas och sedan pressas under det rykande järnet. ”Vi förstod ingenting: än verkade de förälskade, än inte. Allt detta bråk gällde Stefano, som oroades av det. Baronessan blev mycket sorgsen när hon var på Malivinnitti. Hennes far trodde att hon var sjuk och försökte distrahera henne.

Han bjöd in dotterns favoritkusiner och satte henne till och med att sköta pappersarbetet för gruvan medan direktören var sjuk. Den arma flickan måste sitta och skriva brev på franska åt firman Corbottas tjänsteman. Hon lydde men var mycket modfälld. Semestervistelsen tog slut och baronessan reste tillbaka till Sarentini och blev havande med Costanza. Du ska veta att hon sa till mig: ’Rosa, jag känner att detta är en pojke till, som ska kompensera mig för förlusten av Stefano’.

Men jag visste att det inte kunde vara en pojke och jag förklarade för henne att när Stefano var nyfödd hade han en hårtofs i nacken. Håret berättar: om ett barn föds med hårtofs i nacken blir nästa barn av motsatt kön, så det skulle bli en flicka den här gången. Hon trodde mig inte. Och så föddes den lilla rödhåriga baronessan och nu vill hennes mor inte ha henne. Det är svårt att förstå, men de rika vänjer sig vid att göra vad de vill och att få det. Det föll inte baronessan in att vi alla ibland är lika. Med naturen är det så: hårtofsen avgör.”

Pinuzza hade ritat en skev blomma med två små blad som stack ut från stjälken och hon försökte nu dra till sig fasterns uppmärksamhet. ”Tycker du den är fin?”

”Så stilig! Duktigt!” svarade Amalia, fortfarande en smula tankspridd.

”Vad tänkte du på?”

”På Stefano som liten.”

”Vad gjorde han då?”

”Stefano brukade rida omkring på landsbygden; han tyckte om att jaga med baronen och prata med bönderna. Det var ett elände att han lärde känna den där flickan och blev kär i henne.”

”Är det ett elände att någon blir kär?”

”Ja, ett riktigt elände, för de rika ska umgås med de rika, men han ville ha henne, han ville ha henne till varje pris; och han fick för sig att han skulle gifta sig med henne och sådant gör man inte.”

”Varför inte? Är det inte bra att gifta sig med flickan man älskar? Kunde hon inte bli baronessa?”

”Nej, var och en ska hålla sig till sin egen sort, så är det.”

”Och vad sa unge baronen?”

”Du anar inte vad han sa och vad han gjorde! Han slängde ut honom ur sitt hem, sitt eget kött och blod och sin förstfödde son! Men Stefano ville inte avstå från den där flickan och gav sig iväg till La Camusa, som han ärvt efter salig baron Guglielmo, och han gjorde en massa barn med det där skamlösa stycket utan att ha ingått det heliga äktenskapet. Han gifte sig med henne senare, men då var det för sent.”

”Vad hände?”

”Ingenting, för ingenting kunde hända, så är det.”

Pinuzza var på väg att somna. Amalia bar in henne i grottan igen.

28

”Den som slösar när han är ung, får spara när han är gammal.”

Costanza Safamita inser att något inte står rätt till hemma och det gör henne ledsen

Costanza insåg att det inte stod rätt till mellan hennes föräldrar. Hon förstod – av blickar, gester och suckar – att det rörde Stefano, som blivit lynnig till humöret. Hon var van vid att vara ovetande om mycket och ville inte fråga tjänstefolket. De var däremot alltid välunderrättade.

Stefano hade lämnat internatskolan. Han hade inte för avsikt att fortsätta studera och ville återvända till Sarentini. Detta gladde Costanza. De gav sig ut på långa turer i vagn eller till häst och var ofta tillsammans med modern. Hon accepterade moderns uppenbara förkärlek för brodern och blev inte avundsjuk: det hade alltid varit så. Giacomo däremot kände en skummande ilska och fann det outhärdligt, så han föredrog att gå någon annanstans.

Förhållandet mellan far och son hade inte förbättrats. Iskallt, hövligt. Fadern hade inte tid för honom och Stefano sökte inte hans sällskap. Domenico Safamita var överhopad av administrationsarbete men gav honom inte några uppgifter: han försökte inte lära upp Stefano så att han skulle kunna börja hjälpa honom med förvaltningen av tillgångarna och tog inte heller med sig honom när han for till deras lantegendomar, som det var vanligt att man gjorde. Husfolket och anställda skakade på huvudet under tystnad. Baronessan tyckte det var tråkigt, men far och son hade redan stelnat i sina positioner, alltför stolta för att erkänna sina fel, och för att kompensera detta skämde hon bort honom ännu mer. Hon gav honom pengar, ofta i smyg.

Stefano kände sig fri och ville upptäcka livet. Fadern hindrade honom inte och hoppades att han skulle förändras när ungdomsglöden falnat. Stefano älskade hästar och red ut på jakt tillsammans med vänner eller helt enkelt med vakterna och tillsynsmännen; han var mycket noga med sin klädsel och spenderade mycket pengar. Han var generös, ibland till övermått, och umgicks med godsägarna och sönerna till borgarna i Sarentini med omnejd. Han var sällan hemma men försummade inte familjen. Han åt ofta middagsmålet i slottet.

Underligt nog verkade han inte intresserad av lösaktiga kvinnor – till skillnad från andra unga män – och inte heller av giftasvuxna flickor. Sedan förälskade han sig i Filomena Carcarazzo, av okända föräldrar, hämtad från barnhemmet i Coppolo och placerad som piga hos en ambulerande smed och hans familj; han älskade henne med sina arton års hela glöd. Uppmuntrad av smeden tjusades Stefano av överträdelsen, av sin roll som beskyddare av hela familjen och av flickans behagfullhet. När denna övervunnit det initiala motståndet gav hon sig helt och håller åt honom med en lidelse som snart blev till hängivelse och äkta kärlek.

Vad Stefano beträffar vet man inte om han verkligen var förälskad eller om han i början såg det hela som ett äventyr, det första av många.

I hans önskan att vilja ha en kvinna som var så oansenlig fanns en komponent av fräckhet och trots gentemot fadern. Det var som om han ville såra familjen Safamitas stolthet utan att inse att han höll ett tveeggat svärd i handen.

Stefano drevs också av en önskan att ställa sig på de svagas och olycksaligas sida genom att på ett förvirrat sätt deltaga i de strävanden efter sociala förändringar som märktes för första gången i det enade Italien. Men han gjorde det inte utifrån en idé som blev tanke: han utgick från sina känslor. Han levde för dagen, följde sina instinkter och var ett lätt rov för smickrare. Han kände en stark längtan efter att bli älskad och att identifiera sig med dem som aldrig blivit det, och så gav han sig hän med kropp och själ utan att tänka på konsekvenserna.

En dag anförtrodde han sig åt modern och talade med henne om Filomena i vaga ordalag. För att inte förlora honom lyssnade baronessan på honom och han kände sig uppmuntrad. En dag sa Domenico Safamita till sin hustru: ”Det är nog bäst att du får veta att din son har ett förhållande med dottern till en smed. Vi får låta honom hållas för ögonblicket och hålla ögonen öppna, för av honom väntar jag mig alltid det värsta. Var noga med att inte hjälpa honom.”

Baronens plötsliga död gjorde slut på förtroligheten mellan mor och son; de var alla utom sig av sorg. Stefano saknade sin morfar mycket. Modern vägrade att tala om honom, som om han aldrig existerat: det var hennes sätt att reagera. Han vände sig till sin käresta för att få tröst och ibland stannade han kvar i smedens hus ända till gryningen. Medan han i början var försiktig, blev han med tiden vårdslös och lämnade hästen utanför familjen Carcarazzos hus, där alla kunde se den. Alla i Sarentini kände till hans passion för smedsdottern. Man var van vid adelns nycker och kände ingen förvåning.

29

”Att älska och sluta älska kan ingen själv bestämma.”

I Palazzo Safamitas köksregioner pratas det om kärleken mellan Stefano Safamita och Filomena Carcarazzo

Det var nu 1873 och det hade gått ett år efter Guglielmo Safamitas död. I palatsets köksregioner gjordes förberedelser för ett viktigt besök: prefekten Ermengildo Calloni och hans hustru. Prefektens morbror hade varit en gammal vän till baronen och haft honom som gäst på sin gård i Asti. Detta var det första besöket efter den påbjudna sorgetiden och herrskapsvåningen ställdes åter i ordning för ”representation”. Betjänterna lyfte bort floren från speglarna och lampkronorna i salongerna, mässingsföremål putsades och huvudtrappan återtog sitt vanliga utseende: röd matta, levande växter med blanka, köttiga blad på trappavsatserna, lampor på väggarna. Det skulle serveras en intim men elegant middag.

Lina Munnizza och Rosa Vinciguerra hade generalrepetition med dukningen: sex skålar av olika storlek till brädden fyllda med små pistaschbakelser, chokladpraliner och frukter av marsipan, gjorda av Monsù efter recept från nunnorna i klostret i Martorana. De lade upp dem efter smaker men också med hänsyn till färg och form. Tallrikarna i den franska porslinsservisen hade tagits ner från hyllorna och stod redan på buffén, täckta av en duk. Monsù hade fullt upp att göra: han hade fått order om att laga en middag som var siciliansk men nedtonad, anpassad efter fastlandsbornas smak.

Costanza och Maria Teccapiglia hjälpte jungfrurna att skala pistaschnötter till andra sötsaker och till dekoration på blancmangern. Köksflickorna kom med grytor med kokande vatten där de just lagt i nötterna. De tog upp dem ur vattnet med ett durkslag och de andra delade upp dem sinsemellan för att skala dem direkt, medan de ännu var skållheta, för det var bara så man fick bort det hårt sittande rödaktiga skalet. Hela, glänsande och gröna som små pärlor av malakit spratt de skalade pistaschnötterna iväg från de där flinka fingrarna.

Don Paolo Mercurio satt vid bordsänden och hjälpte till lite håglöst;

då och då stoppade han en pistaschnöt i munnen.

”Don Paolo, ni har ju varit i Turin... hurdana är de här utlänningarna?” undrade Maria Teccapiglia.

”Jag reste runt i hela Italien med unge baron när jag var ung. Gaspare och jag följde med för att passa upp honom. I Turin var det väldigt kallt. Floderna var som hav och bergen höga som Mongerbino, som tio Monte Pellegrino var de. Men torinesarna visade oss respekt.

”Är det det enda ni bryr er om? Hurdana var kvinnorna?” Nora Aiutamicristo hade väntat sig någonting mer pikant.

”Som alla kvinnor på fastlandet: när främlingar luktar pengar tycker de mycket om dem, men om de är fattiga satar som vi, ser de inte ens åt dem.”

”Don Paolo, ni som känner honom väl, säg mig, hur kunde baronen få för sig att bjuda in prefekten, just den man som har stängt klostren och ställt alla munkar och nunnor på bar backe och dessutom styr och ställer som en biskop?” Rosa Vinciguerra var otröstlig: regeringen hade berövat henne sex brorsöner som skickats till militärtjänst och svägerskornas familjer hade fått leva i misär under de fem obligatoriska värnpliktsåren. Hon skakade på huvudet och slängde en näve skalade pistaschnötter i skålen. Några föll på bordet. Snabbt var två flickor där och plockade upp dem.

”Var försiktig, Rosa, det är pistaschnötter. Vad tror du att de är, regeringens vakter?” varnade Maria Teccapiglia.

”Tänk er för, donna Rosa”, tillade Nora Aiutamicristo, ”det där är en mäktig man, han bestämmer till höger och vänster. Baronen måste bli vän med honom om han också vill bestämma.” Hon tömde ytterligare en liten skål med skållheta pistaschnötter och tillade: ”Nu får ni allt arbeta på, det är bråttom.”

”... och köpa upp klostrens mark också!” muttrade don Paolo för sig själv i det han följde Rosas resonemang.

Rosa satt mållös med knäppta händer och såg sig omkring. Hon satte igång att skala igen med en djup och ljudlig suck. Don Paolo iakttog henne och sa sedan: ”Herrarna måste respekteras. De bjuder in vem de vill. Och om det sedan är sant att den här prefekten beter sig som en biskop och en general tillsammans, har han än större anledning att bjuda in honom till palatset. Biskopar – både renläriga och andra – har det förekommit många av hemma hos familjen Safamita."

"Donna Assunta blev inte glad när hon fick höra om denna inbjudan", muttrade Rosa.

"Hör på, Rosa: hon är inte hans mor, hon är hans syster och måste hålla tyst. Och du, du är visserligen amma åt unge barons förstfödde son, men får ingenting säga, och om du har något att säga så tala med unge herr Stefano och säg åt honom att se upp med vem han umgås med", sa Maria Teccapiglia, som plötsligt blivit allvarlig.

"Vad menar du med det?" Rosa var fortfarande förargad.

"Ingenting, ingenting." Maria Teccapiglia rynkade pannan och blinkade menande: hon hade glömt att Costanza var närvarande och satt där i ett hörn, också hon sysselsatt med att skala pistaschnötter. De fortsatte arbetet under tystnad.

Just då kom Gaspare för att säga till Costanza att modern väntade på henne på övervåningen. Maria Teccapiglia återupptog samtalet: "Vet ni vad de säger i Sarentini? Att han varenda dag går till smedsdottern i Agli Angeli och behandlar henne som om hon vore hans fästmö och överöser henne med vackra presenter."

"Vem är det som säger det? Stefano har ju oräkneliga kärestor. Jag tror inte på det, det är barnsligheter... Ni anar inte så många presenter jag levererade till unge barons kärestor på den tiden! Vad är det för ont i det?" inflikade don Paolo.

"Det onda ligger i att de där var kvinnor, medan det här är en liten flicka. Hon hade inte ens det röda bandet runt benet när han blev förälskad i henne." Maria Teccapiglia var kategorisk.

"Men nu har hon det där bandet, så behöver vi inte prata mer om det!" utbrast don Paolo, irriterad över Maria Teccapiglias dolda anklagelse.

"Om hon inte har det, kommer hon att få det. Innan", sa Nora Aiutamicristo kryptiskt.

Costanza hade kommit tillbaka tyst och omärkligt. Hon satt på en pall i ett hörn i serveringsrummet och lyssnade. Don Paolo bytte samtalsämne.

”Säg mig en sak, hur bör man tilltala prefekten?”

”’Excellens’, det säger don Filippo”, svarade Nora Aiutamicristo snabbt.

Konversationen fortskred och handlade om prefekten och italienarna och alla var överens om att de var barbarer de där främlingarna som kommit för att stanna.

30

”Han hade rest runt och sett både Arken, Mecca och Pantelleria.”

Den piemontesiske prefekten Ermengildo Calloni faller Costanza Safamita i smaken

Costanza satt för första gången till bords med folk från fastlandet och blev fascinerad av gästerna. Prefekten var lång och elegant. Hans skägg och hår var tjockt och krusigt och lika rött som hennes. Hon hade aldrig stått öga mot öga med någon med samma hårfärg som hon. Hon hade skymtat rödhåriga unga män i Marsala under ett besök hos kusinerna Limuna; de hade skrattande pekat ut dem för henne när de åkte vagn längs huvudgatan och kallat dem ”’Nofri”. Alfonsina hade förklarat för henne att alla rödhåriga i Marsala var ättlingar till en engelsman, en viss Onofrio, som spritt oäkta barn över hela staden. Costanza hade bleknat och dragit ner hatten över huvudet.

”Unga baronessan påminner mycket om min syster när hon var ung!” utropade prefekten så snart han fick se henne. Costanza kom i samspråk med de andra men kände sig besvärad av språket och förvirrad av deras vänliga tonfall. Fadern iakttog henne road och välmenande men hjälpte henne inte när hon hade svårt att uttrycka sig på italienska. Sedan kom han henne till hjälp genom att tala med henne på franska.

På det språket löpte konversationen lätt och ledigt. Prefekten behandlades som en vän och inte som en ”främmande auktoritet” och det rådde en dämpad informell stämning. Man pratade om Egypten, som

Calloni kände till. Han berättade om invigningen av Suezkanalen, om pyramiderna och den muselmanska konstens skönhet – som han tyckt sig återfinna i vissa sicilianska kyrkor – samt om de där folkens seder och bruk och deras religion. Costanza insåg att egyptierna var desamma som turkarna i don Paolos och Gaspares berättelser. Hon övervann sin blyghet och deltog i konversationen och ställde till och med en del frågor till prefekten.

När de blev ensamma frågade modern nyfiket vem hon lärt sig så mycket av. Svaret – ”Av pappas kusk” – gjorde henne förbryllad. Den kvällen gick Costanza till sängs euforisk och mycket trött. Innan hon somnade låg hon och tänkte på de historier hon hört av don Paolo Mercurio och Gaspare Quagliata, som lärt henne att det finns många olika sätt att leva och tänka och att var och en i själva verket måste göra på sitt sätt.

Don Paolo var från Palermo och således finare än folk på landsbygden, där Sarentini låg. Han var mycket god vän med Gaspare och de båda retade varandra, gnabbades, friskade upp varandras minnen och berättade samma historier ord för ord, omedvetna arvtagare till de forntida skaldernas muntliga tradition.

Deras berättelser handlade för det mesta om havet, eftersom båda två härstammade från politiska flyktingar som på grund av misär eller enfald köpts upp av galärägares agenter och tvingats bli roddare på de där skeppen tillsammans med muselmanska slavar. Don Paolos farfar hade på så sätt lärt känna salig Giuseppe Safamita medan de båda två var fångar hos beyen av Tunis i väntan på befrielse.

”Min salig farfar”, berättade kusken, ”erbjöd sig att mot betalning bli betjänt hos greve Vasciterre. De satt i fängelse i Tunis tillsammans med de andra slavarna; om natten kedjades de fast som hundar och om dagen slet de som mulåsnor. Herr greven, som redan var ett helgon, skickade bud till friköparen vid Allmoseinstitutet i Palermo som måste hitta pengar för att friköpa de båda männen. Han övergav inte min farfar i det där helvetet. Friköparen reste fram och tillbaka mellan Palermo och Tunis för att underhandla med turkarna: han gjorde som han blev tillsagd och de där båda – som blivit som bröder – återvände till Palermo tillsammans. Sedan blev greven änkling och gick då i kloster för att tacka Herren för att han befriat honom från turkarna. Vad beträffar oss i släkten Mercurio", avslutade don Paolo stolt, "har vi förblivit i familjen Safamitas tjänst och vi har aldrig behövt svälta."

Gaspare hade faktiskt varit i turkarnas land: som ung pojke hade han skickats till sjöss och hans skepp seglade på Tunis och Alger. Det var underbara städer med enorma marknader, trädgårdar fulla av dofter och fontäner samt sköna kvinnor. Dessa kvinnor dolde ansiktet ända upp till ögonen när de gick ut. "Ögon svarta som korpar hade de, och de kastade blickar som gav fångarna hjärtklappning och fick deras ben att skälva, så vackra var de." Gaspare berättade sedan om invånarnas märkliga sedvänjor: "Folk tog av sig skorna för att gå in i kyrkorna, om man nu kan kalla dem 'kyrkor', för de hade knappt ett tak, inget kors och inga sittplatser. Men skorna måste de lämna utanför och ingen stal dem. Turkarna är lika elaka och tjuvaktiga mot oss som de är ärliga mot varandra i kyrkliga ting. De stannade länge där inne och där fanns till och med en fontän där de kunde tvätta ansikte, händer och jag säger inte vad mer, innan de satte igång att be. De gick dit fem gånger om dagen. Det fanns inga klockor för att kalla dem till bön, klockaren måste ropa till alla att det var dags, och han skrek så högt att hans röst torkade ut."

"Så många gånger som de kom till Sicilien för att stjäla allt och ta med sig kristna, så kunde de väl plockat med sig ett par klockor också!" inflikade don Paolo med ett överlägset leende och en ljungande blick.

"Men de har andra vanor och gör på sitt sätt. I kyrkan kastar de sig till marken och böjer sig framåt och bakåt. Någon musik har de inte och inget altare heller och helgonstatyer vill de inte höra talas om. Och kvinnorna ber i hemmet. I kyrkan går bara männen, på fredagarna. Inte ens på söndagarna går kvinnorna dit, men det är ingen dödssynd, för de är turkar. De gör allting fel.

Och vin, vårt goda vin är det syndigt att dricka, då blir de bannlysta", tillade don Paolo. "Men deras paradis är underbart vackert; där finns inga änglar och helgon, det är som en trädgård full av alla Guds håvor och till och med vackra flickor som söker en helig själ att trösta!"

Costanza var beredd att lära känna andra folkslag och hon var inte rädd för dem, tvärtom, hon fantiserade och fantiserade och ju mer hon fantiserade, desto mer önskade hon att hon finge ge sig utanför Sarentinis gränser.

31

”Älska den dig älskar, svara den dig kallar.”

Stefano Safamita talar med systern om Filomena Carcarazzo

Stefano och Costanza var ute på en ridtur; de plockade hagtornsbär på godset La Camusa, ett av deras favoritmål. Det tillhörde Stefano, men innan han fyllde tjugoett år var han dess ägare bara till namnet. Han hade gärna velat öppna huset och göra det till familjens sommarställe, men modern hade satt sig emot det: denna trevliga sjuttonhundratalsvilla hade stått obebodd sedan mormoderns död och liksom morfadern ville hon inte sätta sin fot där. Stefano och Costanza klättrade upp i träden och plockade de röda syrliga små äpplena som hon tyckte så mycket om och som på pin kiv verkade växa längst ut på de högsta grenarna. Under tiden berättade Stefano för henne om sina planer på att restaurera villan.

”I går pratade de om dig i köket. Har du en fästmö?” frågade Costanza plötsligt.

”Folk ska alltid lägga sig i”, svarade brodern bryskt.

”Men jag skulle vilja se henne!” utbrast Costanza impulsivt.

På tillbakavägen vek Stefano in på en stenig och brant stig som de sällan tog. Förbi små bondgårdar ledde den till stora vägen genom byns fattigaste del, som hette Agli Angeli. Stefano höll åt tömmarna en smula och började granska kullens sluttning. Bakom en kurva var stenmuren raserad och bildade en sorts passage: den nedtrampade åkerstubben visade att detta var en genväg till den offentliga vattenhon. De stannade men satt kvar i sadeln. Hästarna tuggade på buskarna av vild rosmarin och växten försvarade sig genom att utsöndra en stark och stickande doft. Stefano satt försjunken i tankar, som om han varit ensam. Costanza blev orolig, för hon kände att det var ett viktigt ögonblick. Cikadornas gnisslande i den lantliga tystnaden var öronbedövande. Det hördes steg: tre unga flickor i trasiga kläder kom gående barfota ner från vägen med en vattenkanna på huvudet. Den längsta gick sist, hennes huvud var täckt av en ljusblå bomullssjalett, ansiktet var ovalt och huden gyllenbrun och slät. Hon gick med mjuka, lätta steg, som om hon vandrat på luft. Hon saktade in så fort hon fick syn på dem. Costanza betraktade hennes fötter. De var små och gracila.

Hon vände sig mot brodern: Stefano utstrålade längtan och lycka, han var som förhäxad och slukade henne med blicken. Flickan stod där mållös medan hon lät blicken vandra mellan dem och hennes kastanjebruna ögon glimmade under tunga ögonlock och täta ögonfransar. Hon knep ihop sina fylliga läppar och öppnade dem sedan i ett kort, blixtrande leende; på hennes kinder framträdde två skrattgropar. Sedan blev hon allvarlig igen och gick ikapp de andra.

Alla tre gick över stigen, raka i ryggen och med vattenkannorna på huvudet, som om Stefano och Costanza inte existerat. Han såg efter dem tills de försvann bakom ett fikonträd.

De var nära palatsets stallbyggnader.

”Tycker du hon är söt?” frågade Stefano systern.

”Ja, hon är mycket söt.”

”Hon är mitt liv”, viskade han.

32

”Den som är ung är aldrig fattig.”

Costanza Safamita tänker på kärlek medan hon lyssnar på tjänsteflickornas prat i köket

Costanza hade blivit en ung fröken vid tretton års ålder, och hon var längre än modern.

Hennes kropp hade blivit rundare och ansiktsdragen mildare. Hon klädde sig som en ung flicka och inte längre som ett barn, hon hade fått en hel utstyrsel och kallades för ”unga baronessan” av alla tjänare, inklusive amman, Maria Teccapiglia och Annuzza la Cirara. Men när de sistnämnda tilltalade henne använde de det familjära ”signuri”, en förvanskning av ”Vostra Signoria”, Ers Högvälborenhet, och som bara användes av de allra närmaste. Ibland hände det att de sade ”du” till henne, som förr, men alltmer sällan.

Hennes hörn i strykrummet städades undan, för hon fick inte längre vistas i tjänstefolkets avdelning. Hon blev inte så besviken som hon hade föreställt sig, för hon hade ersatt kökssamtalen med att ta hand om Madame, som ofta var indisponerad och inte bara på grund av de alltför många glasen likör hon hällde i sig. Men framför allt hade hon gjort om sitt rum och från slottet tagit med sig mormor Maria Stellas harpa – det första steget mot en framtida roll som husmor, när hon som gift skulle få ett eget palats – och där tillbringade hon tiden med att spela och brodera tillsammans med sina jungfrur. Hon såg framtiden an med trygg förväntan.

Costanza var också mycket ordningsam. Hon lade sina klädesplagg i byrålådorna perfekt vikta och sorterade dem efter storlek, färg, form och beskaffenhet. Hon jämförde livet med en stor myntsekretär som hade lådor av olika storlek. Några var tomma, andra, de rymligaste, innehöll det allra nödvändigaste, det grundläggande. I de små lådorna lade man små saker, dem man hade för nöjes skull. Överflödiga men viktiga: sådant som ger doft och smak åt en väl genomlevd dag. Enligt Costanza var kärleken som denna möbels stomme, som gav form och stadga åt allt det övriga. Hon förberedde sådant som hon skulle lägga i lådorna, hon fyllde dem men hade ännu ingenstans att placera eller skjuta in dem: hon väntade lugnt på sitt bröllop. Hon tänkte att också hon skulle få ett äktenskap som föräldrarnas: en varaktig kärlek som skulle krossa och övervinna hinder, svårigheter och sorger. En myntsekretär att alltid hålla i perfekt ordning.

Stefanos historia avvek från detta mönster och Costanza var förvirrad.

Å ena sidan trodde hon att denna kärlek mellan personer av ”olika ursprung" var ett uttryck för den moderna tiden, men å andra sidan insåg hon att i Sarentini var lite eller inget förändrat. Hon anade att det i den där förälskelsen fanns frön av tragedi. Liksom alla andra ungdomar av samma samhällsskikt levde Costanza i en värld som var skyddad mot yttervärldens grymheter. Ändå, när hon tänkte tillbaka, mindes hon en del samtal mellan jungfrurna när hon var liten, som hon inte förstod innebörden av men som gjort intryck på henne och som hon nu grubblade över.

När Costanza var liten satt hon och lyssnade på tjänstekvinnornas prat när de satt samlade runt bordet i serveringsrummet och arbetade tillsammans med att rensa grönsaker, hacka mandel, skala pistaschnötter, sprita bönor och ärter, skrapa jord från torra grönsaker. De pratade om allt som var tillåtet och vant: om släkten Safamita, som kallades "familjen", om sina egna släktingar, om arbete som skulle göras och arbete som redan gjorts, om flyttbestyren inför sommarvistelsen och om skvallret i byn; till och med om politik. Hon satt vid bordshörnet och lyssnade med skålen i knät full av sådant som skulle rensas. Hon grep sig an sin uppgift under tystnad för att inte störa och inte märkas.

Det gick inte en dag utan att man talade om olyckor och lidanden med ett överflöd av fasaväckande detaljer. Sådant verkade förutom den ständiga resignationen väcka en viss förnöjsamhet, särskilt när de beskrev plågor, olyckor och död. I tur och ordning, utan att upphöra med det arbete de hade för händerna, berättade de om släktingars död och beskrev deras obeskrivliga och "unika" plågor; de berörde dödliga koleraepidemier som alltjämt förekom på Sicilien; de talade om de blodbad och massakrer som förövades av rövarband och den italienska krigshären – i palazzo Safamitas kök liksom i resten av Sicilien betraktades rövarna och krigshären inte helt felaktigt som likvärdiga på grund av sina grymma gärningar – och rapporterade om mord som straff, hämnd eller hederssak. Hade det inte skett några mord nyligen, tog man till gamla, som man mindes på deras årsdag, eller också pratade man om de olycksaliga som led så svåra plågor att de längtade efter döden som en befriare.

Sedan övergick man till plågsam sorg, till de olyckor som drabbat släktingar, som nu gick en framtid utan hopp till mötes. Det var en vision av outhärdlig smärta, men ändå märkte Costanza att kvinnorna tröstade varandra genom att prata och arbeta och när de avslutat det de hade att göra, reste de sig från bordet nöjda och till och med glada.

Det främsta samtalsämnet förutom döden var kärleken. Flickorna kom från fattiga familjer som graviterade kring de välbeställda familjer som de var beroende av när det gällde arbete och beskydd. De tog tjänst för att skrapa ihop pengar till hemgiften och det var detta de ständigt tänkte på. Fastän de visste att det inte var ovanligt att de utsattes för husbondens lustar och måste ge efter. De skulle nog hitta en äkta man de också och ibland hjälpte husbonden själv till att få dem gifta.

Costanza visste ännu inte att det var så det låg till. Fadern och Stefano var inte intresserade av tjänstekvinnorna och detta avskräckte – men inte helt och hållet – männen i tjänst hos familjen Safamita från att kompensera denna brist från herrarnas sida. Familjen Safamitas tjänsteflickor hade inget emot att acceptera den äkta man som deras föräldrar valde. Liksom alla andra flickor ville de gifta sig så snart som möjligt. I den förtroliga stämningen bland kvinnorna i serveringsrummet uppmuntrade de unga tjänsteflickorna de gifta kvinnorna att tala om kärlek och låta undslippa sig oförsiktiga kommentarer och vågade historier. Det var bara de som fick lov att tala om skabrösa ting, men alltid bara som varning och i form av antydningar.

Och de var inte nödbedda, de rabblade upp sanna historier om folk från orten, med nämnande av både förnamn och efternamn, men förskönade och överdrivna. Huvudpersonerna var kvinnor som för kärleks skull utmanade Guds och människornas lagar, mödrar som försummade plikterna mot sina barn, män som förhäxats av fala kvinnor, söner som struntade i familjeplikterna och skamlösa änkor. Det var brutala och spännande berättelser: passioner, svek, incest, vanära, skam och hämnd som gick i arv från far till son, förbannelser och svartkonst. Det fanns också andra viktiga personer, nämligen hämnare: äkta makar som slog ihjäl sin otrogna hustru inför barnen, skamlösa kvinnor som dödade förföraren som stod i begrepp att överge dem, älskare som utförde rituella stympningar, illvilliga och hämndlystna svärmödrar,

mödrar som var rasande på sin syndiga dotter, söner som dödade fadern av hämnd. Historierna slutade alltid i tragedi och död.

De gifta kvinnorna rycktes omedvetet med av sina berättelser och sublimerade de där synderskornas omstörtande passioner. De unga kvinnorna drömde däremot att de upplevde dessa passioner och efter de sedvanliga upphettade diskussionerna om det som berättats tycktes de nå en överenskommelse. Costanza förstod inte riktigt om vad, för flickorna vågade inte säga vad de tänkte, så vanvördigt och ikonoklastiskt var det: ”Jesus Kristus dog för att frälsa oss, Jungfru Maria led mer än alla andra kvinnor: livet är lidande. Död och olyckor står alltid på lur och segrar alltid. Vi kvinnor är födda för att lida, vi måste nöja oss och njuta av det som gives. Kärleken är vacker och en stor njutning, men man får ingenting gratis här i livet: kroppslig njutning är en allvarlig synd, såväl inom som utom äktenskapet. Allt som är trevligt och angenämt kostar pengar och vi tjänstefolk hos familjen Safamita har inte pengar att kasta bort, så i vår fattigdom har vi bara kärleken till vårt förfogande. Den kostar inget och den uppfyller vår längtan.” När arbetet var slut reste sig de unga flickorna från bordet och muttrade som vanligt korta kärnfulla fraser: ”Bättre än inget”, ”Gud är barmhärtig”, ”För oss stackars kvinnor finns bara detta”, ”Livet är kort”, ”Herren Jesus respekterade Maria Magdalena.”

När Costanza växte upp och tänkte tillbaka på detta insåg hon att det fanns en motsägelse i detta sätt att tala, men hon kunde inte förstå vad det var. Hon var privilegierad, kärlek och lycka väntade henne. Det där uppriktiga och brutala sättet att tala tillhörde de fattiga, dem som varken har rättigheter eller hopp, och ändå såg Costanza här ett universellt dilemma och kände sig lika sårbar som dem. Hon var övertygad om att Stefano var ett rov för en passion som var starkare än han och som till och med kunde störta honom i fördärvet. Hon var både skrämd och attraherad av detta, på samma sätt som de unga tjänsteflickorna.

33

”Kärleken lyder inga råd.”
En motarbetad kärlek som visar sig vara olycksbringande

Costanza hade inte talat med Stefano om den unga flickan igen, men det hade uppstått ett slags samförstånd mellan dem: hon betraktade honom inte bara som sin storebror utan också som en modern och passionerad ung man. Allt som utspelade sig i familjen på grund av Stefano fascinerade henne och hon tänkte jämt och ständigt på broderns förälskelse. Hon glömde helt bort sig själv.

En dag när hon satt och broderade tillsammans med sina tjänsteflickor, pratades det om Gaetanos förlovning. Gaetano var son till notarien Melchiorre Tuttolomondo.

”Han är tjugo år, precis som unge baron Stefano”, sa Annuzza la Cirara för sig själv, ”och han är också förälskad.” Alla hörde vad hon sade och det uppstod en besvärad tystnad.

”Och Stefanos käresta då, vad säger man om henne?” Costanza hade tagit tillfället i akt att ställa den fråga hon länge velat ställa.

Maria Teccapiglia gav Annuzza ett ilsket och förebrående ögonkast. Amalia höjde blicken mot himlen och sänkte den bestört innan Costanza hann se det och fortsatte att sy frenetiskt. Utfryst av de andra kvinnorna och fylld av skam försökte Annuzza la Cirara ställa det hela till rätta: ”Karlar gör som de vill och herr baron är ung och herreman. Jag känner henne inte”, svarade hon med ynklig och vördsam stämma.

”Men det gör jag, jag har sett henne. Hon är vacker”, sa Costanza med hög röst och såg de andra i ögonen en efter en.

Kvinnorna våndades av nyfikenhet och ville höra detaljer, men Costanza vägrade att säga mer. Då glömde de tre kvinnorna all försiktighet och berättade för sin unga fröken allt som sades i köket och även ute i byn. Costanza fick veta att Stefano inte längre umgicks med sina vänner, för han tänkte bara på sin käresta. Det ryktades att flickan var havande och att han gladdes åt detta och hade för avsikt att installera sin unga älskarinna i bottenvåningen på La Camusa tillsammans med smedens familj.

Den sistnämnde var en ful fisk, men de tre kvinnorna kunde eller ville inte säga mer; alla anställda och allt husfolk hoppades att Stefano skulle tröttna på flickan, för att inte tala om tillsynsmännen, som vägrade att ha någonting att göra med smeden. De var mycket aktsamma om sina ston och skulle hellre låta dem gå oskodda än att låta den där smeden sko dem.

Det var uppenbart att Stefano hade hamnat i en besvärlig situation. Costanza visste från sina samtal med de kvinnliga kusinerna att deras bröder och andra unga män gav sig i lag med "annorlunda" kvinnor och att dessa ibland blev havande. I de fallen kände sig mannen bedragen, eftersom havandeskap inte "ingick i avtalet" och gjorde slut på förhållandet. Andra gånger måste familjen ingripa och till och med betala för att bli av med flickan. Kusinerna var övertygade om att detta var bäst för alla. Sådana barn var inga riktiga barn – riktiga föds bara inom äktenskap som befästs av föräldrarnas samtycke –, de var annorlunda och tillhörde inte familjen. Dessutom var de där dåliga kvinnor allihop.

Medan Costanza nu satt och broderade tänkte hon på vad kusinerna berättat. Stefanos käresta verkade vara en bra flicka och hans ord – "Hon är mitt liv" – var ständigt i hennes tankar. Hon tröttnade på arbetet, inte ens att lappa och laga var roligt längre, för hon tänkte på Stefanos son och ville brodera åt den lille brorsonen.

En dag sa hon till Annuzza la Cirara: "Klipp till en babyskjorta åt mig."

"För vem då?"

"Gör som jag befaller."

Hon förstod och klippte till en skjorta. Costanza broderade en uppsättning spädbarnskläder och hennes tjänstekvinnor ställde inga frågor. De hjälpte henne tyst och motvilligt. Men en dag talade Maria Teccapiglia med henne i enrum och sa: "Fröken, det är något som tynger mitt hjärta och jag måste få säga det. Mina söner har vuxit upp hos min svåger på Malivinnitti och Tignusos arbetar åt familjen Safamita. Det här kan aldrig gå väl. Det är bäst att sluta med de här broderierna. Bäst för alla."

”Maria, just nu broderar jag och sen får vi se hur det går. Mina kusiner får barn i ett och jag har broderat många babyutstyrslar. Vill du inte hjälpa mig så behöver du inte.”

”Det är bra”, svarade denna. När de valde ut mönster till broderierna var Costanza noga med att undvika monogram och den friherrliga kronan. Maria Teccapiglia märkte detta och sa: ”Fröken är ung och har familjen Safamitas envishet, men hon är klok.”

Costanza hade inte haft mod att tala med Stefano om flickans havandeskap. När hon gjort färdigt utstyrseln kallade hon på Rosa Vinciguerra, som – fastän Stefano inte sagt något till henne – liksom alla de andra var underrättad om alltihop och stannade kvar i hans tjänst: hon skulle finna på ett sätt att skicka sakerna till smedsdottern, som Filomena Carcarazzo numera kallades hemma hos Safamitas.

”Skicka dem i ditt namn, är du snäll”, sa Costanza. Och så skedde.

”Costanza, vad menas med den här babyutrustningen?” undrade Stefano irriterat.

”Är det inte sant, då?” svarade systern och höll in hästen. De befann sig framför La Camusa.

”Jo, men vem har berättat det för dig?”

”Stefano, alla vet allt och mamma och pappa vet det antagligen också, men till mig har de ingenting sagt. Jag måste berätta en sak för dig: den här smeden är illa omtyckt av alla, så se upp med honom. Fall inte till föga, barnet kan leva gott hos modern; skicka iväg henne någonstans, långt bort från smeden. Du skulle fortfarande kunna träffa dem då och då. Du måste tänka på ditt eget liv.” Costanza var förvånad över sin djärvhet. Tänk att hon vågade ge sin storebror råd.

”Har vår far sagt detta till dig?”

”Nej, och jag ljuger inte.”

Stefano satte sporrarna i hästen. ”Jag vet vad jag gör, Costanza, och jag behöver inga råd.”

Hon red ikapp honom och ropade: ”Lova mig att jag får lära känna dem, både din käresta och barnet!”

”Javisst”, svarade brodern, varefter de fortsatte i galopp.

Denna historia, som i början sågs av familjen som ett nästan normalt äventyr för en ung adelsman, blev till en skandal. Vissa saker skulle göras enligt mycket bestämda regler, förhållanden och oäkta barn skulle hållas dolda och man skulle inte tala öppet om dem och inte ge upphov till skvaller.

Till en början hade Stefano tänkt sig att installera smedens familj och Filomena i husen runt La Camusa. Han stod inte ut med tanken på att hans son skulle växa upp i ett stinkande kyffe där människor och djur levde tillsammans.

I sin inbilska troskyldighet trodde han att han kunde gifta sig med Filomena och sedan flytta till slottet när han blivit myndig. Han hade hört talas om andra adelsmän som gift sig med sångerskor, aktriser, kvinnor av folket, och han var övertygad om att hans familj skulle bli betagen av Filomenas skönhet och dygdighet.

En eftermiddag blev han inkallad till faderns kontor.

De hade inte pratats vid mellan fyra ögon sedan De sju dagarnas anarki. ”Jag vet att du har förälskat dig i en ung, vacker flicka, och jag tar för givet att hon var jungfru”, sa fadern strängt. ”Jag vet också att hon är havande. Hon är dotter till en skurk. Det är många som har bössan riktad mot honom och att han fortfarande lever är av respekt för oss, det vet alla. Detta kan inte fortsätta. Jag ger dig vad du behöver i pengar: Melchiorre Tuttolomondo är underrättad, han kommer att förhandla direkt. Jag skulle kunna kasta honom i fängelse eller ge klartecken till dem som vill se honom död, men det finns ingen anledning.”

”Hon är hittebarn, hon kanske är lika adlig till börden som vi. Hon är duktig och hederlig, ni kommer att tycka om henne. Hon gör mig lycklig. Varför nekar ni mig en lycka som er? Jag är son till en farbror och en brorsdotter, även er förbindelse var förbjuden av kyrkan. Tack vare vårt inflytande och er kärlek övervann ni hindren. Jag ber er bara att lära känna henne, hon kommer att ta hand om er som en dotter”, svarade Stefano ivrigt.

”Du måste växa upp, Stefano. För att förstå dina föräldrar måste du växa upp, du måste mogna.” Fadern tycktes inte vilja orda mer om saken. ”Jag vet vad kärlek är, passion. Kanske borde jag ha talat med dig tidigare och satt stopp för alltihop. Den lycka som du talar om kommer inte att vara länge: du kommer att tröttna på henne, ni kommer att få problem och du kommer att känna av klasskillnaden. Hon tillhör folket och det gör inte du. Den här smeden är en blodsugare, en ohederlig person. Du kommer att förstöra familjens rykte och det skulle vara slutet på familjen Safamita i Sarentini. Har du någonsin tänkt på det? Du skulle bli tvungen att lämna landet, sälja våra ägor och emigrera. Har du lust till det? Och tror du egentligen att jag skulle tillåta det? Kom ihåg att du har en bror och en syster. Lämna henne nu och hon kommer att få det bra och hennes barn får ett bra liv. Du kommer att få hustru och barn, älskarinnor och allt vad du vill. Ingenting hindrar dig från att fortsätta att träffa henne om du så önskar."

"Jag kan inte", sa Stefano direkt.

Fadern trodde att han blivit hotad av smeden och for ut: "Tillåt då mig att ingripa. Gör en resa, jag ska köpa dig en gård någon annanstans, jag ska hjälpa dig att göra dig av med den där flickan och hennes familj."

"Nej, jag vill inte lämna henne."

"Tänk på saken. Det här är ditt hem. Om du gifter dig med henne är det inte ditt hem längre och du är inte längre välkommen här och på våra gods. Jag ska göra vad jag kan för att försvara familjens namn och egendomar, men inte för dig och den där flickans barn, hur bra och duktig hon än må vara. Det är en fråga om klass och individer, om ett system som varat i århundraden och som vi Safamita alltid har respekterat. Jag är beredd att underhandla för att rädda situationen på det sätt som är minst plågsamt för alla. Jag gör det för din skull, Stefano, och inte bara för din mor. Du måste förstå att tiderna inte har förändrats som du tror, i alla fall inte här."

Stefano gick direkt till modern och ställde till med ett uppträde, han lovprisade Filomenas oskuldsfullhet och anklagade fadern för att ha förtalat smeden och hetsat tillsynsmännen mot honom. Det slutade med att de grät tillsammans.

Från den dagen fortsatte Stefano att leva i palatset i ständig konflikt med fadern. De undvek varandra och Stefano tillbringade dagarna och delar av nätterna borta från hemmet. Han beslöt emellertid att inte låta Filomena flytta till La Camusa.

34

”Plågor med bröd är inga plågor, de verkliga plågorna är de utan bröd.”

Pepi Tignuso hjälper familjen Safamita och sig själv men inte daglönarna

I mitten av juni 1873 var familjen som varje år på Malivinnitti för tröskningen. Costanza var orolig, för Stefanos barn skulle födas vilken dag som helst.

Årets skörd hade varit god. Pepi Tignuso bad att få tala med baronen och denne tog emot honom tillsammans med Costanza, som han ville uppmuntra att ägna sig åt sin lantegendom.

”Jag måste tala med herrn i enrum”, sa Pepi. ”Unga baronessan Costanza får ursäkta, men detta är enbart för karlar.”

”Om det rör sig om Malivinnitti och min son Stefano, måste hon också höra det”, sa baronen.

”Ja, herrn”, svarade den andre förvånat och fortsatte: ”Herrn minns säkert att en kväll i maj 1860 talade jag med herrn och salig baron Guglielmo i slottet. Nu är situationen mycket värre.”

”Berätta!”

Pepi Tignuso svettades ymnigt. ”Vi Tignuso har arbetat länge på släkten Safamitas ägor och inte bara på Malivinnitti. De andra tillsynsmännen och folk från orten respekterar oss. Det är svårt att sköta jordbruket som förr, för daglönarna gifter sig och då blir det allt fler skurkar, de är som flugor. Lika många som man föser bort, lika många kommer det tillbaka. Av den där sorten som sticks. Vi ägnar inte de där flugorna ens en tanke, men andra gör det. Om vi för ögonblicket låter de här vidriga flugorna flyga är det för att vi vet att de vid första köldknäppen faller döda till marken. Vi har väldiga problem – allihop på grund av den olycksaliga kvarnskatten, daglönarna och banditerna – men även om vårt huvud surrar, finns det inte en fluga omkring oss, det kan jag lova. När andra lyssnar på illvilliga flugor, börjar de förlora respekten för oss. Och då måste vi få tyst på dem.

Emanuele Carcarazzo är en av dessa skurkar och en riktig pratkvarn, en sån där som borde ha tystats ordentligt för längesen, om det inte hade varit för den här historien med dottern och unge baron Stefano. Han umgås i farliga kretsar. Den där jäntan är ingenting för unge baron Stefano, tro mig. I morgon måste jag ge mig in till byn på ett par dagar. Herrn vet varför. Om jag hör något mer, ska jag rapportera."

När Pepi Tignuso gått sin väg, sa Domenico Safamita till sin dotter: "Jag har förstått att du känner henne. Du gör som du tycker, men jag vill inte veta något mer."

Costanza fick inte tid att fundera över detta samtal, för det hände allvarliga saker på Malivinnitti.

Nästa dag vägrade skördearbetarna att gå ut på fälten. De krävde en höjning av den avtalade daglönen och en del annat. De avbröt tröskningen och ockuperade tröskplatsen och stod där hela dagen i solgasset. De skickade en delegation att tala med tjänstemannen på kontoret. Baronen var mycket bekymrad. Det hade förekommit svårigheter av det slaget och till och med värre på andras gods, men fram till nu hade familjen Safamita blivit förskonad tack vare Pepi Tignuso och hans mannars obevekliga och effektiva kontroll. Baronen gav familjen order att inte gå hemifrån och inte lämna Giacomo ensam, eftersom han var ett tänkbart kidnappningsoffer och han varnade vakterna. Han ville att skördearbetarna skulle ges mat och dryck, precis enligt avtalet. De stannade kvar på tröskplatsen över natten: ingen återvände till byn.

Nästa morgon bad de återigen att få tala med baronen. Han svarade inte, utan väntade på att Pepi Tignuso skulle komma tillbaka. Han hade redan aviserat sin ankomst. Det rådde en kvävande hetta utan minsta vindpust. Himlen var dyster och hängde tungt över landsbygden, full av olycksdigra förebud. Ett tryckande lugn svepte sig runt egendomen. Livet på bondgården fortskred dämpat och trist, till och med djur och småbarn tycktes undvika att föra oväsen. Husbonden och hans familj stannade inomhus för andra dagen i rad.

Tidigt på morgonen steg baronen ut till tröskplatsen genom ytterporten. Mitt emot, högst upp på andra sidan, stod skördearbetarna klädda i trasor, med ansiktena igengrodda av smuts och svett, orörliga och desperata. En kompakt grupp. Det var tio arbetslag om tolv karlar och de fyllde hälften av den övre delen av tröskplatsen. Domenico Safamita kände sig som måltavla för hundratals svarta bösspipor; mörka och smala ögon – som hans egna – riktade mot honom, fulla av hat. Och av hunger.

Skördearbetarnas talesmän steg fram och framförde sina krav. Baronen lyssnade tankfull, oberörd. Han lät dem tala som avtalat om daglönen. Förhandlingarna fortsatte långsamt och högljutt. Huvudpersonerna gestikulerade energiskt, som skådespelare. Pepi Tignuso spelade en framträdande roll, ömsom försonlig, ömsom auktoritativ. Han stod ofta tyst och iakttog dem. Gruppen av skördearbetare löstes upp, några kom närmare, ibland hotfulla ibland irriterade, och var och en sade sin mening. Man nådde ingen överenskommelse. Solen stod mitt på himlen och luften var tung. Stenarna på tröskplatsen glänste vita, bumlingar stora som gåsägg, tagna från flodbäddar och nedstuckna i den trampade jorden. Baronen blev stående på den lägre delen av tröskplatsen tillsammans med ett tiotal av sina karlar, törstig och tyst. Hetsiga rop, otåliga gester, bestörta ansikten och grymma, trötta blickar. Stämningen var upphetsad. Mot honom var de över hundra. Han såg inte Pepi Tignuso längre. Baron Safamita var rädd. Han började se sig omkring och dolde sin oro genom att slå käppen mot marken och låtsas vara tankspridd.

Till slut fick han syn på honom: han stod avsides i ett hörn med ryggen mot alla och såg ut som om han tänkte urinera. Pepi gick runt redskapen som stod lutade mot väggen och då och då böjde han sig mödosamt ner, stödd på sin käpp, som om han plockade upp något från marken. Han rörde sig långsamt för han hade korta, magra, krumma ben – deformerade av ett liv på hästryggen – och en stor mage. Pepi plockade upp stenar och stoppade dem i byxfickorna. Han verkade helt försjunken i tankar. Förhandlingarna fortsatte, alltmer förbittrade: diskussionerna gick i cirkel och man återkom alltid till samma punkter. Klockan var nästan tolv, karlarna var fångade i solgasset på tröskplatsen, som om en förtrollning hade förvandlat den till ett fängelse med vidöppna dörrar men utan att någon hade möjlighet att ta sig ut.

”Era kräk, sätt igång att arbeta!” dånade Pepi Tignuso. ”Arbeta! Arbeta!” Han hade slängt käppen på marken och gick tillbaka snett över gården och kastade stenar på skördearbetarna med bägge händerna. Han gick långsamt och obevekligt framåt. ”Arbeta! Arbeta!” Det blev tyst. Stenarna träffade inte männen – de stod för långt bort – utan föll till marken och rullade nerför den sluttande terrängen. Lugnt och bestämt klättrade Pepi på osäkra ben uppför tröskplatsen. Han fortsatte hela tiden framåt och armarna rörde sig outtröttligt. Fickorna var nu tomma. ”Arbeta! Arbeta!!” Pepi böjde sig till marken med halsen framsträckt och ögonen riktade mot männen, han trevade efter stenarna och slet till och med upp stenar som stuckits ner i marken, han reste sig och kastade. Nu var han bara några meter från dem. En mot så många. Han träffade mitt i prick. Osvikligt.

Domenico Safamita höjde blicken. Han hade placerat ut vakter i duvslaget och fruktade att det var dags att låta dem ingripa. Pepi var i fara. På tröskplatsen hördes bara Pepis öronbedövande vrål, flämtande andetag, klampandet från hans nubbade sulor mot tröskplatsen och de dova dunsarna från stenarna som träffade skördearbetarna. Karlarna stod orörliga inför denna lynchning och de vacklade men stod kvar utan att röra en min, som flagellanterna i långfredagsprocessionen.

Pepi stannade mitt på tröskplatsen. Han rätade på benen och sa med hög röst utan att vråla: ”Jag sa ju åt er att arbeta. Har ni uppfattat? Allihop! Pepi Tignuso säger åt er att ni ska sätta igång och arbeta och han säger det inte en gång till.” Han ställde sig bredbent och tog spjärn med fötterna mot två stenar, armarna hängande och ryggen rak; han stirrade avvaktande på dem. De rörde sig inte.

Plötsligt såg baronen honom böja sig framåt och stödja ena handen mot marken. Han blev rädd att Pepi inte mådde bra, men så rätade han på sig som från en knäböjning och förde sedan armen bakåt och kastade mot daglönarna den sten som han slitit loss ur den stampade jorden. Utan ett ord böjde sig Pepi på nytt, reste sig flämtande och kastade den ena stenen efter den andra mot karlarna. Sedan hördes ett vrål: ”Arbeta!”, och Pepi böjde sig inte fler gånger, han stod upprätt kvar framför dem, flåsande och svettig. En gammal och sårbar man.

Det var som om de hade väntat på den stunden. Långsamt vände sig skördearbetarna om och trängdes i ingången till magasinet där de nödvändiga redskapen förvarades. De kom ut en i taget, var och en försedd med rätt arbetsredskap och med armskyddet av stålnät trätt på armen som en kedja; en del bar lien på axeln och räfsor av vassrör i handen, andra hade hängt vidjor för bindning på repet som höll byxorna uppe och åter andra bar på en stor och en mindre grep. Med högburet huvud kastade de nedlåtande blickar på Pepi och gick ut genom sidoporten i riktning mot fälten.

Pepi rörde sig inte.

Daglönarnas talesmän gick sist i processionen med hasande steg, också de med lien på axeln. När de kommit ut ur porten bröt de tystnaden med ett: ”Gud vare med er, don Pepi.”

På eftermiddagen skickade baronen efter Pepi Tignuso.

”Pepi, jag vill tacka dig. Det var en svår stund.”

”Herr baron vet att jag gör min plikt.”

”Ni är duktig och respekterad, Pepi.”

”Herr baron visade förtroende för mig. Utan Malivinnitti skulle jag inte vara någonting.”

”Har ni några nyheter om den där saken?”

”Ja. Herr baron måste förlåta mig för vad jag nu tvingas berätta.”

”Ut med språket.”

”Om en enda droppe Safamitablod luktar Carcarazzo är jag dödens och familjen Safamita blir herrar utan beskydd.” Efter en paus tillade han: ”Herr baron vet att jag är familjefar och måste tänka på mina barn precis som herr baron själv gör.”

”Det förstår jag. Pepi, talar ni bara om Malivinnitti?”

”Pepi Tignuso är respekterad både på alla familjen Safamitas och andra herrars ägor.”

”Tack, jag måste tänka över det.”

Pepi såg på Costanza. Hon satt lugnt bredvid sin far. ”En sak till måste jag säga herr baron. Jag beklagar att jag måste vara den förste: i morse födde smedsdottern en liten flicka som har fått namnet Caterina. Unge baron vill gifta sig med henne före juni månads utgång. Gud vare med herr baron.”

35

”Även om man tappar ringarna har man fingrarna kvar.”

Maria Teccapiglia tröstar Costanza Safamita genom att berätta den säregna historien om hennes mors födelse

I skymningen gick familjen Safamita och deras gäster ut i grupp för att motvilligt ta en promenad under johannesbrödträden. Efter kvällsmåltiden satt kvinnorna och slöade och spelade kort på terrassen och männen rökte. De pratade inte särskilt mycket och bara om triviala ting. Costanza såg på den stjärnbeströdda himlen, där uppe rådde en oändlig frid.

På eftermiddagen hade fadern meddelat familjen: ”Allt uppklarat.”

Costanza hade fått veta mer av Maria Teccapiglia. Det hade varit en dyster dag för dem men inte för familjen Tignuso. Ändå jublade hon i hemlighet, för det hade fötts en Caterina Safamita till. Hon hade med ens känt sig ensam som aldrig förr och på eftermiddagen hade hon sökt upp Maria i serveringsrummet och bett henne berätta om moderns födelse. Maria förstod och satte igång att berätta och duade henne som förr: ”Din salig mormor dog tjugo år innan du föddes. Hon hade alltid ett leende på läpparna. Inte ens när din mor föddes vågade hon klaga. Och det var ändå en minnesvärd dag, den 28 juni 1831. Tre dagar tidigare, den 25, hade man känt skakningar, som om det varit en jordbävning. Vi sprang och stängde fönstren, taklamporna svängde och baronessan sa till mig: ’Värkarna har satt igång’. Sedan upphörde skakningarna och värkarna också.

Så fortgick det i tre dagar och vi höll på att bli tokiga allihop, det var som om jord och himmel bestämde över födslovåndorna; man kände skakningarna och värkarna satte igång; jordens skakningar upphörde och värkarna likaså.

På den fjärde dagen började allt i huset att svänga och kränga, skakningarna tilltog och värkarna satte igång igen, med mycket korta mellanrum. Luften var tung, mörk. Det hördes ett ihållande muller långt borta men det fanns inte ett moln inom synhåll. Det var som om det dåliga vädret hade samlats ihop av en enorm blå ridå som täckte hela himlen och ovädret rasade bakom den. Faktum är att det inte blev tid till att kalla på barnmorskorna, den lilla flickan kom till världen på egen hand, vi gifta kvinnor fick allihop hjälpa till och vi klarade det bättre än jordemödrar."

Maria var andfådd och gjorde en paus, sträckte på sig där hon satt, knäppte händerna och lade dem i knät med handflatorna uppåt. Hon såg sig förnöjt omkring.

"Och sedan hördes ett dån långt, långt bort, en alldeles speciell musik för att fira den lilla baronessan!" Nu fnissade Maria Teccapiglia och den trötta blicken under de sänkta ögonlocken vaknade plötsligt till liv och blinkade kärleksfullt mot Costanza.

"Det var vad som hände den dagen. Men det var inte allt. Vi fick veta efteråt att det ute i havet mitt emot Sciacca hade hänt mystiska saker, just när lilla baronessan skulle till att födas. Baron Guglielmo kallade kapten Francesco Trafiletti till slottet", sa Maria och uttalade kaptenens namn stavelse för stavelse med hög röst, "för att direkt från honom få höra vad som hänt och vi husfolk fick komma in i salongen och lyssna på honom allihop. Den här kaptenen var nämligen på väg från Malta till Sciacca och där ute på öppna havet såg han långt, långt bort ett våldsamt vågsvall mitt ute i vattnet. Han tänkte att det var stora, kraftiga fiskar som samlats där för att leka. Men det var minsann ingen lek! Det var döda fiskar: han såg dem flyta upp runt fartyget och ligga kvar där tillsammans med alger. Sedan hörde han ett dån och såg en vattenpelare hög som domkyrkans klocktorn, det reste sig mitt i den där villervallan av vanvettiga vågor och höll sig kvar där i tre dagar, hela tiden likadan.

Han seglade lite längre bort och stannade kvar och observerade.

Den 28 juni, medan lilla baronessan höll på att födas, började det från den där vattenpelaren falla bitar av pimpsten och tuff, det vill säga ett regn av stenar, som hagel men mycket större. Och plötsligt visade sig en ö. Den kom upp ur havet och växte och blev rund och kullig, ett underverk. I två månader låg den där ön som fötts ur havet kvar, stor och lugn, och fåglarna byggde till och med bo där. Det var en mycket vacker ö, nyfödd som din mor, men den fick inte ligga kvar så länge – människornas elakhet var så stor att Herren Jesus lät den försvinna igen.

Det var kung Ferdinands ö och kaptenen kallade den Ferdinandea. Sedan kom engelsmännen förbi och satte upp sin flagga på den och sa att den tillhörde dem. Därefter kom fransmännen och satte upp en annan flagga och sa de också att ön tillhörde dem. De skulle just börja gräla om vem som var herre över ön. Och vad gjorde den då? Jo, tyst och stilla sjönk den ner i vattnet igen utan väsen, gled ner till havsbotten och där ligger den kvar tillsammans med fiskar och korall.

Så föddes din mamma och hon var speciell ända från början. Hon kunde gå innan hon fyllt ett år och kunde både tala och läsa när hon var mycket liten. Hur lätt som helst lärde hon sig franska och engelska av den där goda människan mamelle Bessé. Hon skötte om sin sjuka mor som en vuxen kvinna, så mycket älskade hon henne. Din mor är en stark kvinna, liksom ön Ferdinandea, och hon muckar inte gräl, för hon vet vad hon vill. När hon ser människor gräla undviker hon dem och drar sig undan.”

Costanza betraktade stjärnorna. De var hennes skyddsänglar, hennes tysta förmedlare av hopp. De tindrade i kolmörkret. De väntade sig något av henne. Hon var förvirrad och hennes ögon fylldes av tårar.

Hon knep ihop läpparna och svalde. Hon stirrade stint på dem och förstod till slut att det var ett löfte. Hon, Costanza Safamita, skulle beskydda Stefanos dotter: liksom sin farmor hade denna lilla flicka fötts på en dag då det hänt något ovanligt och hon var förutbestämd att bli lika ovanlig.

36

”Två sorters kärlek är oomtvistliga: mellan mor och son samt mellan syster och bror.”

En moder och hennes favoritson blir osams på grund av Filomena Carcarazzo. Under tiden tänker Costanza Safamita på kärleken och ställer olämpliga frågor till faster Assunta

Caterina Safamita fick av sin make höra om flickans födelse. Hon ansatte genast Costanza med frågor och blev besviken när denna berättade det lilla hon visste. Costanza hade sett Filomena en eller två gånger vid korta möten ute på landet. Hon tyckte om denna vackra och ljuva flicka som nästan var jämnårig med henne. Hon hoppades att hennes mor skulle bli glad av en positiv beskrivning av Filomena, men i stället skedde det motsatta. Modern blev upprörd, för hon hade föredragit att hon var ”en sån där”, för då hade hon kunnat hoppas att Stefano skulle tröttna på henne. Men en snäll och god flicka utgjorde en fara.

Stefano hörde inte av sig. Dagarna gick och modern var nästan utom sig. Än smidde hon planer för att få lära känna den nyfödda utan sin makes kännedom, än planerade hon att övertala Stefano att överge mor och dotter. Hon blandade in Costanza och plågade henne med sin oro och sina kval och när hon förstod att dottern inte kände till Stefanos planer blev hon arg och behandlade henne illa.

Costanza insåg att hennes roll i moderns ögon var att vara en länk till Stefano och inget annat. Detta gjorde henne mycket ledsen, men hon tröstade sig med att tänka på Snigelprinsessan: hon var inte den enda illa behandlade dottern och liksom Snigelprinsessan förlät hon modern och fortsatte att älska henne. Annuzza la Cirara hade rätt när hon sa: ”Hon var elak, men hon var ändå en mor.”

Stefano gifte sig med Filomena Carcarazzo och flyttade in i La Camusa. Han ställde några rum på bottenvåningen till smedfamiljens förfogande. När baronen återvänt till Sarentini gav han order om att ingen fick nämna sonen och meddelade sin hustru att han var beredd att betala för att Stefano skulle lämna Sicilien med eller utan fru och dotter. Det viktiga var att han avlägsnades från smeden och från de personer som denne rörde sig kring. Han berättade för henne att smeden en gång i tiden brukade driva runt på deras ägor med ögon och öron vidöppna och sedan rapportera till en maffiafamilj som var fiender till familjen Tignuso. Det var en maktkamp och familjen Safamita hade inte längre möjlighet att ingripa och medla.

Stefano reagerade med att utmana fadern. Han knöt ännu tätare band med familjen Carcarazzo. Det enda han uppnådde var att förbjudas tillträde till familjens egendomar. Han försökte odla upp marken runt La Camusa men fann sig isolerad i byn och förhindrad att bedriva jordbruksverksamhet. Han beslöt då att lägga sina pengar på de nya industrierna och försökte sig på olika investeringar – den sista i Sciaccas korallrev, men den misslyckades liksom alla de andra – som föreslagits eller uppmuntrats av smeden och hans nya vänner, folk som smickrade och svansade för honom för att kunna stjäla från honom. Han slösade på detta vis bort arvet från farfadern och förlorade den lilla trovärdighet och respekt som folk var villiga att ge honom. Han gjorde sig med andra ord till åtlöje i byn och ett lätt byte för den som ville begagna sig av det. Costanza hölls underrättad av sina tjänstekvinnor men vågade inget säga till föräldrarna.

En dag sade Rosa Vinciguerra till Costanza i hemlighet att Stefano ville träffa henne. Mötet skulle äga rum i ett kapell i domkyrkan. Costanza gick dit med tungt hjärta. Stefano hade magrat men var vid god vigör.

”Jag hade ju lovat dig att få lära känna min dotter; Filomena väntar barn igen. Kan du komma till oss?”

”Du vet att vår far har förbjudit oss att umgås med dem. Men inte att se dem på långt håll”, svarade Costanza.

”Jag tänkte just det. Ta en åktur till La Crocca. Gå genom pistaschdungen, så kommer du att se ett olivträd med urholkad stam. Om du undviker färggranna kläder smälter du in bland löven. Därifrån ser man La Camusas terrass och varje eftermiddag är de där. Jag lämnar en kikare inuti stammen. Säg det till vår mor."

"Stefano, hur kan jag skicka presenter, pengar?"

"Presenter kan du ge till kyrkvärden, om du vill; han tjänstgör hos padre Puma. Pengar behöver jag inga, allt kommer att bli bättre, det är bara en fråga om tid."

"Nej, Stefano, det kommer inte att bli bättre, så länge du inte ger dig av härifrån. Det sägs att Italien är vackert. Varför kan du inte tänka dig att resa dit?"

"Sköt dina egna angelägenheter, Costanza."

Från och med den dagen tog mor och dotter för vana att ta vagnen till La Crocca. De ställde sig under olivträdet med kikaren i hand och väntade på att Filomena kom ut med amman på terrassen. Eftersom denna visste att de stod på plats, tog hon flickan i famnen och vände sig mot dem.

Baronessan Safamita fick på så vis lära känna sin sondotter på avstånd, skymd av olivträdets grenar. När mor och dotter gick mot vagnen för att åka tillbaka hem stödde hon sig på Costanzas arm och hennes ansikte var askgrått, pupillerna utan glans och ögonen torra. De såg aldrig Stefano: han stod innanför fönsterluckorna med kikaren riktad mot modern.

Costanza plågades. Hon var medveten om att fadern och modern led lika mycket, fastän båda höll den andre ansvarig för sonens misslyckande. De fortsatte med sina musikeftermiddagar, men nu lämnade hon dem diskret ensamma, för musiken hade nu antagit en tröstande innebörd av sådan kraft och intimitet att den uteslöt alla andra. Föräldrarna var som två olyckliga personer dömda att förbli förälskade i varandra.

Costanza frågade sig allt oftare: vad är egentligen kärlek? Hon började med att fråga den minst lämpliga men också den som hon var mest förtrogen med, nämligen faster Assunta. Efter morfaderns död gick Costanza ofta och hälsade på henne i slottet. Hon var övertygad om att fastern inte saknade sin bror särskilt mycket. Med överraskande spänst hade hon gjort om inredningen genom att flytta möbler och ändra användningen av vissa rum, som om hon äntligen var fri att uppfylla en gammal önskan. Från de rum som användes dagligen tog hon bort allt som påminde om män – byster av antika filosofer, statyer av marmor och brons, mansporträtt, helgontavlor. På möblerna stod nu kvinnliga porslinsfigurer och på väggarna hängde stilleben, landskap och groteskmålningar med blomstermotiv. Underligt nog hade hon behållit tavlor och planscher från ett både osedligt och fromt sjuttonhundratal.

Donna Assunta hade flyttat till rummen på bottenvåningen, som tidigare varit upptagna av brodern och svägerskan; hon hade tilldelat Peppinella Radica ett stort rum inte långt från sitt eget. Hon hade blivit ännu glupskare och tvingat nunnorna att ge henne klostrens hemliga recept så att Monsù skulle kunna upprätthålla klostrens kulinariska tradition, även den som förstörts av den illa beryktade regeringen. Hon verkade nöjd och glad.

En dag när de åt jungfrubröst, en specialitet i den heliga annunziataordens kloster, frågade Costanza: ”Faster Assunta, vad är kärlek?”

”Kärlek till vad?” frågade fastern i sin tur förvånat.

”Kärleken mellan två älskande.” Costanza hade redan ångrat att hon sagt något.

”Åh, kära lilla vän, det vet jag verkligen inte och jag har aldrig undrat över det. Jag säger bara en enda sak. Det är rätt att du skaffar dig en äkta man, för vi är inte många i släkten Safamita och släkten måste fortleva. Men ju äldre jag blir, desto mer inser jag att allt detta moderna prat om kärlek alstrar mer lidande än glädje. Om vi sen avser kärleken till Jesus Kristus, har jag aldrig förstått varför så många helgon gisslar sig, fastar, klär sig i tagelskjorta och ber om att bli stigmatiserade. För att inte tala om dem som plågar sig under långfredagsprocessionerna. För mig verkar den sortens kärlek vara smärta. Oss emellan så tycker jag inte om det och jag är säker på att inte heller den gode Guden tycker särskilt mycket om det. Det är därför jag inte blev nunna.”

”Men vad är då kärlek, faster?”

”Om du vill veta det, så anser jag att den kärlek som du talar om i grund och botten kan reduceras till uppoffring och lidande.”

Maria Anna Trasi, som var gäst i slottet, kom i det ögonblicket in i salongen.

”Costanza undrar vad kärlek är”, sa systern till henne. ”Maria Anna, du kan svara bättre än jag.”

Costanza rodnade. ”Min lilla Costanza, jag upprepar för dig vad jag brukar säga till mina döttrar: kärlek är att hålla av varandra och få barn. Dessa ger sedan fadern och modern all den kärlek de behöver!” svarade fastern med ett ljuvt och gåtfullt leende.

Costanza gjorde sig i ordning för natten med hjälp av amman.

”Amalia, vad är kärlek?” frågade hon.

Amman löste upp hennes flätor. ”Det är komplicerat att förklara. Livet är som en fläta, varje hårslinga är viktig och har en innebörd. Den första slingan är den plikt vi alla har och som innebär lydnad; den andra är ägodelar – den som har några måste se upp så att han inte blir bestulen på dem och den som inte har några, känner bara en sugande hunger och vill äga mycket – och den tredje är kärleken. Om en kvinna har tre sådana vackra, kraftiga slingor, blir flätan mycket vacker och hon lever lycklig. Men hos många kvinnor är den första slingan kraftig och vacker, medan de andra två är tunna. Om de lyckas fläta ihop dem blir flätan inte vacker, men den håller, och livet fortsätter. Om däremot kärlekens slinga blir alltför kraftig och pliktens är tunn, håller inte flätan och den löses upp: slingorna måste vara tre, så är det.

Sedan satte hon igång att borsta håret. Efter några kraftiga tag samlade Amalia noggrant upp de hårstrån som satt kvar i borsten och på kamkoftan, snodde ihop dem och stoppade in dem i den därtill avsedda silverdosan genom ett hål i locket. Sedan satte hon igång att borsta håret med lugnare tag. För varje tag blev Costanzas hår lockigt och burrigt igen och de olika röda nyanserna gnistrade i skenet från vaxljusen.

”Amalia, säg mig nu: vad är kärlek, enligt dig?”

Som om hon pratade för sig själv, försjunken i tankar, mumlade Amalia: ”Kärlek är glädje.”

37

”En kvinna utan kärlek är som en ros utan doft.”

Amalia Cuffaro och Pinuzza Belice får oväntat avskedsbesök av grannkvinnorna. Amalia Cuffaros och don Paolo Mercurios kärlek

Amalia sopade undan smulorna som attackerats av de utsvultna myrorna. De hade fått ett trevligt oväntat besök. Hon kände grannkvinnorna sedan länge men bara till utseendet; deras grottor låg längre ner och Amalia kunde inte se ingången. Den äldsta, en fyllig kvinna med ljus hy och alltjämt tilldragande, satt utanför grottan som en vakthund; den andra visade sig inte så ofta. Amalia tänkte att de hade någon sorglig och mystisk anledning att ta sin tillflykt till La Montagnazza, två ensamma kvinnor, fattiga men bättre klädda än de andra.

Den äldsta hade observerat att hon ägnade sig åt sömnad. En dag hade en liten pojke klättrat upp och frågat Amalia om hon ville åta sig sömnadsarbete. Mot betalning. Från den dagen var det ett ständigt utbyte av märkliga linneplagg mellan grottorna: urringade klänningar, underbyxor prydda med kulörta band, pråliga täcken utsmyckade med sidenblommor med slokande kronblad, allihop nötta och slitna, och de skulle sys om och lagas. Amalia beslöt att inte grubbla för mycket över det, för hon ville lägga undan lite pengar.

Den morgonen hörde Amalia och Pinuzza röster och buller nerifrån som kom allt närmare. Sedan syntes toppen av en stege och de började tjuta i högan sky. ”Var inte rädda! Det är vi, sömnadsgrannarna, vi vill säga adjö innan vi ger oss av!” sa en kvinnoröst. Några sekunder senare dök ett rufsigt huvud upp mellan stegens pinnar och sedan den unga kvinnans hela, väl tilltagna gestalt, följd av den lille pojken. Efter dem kom den andra med rop och suckar.

Grannkvinnorna pratade och gick på som om de känt Amalia och Pinuzza i hela sitt liv. Efter de sedvanliga kyssarna och omfamningarna tog de ur fickorna upp gudagåvor av ett slag som Amalia inte sett sedan tiden i palazzo Sabbiamena: kakor, karameller, en påse socker, torkade fikon, nålar, vit och svart sytråd och en liten sax. Rosa, den unga, granskade Pinuzza med sina stora mörka ögon: ”Vilken vacker fläta du har, låt mig röra vid den!” Även den andra kvinnan gav henne komplimanger för hennes vackra, glänsande hår och båda två frågade henne en massa saker utan att vända sig till Amalia, som alla andra brukade göra. Pinuzza lyste av glädje. Under ivrigt pratande åt de upp kakorna men sparade resten.

”Ni förstår ju att vi är stadsfolk. Vi hamnade här, min brorsdotter Rosa och jag, på grund av hennes oförsiktiga löfte till en bra karl som hon blivit förälskad i: en socialist, en som kämpar för fattiga som ni, en verklig gentleman.” Rosa gjorde en grimas av vag glädje. ”Han blev *passante*, rymling, men innan han gav sig iväg, anförtrodde han henne mycket viktiga papper. Han var efterspanad i hela landet och vi fick idén att ta vår tillflykt hit. Nu har han kommit tillbaka från ’semestern’ och vi kan ge oss av härifrån. När vi kom hit trodde vi att vi skulle stanna ett par månader och i stället blev vi kvar här i tre år, men det är vi glada för.”

”Varför det?” sa Pinuzza.

Rosa svarade med låg röst i det hon blinkade åt Amalia: ”Oss kvinnor emellan kan vi väl säga att sanningen är att folk från Riporto och de andra orterna runtomkring aldrig hade sett två så fina och frodiga kvinnor som vi. Vi har också lyckats lägga undan lite pengar.”

”Men vem är den här mannen? Är han hennes fästman?” frågade nu Pinuzza.

Den äldre kvinnan log, lutade sig mot henne och sa i allvarlig ton: ”Visst kan man kalla honom fästman, men han är en speciell fästman som aldrig kommer att bli äkta make. Det är inget som passar alla, men för oss räcker det mer än väl som det är: en sorts kavaljer som skänker glädje och glädje är ju det som räknas.”

Amalia bytte genast samtalsämne.

De båda kvinnorna gick sin väg lika glada som de kommit.

Nästa dag kom gendarmerna till La Montagnazza och spred förvirring och rädsla bland dem som bodde där. Några hade blivit förvarnade och gömt sig någon annanstans, andra försvann i en blink och lämnade bara kvar åldringar, kvinnor och barn. Gendarmerna ville ha upplysningar om två kvinnor som hittats döda i vassen vid flodmynningen, troligen mördade av stråtrövare. Amalia svor på att hon aldrig hade sett dem, hon var gammal och hennes ögon var bara till för att vakta sin vanföra brorsdotter.

Den kvällen bad hon för grannkvinnornas själ så som Costanza lärt henne: ”Vi är alla Guds barn och man får inte se ner på någon som arbetar och förtjänar sitt bröd så gott de kan.” De hade genom sin godhet gjort sig förtjänta av att komma till paradiset, om inte till de kristnas paradis så i alla fall till turkarnas, som skulle ta emot dem med öppna armar. Vem vet vad salig don Paolo skulle tänka om dem, han som var mycket klok och ville komma till turkarnas paradis.

”Faster, var innebär det att vara förälskad?” frågade Pinuzza plötsligt.

Amalia brydde sig inte om henne.

”När du gifte dig, var du förälskad då?”

”Din farfar arrangerade äktenskapet med min man, det är så man gör.”

”Och sen blev du förälskad?”

”Han var min man och därmed jämnt. Så är det.”

”Då har du aldrig varit förälskad... Vår granne, hon som gav dig sömnadsarbete, hon var förälskad. Men du har aldrig varit det. Så synd”, sammanfattade Pinuzza lakoniskt.

”Man talar inte om sånt. Det sa jag till min Costanza också, när hon frågade mig. Nu går jag och tar in den torra tvätten innan det blir fuktigt i luften och sen ska jag lägga dig.”

Amalia samlade ihop näsdukarna som blivit stela i den varma vinden och vek dem noggrant fyrdubbelt. Klipphällarna var blanka och glänste svarta i den nedgående solens strålar. De var randade av långa grönsvarta alger, likt fingrar som klamrade sig fast vid klipporna, och de piskades av de långa kvällsvågorna i en mild och ljudlig rytm.

”Vackra är händerna hos de kvinnor som älskat, även om de plågas har de upplevt glädje. Det är mödan värt att bli förälskad”, muttrade hon.

En eftermiddag i början av våren hade Costanza åkt till slottet tillsammans med Maddalena.

Amalia satt kvar och sömmade på sin vanliga plats. Rätt som det var hade don Paolos krulliga grå huvud tittat fram bakom skärmen och hon bjöd honom att hålla henne sällskap. Don Paolo slog sig ner bredvid henne och satt där förunderligt tyst.

Medan Amalia trädde en kort tråd på nålen höjde hon blicken: han såg ledsen ut. Don Paolo brukade tycka om att berätta historier, så för att förströ honom bad hon honom att berätta hela historien om kung Ferdinando och hertiginnan av Floridia, som han anspelat på många gånger. Det var en lång historia och flickan skulle inte komma tillbaka på ett bra tag.

”Amalia, jag säger er bara en sak. Jag förstår honom så väl, kung Ferdinando, vår första egna kung som regerade över Bägge Sicilierna. Jag förstår honom bättre än någon annan, för min hustru Tanina är identiskt lik drottning Maria Carolina, en österrikiska som aldrig lärde sig sin makes modersmål, precis som signora Mercurio”, sa han och tryckte på ordet signora, ”som i stället för att tala palermitanska från Kalsa-kvarteren, där alla i släkten Mercurio har bott sedan urminnes tider, fortfarande talar Bagherias dialekt.

Nåväl, för att återvända till den stackars kungen: efter den franska revolutionen gick de där fördömda fransoserna ända ner till Neapel. De hade lagt under sig hela Italien, men inte Sicilien, de lyckades inte ta sig hit. Kort sagt, för att undkomma fransmännen blev kungen och drottningen tvungna att fly i all hast ombord på ett engelskt skepp. De tillbringade juldagen till havs och kom till Palermo dagen därpå. För att tacka denne engelsman skänkte kungen honom ett helt grevskap, mycket större än alla baronens och unge baronens förläningar sammanlagda. Kungen var en rekorderlig person, han belönade dem som hjälpte honom.

Knappt hade han anlänt till Palermo förrän hans ondskefulla drottning började motarbeta adelsmännen i Palermo. Hon såg ner på dem och hon var värre än kvinnorna från Bagheria.”

”Och varför såg hon ner på dem? De är ju allihop adliga: baroner, grevar, furstar och kungar.”

”Därför att människorna aldrig är nöjda. Greven tycker att han är finare än baronen och markisen finare än greven och hertigen finare än markisen och fursten finare än hertigen... och kungen är finast av dem alla. Men alla, till och med en kung, är beroende av andra och den som tror att han är något och behandlar andra illa går det galet för och så var det för drottningen. Under tiden skuldsatte sig adelsmännen i Palermo för att förströ kungen och drottningen med fester och jaktpartier. Hon tänkte bara på att ge sig av.

Ni ska veta att salig greve Giacomo Safamita di Vasciterre, unge baronens farbror, var en skicklig jägare och hade en egendom alldeles utanför Palermo. Där i närheten ville kung Ferdinand bygga ett jaktslott. Kort sagt, greven och kungen blev goda vänner. Det var just tack vare kungen som baron Stefano, grevens näst äldste son, kunde gifta sig med unge baronens mor, den stormrika Caterina Lattuca, som härstammade från en notarie vid domstolen i La Comarca. Vid den tiden behövde man pengar i familjen Safamita och detta förklarar varför baronerna Safamita flyttade från Palermo till Sarentini.

Min salig far blev vän med kungens kuskar och drängar, som ofta skvallrade om kungens förehavanden. Han mindes allt de sagt och återberättade det i detalj när han kom hem. Kung Ferdinando var rädd för drottning Maria Carolina. Hon intrigerade med alla, även med de skamlösa fransmännen som huggit huvudet av hennes syster, så mycket längtade hon efter att få komma tillbaka till Neapel och roa sig. Hon byggde upp och raserade efter behag, som om den som bestämde var hon och inte kungen, hennes make, precis som min fru gör.”

Don Paolo suckade bedrövat. Amalia kände sig skyldig för att hon uppmuntrat honom att berätta. Hon vek lakanet, fäste den trädda nålen ordentligt i det och lade sin hand på don Paolos knä med en tröstande gest.

Oberörd fortsatte denne: ”Till slut lyckades hon lämna kungen och bege sig till Österrike och hon svor på att aldrig mer sätta sin fot på Sicilien. Vad skulle den stackars kungen göra? Han blev tvungen att återvända till Neapel för att göra sin gemål till lags. Han var kung och behövde inte tänka på att förtjäna sitt levebröd. Jag min arme stackare måste förtjäna till uppehälle för både mig själv och min familj utan en hustrus sällskap, medan hon roar sig i Palermo." Don Paolo gestikulerade vilt och i sin iver lade han sin hand på hennes. Och lät den ligga kvar.

"Och nu är jag dömd till att stanna här i Sarentini alldeles ensam, Amalia." Don Paolo tystnade och såg på henne. Hon kände ett pirrande i hela kroppen: det utgick från den där tunga, valkiga och svettiga handen som låg på hennes, gick vidare upp längs armen och sedan in i henne, och det var en ny, ljuvlig känsla.

Don Paolo återtog sin berättelse: "Det är vårt olycksöde att vi sicilianare har en kung som inte bor i Palermo. Men den här gången ville ödet inte låta honom stanna kvar i Neapel och efter något år, alltjämt ansatt av fransmännen, blev han tvungen att be oss om hjälp för andra gången. Palermoborna förlät drottningen och så återvände de till Sicilien. Vi sicilianare har ett stort hjärta." Han höll blicken fästad vid svalorna som satt och gungade på tvättstrecket på terrassen: under tiden lekte han förstrött med hennes fingrar och följde streckets gungande. "Kungen blev tvungen att fly till Sicilien på vintern, som förra gången. Drottningen vägrade att följa med, vilket hade varit hennes plikt som hustru, och hon stannade kvar i Neapel."

Amalia skälvde. Långsamma, ljuva vågor av välbehag sköljde över henne på samma sätt som de vågor som bryts mot klipporna och sedan smeker dem när de sugs tillbaka.

"Ferdinando var gammal. Femtiofyra år, nästan lika gammal som jag. Han kände sig ensam, de vackra broderade lakanen i hans säng var kalla." Han kramade hennes fingrar och började sedan smeka dem. "I Palermo var kungen mycket sorgsen och Kristus tyckte synd om honom och lät honom träffa en siciliansk adelskvinna och de blev med tiden förälskade. Min salig far berättade för mig att hon var strålande vacker och mild och ljuv till sättet. Hon var från Siracusa och hette Lucia." Han spände ögonen i henne: "Lika vacker som ni, en prydlig ung flicka med runda, vita armar och mörka ögon. Lika vacker som ni,

Amalia.” Don Paolo var alldeles upptänd av henne. Han hade flyttat hennes hand från sitt knä mot insidan av låret med en bestämd gest och fick den att stryka över byxornas grova tyg utan att tvinga henne och beredd att hejda sig vid minsta tecken på motstånd, något som hon, Amalia Cuffaro, gift och anständig kvinna, inte längre förmådde uppbjuda. Hon tyckte det var naturligt, som det skulle vara. Plötsligt lyfte han handen från hennes och såg på henne med vidgade pupiller. Hon rörde sig inte.

”När fransmännen kom till Neapel måste också drottningen, liksom sin gemål, ta sin tillflykt till Palermo, men ogräs förblir ogräs. På den tiden höll engelsmännen på egen bekostnad en krigshär på Sicilien för att skydda kungen mot fransmännen och de gav pengar till kungen och drottningen. Hon tog pengarna och intrigerade mot dem. Kungen var en gentleman och visste inte hur han skulle stoppa henne. Han var förtvivlad och hade det inte varit för den goda kvinnan från Siracusa, skulle han ha dött av skam.” Han lade åter sin hand på Amalias och höll den kvar.

”Drottningen inlät sig med fransmännen och svek därmed sin make, engelsmännen, det sicilianska folket och sin egen mördade syster. Men den här gången omintetgjordes hennes intriger. Lord Bentinco, en slug engelsman som var överbefälhavare på Sicilien, stängde in henne i ett kloster i Santa Margherita Belice, mol allena och övergiven av alla. Sedan skickade han henne i landsflykt till hennes hemland och där dog hon av skam.

Vad anser ni, Amalia, om detta? Kvinnan från Siracusa tröstade kungen och de älskade varandra. Kungen gifte sig med henne och gjorde henne till hertiginna av Floridia.”

”Och varför inte till drottning?” frågade Amalia.

”Därför att kungar måste gifta sig med furstedöttrar och det är bara sådana som kan bli drottningar. Om de gifter sig med andra kvinnor blir hustrun inte drottning, men hustru är hon i alla fall.” Han kramade hennes hand hårt och såg intensivt på henne. ”När man är riktigt förälskad blir ens käresta hjärtats hustru, Amalia, förstår ni vad jag menar?”

”Ja, don Paolo, jag förstår.” Från denna stund var hon hans för alltid.

”Amalia, om det går an för kungen att förälska sig, så går det mer än an för oss fattiga stackare.” Don Paolo lyfte hennes hand högre upp. Hon kände honom nätt och jämnt genom lagren av tyg, byxor och kalsonger, men hon kände honom. ”Och sedan när kungen reste tillbaka till Neapel tog han med sig sin hertiginna och massor av tjänstefolk från Siracusa och de levde lyckliga och glada.” Jungfrurna kom sjungande in i strykrummet och hon satte igång att lappa och laga igen.

”Det är härligt att vara förälskad”, tänkte Amalia, ”och det är också härligt att minnas det, men nu är det kallt.” Och hon gick in i grottan igen för att sköta sina sysslor.

38

”Gud beskyddar oss från onda grannar och goda människors vrede.”

Caterina Safamitas mystiska sjukdom.Guglielmo Safamita presenteras i palatset och Caterina avlider

Under sommaren 1873 grälade Domenico Safamita och hans hustru ofta om sin äldste son. Till slut var Caterina Safamita uttröttad och nedbruten och accepterade och gick med på makens beslut: Stefano skulle uteslutas ur familjen.

De förklarade för Giacomo och Costanza att deras bror vägrat lyda fadern och svikit familjen. Stefanos äventyr och hans godtrogenhet var kryddor som gjorde skvallret än mustigare; hädanefter skulle folk söka upp dem, ställa frågor och snärja dem för att få veta mer och sedan sladdra. Det var familjen Safamitas plikt att stoiskt uthärda denna förödmjukelse: de måste förskansa sig bakom sin stolta tystnad och inte ge efter för någon.

Trettonåringen Giacomo brydde sig inte särskilt mycket om den olycka som drabbat brodern, för med ens hade han framför sig en framtid som han dittills inte ens hade kunnat drömma om: han skulle bli arvtagare och godsherre och den tidigare avunden hade ersatts av vrede över skammen som fallit över deras namn.

Costanza förstod och hyste medlidande. Hon mindes Pepi Tignusos ord och var inte förvånad över föräldrarnas beslut, men hon saknade Stefano och led för hans skull.

Alltifrån hennes barndom hade stora och smärtsamma förluster drabbat Caterina Safamita. Hon var enda barnet och levde isolerad från jämnåriga och led svårt av moderns sjukdom och därpå följande död. I sin sorg hade far och dotter sökt sig till varandra, men tragiskt nog urartade deras tillgivenhet. Amman, som varit i moderns ställe, hade avlidit strax därefter.

Caterina undvek att fästa sig vid personer, djur och föremål och stängde in sig i en värld där hon ansåg sig skyddad från känslor men där känslor ändå sipprade in med hjälp av musiken och hennes oordnade men glupska bokläsning. Hon tog avstånd från kärleken eftersom hon kände sig ovärdig och var säker på att den skulle göra henne illa och att hon skulle mista föremålet för sin kärlek. Å andra sidan kände hon längtan och visade en brådmogen sensualitet. Ur den situationen räddades hon av farbrodern, som till slut gifte sig med henne; hon älskade sin make och Stefano, älsklingssonen, och de besvarade hennes kärlek. Om hon inte hade stött på enorma svårigheter, som andra kvinnor skulle betraktat som oöverstigliga, när det gällde att ge familjen Safamita två manliga arvtagare, hade Caterina kunnat beskriva sitt liv som vuxen som tillfredsställande och till och med lyckligt, men saker och ting utvecklades på ett annat sätt. De dystra minnena från det förflutna övergav henne inte och de yngsta barnen, Costanza – flickan hon inte ville ha – och Giacomo – pojken som var efterlängtad men så olik Stefano – tyckte hon inte om.

Att mista Stefano hade gjort henne mycket olycklig. Mor och dotter tröstade sig, var och en på sitt sätt, med musik. Aldrig tidigare hade det hörts så mycket pianospelande i palazzo Safamita: det hände att invånarna i Sarentini stannade och lyssnade med gapande mun. Baronessans toner strömmade ut genom balkongfönstren på herrskapsvåningen och återupptogs tvekande av Costanza på våningen ovanför. Men det var inte alltid så. Costanza sjöng också kärlekssånger med hela sin själ och tänkte på Stefano och hans smedsdotter, övertygad om att brodern levde en underbar kärlekshistoria, för vilken han offrat sina plikter mot familjen.

Modern var förändrad: sträng mot barnen, vresig och arrogant mot personalen. Madame beslöt till allas lättnad att flytta till Wien för att bo hos sin brorsdotter. Hon var till åren kommen och drack mycket. Costanza hade aldrig tyckt om henne men hade på sista tiden ändå skött om henne.

När Caterina följande vår fick höra om Filomenas andra graviditet – av vem visste ingen, men på något sätt nådde allt hennes öron – tycktes hon sjunka ner i en djup depression. Hon tacklade av och klagade ofta över buksmärtor. Onda tungor sade att ju mer magen växte på smedsdottern, desto tunnare och skröpligare blev baronessan.

Costanza såg att hon plågades och kände medlidande med henne. Hon hade överseende med hennes humörsvängningar och kyla, hon tyckte synd om henne och visste framför allt att modern var beroende av henne för att hålla fast vid den tunna tråd som fortfarande band henne vid Stefano: hon skickade presenter till den lilla genom Rosa Vinciguerra och de åkte oftare till La Crocca. Baronessan följde i tankarna Filomenas graviditet, övertygad om att det skulle bli en pojke. Hon hoppades mot allt förnuft att maken och sonen på något vis skulle försonas.

Vid den tiden fick baron Safamita besök i palatset av prefekt Calloni och andra notabiliteter, inklusive senator Baldo Bentivoglio.

De hade ett bestämt syfte, nämligen att förmå honom att acceptera nomineringen till rikssenator. Hon, som vanligtvis inte gärna lämnade Sarentini och liksom resten av familjen sympatiserade med det klerikala bourbonska partiet – och dessutom inte alls tyckte om sällskapsliv – blev entusiastisk och uppmuntrade sin make att acceptera: det var ett ödets tecken. Hon var övertygad om att släkten Safamita då skulle flytta till Rom, inklusive Stefano och hans familj, och där skulle de leva i harmoni långt från familjen Carcarazzo. Domenico lovade henne att tänka på det.

Till slut förklarade han för henne att han var för gammal och inte ville delta i kungariket Savojens politiska liv. Detta beslut fick en förödande effekt på Caterina, det var slutet på förhoppningarna om en försoning med favoritsonen. Hennes hälsotillstånd förvärrades drastiskt: hennes mage svällde upp som om hon också var gravid, och hon klagade över besvär som liknade graviditetsbesvär. Pina Pissuta undersökte henne och blev mycket förvånad, för hon kände något som växte inuti baronessan, men det var inte ett barn, det var en hård, ominös massa. Caterina Safamita vägrade att låta sig undersökas av en läkare och förklarade att besvären berodde på att hon kommit i klimakteriet.

Guglielmo Safamita föddes i september 1874. På dopdagen var baronessan Safamita indisponerad och låg till sängs; Costanza satt bredvid henne. I palazzo Safamita rådde spänd förväntan, en lätt spänning som inte berodde på något speciellt men som alla visste orsaken till. Det sades att padre Puma hade gått med på att komma tillbaka till Sarentini för att döpa den nyfödde.

Annuzza la Cirara och Maria Teccapiglia kom gående arm i arm huvudgatan fram. Marias hand stack fram ur den långa vida sjalen och in under Annuzzas och stödde sig lätt mot hennes arm. Deras sätt att gå – långsamma, lätt gungande små steg – var identiskt, som om de varit ihopvuxna sedan födseln: en tvehövdad mytisk varelse från topp till tå insvept i svarta kläder. Den första torsdagen i varje månad gick Annuzza och Maria tålmodigt för att delta i mässan för den heliga Lucia i Addolorata-kyrkan, som var fullsatt av åldringar med alla möjliga sorters ögonsjukdomar. De var vana vid att gå gatan fram nästan osedda.

I folks förstulna och nyfikna blickar när de gick på huvudgatan såg Maria något som gjorde henne vaksam. De förbipasserande kastade långa blickar mot de båda små gummorna. De stod framför nischen med Kristus i törnekrona och gjorde korstecknet. Maria dröjde med att ta Annuzza under armen; hon fäste sjalen under hakan och såg ut över huvudgatan. Långt bort såg hon en ung man gå mitt i gatan med ett vitt knyte i famnen. Hon skärpte blicken. Det var Stefano.

Beslutsamt stoppade hon armen under Annuzzas sjal och grep henne om handleden: "Sätt fart! Jag måste tala med baronen", väste hon och styrde Annuzza mot trappgränden, en genväg till palazzo Safamita. De båda kvinnorna slank snabbt uppför de stora trappstegen utan att tappa rytmen.

Stefano stod ensam framför palazzo Safamitas huvudingång med sin sovande son i famnen inför ögonen på de sarentinibor som följt honom på avstånd och förlängt sin promenad med olika ursäkter.

Bakom varje fönsterlucka följde Sarentinis kvinnor honom med rörda och glödande blickar, tjusade av denne högväxte och ståtlige unge man som till sin far kom bärande på sin förstfödde son och därmed bröt mot konvenansen och bad om släkten Safamitas förlåtelse. Denna osynliga kollektiva välvilja svepte sig om honom och hade en bedövande effekt på palatsets portvakter och vaktposter: de ställde sig upp och med ett "Gud välsigne unge herr baron" lät de honom passera och vägrade därmed lyda baronens order.

Stefano gick in genom portgången, där det stod fullt med anställda, och gick direkt mot huvudtrappan. Även dessa vek åt sidan och de viskade "Gud välsigne herrn" och till och med "Lycka till!" Entrédörren öppnades så fort Stefano hade satt foten på trappavsatsen. Gaspare Quagliata stängde den ljudlöst igen. Domenico Safamita stod i vestibulen.

"Far, jag har kommit hit med er sonson, Guglielmo Safamita."

"Gå din väg", sa baronen klart och tydligt, "detta är inte min sonson och du är inte min son."

Tjänstefolket såg Stefano komma gående tillbaka mekaniskt och livlöst med högburet huvud. Inte en nick, inte en hälsning. Stefano existerade inte längre.

Han gick huvudgatan tillbaka i motsatt riktning med allt längre steg och slocknad blick och höll hårt om barnet. Mulåsnor och åsnor flyttade sig åt sidan utan att vänta på att någon skulle dra i tyglarna; unga och gamla skyndade sig att ge plats genom att trycka sig mot husväggarna.

I slutet av gatan svängde han in i en liten gränd som gick mot Agli

Angeli. Han gick med bestämda steg och stannade inte förrän han var framme vid smedens fallfärdiga hus, där de andra väntade på honom. ”Ta honom”, sa han till sin fru och höll fram barnet.

Han steg in i rucklet och gick rakt fram till väggen mitt emot ingången, som om han ville tränga igenom den; han klamrade sig fast vid två stenar och blev stående så med huvudet framåtböjt som en flagellant på långfredagen.

Det sades i Sarentini att baronessan den natten drabbades av en våldsam blodstörtning och fortsatte att blöda i sju dagar. Hon visste att Stefano varit där men nämnde det inte för en levande själ. Det blev ständiga besök av läkare, släktingar och barnmorskor: Caterina Safamita gick inte ur sängen mer, det var som om hon ville dö. Barnen förmådde inte lugna henne, men tillsammans med sin man verkade hon känna ett visst lugn. De höll varandra i handen och såg varandra i ögonen, men inte ens mot honom log hon. Den sjunde dagen dog hon i hans armar. Från den stunden befästes Caterina Safamitas minne: en helig kvinna, oklanderlig mor och hustru, och hennes enda misstag var att älska sin son för mycket och lyda sin make, om nu detta någonsin kan betraktas som ett fel. Skvallret om att hon inte tyckte om Costanza var rent och skärt förtal, för hon var en kärleksfull mor även mot sin rödhåriga dotter och denna avgudade henne.

Vad baronen beträffar nöjde sig sarentiniborna med kommentaren att han var en Safamita och alltid hade betett sig som en Safamita: han satte bördsstoltheten före sitt eget blod – utan att bry sig om att var och en av dem i en liknande situation skulle betett sig som han och ännu värre – och endast Jesus Kristus skulle komma att avgöra om baronen verkligen var skyldig till baronessans död. Enligt sarentiniborna var det gudomliga domslutet inget man tvivlade på.

39

”Man talar inte om de dödas rykte och brister.”
Baronessan Caterina Safamitas begravning

Donna Assunta erbjöd sig att ta hand om begravningen och fullgjorde denna uppgift alldeles utmärkt utan att försumma något, från tillverkning av blomsterkransar till utsmyckning av domkyrkan, från valet av musik till samordning av processionen. Ingen fick veta att donna Assunta i åratal planerat sin egen död och även bortom döden: hon hyste nämligen en hemlig önskan att bli ätten Safamitas första saligförklarade kvinna. Anspråkslöst och försiktigt uppmuntrade hon sina fromma följeslagerskor, klosterföreståndarinnor, huspräster och andra inflytelserika personer att betrakta henne som värdig ett sådant erkännande från kyrkan och gav dem de nödvändiga skälen för saligförklaring. Hennes begravning hade planerats in i minsta detalj och hon ville att den skulle bli praktfull som ett bröllop.

Generöst och i förväg hade hon betalat abbedissorna i de få kvarvarande klostren och församlingens spridda nunnor för att de skulle delta i begravningsprocessionen. I stället tillkallade hon dem nu för brorsdotterns begravning. Den morgonen sa hon till sin Peppinella. ”Det blir som en generalrepetition inför min egen begravning. Du får ordna med min. Jag måste nu ge allmosor till de där kvinnorna, annars glömmer de allt vad jag gett dem och rör sig inte ur fläcken när jag dör. Jag känner minsann nunnorna. De gör inget för inget. Jag får anse mig lyckligt lottad om de kommer att ha godheten att läsa en Ave Maria över min själ.”

Det var mycket folk, släktingar, vänner, myndighetspersoner – till och med prefekten – och så hela Sarentini: anställda, tillsynsmän, förvaltare och husfolk, kort sagt ett helt folk. Två långa rader nunnor och barnhusflickor gick framför och bredvid likvagnen. Folk frågade sig var i all världen familjen Safamita hade hittat så många nunnor – de var ju nästan försvunna nu sedan klostren stängts – på så kort tid, för att inte tala om de många barnhusflickorna. Begravningståget var så långt att processionen redan var vid grindarna till gravplatsen, medan folk inne i kyrkan trängdes för att inordna sig i tåget.

Pina Pissuta hade kommit för sent. Den senaste veckan hade varit ett enda farande och flängande till och från palazzo Safamita. Hon hade direkt sagt till baronen: ”Det finns inget att göra”, och läkarna hade bekräftat det. De gjorde vad som stod i deras makt för att baronessan inte skulle lida, men hon hade inte velat bli uppskuren och hade lidit med värdighet. Samlad och utan att gråta hade Costanza varit närvarande vid – men inte deltagit i – svepningen av kroppen: Pina och tjänstekvinnorna hade skött det i minsta detalj, hon hade inte ens velat hänga kedjan med krucifixet runt moderns hals eller kyssa den. Hon var underlig den där rödhåriga flickan.

Pina lyssnade på folks viskningar.

”Hon förtjänade inte att dö så ung!”

”De var visserligen farbror och brorsdotter, men de var lyckliga.”

”Såg ni hur nedbruten baronen var?”

”Skulle jag säga ett enda ord om den bortgångna så vore det att hon var ett helgon.”

”Vem tar hand om de båda barnen nu när modern är borta?”

”Hon älskade barnen över allt annat.”

”En perfekt mor.”

En ensam röst sa: ”Det var Stefanos skuld att hon dog, den där sonen krossade hennes hjärta!”

Hon var både modig och envis, tänkte Pina Pissuta under tiden, och många missfall dessutom, som ett gatufnask; hon klagade inte när jag tvingades ingripa, många andra hade blivit galna. Det exakta antalet mindes inte ens hon, som alltid bistått henne. En annan kvinna skulle sagt till sin man: ”Låt mig vara i fred, nu räcker det.” Sedan började jag förstå: Vår Herre tyckte inte om att göra den ansträngning som krävs för att ge en själ åt de barn de avlat, han ville verkligen inte och jag sa det till bägge två: det är graviditeter som är avsedda att inte fullbordas, ni har otur, men det är sånt som händer: efter det första barnet blir det bara missfall. Men baronessan gav sig inte, hon ville ge sin man pojkar, arvingar, och till slut lyckades hon med eller utan Guds hjälp. De är envisa i familjen Safamita och inget kan hindra dem från att få vad de bestämt sig för.

Pina ställde sig bakom de andra och anpassade stegen efter begravningståget långsamma lunk.

40

”Den som har pengar finner anförvanter.”
Ett oförutsett och ovälkommet besök. Gaspare Quagliata, oklanderlig betjänt, begår ett fel

På begravningsdagens eftermiddag invaderades Palazzo Safamita av folk som kom på kondoleansvisit.

Man ventilerade dämpat de vanliga samtalsämnena: hur dödsfallet gått till i detalj, klagomål över läkare, lovord om den bortgångna, släktingarnas tidigare, nuvarande och kommande sorg. Ingen vågade nämna det som tryckte dem alla: Stefano Safamitas frånvaro.

Gaspare Quagliata, som varit baronens personlige tjänare i decennier, var mycket respekterad och älskad av husfolket; en perfekt gentleman, nästan en kopia av husets herre. Men den dagen var han inte sin uppgift vuxen.

Don Filippo Leccasarda kom inrusande i gröna salongen, där de närmaste släktingarna befann sig, och viskade något till greve Trasi. Denne bleknade och reste sig samtidigt som han tecknade åt donna Assunta att följa honom. Tysta gick de ut i vestibulen och tittade ut mot portgången genom det inre fönstret. Den var fylld av tjänstefolk, anställda och folk på kondoleansvisit; dessa steg långsamt åt sidan och kastade långa undrande blickar: ur en vagn steg tre okända personer.

Assunta Safamita gick fram till brodern och efter ett snabbt utbyte av viskningar gick baronen askgrå i ansiktet tillbaka till de kondolerande gästerna, varefter Assunta med en omärklig gest kallade på sina tre systrar. Några få ord och de skildes åt.

De tre besökarna gick uppför trappan följda av nyfikna blickar. I gröna salongen gick de kondolerande långsamt från släkting till släkting. De nyanlända tryckte sig mot väggen. Ingen rörde sig för att välkomna dem: det var som om de inte existerade.

Gaspare gick under tiden runt i salongen och höll ett öga på både gäster och herrskap, beredd att skynda till baronen på ett tecken från denne. Den yngsta av de tre hejdade honom och beordrade honom: ”För mig till baron Safamita.”

”Det räckte med ett ögonkast för att förstå vem han var”, berättade Gaspare för don Paolo Mercurio efteråt. ”Han var på pricken lik sin farbror, salig baron Guglielmo. Det var svårt att inte lyda en person med ätten Safamitas blod i ådrorna och dessutom identiskt lik salig baron, men order är order. Jag visste faktiskt inte vad jag skulle göra.” Och Gaspare hade faktiskt stått där som förstenad. Med darrande knän och kraftlösa ben backade han och fortsatte att backa tills han stötte emot en soffa som notarie Tuttolomondo just rest sig ur; han föll bakåt och blev sittande just på den plats som fortfarande var varm efter notariens bakdel, inklämd lår mot lår och armbåge mot armbåge mellan signora Teodora Tuttolomondo och dennas dotter signorina Clotilde, som blev alldeles förstummade när en betjänt i livré kom nerdimpande mellan dem. Med en beslutsam gest drog Clotilde utan ett ord åt sig sin kjol som trasslat in sig under Gaspares ben. Han satt kvar orörlig med uppspärrad blick.

Förvirrade såg de båda kvinnorna på honom i smyg; för att ge sken av oberördhet försökte de se ännu mer lidande ut medan de lät blicken svepa över folk som gick in och ut ur gröna salongen. Gaspare svettades kopiöst och även de båda kvinnorna började svettas. De var generade. Ingen vågade röra sig av rädsla för att bryta denna ovanliga formation och störa den ömtåliga jämvikt som uppstått mellan dem.

Det var så notarie Tuttolomondo fann dem: orörliga, blanka och svettiga som vaxdockor, Gaspare med händerna på knäna och kvinnorna med händerna i knät med ett hårt grepp om den hopfällda solfjädern, resignerade. Notarien såg inget annat än den där oanständiga kroppskontakten och krävde med hög röst sin plats tillbaka. Förgäves. Då tvingade han de båda kvinnorna att resa sig och följa med honom in i en annan salong. Svettiga och förvirrade följde de honom. Den okände unge mannen blev uppbragt och gick tillbaka och först då fick han syn på Costanza. Hon stack upp bland de kondolerandes huvuden och hennes röda hår gnistrade under de svarta slöjorna.

De tre gav sig iväg utan att ta farväl av en levande själ, på samma sätt som de kommit.

41

”Det är vi själva som skapar våra olyckor.”

Donna Teresa Safamitas omstridda hemgift. En son gråter över sin mors död

Maria Teccapiglia hade gjort i ordning en kopp kamomillte och Gaspare satt och smuttade på det, alltjämt upprörd. ”Han som talade med er måste ha varit son till unga baronessan Teresa, baron Stefanos tredje dotter”, sa Maria till betjänterna som stod i ring runt henne och Gaspare. ”Teresa var harmynt och vacker var hon inte. De gifte bort henne med en borgare, Mariano Lo Vallo, som lät kalla sig baron. Jag minns att baron Guglielmo inte tyckte om det, men hennes mor var mycket angelägen om äktenskapet, för det var släktingar till henne.

De gjorde upp om hemgiften: hon skulle få exakt lika mycket som de andra döttrarna. Efter bröllopet lät familjen Lo Vallo meddela att mulorna hade kommit lastade med mindre pengar än de väntat sig: det fattades dukater. Man räknade om och om igen, summan var rätt. Baron Stefano var mycket irriterad, men ingen fick veta det. Jag visste det därför att min svärfar, don Vito Tignuso, berättade det för mig.

Han och vakterna hade följt med mulorna från slottet till deras hus, som inte ens var ett riktigt palats. Salig baron Stefano kallade honom till sig och frågade. ’Hördu, Vito, vem kunde komma i närheten av mulorna som var lastade med guld?’ Denne svarade: ’Ingen, jag svär på min mors själ, herrn, jag sov på säckarna och det var en hemsk natt.

De andra turades om att vakta och rövare såg vi inte skymten av'.

När baron Stefano dog, väntade sig den där typen att få mer pengar. Medan svärfadern ännu inte kallnat i kistan sa Teresas make till baron Guglielmo inför greve Trasi och baron Scravaglio: 'Nu måste ni ge mig resten av pengarna, jag tog henne fastän hon var ful eftersom ni lovade mig större hemgift än de andras'. 'Jag vet ingenting om det. Vi räknade hemgiften om och om igen vid den tiden och du sa ingenting. En enda sak säger jag dig: min syster är en Safamita och har gjort dig rik genom att ta dig till äkta make. Det bör räcka för dig'. Så sa baronen. Då vände han sig till svågrarna: de borde ge honom en del av sin hemgift eftersom deras hustrur var vackra och friska. Det blev ett herrans liv och de skrek och väsnades så att de hördes ända bort till stallarna.

Sedan talade baronen med systern: 'Teresa, säg sanningen: lovade vår salig far dig större hemgift?' Hon svarade: 'Min make har rätt'. Och han: 'Du har inga barn, annars skulle jag be dig svära på dem. Svär på din fars själ'. Teresa vägrade och upprepade att hon skulle ha mer hemgift. Då blev baronen arg: 'Det var en gemen person du gifte dig med. Åk tillbaka till ditt hem, där du är en respekterad husfru och håll Assunta sällskap'. 'Jag lämnar inte min man', sa hon. 'Om det är så du vill ha det, så ge dig härifrån och glöm att du har två bröder och fyra systrar', sa baronen. Från den dagen har de inte umgåtts. På begravningar, bröllop och dop beter de sig som om de inte kände varandra. Varför nu? Jag tror att de har slösat bort moderns hemgift och är luspanka. Nu hoppas de på en ny hemgift från familjen Safamita och riktar blicken mot Costanza."

Sent på kvällen stod don Paolo och Gaspare i stallet och lade tillbaka hästarnas begravningsdekorationer i lådorna. Stallknektarna sov i de murade alkoverna bredvid krubban.

"Du behöver ett bloss", sa Gaspare och räckte kusken en halvrökt cigarr.

"Ja, det behövs verkligen, från och med nu kommer vi att få se rejält med elakheter." Don Paolo satte sig på en pall och tände cigarren. Han sög i sig röken med förströdd vällust, medan han med fötterna föste undan halm och sågspån som täckte golvets stenplattor. ”Eld är inget att leka med, det fattas bara en eldsvåda som avslutning på den här dagen.”

”Lek inte olyckskorp. Problemen i palatset kommer att lösa sig”, sa Gaspare.

”En halt häst drar ingen vagn. Huset Safamita kommer aldrig mer att bli som det var. Aldrig.”

”Jo då, baronen känner sitt ansvar. Han vet mycket väl vad hans hustru dog av. Han måste kalla på sin son och sluta fred.”

”Hur kan han veta det när inte ens läkarna vet det?”

”Hjärtat. Det var hjärtat som brast för baronessan. För Stefanos skull”, sa Gaspare med ovanlig glöd. Don Paolo askade i den lilla rännan som huggits ut i stengolvet för att leda hästarnas urin ner brunnen, men han svarade inte. ”Det är baronens fel, det säger jag rakt ut”, muttrade Gaspare och torkade ögonen med handens baksida, förvånad över att han vågade uttrycka sig så respektlöst.

”Aspanu”, sa don Paolo och använde hans smeknamn och såg honom rakt i ögonen, ”ingen kan veta vad som verkligen hände mellan baronen och baronessan. Men vi båda känner dem bäst av alla; han är en god människa och har gjort mycket för familjen. Och när salig baronessan var liten var hon ju tvungen att bli vuxen i förtid. Det var därför hon förblev som en liten flicka, förstår du vad jag menar?... Hon var en god människa och det var bara mot Costanza som hon betedde sig illa och det där var mycket komplicerat.”

Gaspare svarade inte, han betraktade nattfjärilarna. ”Varför skulle han just ha den där olycksalige padre Puma till att döpa sin son?” suckade han plötsligt. ”Visste han inget om vad denne hade gjort mot Costanza?”

”Jag tyckte aldrig om padre Puma, men det ska erkännas att han var den ende som var beredd att hjälpa Stefano, han gjorde sin plikt och det måste jag respektera honom för”, svarade don Paolo.

”Det där vill jag inte ens tänka på. Stefano har nu smedsdottern och det är hon som får hjälpa honom.”

”Så mycket olycka hon har fört med sig, den där smedsdottern!

Kvinnfolk har jag tyckt om ända sedan jag var dibarn, men jag, Paolo Mercurio, håller dem på plats, kvinnfolk är kvinnfolk och det bör de förbli. Baron kunde minsann handskas med dem när han var ung!"

Gaspare gjorde en grimas och tillade: "Vet du vad? Varje gång jag passerar slottets kapell tackar jag Vår Herre för att han gjorde mig sådan som jag är så att jag slapp sådana där bekymmer."

"Du har rätt, Aspà, ibland har jag gärna velat vara i dina kläder! Men även som gammal tycker jag alldeles för mycket om kvinnor, så vi får vara glada att vi är som vi är."

En av de där stora fjärilarna med svarta vingar som kommer fram i skymningen och bara flyger om natten hade närmat sig den lilla skålen av sten som murats fast högst upp på väggen. Lockad av det gulaktiga ljuset kretsade den omkring det allt lägre, tills lågan slickade dess vingar. I sina dödsryckningar flög fjärilen runt och flaxade med fräsande vingar och skuggan på väggen förstorade dem till fladdrande tygsjok. Sedan ett knastrande, en stickande lukt, rök. Lågan fladdrade till. En skälvning. Och allt var åter som förut. Drängarnas snarkningar fyllde stallet.

"Gaspare, vet du att baronen ville lägga en olivkvist på baronessans döda kropp? Tidigt på morgonen sa han till mig: 'Paolo, spring och hämta en åt mig och lägg den i mitt rum'. Så medan ni var på begravningen red jag i galopp till La Crocca för att hämta en kvist från det träd hon brukade stå vid tillsammans med Costanza för att spana mot La Camusas terrass."

"Varför ända till La Crocca, finns det inte olivträd på närmare håll?"

"Aspà, du vet verkligen inte hur förälskade tänker! Han ville ha en kvist just från La Croccas olivträd för att säga till baronessan att han förlät henne för att hon varit olydig!" Don Paolo såg ledsen ut, men så ruskade han på huvudet och suckade: "Jag red till det stället där baronessan brukade stå och titta mot La Camusa. Jag blev kvar en lång stund på grund av vad jag såg. På tillbakavägen måste jag sporra den stackars hästen så att den löddrade. La Camusa var tillbommat, fönstren stängda. För sorg, förstår du? Jag hörde ett ylande långt bort, som en sårad hund som fallit ner i en ravin. Det hördes förbannelser, massor av förbannelser. Sedan tystnad. Jag tog fram kikaren. Där stod en man och högg ved i solen, som en förtappad varelse, det var som om han var tvungen att koka pasta åt en hel krigshär, så mycket ved högg han. Sedan slutade han. Medan jag plockade pistaschnötter, började ylandet igen. Jag tittade i kikaren igen. Det var Stefano som stod där med yxan mellan händerna stödd mot marken, rak som ett svärd. Hans blick var riktad mot solen och ansiktet glänste, så vått var det. Ur den vidöppna munnen kom ett hest och skrovligt ljud, ibland mycket högt, en enda ton, och den som inte har hört det kan inte förstå: en son som begråter sin mor."

Lampans låga började fladdra, den lilla stenskålen var nästan torr.

42

"Vi är alla flöden från samma vatten."

En värnpliktsvägrares sång. Ammans och Costanza Safamitas uppror mot den tryckande sorg som baronen påbjudit efter hustruns bortgång

Amalia och Pinuzza satt och åt bröd och ost. Det var en ljummen kväll och man hörde ljudet från en mungiga och sedan en röst som stämde upp en av forkarlarnas kärleksvisor. De smekande tonerna steg, modulerade och spröda. Amalia lyssnade hänförd med antydan till ett leende på läpparna. Det var en vacker sång, den första man hört på La Montagnazza.

"Varför sjunger han?" frågade Pinuzza.

"Han är ensam och tänker på sin käresta. Han är ung. Han arbetade hemma i byn när han blev inkallad och nu håller han sig gömd."

"Och var är hon då?"

"Hemma i byn, kanske."

"Men varför sjunger han om hon inte kan höra honom?"

"Han sjunger bara för att sjunga. Costanza brukade göra det efter sin mors död. Hon skickade mig att kontrollera att ingen kunde höra henne och så sjöng hon och sjöng."

"Varför sjöng hon i smyg?"

"Hon fick inte sjunga för sin far."

"Varför det?"

"Du frågar alldeles för mycket, Pinuzza. Varför, varför. De bar sorg efter hennes mor och baronen ville inte höra musik i huset. Var nu tyst och njut av den här sången."

Den unge mannen sjöng melankoliska sånger. Förtvivlade. Bitvis tog sången en annan vändning och blev intensiv, full av längtan efter kärlek och sällskap.

Himlen var alldeles röd ovanför vattnets blå emaljyta. Vapenvägrarens ensliga sång var precis som Costanzas efter moderns död, tänkte Amalia. Baronen hade blivit alldeles förkrossad av hustruns död. Han kände skulden tynga honom: hon kunde inte leva utan Stefano. Moderskärleken är det starkaste som finns, mycket starkare än en hustrus kärlek; det var bara han som kunde tro att det var tvärtom, och han misstog sig.

Han föreskrev en så sträng sorg att till och med donna Assunta tyckte att det var överdrivet. Men han var husets herre och det var bara att lyda. Huset hade dekorerats på sedvanligt sätt: svarta flor över lampkronor, speglar och tavlor; fönster och dörrar på glänt. De hade måst rulla ihop kulörta mattor, täcka över förgyllda möbler, kandelabrar och lampor och till och med pianona var övertäckta.

Men det räckte ändå inte för baronen. Fönsterluckorna hölls stängda under alla tre månaderna av rigorös sorg, jungfrurna öppnade dem bara när de skulle sopa av balkongerna. Tjänarna måste tala tyst och kvinnorna dammtorkade utan att ens få mumla en Ave Maria. Och så skulle det vara överallt, även i stallen.

Baronen bestämde också att maten skulle avspegla deras sorg, något man aldrig hört talas om tidigare: intetsägande rätter åts under tystnad. Det var nästan så att den nye Monsù ville återvända till Palermo. Baronen satt bara och petade i maten och avbröt irriterat de få ord som undslapp Giacomo vid matbordet. Vad Costanza beträffar rörde hon nästan inte maten och magrade märkbart.

Inte ens efter besöksmånaden, när vanliga människor går tillbaka till ett normalt liv, ville baronen ändra på det hela. Allt som inte var tystnad och orörlighet irriterade honom. Det var som om han hade bestämt sig för att dö. Han satt i salongen i halvmörkret ensam eller med Costanza och sade inte ett ord. Han lämnade inte palatset och barnen fick heller inte göra det. Inomhus måste de viska och röra sig som om de hade benen fjättrade. Costanza var klädd helt i svart och var bara skuggan av sitt forna jag. Giacomo var otålig och längtade utomhus, han ville rida, men fadern sade nej. Så var det de första tre månaderna: ett sannskyldigt helvete.

Amalia såg Costanza framför sig, prydd med sina sorgesmycken och mager som en sticka. Liksom fadern hade hon tappat lusten att leva. Det var kväll och Amalia hjälpte henne att klä av sig. I ett hörn av rummet stod harpan täckt av ett svart flor. Costanza drog fingrarna mekaniskt över strängarna och det var som när rosenvatten faller droppe för droppe över en marängsmet och denna sväller upp och fyller köket.

”Nej, fröken, ni får inte...” undslapp det henne.

Costanza såg på henne och sa: ”Fort, skynda dig ner och se efter om min far sover.”

Hon gick ner: Gaspare satt och sov på stolen i förmaket och baronen hördes snarka. Costanza knäppte på strängarna och de svarade honungslent och de rena, flytande tonerna ekade. Hennes ansikte var avslappnat, hon verkade födas på nytt. Hon nynnade en sång, melodisk som en vaggvisa. Från den dagen spelade Costanza igen, men i smyg om natten, och struntade i faderns föreskrifter.

Inte heller Giacomo lydde faderns anvisningar. Han smet ner i stallen och svalde familjen Safamitas högmod och lekte med drängarna och förföll enligt don Paolo till oanständigheter. Med tiden fick han upp ögonen för en kökspiga och tröstade sig med henne.

Sången var slut. Amalia och Pinuzza gick in i grottan igen.

”Men då hjälpte väl du Costanza att inte respektera sin far?”

Amalia rättade till madrassen. ”Vad menar du?”

”Jag menar när hon sjöng i smyg.”

”Pinuzza, ibland måste man göra så utan att känna sig skyldig.”

”När då?”

”När saker och ting går till överdrift, och det händer då och då. Nu gör vi oss i ordning för natten.”

43

”Var dörr har sina trämaskar.”

Familjen Safamita har sorg. Costanza Safamita ägnar sig åt fadern och läser hans brev

Systrarna väntade sig att Domenico efter den stränga sorgen skulle ta med sig sina barn till Palermo för att arrangera lämpliga äktenskap åt dem. Fastän han i sin ungdom varit ytlig och fåfäng hade han rättat sig efter hustruns inbundna kynne, men han hade ändå behov av sällskapsliv och innan historien med Stefano och smedsdottern börjat hade han därför envisats med att resa till Palermo varje år. När han blev änkling försjönk han emellertid in i ett gränslöst svårmod och liksom Guglielmo ville han inte lämna Sarentini. Han fortsatte att vårda sin person och sköta administrationen, men vad resten beträffar var han en levande död. Han tillbringade hela eftermiddagar i den salong där Caterina brukat spela för honom. Han satt med en av de böcker uppslagen som de brukat läsa högt tillsammans. Costanza satt i moderns fåtölj med det övergivna broderiet i knät. Även hon försjönk i ett getingbo av tankar.

Modern hade slumrat till och Costanza satt och broderade vid sängens fotända. ”Du har varit en bra dotter, jag är ledsen att jag inte tyckt så mycket om dig som du förtjänar”, viskade Caterina. Costanza lyfte blicken från broderbågen: modern verkade ha somnat om. De där orden gav henne ingen ro. Varför hade inte modern förmått älska henne? Hon vågade inte prata med fadern om det och fann ingen annan förklaring än att det var hennes eget fel, hon var alltför annorlunda och förstod inte varför. Hon äcklades av sin fräkniga hy, det röda håret, ja hela sin kropp. Avskyvärd. Hon, Costanza, var helt fel, född av misstag. Lager på lager, som läskpappersblad, sög de enformiga och långtråkiga dagarna åt sig denna olycka. Men Costanza härdade ut.

Livet i palazzo Safamita hade förändrats för alla. Efter det första sorgeåret umgicks baronen pliktskyldigast med ortens notabiliteter och i synnerhet prefekten Calloni.

På sommaren reste han till sina lantegendomar och han tyckte illa om besök av släktingar, som han inte kunde dra sig undan. Även där innebar herrskapets ankomst att också sorgen flyttat med. Han började läsa glupskt igen, så mycket att hans syn försvagades. Han organiserade om sin förmögenhet och administrationen så att Stefano inte skulle kunna röra något av sitt modersarv.

Costanza hade blivit hans ledsagarinna. Hon tänkte inte på annat än att tillmötesgå faderns krav och undan för undan anammade hon moderns sätt och vanor. Hon spelade på hennes piano och fadern satt i fåtöljen och lyssnade. När han talade var det antingen monologer – och då nöjde sig Costanza med att vara närvarande och till lags – eller också var det betraktelser över livet och hågkomster från förr – och då var hon idel öron, som om hennes deltagande uppmärksamhet kunde hjälpa honom att vakna upp. Under den tystnad som följde gav sig Costanza hän åt de där visionerna, åt en blyg nyfikenhet och en livslust som hon genast skämdes för. Hon satte igång att brodera igen och drog sig inom sitt skal.

Kusinerna roade henne inte längre. Hon hade med avsikt glömt tankarna på kärlek, övertygad om att moderns död varit följden av Stefanos kärlek till Filomena. Faster Assunta hade rätt, kärleken gav inget annat än plågor och lidande. Costanza varken talade om eller tänkte på framtiden och hon hade antagit skepnaden av en gammal ungmö: hon klädde sig slarvigt och hade åldrats i förtid. Hennes jungfrur oroade sig, men de var de enda.

Giacomo flydde till stallen, trots att han visste att fadern ogillade det, men han kunde inte låta bli. Fadern och Costanza märkte inte hans rastlöshet och uteslöt honom ur sin gemenskap. Med tiden började han umgås med en grupp unga män – penningstark borgarklass, lågadel – tillsammans med vilka han gav sig ut på ridturer, fäktade, jagade kvinnor, kort sagt levde det måttligt utsvävande liv som var vanligt bland välbeställda landsortsbors söner.

I familjen talade man inte om Stefano, men Costanza fortsatte att skicka presenter till barnen. Broderns ekonomiska situation hade förvärrats efter korallfiskets nedgång i Sciacca, så hon tog risken att skicka guldmynt instoppade i presenterna till brorsbarnen. De lämnades inte tillbaka, så hon skickade fler.

44

”Den som vill döma, måste lyssna på parterna.”

Två ovanliga händelser i slottet löser far och dotter från sorgen

Far och dotter satt på Malivinnittis terrass. ”Du är nu sjutton år”, sa Domenico. ”Det är på tiden att du bekantar dig med det som tillhör dig och lär dig att administrera det. Du och Giacomo kommer att få överta allt.” Costanza såg på honom. ”Du måste lära dig att förhandla med vårt folk och att investera pengar, du måste lära dig hur denna värld ser ut där vi måste kämpa, samhället, politiken.”

”Du får lära mig, pappa”, sa hon och satte igång att sy igen.

Under den lantvistelsen började Domenico Safamita allt oftare be henne att läsa brev och dokument och de tidningar som kom en eller två gånger i veckan.

Costanza gjorde som han ville, men det var tyngande för henne. Hon tyckte att det var ett intrång i faderns privatliv och som om inte det räckte hade hon svårigheter att läsa skrivstil. En dag gav fadern henne ett brev från Irland skrivet på franska av en kvinna: ”Jag vet inte vem det är. Läs!” I uppfordrande ton och på dålig franska krävde hon för en systersons räkning ett svar på de brev som denne skickat till baron Guglielmo och som ännu inte besvarats. Han ville veta, som han blivit lovad av direktören för La Corbotta, om baronessan fött en son eller en dotter. Costanza tittade förvånat på fadern. ”Guglielmo är en riktig idiot!” sa han. ”Ta ett annat brev.”

Det andra brevet var från grevinnan Orsolina Acere. Ett enkelt tack. ”Det räcker så”, sa fadern, ”nu dricker vi lite vatten.” Sedan fortsatte han: ”Costanza, tro inte att äkta män måste vara trogna. Inte heller din kommer att vara det. Han kommer alltid att respektera sin hustru, men han kommer att ha affärer med lättfärdiga kvinnor eller andra. Men han måste hålla dem utanför familjen.” Costanza tittade förskräckt på honom: han hade aldrig tidigare talat med henne om äktenskap och hon trodde att ämnet efter moderns död var att betrakta som avslutat. ”Orsolina Acere är en storartad kvinna och vi var vänner i många år. Hennes svärmor hade en långvarig historia med min far. Respektera henne, hon kommer alltid att kunna hjälpa dig.” Från den dagen hände det att fadern mindes sådana saker, han talade om forna kärlekshistorier och det härliga ungkarlslivet. Han nämnde aldrig sin hustru.

Costanza var nu arton år. Det var tredje året efter moderns död och nu började perioden med halv sorg.

Baronen hade behållit slottets personal intakt, ett tjugotal personer allt som allt, trots att den enda som bodde där var systern, som vid sjuttioett års ålder var vid synnerligen god vigör. Donna Assunta Safamita anfördes som exempel på en kvinna som gjort sig förtjänt av ett långt liv tack vare sin djupa och starka tro. Han betraktade henne helt enkelt för vad hon var, nämligen en envis och ambitiös ungmö som vägrade att flytta hem till sin bror.

Donna Assuntas gudsfruktan hade blivit starkare efter Caterinas död. Hon tillbringade tiden tillsammans med sina fromma följeslagarinnor och med munkar, klosterbröder och predikanter – några med tvivelaktigt rykte – som efter det att deras kloster stängts vandrade omkring och sökte sysselsättning och uppehälle. Hon fortsatte att i hemlighet förbereda det nödvändigaste inför sin saligförklaring.

Det sista hon tänkte på var trädgården, men i oktober hade det regnat mycket och växtligheten hade tätnat och till slut blockerat ingången till fontänens underjordiska passage. Det beslöts därför att man skulle avlägsna gyttjan, rengöra passagen och torka ut den för att undvika översvämningar. Fontänen var mycket stor: mitt i karet stod en Dianastaty från vilken det en gång i tiden hade sprutat en hög vattenstråle. Mekanismen som aktiverade den var lika bristfällig och för att få den att fungera måste det till handkraften hos en man som satt dubbelvikt under jorden och vevade på en vev. Men det var på faderns tid. I decennier hade fontänen nu bara varit en vattenbehållare.

Trädgårdsmästarna gick in i den mörka passagen med byxorna uppkavlade ovanför knäna och med böjd rygg för att inte slå i huvudet. Expeditionen förvandlades genast till en högljudd reträtt. Männen hade blivit bitna i benen av okända djur, kanske förtappade själar. De krävde att domprosten skulle ingripa. Det spreds ett rykte att de förtappades utdrivna själar hade tagit sin tillflykt just dit ner. Hela Sarentini fylldes av den historien.

Problemet antog överdrivna dimensioner och motvilligt tvingades donna Assunta att vända sig till brodern.

Efter tröttsamma förhandlingar uppnådde Domenico det han föresatt sig och var nöjd. När prästerna lugnats skickade han sina vakter att slutföra arbetet. Dessa – elaka tungor sade att de stoppade två rejäla pistoler innanför bältet, så rädda var de – ryckte fram med spadar och hinkar i händerna och stövlar på fötterna. De arbetade en hel dag och bar ut hinkar fulla av gyttja där stora och små sköldpaddor plaskade runt. Man hade hittat ett sannskyldigt näste av dessa reptiler, som så fort de hörde människosteg siktade mot fötterna likt de små hundarna på Etna och högg blixtsnabbt mot läder, tyg och människokött. Baronessans sköldpaddor hade förökat sig för glatta livet och njutit av det där fuktiga skrymslet och av de späda bladen som troligen också fungerade som afrodisiakum.

Den som räddade dem från utrotning – och man diskuterade livligt i Sarentini om hur man skulle göra sig kvitt de där illasinnade djuren – blev Costanza. Hon krävde att få se dem allihop, en i taget, och bestämde sig för att behålla dem. Några i trädgården och några på Malivinnitti.

En annan händelse tvingade baronen att bege sig till slottet och ägna sig åt andras problem. Under underhållsarbetenas gång blev man tvungen att göra om kapellets tak och rappa innerväggarna, som förstörts av fukt och dålig ventilation. Den senaste mässan hade hållits där före Stefanos födelse. Det upptäcktes då att kapellet, som man trott vara ordentligt låst och tillbommat, hade varit mål för hemliga besök som lämnat tydliga spår: Sarentiniborna var inte sena att utpeka detta som tecken på att där firats svarta mässor. Där låg matrester, hårnålar och till och med en burk Revalenza Arabica, och allt detta tydde på att brottslingarna var husfolk.

Mysteriet hade tätnat än mer när det uppdagades att det var donna Assunta och inte husföreståndaren som hade hand om nycklarna till kapellet. Don Calogero Giordano var den ende som kände till var hon förvarade dem och han svor på att den enda han gett dem till var salig baronessan, ännu innan Stefano föddes, och han hade fått tillbaka dem genast.

Tjänstefolket talade inte om annat, men de hittade inte en enda misstänkt bland nuvarande och tidigare personal. Det var Lina Munnizza som kom med den enda trovärdiga förklaringen.

Det ryktades i köksregionerna att någon hade upplyst baronessan om de alltför många persiljeavkok som Lina drack regelbundet på grund av sin ”tillgivenhet” för Monsù. Strax innan sin död hade baronessan mottagit en full bekännelse av Monsù och avskedat honom, vilket krossat Linas hjärta. Den som angivit dem var Celestina Vita, men Lina var övertygad om att den skyldiga var amman. I palatset visste alla – men ingen skvallrade – att amman i största hemlighet hade ihop det med don Paolo Mercurio. Eftersom hon var omtyckt av personalen och dessutom åtnjöt herrskapets beskydd, behövde hon bara be unga baronessan och denna gav henne ledigt. Tala om att ha det bra. Vem vet hur många persiljeavkok hon hade måst hälla i sig, hon som till på köpet hade rykte om sig att vara ett redbart fruntimmer. Det måste ha varit Amalia. Så måste det vara. Hon skulle minsann få betala.

När Lina Munnizza fick veta att det bland de saker som hittats i kapellet fanns en tom burk Revalenza Arabica, fick hon det bevis hon behövde för att avslöja Amalia, som – det kände alla till – fick detta pulver av unga baronessan och drack det förnöjt utspätt i varmt vatten, som en engelsk milady. Lina gick och biktade sig för padre Inguaggiato, donna Assuntas biktfader, som genast begav sig till slottet.

För andra gången måste donna Assunta be om broderns hjälp. Det viskades nere i köken att de båda diskuterade upprört, men baronen valde att skydda amman. Det sades att donna Assunta blev mycket förargad och kände en sådan ilska mot amman att hon måste gå och bikta sig, just hon som numera hade rykte om sig att inte ens kunna begå en svaghetssynd. Sålunda förblev Amalias rykte i Sarentini obefläckat och hon och kusken stannade kvar i tjänst; Lina tyckte till och med att de efter detta skötte sin affär lite mindre diskret och det kunde hon inte förlika sig med. Hon började tala illa om Amalia utanför palazzo Safamitas väggar, men det hade föga verkan, för folk visste att amman var en person som unga baronessan litade på och det var alltid bäst att tiga. Lina trivdes inte längre i palazzo Safamita, så hon beslöt sig för att flytta till sin syster i en grannby, där hon dog strax efteråt.

ANDRA DELEN

45

”Att älska är smärtsamt men det glädjer hjärtat.”
Amalia Cuffaro skräms av vindarna på La Montagnazza och återupplever sin och don Paolo Mercurios kärlek

På Sicilien följs den långa stekheta sommartorkan av en kort och regnig vinter. Regnen ger anledning till kollektiv lättnad och glädje, de är löfte och garanti för framtida sådd och skördar: ju kraftigare desto bättre. För människorna på La Montagnazza var däremot dessa hällregn en förvarning om kommande olyckor. Pinad av vindarna och med farligt regnhala klippor blev La Montagnazza otillgängligt och förvandlades till ett fuktigt, kallt och grymt fängelse. Amalia var noga med att efter Allhelgonahelgen spara kakbitar, fragment av sockerfigurer, en halv kanna vatten, ljusstumpar och tändstickor just med tanke på regnen. Pinuzza hade aldrig lidit svält, verklig svält som plågar tarmarna och ger hallucinationer, ty hennes syskon var de sista som gav efter för det dåliga vädret och de första som trotsade vind och hagel för att komma med livsmedel och ved.

Regnet öste ner och dropparna hamrade mot den smutsiga kalkstenen. Folk satt inkrupna i grottorna och väntade på det värsta, nämligen när regnet plötsligt skulle upphöra, bortjagat av vinden. Då kastade sig vinden mot klippan, trängde vinande in genom varenda springa, splittrade luckorna framför de små fönstergluggarna, slog upp dörren, virvlade runt på golvet och sög upp allt som fanns där och lämnade efter sig drivor av alger, grus, fjädrar, träck, löv, kvistar och till och med döda fåglar.

Amalia kikade ut genom fönstergluggen i sin grotta. Havet var mörkt och skummande. Himlen var som ett slagfält där regnskurar och vindar duellerade: som en vallhund jagar iväg och sedan samlar ihop fåren, sopade vinden upp och föste undan de regntunga molnen än hit och än dit alltefter sitt humör, samlade ihop dem och lät dem trängas som fogliga får med uppsvällda magar. Amalia hade aldrig sett en så otyglad kontradans på den kraftlösa himlen.

Hon var rädd att hon skulle dö: grottans dörr såg ut som om den skulle slås in vilket ögonblick som helst, trots att hon hade förstärkt den med sina få möbler, inklusive vattenkannor och grytor. De skulle vara skilda från omvärlden länge och hon hade inte ens en bit bröd kvar. Hon fick plötsligt en väldig lust att mumsa i sig en nygräddad bulle. ”Bröd är liv”, tänkte hon, ”och just jag ska behöva dö medan jag längtar efter bröd, jag som har en son som är bagare.” Det var Lina Munnizzas elakhet som fått Giovannino att ge sig av och bli bagare i Amerika och nu måste hans mor dö av svält.

Baronen hade skickat murare att reparera taket på slottskapellet. Lina Munnizza, som hon alltid respekterat och aldrig sagt ett ont ord om, hade ett horn i sidan till henne och än i dag visste Amalia inte varför. Lina hade sett till så att ryktet om hennes historia med don Paolo hade nått fram till donna Titta Cuffaro. Denna kom till palatset och utan att ens ge henne möjlighet att förklara sig sade hon till henne att hon kunde skatta sig lycklig: Diego var en snäll man och skulle inte döda henne, som hon förtjänade. Men familjen Cuffaro lämnade Sarentini och skulle aldrig mer komma tillbaka. De tänkte på Giovanninos bästa men visste också hur de skulle straffa henne. Giovannino hade fått arbete i Palermo och skulle sedan flytta ännu längre bort, där ingen skulle kunna påminna honom om att hans far var en bedragen äkta man. Hon skulle aldrig mer återse sin son. Kort därefter sålde Amalias svärföräldrar sin butik: Giovannino var arton år och sattes i arbete hos en bagare i Palermo och sedan blev han bland de första att söka lyckan i Amerika.

I Sarentini började folk prata: inte behövde väl han emigrera! Familjen Cuffaro hade ju redan ordnat det bra för sig på Sicilien. Någon hade gett dem tillräckligt med pengar för att få dem att tiga och hindra den stackars Diego från att göra sin plikt, nämligen döda sin otrogna hustru tillsammans med älskaren. I stället hade de köpt sig ett eget litet hus och levde utan att behöva svälta. Det berättades att när Giovannino gått ombord på ångbåten till Nevjork hade han med sig så mycket packning att det behövdes en hel koffert för att rymma den. Sarentiniborna överdrev som vanligt och påstod att Giovannino hade haft ännu mer tur, för knappt hade han kommit till Amerika förrän han öppnade ett bageri där han bakade det godaste brödet i Nevjork och folk kom från andra änden av stan och köade för att köpa hans limpor.

Folk visste inte vem som hade betalat pengar till familjen Cuffaro och inte heller varför. Det kunde inte ha varit familjen Safamita, det var helt säkert, för det hade flera gånger om i det förflutna bevisats att de inte hostat upp pengar ens när husbondsfolk begick fel, alltså var det otänkbart att en kärlekshistoria mellan en amma och en kusk kunde intressera dem. Vilka andra? Motvilligt måste de till slut erkänna att de inte fick någon rätsida på det. Någon som var mycket rik ville att det skulle förbli en hemlighet. Det var bäst för alla att även de lät det förbli så, för man vet ju aldrig vad mer som kan hända i livet.

Det var bara Amalia som fortsatte att undra. Hon hade förlorat sin son för andra gången. De sågs inte så ofta som mor och son skulle önskat på grund av den där elaka farmodern han hade. Det var bara hon som passade upp honom i hemmet. Men de sågs. Och de tyckte om varandra. Amalia anförtrodde sig inte åt någon, men hon var mycket ledsen. Inte ens don Paolo förmådde trösta henne, och han var ändå speciell, hennes enda kärlek som kvinna.

Det skedde i sakristian. Efter att ha berättat historien om kung Ferdinando och hertiginnan av Floridia för henne verkade don Paolo undvika henne. Han sade att han gick till slottet för att få lite frisk luft, för han kände sig gammal. Man berättade för henne att han brukade synas i närheten av domkyrkan, ibland i sällskap med padre Puma. Hon trodde att han förberedde sig att dö och det gjorde henne mycket sorgsen. Det gick så långt att hon längtade efter att få träffa honom i enrum och hon försummade till och med att passa upp på Costanza. En eftermiddag tog don Paolo med sig flickan till slottet i unge barons vagn tillsammans med henne och Maddalena Lisca.

Medan han hjälpte henne att stiga ur vagnen bad han viskande att få träffa henne i trädgården medan Costanza drack mjölk och åt kakor tillsammans med donna Assunta. Omtumlad gick Amalia med på det.

De träffades på den överenskomna platsen. Han tecknade åt henne att följa efter honom under tystnad. De undvek gångstigarna och gick in bland de frodiga planteringarna. Amalia var orolig. Don Paolo gick före henne och lyfte buskarnas grenar eller trampade på dem för att hon lättare skulle ta sig fram, han knäckte björnbärsbuskarnas grenar med sin käpp och tecknade hela tiden lugnt åt henne att följa honom. Hon följde efter.

De kom ut framför kapellet. Don Paolo tog upp en stor nyckel ur fickan och satte den i låset. De skyndade sig in medan de såg sig om: där fanns inga nyfikna blickar. Kapellet var mörkt, religiösa platsers rökelsedoft saknades och den snäckformade vigvattenskålen i marmor var tom. Bakom altaret fanns en liten dörr. Han öppnade den med en annan, mindre nyckel. I sakristians halvdunkel, under helgonens stränga blickar på tavlorna som hängde på väggarna, överväldigad av den övergivna platsens dammiga och sakrala atmosfär, varken kunde eller ville Amalia säga nej till don Paolo: de älskade passionerat på ottomanen som donna Assunta ställt in där för att prästerna skulle kunna ta sig en tupplur.

Efteråt frågade hon honom hur i all världen han hade kommit på denna ogudaktiga tanke. Don Paolo svarade att en som han, med så många års erfarenhet, kände till allt i familjen Safamitas hus och var mycket välunderrättad. Hon kunde lita på honom: det var det bästa stället.

Men Amalia överväldigades av religiösa skrupler och kände sig som en synderska. Hon visste att hon hade begått en dödssynd, som man dock kunde bli fri från genom bikt. Det förbryllade henne att kärlekshistorien mellan kungen och hertiginnan, innan de gifte sig, beskrivits av don Paolo som kysk och nästan sublim. Hon hade försökt tala med honom om detta i enrum, men han hade inte haft tid.

En dag medan de satt och tittade på Costanza när hon rullade tunnbandet av trä på terrassen till strykrummet, bad hon att få prata med honom. ”Ursäkta om jag verkar dum, men ni måste förklara en sak för mig. Om drottningen var kvar i Palermo när kungen hade ihop det med hertiginnan, så gjorde han det i smyg, utan att berätta det för någon annan, inte sant?”

”Självklart, det är viktigt att hålla skenet uppe.”

”Så om ett av kungens eller en adelsmans barn hade fått reda på det, skulle det blivit skandal? Och om hertiginnan var kungens älskarinna, gjorde detta henne till en ohederlig kvinna i drottningens och deras barns ögon, eller hur? Och de adelsmän som visste om det, vad tänkte de om hertiginnan?” En efter en ställde hon de frågor som snurrade runt i huvudet på henne.

Han funderade en stund och sa sedan: ”Amalia, jag måste förklara något viktigt för dig. Det finns i den här världen en lag för oss fattiga stackare och en annan lag för de rika och sen finns det också en lag för kungar. Det finns en gud för oss och en för dem, även om det alltjämt är Jesus Kristus det handlar om. Om kungen är förälskad i en kvinna, ger det glans åt både henne och hennes man och även deras barn och alla är nöjda och glada. Så är det även för de rika. Herr Beniamino Ingham i Palermo, den rikaste av alla engelsmännen, lät faktiskt hertiginnan av Santa Rosalia bo i hans hus och hon var ändå sex år äldre än han, men hon var både vacker och adlig.

Du tror det kanske inte, men hertiginnans barn var mycket nöjda och glada – greve Vasciterre berättade detta för unge baronen i vagnen – för den där han betalade deras skulder varje gång modern gav honom ljuva ögonkast. Adelsfamiljerna tävlade om att bjuda hem honom till sina palats, eftersom han var rik. Om han hade varit en fattiglapp, hade han blivit mördad.”

”Och hennes man?”

”Honom vet jag ingenting om, men eftersom de inte talade om honom var han antingen död på riktigt eller också betraktade alla honom som död. Otrohetens horn är och förblir horn, men kungars, adelsmäns och förmögnas horn är speciella, vackra och guldglänsande och de behagar alla, även de bedragna. Men de horn som fattigt folk som vi sätter på varandra är krokiga och illaluktande som en bagges och de måste döljas och förnekas. Vet du att folk till och med dör på grund av det?” Amalia vågade inte nämna att hon biktat sig för padre Puma. Don Paolo gissade antagligen att hon gjort det, för han tillade: ”För mig är du bättre än hertiginnan av Floridia, det har du mitt hedersord på, men den här hemligheten är det bäst att vi behåller för oss själva, även i biktstolen, annars dödar de oss.”

Amalia blev rädd, donna Titta eller svärfadern var kapabla att döda henne på fläcken.

”Vet du vad de adliga sa om hertiginnan av Floridia?” frågade då don Paolo. ”De framhöll henne som föredöme tack vare alla hennes dygder och hennes skönhet. Om kungens älskarinna inte är vacker, säger man att de som liknar henne är vackra.” Han gav henne ett nyp i låret. ”Om hon har lång och mager hals, säger man att långa magra halsar är vackra, om hon har sneda och utstående tänder som kaniner, säger man att sådana tänder är vackra, om hon har rött hår som unga baronessan säger man att vackra kvinnor ska vara rödhåriga.”

”Vad har Costanza med detta att göra?” invände hon.

”Hon har faktiskt en hel del med detta att göra! Vi tycker att hon är vacker därför att vi tycker om henne, men andra tycker att hon är ful. Men hon är rik, vår lilla baronessa, och därför blir hon vacker, mycket vacker med all den jord hon äger. Låt oss nu återvända till oss: om folk däremot får höra att du och jag gör det arma livet ljuvt för varandra utan att göra någon illa eller väcka anstöt, kommer vi att jagas iväg från palatset och vi kommer att dö av svält.” Han lade händerna runt hennes haka och viskade: ”Min lilla älskling, ge mig en snabb kyss medan Costanza inte ser oss. Nu tänker vi inte mer på sådana tråkigheter, för då får jag lust att bli socialist!”

Hon beslöt att hon inte längre behövde bikta sig. Hon behövde inte ångra att hon följt don Paolos råd och att hon anammat hans idéer, och hon var honom tacksam och tillgiven för den glädje han skänkte henne.

”Stackars Pinuzza, som måste dö utan att få uppleva en mans kärlek”, suckade hon. Amalia var inte längre rädd för ovädret.

46

”Älskad blir du ej, om du bara tänker på dig.”

Gaspare Quagliata talar med sin husbonde. Costanza Safamita återfinner Mozart och fadern konstaterar att hon är giftasvuxen

Gaspare hade kommit med morgonkaffet till baronen och gjorde i ordning det som barberaren behövde. Han var förlägen och hade svårt att få orden ur munnen.

”Herrn får förlåta mig, men jag har en sak att säga.”

”Vad är det, Gaspare?” Baronen var otålig.

”Jag vet inte om don Filippo har talat med herr baron om det, men ibland vet inte ens husets herre vad som pågår i palatset.”

”Berätta.”

”Det handlar om unge baron Giacomo. Han är visserligen ung, men vissa saker måste göras på rätt sätt. Han har länge haft en förtjusande kökspiga som han tycker mycket om. För ett tag sen kom en näpen tvätterska och henne tycker han också om. De båda flickorna råkade i luven på varandra och det slutade med att de spottade på varandra. Folk pratar mycket i köket och jag ville säga det till herrn.”

”Vad mer säger tjänstefolket?”

”Lina Munnizza talar vitt och brett om att don Paolo Mercurio och unga baronessans amma brukar träffas i slottets sakristia. Jag tycker inte om att det talas så mycket om sakristian.”

”Är det sant?” frågade baronen i ett andetag, för omnämnandet av sakristian hade gjort honom vaksam.

”Herr baron känner ju Paolo Mercurio, i sin ungdom hade han en käresta i varje by. Nu bor han sedan länge här i Sarentini och håller till godo med Amalia Cuffaro, som är ett rekorderligt fruntimmer.”

”Hurdan är ammans make?”

”En idiot, som sin far. Men hans mor är mycket företagsam och de har massor av skulder.”

”Gå din väg nu, Gaspare, just nu behöver jag dig inte.”

Baronen var på ett förfärligt dåligt humör. De personer som han kunde lita på blev snabbt allt färre. Don Filippo Leccasarda, hans husföreståndare sedan trettio år tillbaka, hade hållit honom ovetande om allt. Om inte Gaspare hade skvallrat skulle han inte fått veta något. Costanza fick inte förlora sin amma. Han kallade till sig notarien Tuttolomondo och de kom överens om vad som skulle göras åt familjen Cuffaro. Sedan talade han med husföreståndaren. Han sade till honom att han fått höra om Giacomos äventyr av andra och detta hade gjort honom ledsen, inte på grund av historierna, sådana har alla unga män, utan därför att don Filippo uppenbarligen inte känt till dem, annars skulle han ju underrättat honom genast, vilket han ju alltid gjort på ett utmärkt sätt i det förflutna. Han underrättade sig om hans hälsa, frågade diskret om han hade några bekymmer och gjorde inga anspelningar på resten av sitt samtal med Gaspare. Sedan lät han skicka efter sonen och förebrådde honom inför don Filippo: det var han som var husets herre och skulle så förbli till sitt sista andetag.

Baronen var uttröttad. Minnena ansatte honom, men framför allt plågades han av en smärtsam känsla av osäkerhet. Efter middagsmålet bad han Costanza att spela *Se a caso madama* ur Figaros bröllop för honom. Hon gick och hämtade moderns slitna nothäfte, som mademoiselle Besser hade skrivit av åt Caterina då hon tvingats lämna familjen Safamitas hem, och grep sig trevande an den lilla duetten. Fadern slöt ögonen och såg scenen framför sig: sprudlande, full av liv, respektlös, djup och med en underton av bitterhet, sublim.

Det var Annie Besser som hade lärt dem att uppskatta Mozart, när de var unga. Efter Maria Stellas död hade Orsolina Acere rått Guglielmo att anställa Annie Besser som lärarinna åt Caterina. Annie var originell och fördomsfri.

Hon var oäkta dotter till en baron som dödats under fälttåget i Egypten och hon hade vuxit upp i Alexandria. Hon talade engelska och franska och arbetade som guvernant. Den sicilianska aristokratin, som var höggradigt anglofil, uppskattade henne mycket och slogs om henne. Mademoiselle Besser glömde emellertid inte sitt ursprung och i familjen Piscitellis hem uppträdde hon föga diskret och väckte uppståndelse. Det pratades så mycket om den äkta mannen och guvernanten att furstinnan Piscitelli ville ha bort henne från Palermo; vid ett lämpligt tillfälle förvisades Annie Besser därför till Sarentini. Hon var en mycket skicklig lärarinna och lärde Caterina stil och bildning. Det var hon som föreslagit Domenico att de skulle träffas i sakristian. Hon förklarade för honom att hon i varje hem bara kunde älska en enda man och slottet var reserverat för hans bror. När de förstod att Paolo spionerade på dem, uppklättrad i mullbärsträdet, skrattade hon: "Det var inte oväntat, det är den idealiska platsen för en voyeur, jag finner det *très excitant.*" Caterina hade efter bröllopet bekänt för honom att hon också brukade klättra upp i mullbärsträdet och spionera på dem. Det hade varit hennes alltför tidiga introduktion i *ars amatoria.*

Costanza var mycket olik modern, men just i det ögonblicket påminde hon en hel del om henne. Hon hade tagit fram ett nytt nothäfte och satt och läste igenom det med koncentrerad min. Den här gången skulle hon sjunga – det gjorde hon ofta inför fadern – och hon brast ut i en mjuk och sensuell sång, och hennes vackra röst blev alltmer otvungen, livlig och passionerad, som om hon återupptäckte och lovprisade sin ungdom. *Porgi amor, qualche ristoro.* Costanza sjöng och glömde allt, hennes långa hals böjdes, mjuk och fri, hennes ansikte var avspänt och kinderna skära: det var en kvinna som var beredd att öppna sig för livet och kärleken. Domenico insåg med ens att han hade tvingat henne att leva instängd, tyngd av plikt och förtryckt av en far som var änkling och hade blivit totalt egoistisk. Han behandlade henne som en varelse utan begär och könsdrift genom att till henne föra över sin egen, en sextionioårings sinnestillstånd och trötthet. Costanza dolde både för sig själv och andra en starkt lidelsefull natur, densamma som hennes mors – "kärleksbarn" hade padre Sedita kallat henne. Klar och modulerad steg Costanzas röst: hon gick helt och hållet upp i Mozarts musik. Det var han som måste ge henne utrymme och tillfälle att upptäcka och njuta av kärleken.

Den kvällen efter aftonmåltiden frågade han henne: "Costanza, funderar du på att gifta dig?"

Hon rodnade. ”Jag trodde inte det var något att fundera på längre; jag har det bra så här, pappa, jag tycker om att bo hos dig i Sarentini. Jag vill helst inte gifta mig.” Hon satt sedan tyst och sorgsen hela kvällen.

De följande dagarna märkte Domenico Safamita en viss oro hos dottern: hon spratt till när han tilltalade henne och verkade ständigt bekymrad. Han hade ställt frågan spontant, men beslöt att inte ta upp ämnet igen och att iaktta henne. Det skulle inte bli lätt att få henne att komma ut ur det skal som hon dragit sig in i. Men så snart Costanza vidrörde tangenterna hördes denna bön om ”vederkvickelse”, som hon omedvetet riktade till kärleken, virvla runt som ett eko i palazzo Safamitas salar och i faderns hjärta.

47

”Nöj dig med det lilla du har, annars kanske inget blir kvar.”

Costanza Safamita träffar brodern Stefano och beslutar att hon inte behöver gifta sig

Costanza visste att fadern, liksom hon själv, inte talade utan att tänka sig för och hon förstod hans önskan att ordna ett bra äktenskap åt henne, för det var ju alla flickors dröm. Även hon hade en gång drömt om det, men inte nu längre. Hon var trött på överflödet av känslor, trött på familjekonflikter, hon hade ju på nära håll sett det lidande kärleken kunde ge upphov till och hon kände nästan avsky för den. Sällskapslivet skrämde henne och att vara borta från fadern, Sarentini och sitt husfolk tycktes henne outhärdligt. Däremot tyckte hon om att dela sin tillvaro mellan förvaltningen av hushållet, sömnadsarbeten, samtal med fadern, den högt älskade musiken och skötseln av slottets trädgård. Hon var nöjd med att ägna sig åt fadern; i framtiden skulle hon glädjas åt Giacomos barn. Varför störa det lugn som hon så mödosamt skapat? Costanza var övertygad om att äktenskap inte var någonting för henne. Fadern hade nu försatt henne i ett tillstånd av nervös ovisshet.

Till denna lades några veckor senare stora bekymmer för lilla Caterinas hälsa. Stefano levde i armod. Costanza hade erbjudit sig att betala utgifterna för medicin, men han hade svarat att han inte tog emot pengar av någon i familjen Safamita om han inte tillerkändes sitt arv efter modern, vilket han hävdade – inte utan rätt – att fadern hade fifflat undan till förmån för de andra barnen. Costanza var upprörd och gick ofta omkring rödögd.

”Amalia, vad är det som bekymrar min dotter numera?” frågade baron Safamita amman.

”Herrn får inte fråga mig det”, sa hon i förtvivlad ton.

”Ut med språket, Amalia, det är en order.”

Hon brast i gråt.

”Behärska er och berätta!”

”Hon är bekymrad för er sons lilla dotter!”

”Förklara närmare”, sa baronen otåligt.

Mellan snyftningar och suckar berättade amman.

”Hur mår din brors dotter?” Faderns röst var hes och skrovlig.

”Inte alls bra. Jag är mycket orolig.”

”Jag vet. Amman har berättat.”

”Pappa, gjorde jag fel när jag erbjöd honom hjälp?”

Fadern funderade en stund och sa sedan: ”Nej. Det är något jag skulle ha väntat mig av dig och även av din mor om hon varit i livet. Och jag skulle sagt till henne det jag nu säger till dig: följ ditt samvete, men ingen får veta det.”

Costanza fortsatte att brodera. Efter att ha trätt på en ny tråd, höjde hon blicken: ”Stefano är inte samma person som förr, sägs det. Jag måste hjälpa hans barn, men jag måste gå varsamt till väga. Jag tvivlar inte på att Caterina är sjuk, men jag misstänker att familjen Carcarazzo överdriver. De behöver pengar. För att vara säker på att det verkligen är allvarligt, skulle man behöva skicka en pålitlig läkare att undersöka henne. Då skulle jag känna mig lugnare. Vad säger du om det?”

”Det går inte att gå tillbaks till det gamla, Costanza. Han och hans barn tillhör inte familjen. Vilket inte hindrar att man kan hjälpa någon som är sjuk. Det gör man ju med främlingar, men som främlingar. Jag litar på ditt omdöme. Du har lytt mina order och jag vet att det är svårt för dig. Men det är nödvändigt för familjen Safamita i Sarentini och du vet varför. Skicka dit en läkare som tar med henne till Palermo. Om ni är i stan samtidigt tänker jag inte hindra dig från att träffa flickan, men jag vill helst inte veta om du träffar hennes föräldrar. Om du bestämmer dig för att detta ska gälla även i framtiden, vill jag att betalningarna sker via notarie Tuttolomondo med största diskretion. Fortsätt brevväxlingen med din bror som om ingenting hade förändrats. När du får veta något, behåll det för dig själv."

"Tack, pappa." Costanza reste sig och kysste hans hand.

"Vi reser till Palermo nästa månad", fortsatte han bryskt, "för Giovanna Trasis bröllop. Vi skulle kunna resa tidigare, om du vill." Här höll han upp en stund. "Du vet ju att när du gift dig, kommer du att kunna göra vad du vill när det gäller din bror?"

"Jag vet och jag har tänkt på det. Jag föredrar att stanna kvar här hemma. Jag skulle vilja följa faster Assuntas exempel, livet som hemmanunna passar mig. Måste jag verkligen gifta mig? Jag gör det om du befaller mig att göra det."

Caterina Safamita växte upp frisk och kry. Under sjukhusvistelsen i Palermo träffade Costanza de andra brorsbarnen och lärde känna dem. Av respekt för fadern träffade hon inte Stefano, men hon återsåg svägerskan. Filomena hade förändrats – hennes en gång strålande skönhet hade fördärvats av bekymren – och talade till henne med värdighet och sunt förnuft. La Camusa var nästan helt utan möbler, bordssilver och prydnadsföremål, allt hade sålts för att klara familjens uppehälle. Hon var analfabet men uttryckte önskemål att barnen skulle få sin utbildning på internatskola. Stefano var ansatt av fordringsägare och hade börjat dricka och vägrade att skicka barnen till de fattigas skolor, där de skulle komma att läsa tillsammans med barn till familjen Safamitas underlydande.

Costanza var delad mellan två världar och kände att hon inte tillhörde någon av dem. I Palermo var släktingarna upptagna med bröllopsbestyren och det pratades inte om annat än smycken, kläder, presenter, hemgift, fester och inbjudningar, som om detta var frågor av största vikt.

Familjen Trasi spenderade och skuldsatte sig för att göra ett gott intryck. Kärleken till fastern, farbrodern och kusinerna tvingade henne att låtsas att allt var som förr och visa sig glad och munter och delta i diskussioner om samtalsämnen som föreföll henne meningslösa, medan hon plågades av ängslan för Stefanos familj. Hon tänkte ständigt på deras umbäranden.

Dessutom misstänkte hon att fadern hade givit släkten en antydan om att han ville gifta bort henne och att kusinerna skulle försöka övertala henne att följa Giovannas exempel. Hennes lugna och fridsamma liv hade störtat ner i oordning och osäkerhet. En enda sak var hon säker på, nämligen att hon skulle förbli rik, och även detta kändes ibland som ett outhärdligt tungt ok.

Costanza bestämde att hon måste träffa Stefano och övertala honom att acceptera hennes erbjudande, åtminstone vad beträffade barnen. Fadern samtyckte.

Hon hade inte sett brodern sedan före moderns död. Stefano valde att träffa henne tidigt på förmiddagen på ett kafé i hamnen, som de brukade gå till när de var barn. Så dags på dagen var det tomt eller i alla fall inte besökt av aristokratin. Hon hade sovit över hos grevinnan Orsolina Acere för att inte väcka husfolkets misstankar. Grevinnan skulle följa henne dit och hämta henne i vagn.

”Hur är det med dig? Är du sjuk?” Stefano blev orolig när han såg systern: utmärglad, blek och fortfarande klädd i halv sorg.

”Nej, jag mår bra. Och du?” Men Stefano undvek frågor och erkände inga nederlag.

Costanza stirrade som förhäxad på honom. Vid tjugosju års ålder var han en fullvuxen man. Han hade fått små rynkor vid tinningarna och den leende blicken hade mist sin tjuvpojksglimt och i stället fått djup och charm.

De hade inte så mycket tid till förfogande. Stefano kände behov av att tala länge om modern. Han förhörde sig om Giacomo, de gamla tjänarna och släktingarna. Han betraktade sig fortfarande som familjen Safamitas arvtagare och uppförde sig som sådan och försummade inte sin roll som storebror. Han berättade för henne om nya planer för att tjäna pengar, investeringar och gynnsamma tillfällen: han hade förlorat kontakt med verkligheten.

När det äntligen blev Costanzas tur att berätta, hade hon glömt det lilla tal hon hade förberett. ”Näst efter pappa är du den jag tycker mest om”, började hon. ”Jag har lovat att sörja för dina barn, som om jag vore deras farmor. Jag har pengar, men en del av dem är egentligen dina. Du har sagt nej till mina erbjudanden ända fram till Caterinas sjukdom. Jag förstår att det är stolthet, men det får inte gå ut över barnen. Då är det egoism och galenskap. Du har låtit framföra att du inte vill ha allmosor, men jag är inte fri att ge dig det som tillkommer dig. Jag kan inte, vår far tillåter det inte och jag måste lyda honom. Han går emellertid med på att jag använder mina ränteintäkter för att hjälpa barnen och hålla dem i internatskola så att de växer upp friska och starka och väluppfostrade, värdiga sin far och sitt släktnamn. Går du också med på det?”

Stefano lyssnade ivrigt. ”Om du vill att jag genast överför det som moraliskt tillhör både dig och mig, måste jag gifta mig. Då får jag större handlingsfrihet. Men jag vill inte ha en äkta man, jag trivs bra hemma och hoppas kunna undvika det. Om du vägrar, gifter jag mig med förste bäste. Jag vill inte att det som hände Caterina ska upprepas: det var läkaren i Palermo som räddade henne. Dina barn är oskyldiga varelser som ska skyddas. Filomena skulle bli glad. Jag har inte glömt vad du sa till mig när jag såg henne första gången: 'Hon är mitt liv'. Var aktsam om ditt liv och om de liv som ni skapat tillsammans.”

Stefano fattade hennes hand som låg på marmorbordet och kramade den. ”Nåväl, Costanza, jag lovar att jag ska göra samma sak för dig och dina barn.” De minuter som återstod ägnade de åt att minnas promenader i hamnen eller helt enkelt bara åt att le mot varandra.

I vagnen kommenterade grevinnan Acere: ”Ni såg ut som ett förälskat par där ni satt hand i hand på ett kafé och tittade varandra djupt i ögonen, helt omedvetna om vad som hände runtom. Var han din älsklingsbror?"

"Stefano var vår mors älsklingsson. För mig var han allt man kan önska av en bror", svarade Costanza, men bet sig sedan i läppen, rädd för att ha sagt för mycket. Hon såg ut över det ändlösa, släta havet som glänste i morgonsolen. Hamnområdet började fyllas av fotgängare. Hon lutade sig lättad mot ryggstödet: hon behövde inte längre gifta sig, det lilla som livet erbjöd var nog för henne.

48

"Äktenskap skall ingås tidigt eller aldrig."
Costanza Safamita söker motvilligt efter en äkta man

I februari 1880 begav sig den ännu inte tjugoåriga Costanza till Palermo, olycklig och med tungt hjärta. Hon hade en alldeles speciell uppgift, nämligen att skaffa sig en äkta make.

Föregående år hade fadern tagit henne med till Neapel – hennes första långa resa. "Du har aldrig varit på teatern", sa han. De gav *Lucia di Lammermoor.* "Donizetti komponerade den just här", påminde henne fadern, "för nästan femtio år sen. Sätt på dig klänningen som din faster Maria Anna fick dig att köpa, är du snäll."

Dirigenten sänkte taktpinnen: musiken fyllde teatern. Costanza satt med öronen på helspänn och blicken riktad mot den höga, karmosinröda sammetsridån med bårder och broderier i guld. En lätt skälvning fick vecken i ridån att bölja. Costanza höll andan och väntade. När ridån drogs isär visades en skog, som hon aldrig hade kunnat föreställa sig: kulisserna var träd med höga och mäktiga stammar och frodigt lövverk i olika mörkgröna nyanser; de förminskades perspektiviskt bort mot bakre delen av scenen – Ravenswoodskogen – och styrde Costanzas blick. Ljuset var till en början svagt men ökade successivt; kören som stod uppställd och kamouflerad mellan kulisserna och den stora fonden – dräkterna hade samma färg som trädstammarna – tog form och ansiktena var bleka som eldflugor i månsken. Tonerna steg från orkesterdiket och blandades med sångarnas röster på scenen. Costanza lutade sig fram och satt på kanten av stolen, alldeles hänförd: detta var en annan värld, undrens värld.

I mellanakten förenade de sig med publiken i foajéns salar: ingen av dem var intresserad av att betrakta kvinnornas prakt och elegans eller teaterns stuckaturer och förgyllda dekorationer. Costanza gled fram bland folk vid faderns arm. Hon hade en hållning som hon aldrig haft förut: rak i ryggen och högburet huvud, glödande blick, röda kinder och de fylliga läpparna lätt åtskilda i ett leende; hon påminde honom om Caterina när hon var i samma ålder. Hon var tilldragande: den påfågelblå aftonklänningen och det kopparfärgade håret framhävde hennes mjölkvita hud och hon följdes av nyfikna och beundrande blickar. Men hon märkte dem inte, det enda hon hade för ögonen var scenen och hon nynnade musiken. Fadern märkte att männen tittade även på honom och blev irriterad: uppenbarligen trodde de inte att hon var hans dotter. Costanza var hänförd, hon var berusad av musiken och alltjämt helt tagen av handlingen. Det eviga kriget mellan Edgardo och Enrico, Lucias lidande, Enricos plikt. *Verranno a te sull'aure i miei sospiri ardenti*, med sammanpressade läppar sjöng hon om och om igen för sig själv denna rad ur den sista duetten.

”Vill du ha något att dricka?” frågade fadern.

”Nej tack, jag är nöjd som det är.” Costanza återvände motvilligt till verkligheten.

”Tycker du om det?”

”Ja, väldigt mycket”, viskade hon, återigen långt borta.

”Det är en mycket sorglig kärlekshistoria.”

”Men den är mycket vacker, pappa, mig gjorde den lycklig.”

Då och då påpekade fadern något för henne men fick inget svar. Costanza hörde men lyssnade inte, hon såg utan att se.

Under andra mellanakten gjorde fadern inte ens en antydan till försök att samtala. De gick omkring tysta: två okända personer i mängden. Domenico Safamita erfor en märklig känsla av obehag. *Appressati Lucia.* Tänk om det äktenskap som han önskade åt dottern inte gjorde henne lycklig? *Per poco tra le tenebre sparì la vostra stella.* Han hade krossat henne med sin sorg. *Io la farò risorgere più fulgida, più bella.* Han greps instinktivt av en ursinnig svartsjuka inför den man som skulle komma att äga hans dotter. Han såg på henne med bister uppsyn. Med drömmande blick och vaggande huvud följde Costanza en melodi i sitt inre. Även Caterina brukade sjunga tyst på operan.

"Costanza, hurdan tänker du dig att en fästman ska vara?" frågade han plötsligt.

"*Comme toi, mon papa*", viskade hon, "jag skulle vilja gifta mig med en man som du."

Han kände att han rodnade. Han vacklade till men återtog sedan sin lättjefullt skridande gång; hans glasögon krossades obevekligt när han knöt handen. Costanza märkte att något var fel, men hon förstod inte vad och bekymrade sig inte, det enda hon ville var att tredje akten skulle börja genast, genast. Hon tryckte sig otåligt mot faderns arm för att skynda på stegen och snuddade vid honom med axeln och bysten. "Ta det lugnt, Caterina, det är bara första ringningen", sa han. Costanza hörde honom inte. *Per te d'immenso giubilo tutto s'avvia intorno*, sjöng kören och hon tillsammans med dem vid mottagandet av Arturo.

Baron Safamita tog med Costanza till operan en gång till på hennes uttryckliga begäran men återvände sedan till Sicilien tidigare än beräknat.

I Sarentini var palatset i uppror. Maria Teccapiglia skrädde inte orden och informerade omedelbart Costanza: under baronens frånvaro hade Giacomo betett sig som herre i huset och dessutom illa. Några tjänsteflickor hade till och med lämnat sin tjänst; vakterna var oroliga och de anställda inom förvaltningen missnöjda. Maria såg Costanza i ögonen och berättade att Filomenas far hade försvunnit. Costanza förstod att

Pepi Tignuso och hans män var inblandade. ”Han fick vad han förtjänade”, sa Maria, ”men fröken hade inte berättat för mig att ni betalar barnens skola; vad andra säger om det struntar jag i, jag tycker att det var bra gjort.”

Fadern måste ta ledningen igen och lugna och tukta. Han tyckte inte om sin yngste son, den ende som skulle föra namnet Safamita vidare. Giacomo utgjorde ett problem: han var lantbo, slug men inte särskilt intelligent. Det Safamitablod som rann i hans ådror frambringade drag som minst lämpade sig för den moderna tiden; han var en ungtupp som ställde till med förvirring bland tjänsteflickorna.

Giacomo undvek att umgås med Palermobor. Han skulle inte göra ett gott parti. Det som skulle passa honom var en kvinna ur den lägre lantadeln, som irriterade familjen Safamita så mycket. Å andra sidan skulle en sådan svärdotter böja sig för sin mans vilja och smak och trygga husfriden, alltså gällde det att snabbt hitta en. Men först måste han gifta bort Costanza.

Domenico visste att Giacomo tyckte illa om honom – vilket han delvis själv bar skulden till – och var säker på att han tyckte lika illa om sin syster, och efter hans död skulle detta bli uppenbart. Giacomo skulle inte behandla henne med samma aktning som bröderna Safamita visat Assunta och inte heller skulle han vilja att hon bestämde över hans fru. I stället för husets härskarinna skulle Costanza bli en besvärande gäst som tolererades i väntan på arvet. Foglig som hon var, skulle hon lida i tystnad.

Adeln i Palermo genomgick en period av pånyttfödelse och där fanns frön av högre kultur och samhällsansvar. Costanza skulle gifta sig med en aristokrat och bo i Palermo, besöka teatrarna, resa och lära känna sina jämlikar. Fadern planerade äktenskapet på följande sätt: ”Du är rik och ska bli husfru. Jag vill arrangera ett äktenskap som du är nöjd med, så att du blir lika lycklig som din mor och jag var.” Hon skulle få välja själv, han skulle ta henne med till Palermo så att hon fick lära känna unga adelsmän. Han hade varit koncis: det skulle ske snart, han ville att hon skulle ha det ordnat för sig när han dog. Costanza tyckte att verbet ”välja” lät konstigt och hotfullt, men hon måste lyda, så hon samtyckte.

Det spreds ut att unga baronessan Safamita, som hade en ansenlig hemgift, var redo att gifta sig. Släktingarna Trasi fick i uppgift att introducera henne i Palermos societet. De beslöt att det först och främst var nödvändigt att förnya hennes garderob och piffa upp henne. Costanza gick och handlade tillsammans med de kvinnliga kusinerna och uthärdade tålmodigt de oändliga provningarna av klänningar, hattar och skor. Hon var mycket mager, så sömmerskorna vadderade livstyckena och tänkte ut knep för att göra henne mer graciös. Inget märkligt: från flor till handskar, från färgnyanser till de minsta accessoarer var det kvinnlighetens teater som spelades upp, just den teater som hon undan för undan dragit sig bort från. Costanza bar utan att knota det som valts ut åt henne men under tiden saknade hon de enkla sorgklänningarna. Hon började besöka Palermos salonger och blev presenterad för tänkbara goda partier och deras mödrar. Dessa tillfällen var fasansfulla och förödmjukande för henne. På kvällarna somnade hon ibland gråtande och drömde om att sniglarna under golvet kom fram om natten, klättrade upp på sängbenen, gled in mellan lakanen och svepte in henne i en kokong för att föra bort henne till Sarentini. Nästa dag återupptogs obevekligen promenaderna i hamnen och besöken: hon var på samma gång både handelsvara och kund. I de stunderna ansattes hon av ett minne från resan till Neapel. Hon hade följt med fadern till en auktion för kapplöpningshästar. Hästarna hade ryktats noga för att deras muskulatur skulle framhävas. Varje häst hade på sin vänstra sida en stalldräng som styrde den genom att hålla i betslet, de skulle gå raskt med högburet huvud i en liten rund manege inför köparnas kritiska blickar, medan utroparens gälla röst lovprisade deras fördelar. De bästa såldes efter ett par varv, men de andra var tvungna att fortsätta den där karusellen tills de blev köpta eller tills de skändligen drogs tillbaka från auktionen. Yra och förvirrade av vrålen och det ständiga roterandet, försökte de stegra sig, de tuggade fradga och försökte sänka halsen men gav sedan efter för rycket i det hårda betslet. Tillintetgjorda och med blicken full av harm återtog de den stolta hållning som krävdes för detta tillfälle.

Costanza jämförde sig med dessa olycksaliga varelser. ”Räta på ryggen!", "Se inte så trumpen ut!", "Le lite grand emellanåt!", "Titta upp, titta upp!" tjatade kusinerna. Hon försökte, men blygheten tog ofelbart överhanden och Costanza steg in i salongerna med böjt huvud och kutande axlar, alldeles som de där olyckliga hästarna som blev kvar sist i manegen. Kusinerna gick omkring bland gästerna och visade med ett förstulet ögonkast de utvalda unga männen och deras familjer. Hon sänkte blicken, men det var som om hon hela tiden hörde sina auktionsutropare locka familjerna: "Egendomarna Mezzeterre, Zirretta, Malivinnitti, Canziati, tvåtusen tunnland åker uppe i Le Madonie, pengar på banken, alla moderns juveler och mycket annat..." Costanza hade velat pulvriseras till en liten hög aska.

Hon var orolig för – nästan säker på – att inte bli omtyckt och därför var varje möte och varje samtal förutbestämt att misslyckas.

49

"Sann kärlek får hjärtat att brinna bättre än blånor och halm."

Costanza Safamita träffar av en händelse markisen Pietro Patella di Sabbiamena och blir lidelsefullt förälskad i honom

Hon träffade honom av en slump i arbetssalongen hos baronessan Annina Finocchiaro di Lannificchiati en eftermiddag i februari. Hon förälskade sig i honom vid första ögonkastet, som man säger. Faster Maria Anna Trasi och Costanza var hemma hos den gamla baronessan i ett typiskt kvinnligt ärende: lutade över arbetsbordet, som stod vid fönstret för att tillvarata dagsljuset, valde de färger ur korgen med silkesgarn för att brodera en pluviale för Vita Kompaniets bönkapell.

Sedan hon blivit änka levde baronessan i knappa omständigheter. Den svaga värmen från fyrfatet av mässing var inte tillräcklig. Rummet var genomsyrat av den kalla fukt som tränger in i alla gamla hus på vintern, när väggarna är som förryckta och i stället för att skydda dem som bor där obarmhärtigt utdunstar den fukt som de sugit åt sig sten för sten under sekler av vanvård och som sommarens kvävande hetta inte förmår torka ut. Baronessan höll fyrfatet i knät och liksom grevinnan Trasi hade hon en stor, rundvirkad sjal över axlarna. Costanza var insvept i en bred halsduk av tunt blått ylle med kopparfärgat mönster.

De var sysselsatta med att välja lämpliga färger bland överflödet av garnhärvor och hörde inte den lätta knackningen på dörren. Utan att vänta på svar slog betjänten upp dörren och steg åt sidan för att lämna plats åt nykomlingen. Fastän betjänten stod tryckt mot dörren, ville han ändå göra sin plikt och anmäla honom: ”Markis Sabbiamena är här.”

För Costanza var det som om den unge mannen när han steg in i ett slag hade sopat undan den unkna luften och den skarpa lukten av glöd: han var mycket stilig, mörkhyad, elegant och frimodig. Hon kände hur hjärtat tog ett skutt och hon rodnade. Med den lediga gången hos den som vet att han är välkommen saktade nykomlingen in stegen och böjde sig för att kyssa baronessans hand och kind; hans läppar snuddade nätt och jämnt vid grevinnan Trasis hand och innan han bugade sig för Costanza tvekade han ett ögonblick, medveten om att ha gjort ett gott intryck, för att ge sin moster tid att presentera honom för den okända unga kvinnan: ”Kära Costanza, tillåt mig att presentera min systerson Pietro Patella, markis av Sabbiamena.” Efter ett hastigt: ”Trevligt att få träffa er, donna Costanza”, vände sig Pietro till baronessan: ”Moster, jag ber om ursäkt för att jag stör en vardagseftermiddag. Jag har bara kommit för att påminna er om att jag alltid tänker på er och inte glömmer bort er.” Med glad och lätt ironisk stämma tillade han: ”Håller ni på att välja brodergarn... vad är det för arbete dessa händiga damer förbereder?” Varefter han slog sig ner hos dem. Han satt mellan baronessan och Costanza och hanterade garnhärvorna lika vant och skickligt som en kvinna, kommenterade de olika färgnyanserna med en kännares min och småpratade under tiden med mostern medan han hela tiden rörde vid hennes armar och händer med tillgiven och respektfull förtrolighet, som om han ville smeka henne. Baronessan strålade.

”Ursäkta än en gång att jag trängt mig på”, sa han och reste sig, ”men den här veckan har jag inte gjort mitt vanliga lilla besök hos moster, så jag kom för att gottgöra detta. Mitt sto födde i går en underbar fåle och jag känner mig som en stolt fader. Den kommer att bli en praktfull hingst. Jag måste tillbaka till stallet nu, så jag lämnar er åt era arbeten.” När han tog farväl av Costanza bugade han sig och lyfte en flik av halsduken, smekte den länge genom att föra den öppna handen av och an över den, mycket sensuellt. ”En underbar halsduk”, mumlade han och gick sin väg lika snabbt som han kommit, och Costanza var som drabbad av blixten. Hans lättsamma vördnad för mostern, hans utsökta smak vid valet av färger, hans kärlek till djur, den förtäckta anspelningen på faderskapets glädje och sedan detta uppväckande av känslor som förmedlats genom halsduken, allt detta sade henne att hon hade hittat mannen hon var förutbestämd att älska.

De andra kvinnorna märkte inte Costanzas förvirring, för hon satt lika tyst som vanligt, och de fortsatte att prata om ditt och datt. I vagnen hem vågade inte Costanza prata om det. Fastern nöjde sig med att kommentera att Pietro Patella di Sabbiamena alltid betedde sig så: han var oberäknelig och gjorde korta besök på olämpliga tider hos sin enda moster, som varit som en mor för honom sedan hans mor dött i mycket unga år. Det var uppenbart att markisen inte föll henne i smaken.

Costanza såg honom sedan flera gånger på strandpromenaden, när hon i sällskap med mostern eller en gift kusin, som man gör när man söker en äkta make, tog sin sedvanliga åktur i den blåsvarta vagnen med Safamitas blankpolerade vapen. Han flanerade tillsammans med andra män. Han lyfte på hatten som hälsning och följde henne med blicken. En dag tyckte sig Costanza urskilja en respektfullt längtande blick. Hon upptändes av kärlek och brann som en augustibrasa.

50

”Åskan går tills det börjar regna.”

Costanza Safamita envisas med att vilja gifta sig med Pietro Patella di Sabbiamena eller ingen. En påtvingad förlovning utan alltför stort tvång

Costanza talade inte med kusinerna om mötet med Pietro Sabbiamena. Hon tänkte på honom ständigt och kände en våldsam längtan efter honom. Det räckte att hon såg honom på avstånd för att hon skulle bli alldeles förvirrad. Hon ville veta mer om den älskade och det lyckades hon med genom att till favoritkusinen, den godmodige Stefano Trasi, liksom i förbigående ställa en länge förberedd fråga: ”Om nu baronessan Lannificchiati är en avlägsen släkting till er, så är väl även Patellas det?”

”Nej, vi är inte släkt. Stackars Pietro, ända från födelsen har han inte haft annat än bekymmer: först dog fadern och sen modern och skulder på skulder. Det förvånar mig att han aldrig klagar, han är alltid på gott humör.” De orden gjorde Costanzas vilja att få honom ännu starkare: hon skulle ge honom den ömhet och det ekonomiska välstånd som han saknat.

Hon åkte gärna ut i hopp om att träffa honom och samtidigt med detta hopp dök minnen från hennes första semestervistelse upp. Det var i Gazzola och hon var elva år.

Safamitas invigde sitt nya hus på landet. Familjen Limuna var deras gäster.

Sent en eftermiddag i september åkte semesterfirarna i gigg för att vara med om vinpressningen. Vintramparnas sång hördes på långt håll. Luften stod stilla och det var tryckande varmt, inne i skjulet kändes en frän stank från musten och en unken lukt från avfallet som låg samlat i ett hörn, täckt av en svärm av flugor och getingar.

Kvinnorna samlades under ett mullbärsträd för att titta på. Männen gick fram till de stora vinkaren. Costanza stod bredvid fadern. Tre bönder befriade druvklasarna från kvistar och kärnor: de förberedde nästa lager för trampning. Tramparna krossade druvorna med uppkavlade byxben. Några stämde åter upp den klagande och entoniga arbetssången i det att de lyfte sina trötta knän samtidigt; andra var utmattade och trampade i sin egen långsamma rytm. Karet sjöd och skummade. Svärmar av getingar flög omkring ovanför det nästan utan att röra vid druvorna. De satte sig på kläder, hals, ansikten och händer och reagerade inte när männen försökte skaka av sig dem, de satte sig fast på benen i klungor, snurrade och virvlade runt tramparnas huvuden och fördunklade deras syn.

Männen trampade oavbrutet med regelbundna rörelser, de rörde sig i rad från kant till kant i karet som mekaniska plåtleksaker, skjortorna var genomblöta av svett och klistrade sig fast vid kroppen och var täckta av stänk från musten som såg ut som blodsdroppar – benet upp, foten ner och så om igen – och de svängde med armar och huvud för att jaga bort getingarna, de fångade dem och kramade sönder dem i handen och slängde dem sedan i karet. De alltjämt surrande getingarna blandades med sörjan och blev till must. Costanza stod och tittade på dem. Hon stod där i en fräsch blommig muslinklänning, halmhatt och parasollen uppslagen och var som förhäxad av detta martyrskådespel. Hon skämdes.

”Kom så går vi, Costanza, getingarna kan sticka dig.” Faderns röst fick henne att vakna upp.

På tillbakavägen viskade Alfonsina Limuna till henne: ”Den där tramparen såg ut som en grekisk staty. Du såg ut att tycka om honom.” Costanza förstod inte vad hon menade, kusinen som redan var kvinna trots sina tretton år, så hon brast i gråt. Alfonsina omfamnade henne och förklarade att när flickor blir vuxna ser de på män med en helt annan blick; hon hade också tyckt om den där välvuxne och muskulöse unge mannen.

Minnet av vinpressningen övergav henne inte; hon ville göra något för att förbättra tramparnas arbetsvillkor och hon talade med Stefano om det.

Han var vid tidpunkten arton år fyllda och hade annat i tankarna. Han ryckte på axlarna och föreslog henne att tala med fadern om det,

det var ju han som bestämde. Denne lyssnade med allvarlig min på henne och förklarade tålmodigt att det fanns ännu otrevligare arbeten, men det var på det sättet folk förtjänade sitt levebröd. Livet var hårt för alla på ett eller annat sätt. Hon måste fatta mod och acceptera det. ”Costanza, du måste förstå att den som arbetar för oss har det bättre än den som är arbetslös, kom ihåg det när du blir gift och husfru”, sa han.

Sällskapet återvände till bondgården en andra gång. Alfonsina visade henne genast på den unge mannen och ställde sig att titta på honom. Det blåste och getingarna satt fastklibbade vid korgarna med druvor, männen sjöng medan de trampade, med händerna på varandras axlar som om de dansade. Den unge mannen trampade ensam, musklerna pulserade och med byxor och skjorta fastklibbade på den svettiga kroppen såg han naken ut. Han trampade med en hetsig och kontrollerad rytm, än med hetta, än trånande pressade han hårt ner fötterna i massan av krossade druvor. Hon tog inte ögonen från honom. Hon tyckte om att se på honom. Han bevärdigade henne inte med en blick, men han visste. I skydd av floret fortsatte hon att titta på honom. Hon tyckte om vad hon såg.

Nu räckte det med att hon såg Pietro Sabbiamena och hans lättjefulla maskulina sätt att gå för att hon skulle få samma känsla, fast ännu starkare. Hon levde bara för att få träffa honom igen, hon gick gärna ut och accepterade alla inbjudningar, granskade alla grupper av män och alla gentlemän till häst på strandpromenaden i hopp om att få återse honom. Hon var nu övertygad om att hon tillsammans med honom skulle finna lyckan och att de skulle göra goda gärningar tillsammans.

Nu mer än någonsin tillbakavisade Costanza varje parti som föreslogs henne. Hon hoppades att markis Sabbiamenas namn skulle nämnas, men förgäves.

En dag när hon och fadern var ute och promenerade tog hon mod till sig och frågade:

”Pappa, jag tycker om markis Sabbiamena. Varför har ni inte föreslagit mig honom?”

”Den där är ingenting för dig, Costanza. Han har slösat bort det lilla hans far lämnade efter sig, han spelar, och förlorar dessutom... du är värd någonting bättre.”

”Men jag är ju rik och du säger ju alltid att jag ska vara aktsam om det jag har och jag kommer inte att låta honom förstöra det.”

”Jag vet inte om han kommer att göra dig lycklig.”

”Pappa, han är den ende jag vill ha. Vill du inte så gifter jag mig inte med honom, men tillåt mig då i alla fall att slippa gifta mig med någon annan. Jag trivs bra här hemma, det vet du.”

”Jag lovar att jag ska tänka på det, och låta dig få veta”, löd faderns svar.

Mycket motvilligt bestämde sig Domenico Safamita för att göra dottern till viljes. Han lät fråga den utvalde, säker på att snabbt få ett tacksamt och positivt svar. Men furst Chisiccusi, den unge mannens farbror, som anförtrotts uppdraget, dröjde med svaret. Baronen plågades, kränkt i sin stolthet, och fruktade till och med ett nej, som förr skulle varit otänkbart.

Han förbannade än en gång sin förstfödde: med sitt beteende hade den där odågan fläckat familjen Safamitas namn. Men Costanzas hemgift borde ändå vara tillräckligt stor för att dölja Stefanos skamliga tilltag. Safamitas var ju trots allt inte de första som råkat ut för den sortens missöden.

Det blev baronessan Lannificchiati som redde ut situationen. Hon bjöd in sin systerson på middag och frågade honom rent ut varför han inte ville gifta sig med unga baronessan Safamita, en sedesam flicka med en ansenlig hemgift.

”Jag tycker inte om henne.”

”Men du har ju bara pratat med henne en gång! Du vet inte hur duktig hon är, och lydig... en pärla. Vad mer kan du önska dig av en hustru? Och dessutom är hon rik! Du kan bli av med alla dina skulder och fortsätta att roa dig, du kommer att bli rik och dina barn också. Din mor skulle varit lycklig över detta.”

”Hon är så förfärligt mager.”

”Jag ska se till att hon lägger på sig med hjälp av bakelser, om inte lyckan att ha dig som äkta make får henne att lägga på hullet. Din dumbom!” utropade mostern irriterat. ”Ganska snart kommer du att ha för stora skulder, jag har hjälpt dig så gott jag kunnat och mer kan du inte få förrän jag fått tillbaka det du är skyldig mig. Jag tiger och väntar, men de andra fodringsägarna stampar av otålighet och kommer att sluka dig levande!”

”Jag tycker inte om henne!” upprepade Pietro.

”Du kommer att tycka om henne sedan, du måste lära känna henne först. Hon spelar och sjunger mycket bra och talar franska som en parisiska. Och hon är ju inte direkt motbjudande!”

”Jo, för mig är hon det lite grand, moster.”

”Prata inte dumheter! Tvärtom verkar hon vara en smula tilldragande eftersom du kastar blickar på henne. Så säger folk att du gör när du ser henne på strandpromenaden. Du tycker om att se henne på långt håll. På nära håll ser hon ännu bättre ut. En hustru behöver inte se bra ut, det ska inte jag behöva tala om för dig, för det är ju ingen frilla. Dem kan du fortsätta att träffa och ännu fler med alla hennes pengar. Jag talar om en hustru, modern till dina barn, en kvinna som kommer att ge dig ättlingar och i det här fallet också försörja dig. Varför tittade du så mycket på henne på Strandpromenaden? Det är du som har uppmuntrat henne, denna helgonlika flicka, och nu vill du inte ha henne längre. Så gör man inte”, avslutade baronessan Lannificchiati förargad.

Pietro stod som fallen från skyarna: ”Det var ju hästarna jag beundrade.”

”Ja, men tänk då på de hästar, vagnar och alla Guds håvor som du kommer att kunna unna dig. Costanza Safamita har en förmögenhet i jord och pengar. Tänk noga efter, det är din räddning: nu eller aldrig mer.”

Pietro Sabbiamena anhöll om Costanza Safamitas hand i mars 1880. Bröllopet skulle äga rum i juni, tre månader senare.

Fästfolket fick inte många tillfällen att umgås, men dessa få möten bekräftade för Costanza att Pietro var mannen för henne: han uppträdde oklanderligt, galant och med en viss förtrolighet mot henne. Det faktum att han inte ens försökt stjäla sig till en kyss tolkade Costanza som högsinthet. För varje gång Pietro rörde vid hennes arm, kysste hennes hand eller snuddade vid hennes hår – gester som han gjorde nästan instinktivt – växte Costanzas kärlek. De tyckte om samma operaarior och Pietro bad henne ofta att spela och sjunga för honom och Costanza blev lycklig och gjorde honom till viljes. Hon lade alla sina känslor i de där sångerna. Han uppskattade hennes talang och sade det till henne. Costanza glömde till och med sin osäkerhet, litade på att äktenskapet skulle falla väl ut och var fast besluten att göra allt för att erövra Pietro och göra honom lycklig.

Efter påsk återvände Samafitas till Sarentini för att förbereda bröllopet; Pietro skickade henne banala brev som inte uttryckte några som helst känslor. Costanza var emellertid beredd att finna ädla förklaringar till den älskades alla uppenbara tillkortakommanden och var övertygad om att han höll tillbaka sina känslor när han skrev för att anpassa sig efter hennes små brev, som avfattats på stram och enkel italienska. Men hon kände en stark oro som antog överdrivna proportioner ju närmare bröllopet de kom: hon fruktade det äktenskapliga samlivet och märkte att fästmannen inte kände sig fysiskt attraherad av henne, och inte bara på grund av hennes hår. Detta tvivel förstärkte den genuina sorgen över att lämna fadern och Sarentini och bara ta med sig amman och sin egen kammarjungfru.

I stället för att blomma upp i Sarentini tacklade Costanza av. Baronen märkte att hon var sorgsen. Fastän han ogillade bröllopet såg han otåligt fram emot att det skulle genomföras, i hopp om att äktenskapet skulle lugna henne. Han beslöt därför att skynda på det hela och att bröllopet skulle stå i maj.

51

”Varje människa har sina brister.”

Dagen efter sin älskade dotters bröllop begår baron Domenico Safamita en oren handling

Domenico Safamita stannade bara kvar en kort stund och pratade med gästerna, sedan gick han till sängs och lämnade brudparet tillsammans med de inbjudna. Hans höga ålder, sjuttiotvå år, tillät denna skenbara ohövlighet, som för övrigt var nödvändig, för han var utmattad. Han tyckte inte om detta äktenskap, nu mindre än någonsin. Costanza hade sett ut som ett lamm på väg till slaktbänken, blek och avtärd: hon darrade oavbrutet under hela bröllopsceremonin och han hade fruktat att hon skulle svimma. Denne njutningslystne stadsbo till make var ingenting för henne, men Costanza var orubblig. In i det sista hade han sagt till henne om och om igen att hon fortfarande hann ändra sig och att han i egen hög person skulle meddela Sabbiamena att bröllopet inte skulle bli av. Med största nöje! Han hade hört rykten om att Pietro inte hade gjort några som helst förberedelser för att ta emot bruden i palatset i Cacaci. De skulle bo där tillfälligt, eftersom palatset i Palermo var i uruselt skick och delvis uthyrt. Han hade dessutom från tillförlitliga källor fått veta att fästmannen räknade med att bli försörjd av sin hustru. Han hoppades att Costanza skulle visa sig vara en klok förvaltare och att hon skulle kunna hålla sin make i styr, men framför allt att hon skulle få en lycklig familj. Han hade en vag föraning om att det inte skulle bli så och han ångrade att han uppmanat henne att gifta sig. Han saknade sin Caterina mer än någonsin. Vilken bedrövlig familj de fostrat och till vilket pris för dem båda!

Nästa dag vaknade han i gryningen. Han drack sitt kaffe ute på balkongen och blev någorlunda lugn och glad igen. Det var fortfarande en lätt dimma, men den glesnade i och med att luften blev lite varmare. Kullarna var täckta av dagg och sluttade mjukt ner mot det bleka havet. Månen skulle strax försvinna. Trots att han inte sovit bra kände han sig i form. Han tänkte på allt han fortfarande kunde göra: resa, återse gamla vänner, gå på klubben i Palermo. Solens första strålar smekte kullarna. Många av de där ägorna tillhörde honom och delar av dem skulle gå till Costanza: dottern och de kommande barnbarnen hade framtiden garanterad. Han tänkte på denna brudparets första natt. Den hade säkert varit mycket olik hans och Caterinas glödande och lidelsefulla bröllopsnatt. ”Alla gör saker och ting på sitt sätt, och den här Patella har i alla fall ett gediget rykte om sig att vara en riktig karlakarl”, sa han för sig själv och log. Han tog ett djupt andetag av den friska luften och gick sedan in i huset igen.

Den lilla skaran släktingar och vänner stod på husets terrass och tog ett högljutt farväl av raden av vagnar som lämnade byn på väg mot Malivinnitti. Baronen stod mitt bland dem, askgrå i ansiktet. Maria Anna Trasi grep honom i armen: ”Se inte så bedrövad ut!” sa hon till honom. ”Kom så tar vi en promenad, att gifta bort en dotter är en stor känsloupplevelse... min salig man hade det mycket svårt varje gång.”

”Såg du hur tärd Costanza såg ut i morse?” frågade han plötsligt.

”Ja, men var inte orolig, det var så för oss allihop första natten. Hon kommer att tycka om det sedan.” Maria Anna fnissade. Det glimtade till i hennes ljusa ögon. En blinkning och så samlade hon sig.

”Här handlar det inte om första gången! Hon mår helt enkelt inte bra, förstår du inte det? Hon är olycklig, mycket olycklig.”

”Du har ju blivit hysterisk på äldre dar. Tänk inte på det, de är unga och kommer att klara det på sitt sätt. Vi gamlingar borde ägna oss åt våra krämpor och inte åt deras liv.” Hon tog honom resolut under armen och tvingade honom att röra på benen. De båda syskonen gick iväg: hon pratade ivrigt under hattens flor och han lyssnade motvilligt, sedan blev baronens steg ledigare och då först unnade sig Maria Anna Trasi nöjet att titta ut över balustraden och njuta av utsikten.

Pina Pissuta stod och lagade till ett persiljeavkok åt en kund. Hon arbetade mycket och med glädje trots att hon sedan länge passerat de femtio. Genom sitt yrke kom hon i kontakt med både glädje och sorg, hopp och besvikelse. Hon kände till ortens allra innersta hemligheter och var respekterad. Hon hade varit kvar ända till gryningen hos apotekaren, som efter tre söner nu fått en dotter, och han hade nästan kramat om henne av glädje. Hon hade alltid så mycket att göra och det var alltid bråttom; det behövdes många knippor för att göra ett effektivt avkok, som nu i hemlighet skulle levereras till kvinnan som bodde just mittemot apotekaren. Hon hade många barn av bägge könen, så hemma hos henne behövdes det inga fler munnar att mätta. Om Gud ville skulle hon få sig några timmars vila senare, på eftermiddagen.

En av baron Safamitas vakter dök upp i dörren. ”Herr baron hälsar och säger att ni är välkommen att smaka på godsakerna från unga baronessans bröllop och väntar er nu på förmiddagen.”

”Det var det värsta”, sa Pina Pissuta för sig själv, ”aldrig har jag väl blivit kallad till palazzo Safamita bara för att äta.”

Hon förstod att det inte skulle bli någon sömn den här förmiddagen, så hon rörde om i avkoket och lämnade det att sjuda, sedan hällde hon upp en slev vatten och tvättade ansiktet och händerna och snyggade till sig i all hast. Efter besöket hos kunden skulle hon springa bort till palazzo Safamita, för baronen måste man lyda.

Domenico Safamita väntade otåligt på henne i sitt arbetsrum; han hade bråttom, han skulle träffa gästerna på slottet, där de skulle äta middag i trädgården. Bortsett från några korta hälsningsord ute på gatan hade han inte sett Pina Pissuta sedan Caterinas begravning.

”Jag behöver er hjälp. Jag litar inte på min dotter Costanza och än mindre på hennes man. Gå ner i köket och prata med alla, lyssna och låt dem berätta. Jag vill veta vad som hände mellan henne och han den där i natt. Är vi överens?”

”Jag ska göra vad jag kan, herr baron.” Även hon var fåmäld.

Det var en begäran som var lätt att uppfylla. Pina stannade i palatset ända till eftermiddagen och lyckades få ett ord med nästan hela tjänarstaben. Husfolket var pratsamt och de var upphetsade som om de fått ny energi: efter många år av tristess hade äntligen fest och skvaller kommit till detta hus med pompa och ståt. Pina måste genomlida de ändlösa beskrivningarna av förberedelserna inför bröllopet, unga baronessans hemgift, det långa sökandet över hela Sicilien efter de mest sällsynta och kostsamma ingredienser till middagen och mottagningen dagen innan. Sedan gick man över till brudparet. Pina litade alla på och det var få som inte hade ett eller annat att tacka henne för. Brudparets personliga tjänare hade följt med dem, så deras berättelser fick hon höra i andra och tredje hand.

Pina förhörde dem en och en. Hon fick veta att efter middagen hade markisen följt med Costanza till brudkammaren och sedan kommit tillbaka till gästerna. De hade varit tillsammans alldeles för kort stund för att "göra något". Rosa Nascimbene, Costanzas jungfru, hade hjälpt henne att klä av sig och göra sig i ordning för natten. "Fru markisinnan hade inte ens velat lösa upp flätorna, så utmattad var hon." Det var vad Rosa hade sagt.

Tjänstefolket satt runt det stora bordet i köket, där resterna från föregående dag och andra läckerheter dukats upp, tillredda av Monsùs skickliga händer. Nu åt och drack de tillsammans, äntligen avslappnade. Pina satte sig bland männen, vilket var tillåtet för henne. Konversationen lutade åt det slippriga hållet. Det framkom ingenting avgörande, men intryck och repliker blev undan för undan till indicier.

"Så får man inte göra. En kvinna ska lösa upp håret för att glädja sin karl", röt Monsù, dagens verklige hjälte. Därmed satte han igång en karusell av kommentarer, där endast Pina Pissuta kunde uppfatta det väsentliga.

"Om hon vill glädja honom, ja. Men såg ni unga baronessan? Det verkar som om hon inte ville glädja någon, så som hon har låtit sig förfalla. Hon är bara skinn och ben och det är snart ingenting kvar av henne!"

"Hon har varit sjuk och ätit väldigt lite och varje gång hon ätit har hon blivit alldeles förvirrad och kräkts. På bröllopet såg hon ut som ett levande lik."

"Men han tyckte väl om henne, varför tog han henne annars?"

"Han tog henne därför att hon heter Safamita och har så mycket pengar att de skulle kunna täcka hela huvudgatan i Sarentini, sten för sten."

”Men vad då, skulle det inte finnas förmögna kvinnor som är fylligare än unga baronessan?”

”Den här markisen är skuldsatt upp över öronen, hans betjänt berättade för mig att han inte ens klarar av att betala hela hans månadslön.”

Efter middagen drog sig Pina undan tillsammans med nyckelpersonerna, husjungfrurna, för att komma till saken. Hon uteslöt Amalia Cuffaro, för hon skulle ändå inte säga något. På detta vis fick hon veta att Rosa nästan inte fått en blund i ögonen på hela natten. Hon hade berättat för de andra kvinnorna att bruden gråtit sig till sömns alldeles ensam.

Hon hade suttit vaken i salongen bredvid för att kunna hjälpa henne om det behövdes innan hennes man kom till henne. De senaste veckorna hade Costanza nämligen vaknat om nätterna och kräkts. Rosa hade hört markisen komma, berusad. Unge baron Giacomo blev tvungen att följa med honom till våningen ovanför och överlämna honom till Baldassarre Cacopardo, betjänten, som varken blev besvärad eller förvånad över sin herres tillstånd och klädde av honom och lämnade honom vinglande utanför dörren till brudkammaren. Rosa svor på att hon hört buller och sedan markisens röst som sluddrade: ”Mager som en sticka!” Sedan tystnad. Till slut hördes tassande steg: Costanza hade stigit upp och gått ut i klädkammaren. Rosa hade gläntat på dörren och sett henne ligga på soffan med en sjal över sig. Hon grät tyst och så hade det fortsatt tills Rosa slumrat till i en fåtölj i salongen. På morgonen vaknade markisen tidigt och gick ut i klädkammaren. När han fick syn på hustrun som fortfarande sov ropade han högljutt flera gånger på Rosa. På mattan framför soffan låg en pöl stinkade spyor. Costanza var bestört. Bägge två tvättade sig med hjälp av sina tjänare. De åt frukost och gick ner tillsammans: båda två såg trötta men definitivt inte nöjda ut.

Pina gick till tvättstugan. Hon beundrade det vackra sidenlakanet, nattlinnet och underkläderna. Hon granskade de rena och knappt skrynklade bröllopslakanen. På den sida där Costanza sovit såg hon några gula fläckar. Hon luktade på dem: det var spår av sur uppkastning.

På eftermiddagen gick Pina Pissuta tillbaka till baronens arbetsrum. Längst in framför fönstren stod ett imponerande skrivbord och framför det två enkla stolar utan armstöd. I andra ändan av rummet stod ett bord omgivet av stora stolar i valnöt med snidade armstöd, stoppat ryggstöd och brun läderklädsel. Väggarna var täckta av massiva bokhyllor och ett pastellporträtt av baronessan som barn var den enda tavlan och den hängde bakom baronen.

Domenico Safamita var rastlös. Tanken på hans Costanza, som nu var hans mer än tidigare, var som en fix idé och hade plågat honom hela dagen. Han satt bakom skrivbordet utan att luta ryggen mot fåtöljens ryggstöd och han var så spänd att han såg ut att vara beredd att ta ett språng. Pina Pissuta stod framför honom.

”Nå?”

”Jag har pratat med alla och sett det som fanns att se. Markisens och markisinnans tjänare har gett sig av, men jag har fått veta en del av andra.

”Jag vet, jag vet. Nå? Berätta.”

”Unga baronessan är precis likadan som när hon lämnade salig baronessans mage.”

Domenico Safamita rodnade. Han svettades och darrade och höll händerna på skrivbordet hårt knutna. Utan tårar begrät han sin avkomma. Han stirrade på Pina Pissuta.

Han grep sin promenadkäpp och höll den horisontellt framför sig medan han alltjämt stirrade på henne. Långsamt, med en nästan hieratisk rörelse, började han böja den och med hotfull kraft satte han tummarna bredvid varandra på trät och bröt av käppen.

Pina var kanske den enda utomstående som sett hur stark baronens sorg var: det hade varit hennes uppgift att meddela honom om hustruns återkommande missfall, nästan ända fram till hennes död. Hon hade varit vittne till hans inre stormar, till sönderslagna stolar och krossade vaser. Men fram till nu hade hon aldrig fruktat honom.

Trots att skrivbordet stod mellan dem blev Pina rädd för den gamle mannen. Baronens ögon var uppspärrade – ögonlocken verkade ha dragit sig ända in i ögonhålan – som om de var nära att explodera.

Svarta och förtvivlade riktades de mot henne.

Han reste sig med ett ryck, alltjämt med de båda träbitarna i handen. Han föste fåtöljen bakåt och gick långsamt runt skrivbordet och ställde sig framför Pina. Befallningen kom djupt nerifrån hans strupe: ”Stöd er mot ryggstödet!”

Pina förstod inte.

”På stolen, på stolen, den kraftiga stolen, förbannat också!” Pina blev rädd att han ville spöa henne, så hon lydde inte.

Hans ansikte var outgrundligt och ohyggligt.

”Vänd er om och dra ner byxorna”, sa han med låg röst.

Pina kände då en äcklad lättnad. För att skydda kassen full av mat som hon skulle ta med sig hem flyttade hon undan den, grep sedan en av de där massiva stolarna och ställde den mitt i rummet. Hon stödde sig mot armstöden och höll om de grinande drakhuvudena för att stå stadigt. Hon rätade på sig, lyfte snabbt upp kjolen och kastade den över huvudet, lossade på snöret som höll åt byxorna i midjan och drog ner dem; sedan böjde hon sig fram över ryggstödet och grep tag om armstöden. Med en känsla av skam insåg hon att hon tvättat sig otillräckligt och i all hast.

Domenico Safamita trängde in i henne med en häftig stöt och sedan med allt kraftigare stötar, så stor var den kraft som hans förtvivlan lösgjorde. Gråtande och med ångestfyllt ursinne tog han Pina Pissuta bakifrån.

”Nu kan ni gå. Tack.” Pina stod och rättade till kläderna när hon såg en liten påse pengar falla ner vid stolen. Hon tog upp den med alltjämt domnade armar och vände sig sedan mot honom för att tacka.

Baronen var tillbaka bakom skrivbordet. Han stod upp med ryggen vänd mot henne och pressade magen mot en låg bokhylla och höll armarna uppåt och huvudet framåtlutat med pannan mot väggen medan händerna grep om ramen till porträttet av hans hustru.

”Gå nu”, sa han igen med dyster stämma.

Pina fick lust att säga några tröstande ord, men hon hörde hans tysta snyftningar och i sådana fall ska män lämnas ensamma. Hon samlade ihop sina saker och gick därifrån.

Nu var det inte längre snyftningar som hördes från baronen. När han blivit ensam satte han igång att yla högt och ljudligt. Eller åtminstone tyckte Pina Pissuta att det lät så när hon först saktade in stegen och sedan avlägsnade sig definitivt.

52

”Den som gifter sig av kärlek får leva med ständiga plågor.”
Ett mycket underligt sätt att älska någon

Vagnen stod klar på huvudbyggnadens gård och väntade på markisinnan. Bondkvinnorna trängdes runt Costanza för att ta farväl med en kram. ”Min markisinna vill inte lämna Malivinnitti och nu förstår också jag varför”, sa markis Sabbiamena vänligt, varefter han i ett älskvärt befallande tonfall uppmanade sin hustru: ”Skynda dig, Costanza, det är dags att åka.”

Costanza gick lydigt mot vagnen. Maria Teccapiglia banade sig väg mellan kvinnor och barn. Hennes lilla svarta, krökta gestalt avtecknade sig mot de andra där hon gick.

Costanza vände tillbaka och sjönk in i hennes famn i ett sista tyst farväl.

Sedan klatschade kusken med piskan och hästarna satte kurs mot portvalvet. Vagnen började rulla längs den lilla vägen, flankerad av beridna vakter. Costanza lutade sig ut genom fönstret. Bönderna hade följt efter dem och ställt sig på rad, tryckta mot bondgårdens ytterväggar, kvinnor och barn på ena sidan om porten och männen på den andra, alldeles tysta. Maria Teccapiglia var omöjlig att urskilja bland de andra svartklädda kvinnorna. Costanza såg än en gång på de där solbrända och vindbitna ansiktena, synbarligen outgrundliga, och urskilde antydanden till leenden hos människorna på Malivinnitti, som visade sin blyghet med blinkande ögonlock över svarta ögon.

Far och son Tignuso red ifatt vagnen i galopp och placerade sig i täten av konvojen. De skulle ledsaga dem genom hela länet. Costanza lutade sig mot ryggstödet och viskade till sin make:

”Pietro, jag är stolt över att vara din hustru.”

”Och jag över att ha min markisinna”, svarade han och smekte hennes fingrar.

De två senaste månaderna hade varit annorlunda än hon hade föreställt sig.

Under bröllopsnatten hade de inte fullbordat äktenskapet. Det var helt och hållet hennes fel, sade sig Costanza. Veckorna innan hade hon inte mått bra: hon kräktes och hennes menstruation hade upphört. Fasan för samlaget hade fördunklat hennes sinne och dämpat åtrån. Under den där första natten hade hon varit sjuk igen och tagit sin tillflykt till klädkammaren. Där hade hon slumrat in mellan anfallen av illamående. Följande morgon hade Pietro sett och förstått och inte sagt ett ord.

De hade kommit till Malivinnitti sent på eftermiddagen, trötta, sömniga, omskakade och dammiga efter den långa resan i vagn. De hade mottagit böndernas lyckönskningar och visat sig en kort stund på den fest som fadern hade arrangerat för folket på Malivinnitti. De hade gått till sängs tillsammans för första gången utan att känna sig besvärade. Utmattade.

Hundskall väckte Costanza mitt i natten: det var en flock som följde efter en löptik. Hon sneglade åt Pietros håll: han låg med ryggen mot henne och snarkade lätt. Hon föll tillbaka i halvslummer. Oväsendet tilltog och hon satte händerna för öronen. Hundflocken sprang fram och tillbaka över hela gården. Tassarna – smattrande, snabba, krafsande – trummade mot kullerstenarna. Böndernas vrål hade ingen som helst effekt. Costanza lyssnade, fascinerad av hundskallen: hon kunde se dem framför sig, de där kärlekskranka flämtande hundarna. Hon skämdes. Hon, en flicka av god familj, längtade lika starkt efter att para sig som de där djuren.

”Vad är det som händer?” Pietro hade hoppat upp ur sängen och öppnat balkongdörren. Costanza blundade och låtsades sova. Hon lyfte ögonlocken nätt och jämnt och såg honom avtecknad mot räcket, omvärvd av månens milda sken. Rummet hade fyllts av de disharmoniska ljuden från hundarna, skallen ekade från vägg till vägg, som inflätade i en hetsig virvel av ljud. Costanza greps av en stark åtrå till Pietro.

Han såg på henne en kort stund: ”Det är bara hundarna, Costanza, var inte orolig. Nu sover vi igen”, sa han och gick genast tillbaka till sängen. En stund senare snarkade han igen.

Costanza föll i en svettig och orolig halvslummer och lyssnade på tikens kvävda kvidanden, flåsandet från den segrande hanen och gnyendet under parningsakten. Sedan tystnad. Utmattad av sin otillfredsställda åtrå och med torr och värkande strupe somnade hon till slut.

I sällskap med karlarna Tignuso och en hop tjänstemän och bönder tog Costanza följande morgon med sig husets nye herre ut för att han skulle få lära känna egendomen. Pietro var omtänksam och hövlig mot henne, han ville göra gott intryck på alla och konverserade ledigt och informellt och var intresserad av allt. Han hade med nöje låtit sig tas med till de platser som Costanza tyckte särskilt mycket om. Som den romantiker han var blev han entusiastisk när han såg kullarna täckta av sädesfält längs den branta stigen som ledde till vattningsplatsen och de steniga ravinerna. ”Vi har samma smak, Costanza”, sa han till sin hustru. Markisen besökte också den stora bondgården – familjen Safamitas klenod – och fick anledning att till fullo uppskatta hustruns hemgift.

På eftermiddagen hade Costanza lagt sig att vila, medan han satt kvar på terrassen. Hustruns tysta invit föregående natt hade inte undgått Pietro, så efter en stund följde han efter henne, besluten att snarast genomföra den äktenskapliga akten. Han kände en viss motvilja, för det var första gången han skulle ligga med en kvinna som han inte var fysiskt attraherad av.

Costanza kände en hand stryka över nattlinnet, över magen, och hon slog upp ögonen. Pietro låg bredvid henne stödd på sin vänstra arm: han betraktade henne tankspritt medan hans högra hand rörde sig under lakanet och otåligt gled längre ner. Costanza var inte beredd, för i sin oskuld trodde hon att vissa saker hörde natten till. Hon spratt till, upprörd. Pietro log lätt ironiskt mot henne och viskade: ”Costanza, äktenskapet är ett sakrament”, och skulle just lägga sig över henne. Hans andedräkt luktade vin, handen gled längre och längre ner och till slut tryckte han hårt.

”Låt mig vara, ta bort handen, nej, nej!” skrek hon och genom skriket kom ett bländande sken, ett avlägset ljus. Costanza var som förblindad. Hon famlade och försökte urskilja något, någon. Hon visste inte längre vem det var i närheten som talade till henne. I kolmörkret ekade en honungslen och hotfull röst: ”Costanza, vill du ha detta sakrament? Så gör man för att motta Kristi lekamen. Det är en hemlighet... en hemlighet.” Hon kände fortfarande den vinstinkande andedräkten; tyngden av den där tunga handen och de otåliga, hala, maskformiga fingrarna; inträngandet, smärta, rädsla, avsky, hennes sårbarhet.

Costanza svimmade.

Besvärad baddade Pietro hennes panna med en våt trasa. Hon grät dämpat och kunde varken röra sig eller tala. Betjänten knackade på dörren: hästarna var klara för eftermiddagsritten, som herr markisen beordrat.

”Förlåt, Costanza, jag trodde inte att jag skulle göra dig illa. Jag rider ut med de andra, vila här du. Jag skickar Rosa att se till dig”, sa Pietro.

Maria Teccapiglia och Rosa Nascimbene kom tillsammans in i rummet. Efter en snabb blick skickade Maria ut Rosa igen: hon skulle själv ta hand om fru markisinnan. Hon satte sig på sängkanten, lade sin hand över Costanzas och sa: ”Costanza, jag är mycket gammal och jag talar till dig som när du var liten. Du ska inte vara rädd. Sånt här händer. Äktenskapet är ingen dans på rosor, men det är bra för kvinnan. Vi här på Malvinnitti tycker mycket om din man.”

Costanza fortsatte att gråta. Maria gick och satte sig på en stol långt från sin matmor. Hon fingrade på sitt radband och läste Fader Vår och Ave Maria med ett mumlande som var som en vaggvisa och Costanza slumrade till. När hon vaknade ville hon ha ett glas vatten. Maria lät göra i ordning även en vispad äggula med socker och marsalavin och övertalade henne att äta: ”Seså, ät det här, det är stärkande. Gör det för din man.”

Costanza satt lutad mot kuddarna och var förtvivlad. Hon var rädd att hon sagt för mycket. Pietro föraktade henne säkert. Hon var beredd på det värsta.

”Får jag säga något?” frågade Maria och fortsatte utan att vänta på Costanzas svaga ”Ja”. ”Jag säger vad jag tänker och vad jag vet, och jag vet mycket om familjen Safamita, även om ni inte sagt det rent ut. Den där mannen kommer inte att lämna dig. Försök om igen, så ska du se att det går bättre.”

”Men Maria, för mig är det annorlunda. Det handlar om annat också.”

”Måtte tungan falla ur munnen på dem som yttrar ordet ’annorlunda’!” utropade Maria. ”Vi är alla lika, kom ihåg det, och ingen råkar ut för något som inte andra också råkat ut för, det finns inget nytt i denna urgamla värld, men det förstår inte folk. Nu ska jag berätta något som hänt mig och som jag inte berättat för någon på många år. Innan jag tog tjänst, när jag var liten, var det en karl som gjorde värre saker med mig än den där skamlöse padre Puma gör med småflickor och även med småpojkar. Men jag gifte mig och gav min salig man tre barn. Förstår du?”

Costanza höjde sin tårfyllda blick. Hon förstod: hon var inte den enda. Maria såg på henne: hennes fräkniga ansikte tycktes ha blivit mindre. Man såg bara två stora ögon, skräckfyllda som ögonen hos en liten kalv som mist sin mor.

”Då ska jag berätta något annat för dig”, återtog Maria. ”Innan din salig mor gick bort och de första ryktena om smedsdottern kom i omlopp, frågade du oss husjungfrur: ’Vad är kärlek?’, som de rikas döttrar gör. Du frågade aldrig mig och det var synd. Vi hederliga men fattiga kvinnor behöver inte fråga detta, vi vet. Kärlek är att hålla till godo med det som ges och att förnöja sin man. Om det sen blir stor förnöjelse, desto bättre, men ibland blir det ingenting och det gäller både rika och fattiga. Nöj dig med vad din man vill och inte vill.”

”Maria, säg mig sanningen: vem var det som hörde mig? Vad sa jag?” frågade Costanza upprörd.

”Ingenting som kan få elaka tungor att prata. Din hemlighet förblir din och du kan göra vad du vill med den. Jag skulle låta det stanna vid det. Ju mindre man pratar desto bättre är det.”

Den eftermiddagen kände Costanza en förtärande åtrå till Pietro. Hon kände sig stark och härdad men var rädd för att han inte ville ha henne längre och den tanken var outhärdlig. Hon satt vid pianot spelade passionerat fram till kvällsmaten och återkom hela tiden till sin favoritmelodi, *Porgi amor*.

”Vill du hellre att jag ligger i ett annat rum?” frågade Pietro när de skulle gå till sängs.

Costanza såg att han var generad och reserverad. ”Nej, tvärtom. Jag är ledsen för det som hände i dag, men det ska inte hända igen”, svarade hon impulsivt.

Under natten väckte Pietro henne med lätta smekningar över ryggen. Det var ljuvligt och Costanza visste inte hur hon skulle få honom att förstå det.

Pietro kände att hon var upptänd och blev allt ivrigare. Hon längtade efter fler smekningar, kyssar och små kärleksord. Hon var inte redo. Pietro drev på. Costanza knep ihop ögonen. Hon såg bländande ljussken, kalla, skärande och paralyserande knivblad av ljus. Det kända och det okända. Hon blev rädd. Hon både ville och inte ville. Försiktigt förde Pietro hennes hand neråt och lade den på honom. Vid beröringen försökte hon dra undan handen. Han fortsatte, men Costanza kände sig fångad, hon ville skaka av sig den där ilskna hunden. Hunden. Det vore bättre att bli nunna, det var hennes enda, envisa tanke och den slank nästan ut mellan hennes torra läppar, som en litania, men hon drog sig inte undan. Det vore bättre att bli nunna, det vore bättre att bli nunna, mässade hon för sig själv medan hon överlämnade sig åt sitt öde: det skulle vara så och så var det. ”Sedan blir det bättre”, hade Maria Teccapiglia sagt, och hon måste uthärda och hoppas.

Resten var en mardröm. Costanza var stel som en pinne och Pietro gav upp.

Nästa morgon steg han upp tidigt och red ut på jakt och lämnade henne kvar att sova. Costanza grät och snyftade hela dagen. Hon var säker på att det var hon som fått honom att tappa lusten och hon var förtvivlad. Allteftersom timmarna gick bleknade minnet av natten och hon älskade honom mer än någonsin. Före middagen bad Pietro henne att spela lite.

”Costanza, du spelar som en ängel, du är en himmelsk varelse, du tillhör en annan värld. Du är alltför god för en syndare som jag. Jag har slösat bort min förmögenhet och njuter av livet. Jag tycker om hästar, kläder, vin, spel och kvinnor. Jag har haft hundratals kvinnor, även oskulder. Du är inte som de. Du är ren och med dig klarar jag inte av det. Jag skulle kränka dig. Jag är inte värdig dig, jag kan inte. Det är mitt fel och jag hoppas att det med tiden kommer att ändras. Under tiden är det lönlöst att försöka igen.”

Costanza kämpade för det hon hade rätt till. ”Det är inte sant. Jag är inte sådan som du beskriver mig”, sa hon ivrigt och rakt på sak. ”Jag är din hustru och vill vara det fullt ut.”

”Det vill jag också. Jag är din make och kommer alltid att vara det.”

”Och det vill säga?” sa Costanza med illa dold aggressivitet.

”Säg mig, Costanza”, sa Pietro i myndig ton, ”vad vill en hustru som älskar sin man?”

”Göra honom glad och nöjd”, svarade hon direkt.

”Men om jag nu är nöjd som det är, är det då inte bra så?”

”Men barn...” Costanza talade lågt och började förstå.

”Costanza, det blir inte för alltid, men just nu klarar jag inte av det. Det har du ju själv sett. Det är den största förödmjukelsen för en man och det har aldrig hänt mig förr. Du är en ängel, en orörd jungfru som bör älskas på ett annat sätt, som du förtjänar.” Pietro tystnade och hon satt där bara och stirrade på honom. Hon fick inte fram ett ord.

”Problemet är enkelt: vill du vara en god hustru och göra din man nöjd och glad?”

”Ja, ja”, viskade Costanza och svalde tårarna. Hon kände att hon dog invärtes. Händerna hade glidit ner från tangenterna och hon höll dem i knät och vred och kramade dem med all kraft. Pietro såg det och tog dem mellan sina. ”Då gör vi så här: vi är gifta och det är jag stolt och glad över. Du är min markisinna och jag hoppas kunna bli dig värdig. Vi ska lära känna varandra bättre, så kanske saker och ting förändras. Vi trivs ju tillsammans, det har jag redan insett. Vet du att många äktenskap börjar så, liksom att en del fortsätter på det viset men de är lyckliga ändå? Tänk på min moster Annina Lannificchiati. Hon fick inga barn och nu vet du varför."

"Jag kunde inte föreställa mig..." Costanzas röst var knappt hörbar.

"Du har mycket att lära, min lilla Costanza, men jag är din man och jag ska lära dig och beskydda dig", sa han och smekte hennes handled.

De fortsatte att dela sovrum. Pietro delade upp sina dagar mellan jaktutflykter och långa ridturer tillsammans med Costanza bara för att fylla dagarna och trötta ut dem båda. De gick till sängs utmattade.

På dagarna var Pietro mycket uppmärksam och tillgiven mot henne. De talade mycket om sina planer: restaurering av palazzo Sabbiamena i Cacaci, inköp, operabesök och till och med resor. Hon lyssnade hänförd på honom och samtyckte till allt. Pietro berättade episoder från sin barndom, familjehistorier, och försökte kort sagt få hustrun att lära känna honom, och hennes kärlek bara tilltog. Omtumlad av alla aktiviteter och upphetsad av att vara tillsammans med honom, lyssna på honom, se på honom och fresta honom, kände Costanza under dagen ofta en underlig glädje, som endast en hårfin gräns skilde från den djupaste förtvivlan. Den som tillhörde natten.

I sängen om kvällarna, nära men inte bredvid sin älskade, plågades Costanza, hon plågades och fick nästan inte en blund i ögonen. Hon vågade inte stiga upp av rädsla för att Pietro skulle känna sig redo att ta henne i besittning och hon då inte skulle vara där. Ändå, trots denna ihållande, febriga spänning, kände sig Costanza befriad från en enorm börda: hon behövde inte längre vara rädd för att hon inte behagade honom.

Folket på landet trodde att de var lyckliga, men det gjorde inte de kvinnor som varje morgon bäddade brudparets säng och suckade.

Baronen meddelades att bröllopsresan varit framgångsrik.

53

”Den som betalar i förskott får äta ruttna fiskar.”

Amalia Cuffaro berättar för brorsdottern om när hon kom till palazzo Sabbiamena i Cacaci

Amalia städade. Hon sopade upp smuts och skräp som hon föste ut till kanten av La Montagnazza. Halmstrån, grus och damm föll ner och sveptes bort av den dansande vinden. ”Det tar fem minuter att städa hemma hos oss”, sa hon förnöjt. ”I palazzo Sabbiamena tog bara markisinnans rum en dryg timme, så stort var det!” utropade hon.

”Hurdant var markisinnans hem?” undrade Pinuzza.

”Du skulle sett hurdant det var och hurdant det blev! Man måste ha sett det för att kunna tro på det. På mindre än ett år förändrade hon det helt och hållet. Med pengar kan allting göras snabbt, men hon var tvungen att låta sin man vänta lite grand innan hon gjorde honom till viljes i allt”, sa Amalia. ”Men utan baronens hjälp skulle vi inte ha klarat av det. Han skickade kärror lastade med allsköns Guds håvor och jag och tre jungfrur kom ett par dagar före brudparet tillsammans med don Paolo för att ge familjen Patellas tjänstefolk ett handtag. Och det behövdes då sannerligen. Baronen visste ju i vilket skick palatset var, men det gjorde inte Costanza. De hade inte ens bäddat sängen åt henne! Men markisens säng hade de minsann bäddat, de oduglingarna. De urskuldade sig med att säga att de inte visste vilka lakan de skulle använda till fru markisinnan, och det kan ju den som vill tro på. Palatset var litet i jämförelse med palazzo Safamita och mycket gammalt, övergivet när salig markisinnan dött tjugo år tidigare, och vad jag kunde se hade inga hantverkare varit där på mycket länge! Putsen hade fallit ner från de målade väggarna och taken och det luktade fukt. Och jag har aldrig sett ett adelspalats så smutsigt. Husfolket härskade och de städade inte någonstans.” Amalia rätade stolt på ryggen: ”Vi satte igång att städa och sen kunde Costanza åtminstone sova i en ren och bäddad säng!”

”Och vad sa markisinnan när hon såg det”, frågade Pinuzza.

”Ingenting, hon var finkänslig och alldeles för förälskad. ’Vilken vacker trappa, Pietro! Vilka vackra dörröverstycken!’ sa hon. Men han skämdes, förstås. Costanza var modig: nästa dag började hon gå från rum till rum och skrev upp i en liten anteckningsbok vad som behövde göras, sedan tog hon med sig sin man och de bestämde tillsammans. Det började komma murare, snickare, målare och tapetserare: allt lät hon reparera.”

”Och vad sa tjänarna?”

”De skämdes inte. Det var otrevliga personer, men hon avskedade dem inte av hänsyn till sin man. Hon förklarade för husföreståndaren don Carmelo Galifi att saker och ting måste förändras, och med tiden blev det verkligen förändringar. Men den oreda som i grund och botten rådde i huset gjorde hon ingenting åt just då.” Amalia hade pratat för mycket och tillade: ”Vet du vad, Pinuzza? Nu vilar du dig och jag sätter mig utanför och rensar grönsakerna.”

Amalia spritade ärterna slarvigt, så upprörd hade hon blivit av minnena. Hon lade ärtskidorna åt sidan efter att ha dragit bort tråden för att göra soppan mjukare, och ärterna lade hon i en skål. De var färska och späda, som gjorda för Pinuzza. Det var don Paolo, som var förståndigast av dem alla, som gjorde slut på de bedrövliga förhållandena under de få dagar han stannade i palazzo Sabbiamena. Han hade märkt att Assunta Sucameli, en fräck husjungfru, bar upp morgonkaffet till markisen; betjänten släppte in henne i markisens rum och hon stannade kvar och utförde andra tjänster. Don Paolo märkte detta och i köket var det ingen som undrade var hon var, så det var uppenbarligen ingen nyhet. En morgon väntade markisinnan på markisen i sitt rum och längtade efter att få se honom. Hon var prydligt klädd och hade pudrat ansiktet, det vill säga hon hade gjort sig vacker för honom, och vid den tiden gick han in till henne varje morgon; hon bad Rosa Nascimbene gå och titta efter i hans rum om han hade vaknat. Som tur var dök markisen upp just i det ögonblicket.

Hon talade med don Paolo om detta och han beslöt sig för att ingripa: Rosa berättade allt för markisinnan och vem vet vad hon hade sett och hört! Han sade till don Carmelo att baron Safamita inte skulle bli glad åt att få höra vad som hände under hans gifta dotters tak, så från och med den dagen gick Baldassarre Cacopardo, baronens betjänt, upp med hans morgonkaffe. Men det slutade inte där: Assunta Sucameli var kvar i tjänst, men upp till herrskapsvåningen gick hon sällan.

Costanza visste inte hur hon skulle bära sig åt för att göra sin make tillfreds. De valde tyger och, tapeter, fattade beslut om nya möbler, inredning och lampor och de var som två barn, så roligt hade de.

Amalia var förvånad. Costanza hade aldrig tyckt om att handla eller gå ut och hon påpekade det för henne. ”Amalia, jag drar loss mina horn precis som Snigelprinsessan, för att göra min man tillfreds!” sa hon med ett leende. Hon var alldeles tokig i markisen, det förstod Amalia av hennes blickar, hennes sätt att reagera när han rörde vid henne och av hur ledsen hon blev när hon väntade på honom och han inte kom.

Efter några veckor började markisen umgås mindre ofta med sin hustru. Han klagade över att det var så stökigt överallt och att byggdammet irriterade honom. Han lämnade med andra ord sin unga hustru att ge order till den skara hantverkare som de kallat in för att iordningställa hans palats och gick och åt på klubben, gick ut med vänner eller gjorde inköp, alltid ensam. Till mottagningar gick de tillsammans, men Costanza kom nu ofta hem trött och sorgsen. Det slutade med att han nästan alltid var ute och hon stannade hemma mol allena utan att beklaga sig. Det var hon som fick bestämma om allt, men hon tog hänsyn till sin make när hon ledde arbetena: ”Markisen vill ha det så och så”, sa hon när hon talade med de andra, för att inte få honom att framstå i dålig dager.

När han var hemma var han öm och tillgiven, men hans morgonbesök blev allt kortare. Costanza blommade upp bara av att se på honom, men sedan mådde hon illa. Hon hade börjat kräkas igen.

Hon hade inte haft ”sina saker” efter bröllopet och Amalia, som hoppades att hon var gravid, frågade henne.

”Nej, Amalia, och det får du inte fråga igen. Du skulle vara den första jag berättade det för, det vet du.”

54

”En god kvinna lämnar inte hemmet.”

Costanza Safamita kommer tillbaka till Sarentini som gift och känner sig som en främling i sitt gamla hem

På hösten 1880 kom de unga tu tillbaka till Sarentini för att närvara vid bröllopet mellan Giacomo och Adelaide Lattuca, en avlägsen släkting. Fästmön var femton år, en frodig ung flicka som var fridsam till sin natur. På det hela taget verkade hon vara angenämt slö.

Fastän familjerna var släkt, umgicks de inte; de träffades huvudsakligen på begravningar och bröllop. Cavalier Bartolomeo Lattuca hade en blygsam förmögenhet och bodde i Bagliacasci, en ort utan historia. För hans familj innebar detta äktenskap ett oväntat socialt kliv uppåt.

Ändå samtyckte baron Safamita med lättnad till sonens önskemål, för den där flickan var enligt hans förmenande en lämplig hustru och han tänkte till och med att han bedömt sonens omdömesförmåga alltför strängt. Han fick aldrig veta vad det var som drivit honom att vilja ha henne och Gaspare vågade heller inte längre tala med sin husbonde som han gjort förr. Däremot berättade han för don Paolo att Adelaide var förtjust i konfekt. På Costanzas bröllopsmottagning hade hon i smyg plockat åt sig förgyllda konfektbitar från dekorationen i mitten av bordet. Hon kanske kände sig observerad, för hon tycktes gripas av panik och stoppade dem innanför bluslivet och förändrade formen på den yppiga bysten.

Sedan gick hon avsides och ställde sig framför ett konsolbord under en stor spegel och vände ryggen mot gästerna. Hon insåg inte att hon nu reflekterades i spegeln och var mer synlig än förut, och gav sig hän åt sitt oskyldiga frosseri. Hon stoppade konfektbitarna i munnen en i taget: först smälte hon det hårda skalet genom att suga på det mellan sina fylliga läppar, sedan tuggade hon vällustigt på den upplösta mandeln och svalde den förnöjt. Därefter stoppade hon åter fingrarna i urringningen, fiskade runt och fick upp en ny konfektbit.

Giacomo, som stod där förlägen bland gästerna från Palermo, fick syn på denna glupska oskuld och ville ha henne helt för sig själv. Han blev så förtjust i Adelaide att han inte tvekade det minsta att gå fram och prata med henne. Deras äktenskap blev harmoniskt och fruktsamt och av de femton barnen som Adelaide skänkte Giacomo var det tio som överlevde. Hon var en lydig hustru och en överseende och kärleksfull mor.

Costanza kände sig som en främling i palazzo Safamita och det hade hon inte väntat sig. Det stora gästrummet, där hon tillbringat bröllopsnatten, hade blivit hennes och Pietros sovrum och väckte pinsamma och besvärande tankar hos henne. Hon gick och tittade på sitt flickrum och blev sorgsen när hon såg det: skåpen var tomma, borden utan prydnadssaker och gardinerna fladdrade dystert för den lätta höstvinden; till och med blommorna på balkongen verkade plågas. Husfolket tog emot henne med glädje, men de behandlade henne med distans och nästan överdriven respekt. Den grupp kvinnor som omgivit henne var upplöst: Maria Teccapiglia tillbringade långa perioder på Malivinnitti, Rosa Vinciguerra hade motvilligt återvänt till sin familj – det viskades att när hon inte längre beskyddades av Costanza utsattes hon för Giacomos ilska på grund av sin tillgivenhet gentemot Stefano – och Annuzza la Cirara hade fått reumatism och var ofta sängliggande. En gång hade Costanza gått ner till våningen under för att hälsa på personalen och även där hade hon känt sig illa till mods. Hon märkte att hon inte längre hade något att säga till om; fadern och don Filippo Leccasarda var nu gamla och hade ingen uppsikt över tjänarna.

Giacomo hade skaffat sig självsäkerhet och uppvisade en framtida husbondes djärvhet. Han bjöd in Pietro på jakt och ofta tillbringade de båda svågrarna hela dagen ute på landet. Costanza var ofta tillsammans med fadern, som förr i tiden, och även detta hade till en början gjort henne besvärad, för hon kände att fadern var orolig för hennes äktenskap.

De var ensamma i salongen.

”Vem spelar för dig nuförtiden, pappa?”

”Kommunens musiklärare kommer ibland. Han är duktig på piano och ger mig till och med lektioner. Kan du tänka dig att jag i min ålder har börjat spela lite, men inte så bra som din mor och inte heller som du. För det mesta lyssnar jag inte på musik, jag föreställer mig den i tankarna. Det räcker. Sedan du kom hit har jag latat mig och lyssnat på ditt pianospel. Din man har verkligen haft tur."

"Hemma spelar jag visserligen, men jag har haft väldigt lite tid över." Costanza talade snabbt och med ansträngd lätthet.

Baronen betraktade sin dotter. Hon var blek och alltjämt mycket mager, men hon var klädd i utsökt stil, om än något konstlad. Hon bar Caterinas smycken. Han hade gett henne dem allihop i bröllopspresent och förargat sina systrar och gjort Giacomo förtretad. De passade henne inte, de där pretentiösa damsmyckena. Costanza hade ett nästan gammaldags jungfruligt utseende.

"Känner du att du är hemma igen nu?"

"Nej, pappa, detta är inte mitt hem längre. Jag väntade mig inte detta, inte så snart, och det bekymrar mig. I Cacaci har vi hantverkare och palatset är uppochnervänt, men det är nu mitt hem och jag känner mig hemma där", svarade Costanza och rodnade.

Domenico Safamita spände sin blick i dotterns. "Säg mig bara en sak: är du lycklig med din man?"

"Jag skulle inte vilja vara gift med någon annan. Vi håller på att vänja oss vid att leva tillsammans. Pietro är öm och tillgiven och respekterar mig." Costanza var påtagligt besvärad.

"Och inga nyheter än?"

"Pappa, jag är min mors dotter, vi får vänta och hoppas", svarade Costanza med en ton som lät honom förstå att han inte skulle få veta mer än så.

"Fram till nu har jag inte belastat dig med administrationen av det som är ditt, som överenskommet. Så snart reparationsarbetena är klara skickar jag dig två av mina tjänstemän. Du måste hitta en förvaltare och det får du själv ombesörja. Vad säger din man om det?"

"Han kommer att bli mer än nöjd. Han låter mig sköta förvaltningen och han till och med uppmuntrar mig. Hantverkarna har börjat från de nedre våningsplanen och kontoret är snart klart. Pietro äger inte mycket."

”Se upp med din bror”, varnade fadern med en suck.

”Vilken av dem?” frågade Costanza.

”Vilken?!” dundrade faderns starka röst från förr. ”Den som vi har här hemma, Giacomo! Han är maktlysten och girig, men ännu har han inte insett att han har en hustru som inte fört med sig särskilt mycket i hemgift, och när han gör det, kommer han att vilja ha mer mark och pengar, men givet är givet. Följ inte hans råd. Ge inte efter för hans översittarfasoner eller hans hustrus smicker. Han kommer att försöka ta ifrån dig det som är ditt, lura dig. Om inte nu så säkerligen efter min död. Du kommer att behöva folk som du kan vända dig till och Iero Bentivoglio är rätt person. Låt dig inte påverkas av familjeskvaller. Han må vara sin hustru otrogen men han är en duglig och pålitlig affärsman. Vårt folk kommer att rösta på honom. Lita på Iero men låt honom inte bli alltför familjär. Den mannen försöker med alla kvinnor.”

”Jag lovar, pappa.” Costanza var förvirrad.

”Jag funderar på att flytta till Palermo och håller på att köpa ett modernt palats i närheten av det nya operahuset. Staden växer och breder ut sig med väldig fart. Ska ni vara där i vinter?”

”Pietro vill, men jag vill hellre stanna kvar i Cacaci och följa reparationsarbetena. Palazzo Sabbiamena i Palermo är inte i gott skick men vi vill inte ha hantverkare i bägge husen samtidigt.”

”Det gör du rätt i, men uppmuntra honom inte att resa dit ensam. Han måste lära sig att leva som en gift man. Ber han dig om pengar?”

”Pappa, han är min man, vi spenderar tillsammans.”

”Var försiktig.” Efter en stund tillade baronen: ”Costanza, det här palatset kommer att bli Giacomos. Faster Assunta är krasslig och slottet kommer att stå tomt. Skulle du vilja komma tillbaka till Sarentini?”

”Sabbiamenas har ingenting med Sarentini att göra. Jag har fått lust att spela, vad vill du helst höra?” frågade hon honom och satte sig vid pianot.

55

”En tom säck kan inte stå.”

Markisinnan Patella di Sabbiamena verkar acceptera att hennes äktenskap inte skall fullbordas

Costanza funderade: fadern kände alltså till hennes privata angelägenheter. Det fanns spioner i palazzo Sabbiamena. Fadern skickade kärror lastade med livsmedel och mulåsnor med ränslarna fulla av frukt och grönsaker; tjänstemännen på respektive förvaltningskontor var ofta i kontakt med varandra och dessutom kom släktingar på besök. Alla dessa personer höll ögonen öppna och rapporterade till andra. De som lyssnade och rapporterade var omöjliga att hitta och än svårare att avlägsna.

Det hade varit besvärliga månader, men Costanza skulle inte ha beskrivit dem som olyckliga. Det var som Annuzza la Cirara brukade säga i sina berättelser: ”Den som hyser hopp kan inte vara olycklig.” Hon fortsatte att hoppas. Men hur länge till? Pietro var en uppmärksam make. De andra hustrurna berättade att deras män kunde vara hemifrån hela nätter av en eller annan anledning, för affärer eller nöje.

Pietro däremot kom hem varje natt och nästan varje morgon kom han in i hennes rum, om så bara för en kort stund. De stunderna, de enda de hade för sig själva, var för henne både glädje och plåga. Pietro berättade för henne om sina planer för dagen och de pratade om arbetena i huset och visiter som skulle avläggas. Costanza kände att han trivdes i hennes sällskap. De pratade om folk som hon hade lärt känna och han berättade deras släkthistorier för henne, kort sagt förberedde han henne på sällskapslivet. Pietro var angelägen om att hans hustru skulle göra ett gott intryck – och detta innebar bland annat att hon var insatt i allt viktigt som hänt – och ville att man i salongerna skulle bedöma henne som värdig honom. Costanza trodde att han älskade henne.

Det gick inte en dag utan att han gav henne presenter, lovordade henne och fick henne att förstå att han var glad över att ha gift sig med henne. Det var inga osanna ord, det var hon säker på. Det var som om frånvaron av fysisk intimitet inte utgjorde något problem för honom, medan hon tänkte på det ständigt och jämt. Hon visste att det var normalt och alltså acceptabelt att äkta makar var otrogna, men hon vägrade tro att Pietro bedrog henne. Han smekte henne och höll armen om hennes midja när de steg in i salongerna, han betedde sig med andra ord som en fästman. Costanza kunde inte förstå varför han inte gjorde nya försök att göra henne till sin hustru helt och fullt. Hon hade till och med tänkt på möjligheten att han egentligen inte tyckte om kvinnor – till och med sådana skabrösa ämnen talade de gifta kvinnorna om, fast bara antydningsvis – men hade genast avfärdat det, för det var ju faktiskt han själv som berättat för henne att han haft många kvinnor. Costanza drog slutsatsen att det var hennes fel, hon hade avvisat honom och avskräckt honom från att försöka igen.

I stället för att underkasta sig borde Pietro som en sann äkta make ha försökt hitta ett sätt att ta sig ur en situation som var förödmjukande och pinsam för dem båda. Men hon måste acceptera att Pietro undvek sådant som innebar svårigheter och låtsades – både inför sig själv och andra – att problem och svårigheter inte existerade. Det var på detta sätt han hade slösat bort sitt arv och dragit på sig skulder. Det var hennes uppgift att ge honom självförtroende, väcka hans åtrå, sporra honom till att fullgöra sin plikt och övertyga honom om att hon verkligen var redo: hon ville och kunde njuta. Älska.

”Costanza, du är en ängel”, sa Pietro ofta. Så var det: hon måste stiga ner från piedestalen där han placerat henne, vara som andra kvinnor. Costanza hade faktiskt sökt andra jämnåriga kvinnors sällskap och hon hade studerat dem, observerat och imiterat dem. Hon frekventerade salongerna, spelade kort, klädde sig i komplicerade och praktfulla kläder och hade till och med ändrat frisyr. Vad mer kunde hon göra? Hur länge skulle hon behöva vänta? Annuzza la Cirara berättade för henne: ”Prinsen var arg på den stackars flickan därför att hon inte ville visa honom sitt hår och gav henne därför många arbeten att utföra: ’Gör rent här’ och ’Gör rent där’, ’Bär upp vattenkannan åt mig’, ’Laga den här rätten’ och ’Laga den där rätten’. Hon slet som ett djur för att passa upp honom och för att laga till allt som han befallde, och hon fick ont i huvudet av alla de gånger hennes horn måste växa ut igen för att han skulle bli nöjd. Det gick så långt att den stackars flickan ville lämna palatset och inte se det mer, så ont hade hon i huvudet och hjärtat. Obesvarad kärlek är alltför smärtsam, men att tycka illa om den som säger sig älska en är ännu värre. Och hon tänkte verkligen ge sig av och tjäna andra. Sedan gav sig prinsen ut på jakt och lämnade henne ensam med den elaka drottningen, vilket var mycket bättre, för drottningen betydde ingenting för henne.”

Även Costanza började önska att Pietro skulle bege sig till Palermo, att han skulle resa bort några dagar tillsammans med sina vänner, så att hon kunde få lite lugn och ro från sina plågor. Nu hade hon fått ännu en: hennes far visste och, utöver honom, vem vet hur många andra i Sarentini?

”Pietro, får jag fråga en sak?” undrade Costanza medan hennes make fyllde snusdosan innan han gick ner till stallet för morgonritten.

”Allt är tillåtet för min markisinna!” svarade han i den vanliga tonen mellan skämt och allvar.

”Varför har du aldrig kysst mig?”

”Därför att jag inte kan, Costanza.”

”Men jag vill ju det. Jag vill ha barn, Pietro.”

”Tror du inte att jag också skulle tycka om att få arvingar? Hör på, vi har ju redan pratat om det här. Det tar tid. Dessutom passar det inte här i Sarentini, hemma hos din far.” Pietro ville sätta stopp för diskussionen.

”Vad betyder det?”

”Costanza, du har ju lovat mig att vänta. Jag är nöjd så här. Det är inte lätt för en man, men låt oss vänta, är du snäll.”

”Men med andra klarar du ju av det. Det har du själv sagt.”

”Detta är mitt olycksöde. Med kvinnor som inte betyder något går det bra men inte med min markisinna. Du är för överlägsen, både dem och mig.”

”Jag är som andra kvinnor, Pietro. Jag vill ha dig, jag vill ha barn.”

”Ge mig tid.”

”Min far har sina aningar. Han ställer frågor”, tillade hon irriterat: det var första gången hon uttryckte sin förtret.

Pietro blev orolig: ”Vad frågar han?”

”Han frågar när vi ska skaffa barn, han vill veta.”

”Och vad har du svarat?”

”Att mamma hade svårt att få barn.”

”Bra gjort, min lilla Costanza, så ska det gå till. Giacomo väntar på mig nu, men vi ses till middag och då pratas vi vid igen.” Pietro kysste hustruns hand och gav sig av, fylld av tankar.

Pietro hade ingenting emot Giacomos sällskap. Giacomo var en stor hästkännare, en utmärkt skytt och en karlakarl och de pratade om kvinnor, så som män gärna gör sinsemellan. Giacomo kände till hans renommé och beundrade honom, försökte lära sig, försökte efterlikna honom, eller det var åtminstone vad hade han trott. Hittills hade Pietro betraktat honom som en passionerad men naiv gamäng som ville lära känna den fina världen, lyssna på berättelser om Palermos sofistikerade bordeller. Men den förmiddagen svarade Pietro enstavigt på svågerns nyfikna frågor, eftersom han var övertygad om att han ville snärja honom, skaffa sig ännu ett vapen att använda mot honom. Safamitas var ett hårdnackat släkte. De krävde att han skulle betala priset för Costanzas hemgift; den där ohyfsade och egensinnige unge mannen skulle förfölja honom och förstöra hans rykte. Ett krav på upphävande av det ofullbordade äktenskapet kunde inte uteslutas och Giacomo skulle kunna använda sig av det för att lägga vantarna på Costanzas hemgift och allt det övriga. Pietro var ivrig att komma tillbaka hem. Han måste vidta åtgärder, handla.

Efter middagen följde han efter hustrun till deras våning. Rosa gjorde henne i ordning för eftermiddagsvilan i sängkammaren. Han stod kvar i klädkammaren och kikade på henne genom den halvöppna dörren och hoppades på att bli upphetsad.

Costanza var nu ännu magrare än han mindes. Hon var utmärglad och såg ut som en botgörerska. Ute blåste en stark men alltjämt varm vind. Beslutsamt steg han in i rummet. Han slog upp fönstret, lät fönsterluckorna stå halvöppna och kröp ner i sängen. Han sträckte ut ena benet, snuddade vid hennes fot och väntade. Costanza smekte honom över ryggen. Han svarade med lätta stönanden och hon med nya smekningar. Sköna. Pietro vände sig och lyfte upp hennes hand och smekte insidan av hennes arm. Costanza lät ärmen på nattlinnet glida upp och blottade hela armen. Pietro täckte den med små snabba kyssar. Hon reagerade.

Detta var en ny situation även för Pietro. Han var van vid kvinnor som hetsade upp honom medan han förblev passiv. Costanza kunde inte det, hon visste inte hur man gjorde, men hon ville ha honom. Han fick inte hejda henne. Hon fortsatte att smeka hans rygg utan att veta vad mer hon skulle göra. Med hjälp av fantasin och stärkt av måltidsvinet kände sig Pietro redo. Costanza hade hjälpt honom genom att dra upp nattlinnet. Just då kom en kraftig vindstöt och blåste undan gardinen och Pietro såg henne i det starka, obarmhärtiga middagsljuset: en hög benknotor med två små bröst. Slak och kraftlös föll han tillbaka på madrassen.

Skamsna klädde de på sig under en besvärad tystnad.

”Jag skulle så gärna vilja se Stefanos barn”, sa hon, ”får jag bjuda hem dem när vi inte har besök?”

”Det är ditt hem, Costanza. Jag skulle gärna träffa din bror och även hans hustru”, svarade Pietro. Sedan lade han till med en antydan till ett leende: ”Kom ihåg att det är du som är härskarinna i palazzo Sabbiamena. Min hustru litar jag fullt och fast på.”

Ingen av dem nämnde någonsin det som hänt den eftermiddagen.

Det var med lättnad Costanza hade lämnat Sarentini: faderns bekymrade och broderns forskande blickar, tjänstekvinnornas och släktingarnas frågor om stundande moderskap hade varit lika plågsamma för henne som den äktenskapliga sängens falska intimitet.

Hon längtade efter de tysta nätterna i sitt eget sovrum, isoleringen i palazzo Sabbiamena, sina lugna och trivsamma sömnadsarbeten, sina ensamma musikstunder. Hon var bestört över makens oförmåga och övertygad om att hon inte attraherade honom det minsta, men förblev ändå djupt förälskad i honom. Hon begärde bara att få vara vid hans sida även så här, även utan att vara hans hustru helt och hållet. Hon var rädd för att Pietro inte längre skulle vilja ha henne i närheten och skicka tillbaka henne till fadern – ett förödmjukande och skamligt förkastande – och försökte vara honom till lags på ett nästan servilt sätt.

Pietro uppskattade förmånen att ha en rik och foglig hustru. Hennes oskyldiga väsen väckte till och med en viss ömhet hos honom, medan hennes tillgivenhet irriterade honom, ty som kvinna hade Costanza ingen som helst fysisk dragningskraft. I sin naiva optimism hade Pietro intalat sig att hustruns tystnad innebar samtycke och att hon var nöjd med vad han erbjöd henne, nämligen förtroende, respekt, äkta tillgivenhet och vänskap.

Med tiden hade Costanza vagt förstått att Pietro inte var missnöjd med henne och hade kommit över den värsta rädslan, men hon var fortfarande sårbar och osäker. Hon hade ägnat sig åt reparationsarbetena, som var mycket viktiga för honom. Hon hade avslutat de nedre våningarna och snart fylldes administrationslokalerna av tjänstemän. Costanza hade inte knusslat när det gällt Pietros arbetsrum, som han ville ha bekvämt och praktfullt inrett; men det lilla han hade kvar intresserade honom inte, så han lämnade det åt henne. Arbetsrummet användes inte.

Utan att inse det hade Costanza antagit rollen av en förlåtande moder, vilket gav Pietro en känsla av trygghet och stabilitet. Han hade inte ändrat sitt beteende mot henne. Men de där smekningarna, handkyssarna och galanta halvkvädna orden var en andra natur hos honom och var inte förbehållna endast hustrun. Något Costanza inte märkte.

Hon var dessutom nöjd och stolt över sin mans storsinthet, för han hade faktiskt tillåtit henne att ta emot Stefano och hans familj och behandlat dem som hedersgäster. Även detta var ett tecken på tillgivenhet. Aldrig hade Costanza känt sig så stolt som då över att vara hans hustru.

När Pietro såg henne lugn och tacksam ansåg han att han gjort sig förtjänt av att njuta av de förmåner som Costanzas hemgift gav honom och att han utan dåligt samvete kunde återgå till ungkarlslivet.

56

"Vill du leva livet nöjd och glad, håll dig borta från dina släktingar."

Vid donna Assunta Safamitas död får vi se släktingarna Ramazza di Limuna och Arassa dello Scravaglio bete sig mycket illa

Amalia hade fått syn på något ovanligt ute på havet, nämligen tre ångbåtar i rad vid horisontens rand. Skorstenarnas tjocka svarta rök lämnade i den blåsiga skyn en strimma som var nästan parallell med skeppens rutt, som rökstrimman efter ett tåg.

Hon hade gjort sin första tågresa 1883, när markisinnan varit tvungen att snabbt bege sig till Sarentini för att bistå donna Assunta. Markisen hade stannat kvar i Palermo och donna Alfonsina Limuna – gift med cavaliere Cesare Calliasalata och ånyo havande – reste med Costanza i familjen Safamitas privata vagn. De båda kusinerna hade inte umgåtts särskilt mycket efter sina respektive bröllop och satt nu och småpratade och väckte den forna förtroligheten till nytt liv. Amalia och Rosa hade blivit tvungna att övervinna sin rädsla för att kunna betjäna sina matmödrar. De stödde sig mot väggarna, gick bredbent och med vacklande steg på brädgolvet i den långa och smala vagnen indelad i kupéer, som om det varit en hydda som skakades av ett jordskalv. Rosa hade kräkts och satt nu hopsjunken på en stol i den skrubb som tjänade som kök, medan Amalia ganska snart hade vant sig vid tågets gungande och passade upp sina arbetsgiverskor, som satt nedsjunkna i fåtöljerna lika lugnt och oberört som om de befunnit sig i en salong. Hon hade nu satt sig borta vid dörren, beredd på att rycka in om det skulle behövas.

Tåget for fram på skenorna som en tusenfoting, det for över fält och forsande strömmar och korsade vägar framför ögonen på herdar och deras får som stod utspridda över betesmarkerna. Amalia satt där i sin vrå och höll upp de vita gardinerna för att se bättre: bondgårdar, byar uppflugna på bergstoppar och otillgängliga bondstugor for förbi och avlägsnade sig inför hennes ögon och försvann sedan medan tåget närmade sig andra bondgårdar, andra byar, andra bondstugor. Tåget fortsatte, ibland ökade det hastigheten, ibland släpade det sig pustande och stånkande uppför sluttningarna. När järnvägen krökte sig såg Amalia den svarta röken från lokomotivet välla ut i oformliga puffar och vika av bakåt över vagnarnas tak som en lång segerrik fana. Hon kände sig som en del av denna nya fantastiska värld, och hon gladdes åt detta.

Det var lyckliga tider; hon skulle berätta det för don Paolo, när de äntligen träffades i Sarentini.

Då och då tittade hon bort mot markisinnan för att försäkra sig om att hon inte behövde hjälp. Donna Alfonsina låg utsträckt i fåtöljen med händerna knäppta nedanför sin stora mage, hennes skära läppar var halvöppna och benen lätt särade. Hon låg och småslumrade, täckt av en mjuk yllesjal, och hon var verkligen urbilden av en nöjd och belåten kvinna. Costanza tittade inte ut över landskapet. Hon höll blicken fästad vid kusinens gravida mage: två ogenomträngliga, förtvivlade svarta ögon. Amalia motstod med nöd och näppe impulsen att omfamna henne – alltsedan sitt bröllop undvek Costanza henne i sorgsna stunder – och fortsatte förbittrad att titta ut genom fönstret.

”Varför hade markisinnan inga barn?” frågade Pinuzza.

Amalia spratt till: ibland var det som om Pinuzza kunde läsa hennes tankar. ”Det händer ibland för en del kvinnor. Hennes mor hade mycket svårt att få barn.”

”Vad har hennes mor med det att göra?”

”Päronträdet får päron, därför har hon med det att göra. Och jag ska säga en annan sak också: världen snurrar och vänder och vrider sig och ser ut att förändras, men människorna är alltid desamma.”

”Och jag ska säga dig, faster Amà, att genom att umgås med adeln har du blivit som de och det är bara du som förstår dem, men vi andra förstår dig inte längre när du pratar. Det säger alltid min far”, avslutade Pinuzza med en gäspning.

Costanza stannade två månader i Sarentini, först i slottet hos fastern och kusinerna och sedan, efter faster Assuntas död, i palatset för att hålla fadern sällskap, för han saknade sin syster och var dessutom lite krasslig. För Amalia var det en härlig tid – hon hade återupptagit det intima umgänget med don Paolo, nu mer sporadiskt, och umgicks åter med tjänstefolk som hon kände och nästan betraktade som släktingar – men det hade inte varit lätt för Costanza, som förutom att ha förlorat sin faster hade måst uthärda att bli ansatt av sin egen släkt i den minst lämpade situationen, nämligen i en sorg. De hade fel, hennes bröder och Pinuzza: hon var dotter till en fattiglapp och fattig hade hon förblivit och det var hon nöjd med.

I slottet fann de baronessan Carolina Scraviglio och hennes ogifta barn Gesuela och Stefano, den näst äldste; baronen och baronessan Limuna och deras två yngsta barn, Ferdinando och Vincenzo, inte heller de gifta. ”Som om de försökte gifta bort dem just i denna stund”, sa don Paolo till henne, ”vänta bara, så ska du få se vilket rabalder de där ställer till: de har fått vittring på pengar, men de får ingenting, det kan du skriva upp.” Slottets husfolk var med rätta oroliga för vad det skulle bli av dem, men de hade inte tid att tänka på det, upptagna som de var att hjälpa stackars donna Assunta och betjäna och kontrollera släktingarna. Förutom baronessan Carolina – som tog alla tillfällen att plocka åt sig allt inom räckhåll – var det de andra som gav husföreståndaren och betjänterna mest bekymmer. Familjerna Limuna och Scravaglio var på jakt efter donna Assuntas testamente och frågade alla de träffade på om de visste något. Inför familjen Safamita spelade de ledsna släktingar, men så snart de kom tillbaka till palatset släppte de loss.

Gaetano Cucurullo berättade att notarie Tuttolomondo kom till slottet alltmera sällan för att slippa bli överöst av frågor.

”Assunta höll mycket av min Gesuela och Costanza”, sa Carolina Scravaglio. ”Det vet ni säkert, herr notarie, och hon har nog kommit ihåg dem i sitt testamente.”

”Jag var väl Assuntas favoritsyster, inte sant, herr notarie?” viskade Vanna Limuna till honom med ett insmickrande leende.

”Jag har hört att faster även till sig själv köpte av kyrkans oförytterliga egendom”, insinuerade Vincenzo Limuna.

”Min käre notarie, arvet efter salig Assunta blir komplicerat, så många jordegendomar som hon samlat på sig: ett litet arv här, ett legat där, vem vet hur hon har delat upp det!” sa Giovanni Limuna och lade armen om notariens axlar medan han med långsamma steg ledsagade honom in i salen.

Betjänterna observerade och återberättade nere i köket; alla stod på notariens sida, för det var en man som hade munnen hopsydd med ståltråd.

Besvikna fick släktingarna hoppas på tjänstefolkets indiskretion.

Ferdinando och Vincenzo Limuna kände husföreståndaren don Calogero Giordano sedan ungdomsåren och det utnyttjade de: var och en för sig kallade de honom till sig och ställde de mest angelägna frågorna, nämligen var fastern förvarade affärsdokumenten, vilka andra notarier hon anlitat, vem som förvaltade hennes egendom. Från barndomen mindes de gömställen, lönnfack, och krävde att han skulle hjälpa dem att hitta dem och öppna dem. Gesuela Scravaglio gick omkring i huset och undersökte allting – möbler, silversaker och andra föremål – varefter hon övergick till att systematiskt öppna skåp, linnekistor, byråar, koffertar fulla av högtidsdräkter och broderade täcken. Hon drog upp innehållet och lade sedan ner det igen, som om hon ville göra en inventering. Alfonsina Calliasalata höll sig bredvid henne för att se till så att hon inte stal, som hennes mor. Med alla dessa sysslor hade de kort sagt inte mycket tid över för den sjuka och det var lika så gott.

Peppinella Radica skötte om donna Assunta som en dotter, hon tolkade hennes viskningar och tillsammans med Costanza övertalade hon henne att äta den lilla mängd hönsbuljong som hon förmådde svälja. När Peppinella lämnade donna Assuntas rum, kastade sig de båda systrarna över henne och överöste henne med frågor. Den blyga hemmanunnan visste inte hur hon skulle bli av med dem och gjorde korstecknet.

”Det är synd om Peppinella”, sa don Paolo, ”vem vet hur mycket hon ångrar att hon kom till slottet. Donna Assunta lämnar henne nämligen ingenting, fastän hon egentligen borde kompensera henne rejält, för det är inte många som skulle gjort allt det hon gjort för henne.”

När läkaren meddelade att döden var nära, brast Peppinella i gråt. Baronessan Limuna omfamnade henne och släpade in henne i donna Assuntas arbetsrum och stängde dörren om dem. Gesuela Scravaglio följde efter tyst och försiktigt. Santuzza Diodato, donna Assuntas kammarjungfru, sprang bort och spionerade på dem genom arbetsrummets andra dörr. När hon sett tillräckligt, slank hon iväg och varskodde don Calogero: ”Det jag såg borde doktorn få veta! Baronessan Vanna grep tag i Peppinellas armar och ruskade om henne som en kyckling och talade länge till henne med låg röst. Den där eländiga människan öppnade en hemlig låda i kanten på det runda bordet, det där med en fot. Jag har dammat det massor av gånger men aldrig märkt att där fanns en låda. Baronessan tog fram ett kuvert ur den. Då rusade systerdottern in i rummet och hon och mostern satte igång att läsa brevet. Sedan sa baronessan: ’Ska vi bränna upp det?’ och kastade det alldeles hopknycklat i den nästan slocknade öppna spisen. I det ögonblicket kom markisinnan: donna Assunta ville tala med Peppinella. De följde efter henne. Jag gick in i rummet och tog hand om de till hälften uppbrända papperen.”

Tillsammans med Gaetano Cucurullo försökte Don Calogero sätta ihop pappersarken igen. De förstod tillräckligt: det var testamentet. Det insatte Costanza som arvinge till tre fjärdedelar och den återstående fjärdedelen skulle delas mellan de övriga kvinnliga syskonbarnen. Husfolket kom överens om att det faktiskt var ett testamente som borde brännas upp: donna Assunta hade gjort helt fel när hon uteslöt männen. Det krävdes allt don Paolos tålamod för att förklara det hela för Amalia och det var verkligen förfärliga saker.

Det sades i Sarentini att donna Assunta dött som ett helgon, omgiven av familjen som förenats i sorg. ”Hon gjorde rätt i att inte skriva ett testamente”, sa hennes syster, baronessan Vanna, till de sörjande. ”Assunta älskade alla sina syskonbarn som om de varit hennes egna och hon var ett helgon.” Dagen efter begravningen bad husföreståndaren att få tala med baronen. Kort efter julen 1859 hade donna Assunta gett honom en låda som han skulle ge hennes bror Domenico ifall hon dog. I lådan fanns en lock av Costanzas hår och ett testamente.

En efter en räknade hon upp sina egendomar och lämnade ungefär hälften till Costanza, en fjärdedel till Stefano och den återstående fjärdedelen skulle delas upp mellan övriga syskonbarn, nuvarande och kommande. Universalarvinge till resten och till de egendomar som hon skulle få eller anskaffa var Costanza. Padre Sedita hade bevittnat hennes namnteckning. Vid lämpligt tillfälle visade baronen testamentet för alla.

Släktingarna var upprörda. Don Paolo berättade för Amalia vad som hade hänt i slottet, där bara familjerna Limuna och Scravaglio blivit kvar. ”De där de kom överens: kvinnorna öppnade alla lådor och tog vad de hittade: spetsar, broderier, prästskrudar, linneutrustning, föremål och silversaker och stoppade ner det i resväskor, handväskor och vad de hade. Därefter sa en av männen att han måste resa hem och tog med sig saker i vagnen. Sen kom han tillbaka med tomma väskor. De tog med andra ord allt. Och de skyllde på stackars baronessan Carolina Scravaglio. När saker och ting försvann framför ögonen på folk, sa de: ’Det är säkert hon, låt henne hållas, när hon ger sig av kommer vi att hitta det i hennes rum och då tar vi tillbaks det. Hon är så bedrövad över sin systers bortgång att vi inte har hjärta att ta det ifrån henne’. Jungfrurna förstod att detta inte var sant, så de höll ögonen öppna så gott det gick, men de var ju herrskap och jungfrurna måste lyda. Don Calogero Giordano rapporterade till baronen, men inte heller han ville göra något.

Unge baron Giacomo däremot blev alldeles vansinnig och skickade sin hustru till slottet, men det tjänade ingenting till: fastrarna bad henne sitta ner och lät hämta ett fat bakelser och där satt hon och smaskade i sig medan de andra gick omkring och stal.

De hittade, hur och var är det ingen som vet, en låda full av etuin med guldmynt. Baron Limuna tog med sig dem när han reste. Han litade inte ens på sina dumhuvuden till barn. Familjen Scravaglio visste ingenting. Baron Giovanni, som var gammal och hade en mage så stor att han nästan inte kunde gå, bar iväg med väskan, men han snavade och föll utför trappan. Väskan gick upp och alla guldmynten gled ur sina etuin och föll klingande nerför trappstegen. Barn och tjänare kom springande och hjälpte till att samla upp mynten, men många slank ner i deras fickor och det gjorde de rätt i! Baronen sa bara om och om igen: 'Jag har tappat mina pengar, hjälp mig! Här, här, plocka upp dem allihop!'." Don Paolo skrattade men tillade sedan i allvarlig ton: "De är lika tjuvaktiga som baronerna uppe i Le Madonie, på pricken likadana!"

Costanza fick veta det och blev mycket ledsen, men hon lät dem hållas.

"Amalia, de är ju ändå släkt och jag vill inte ställa till med bråk. Jag har redan ärvt tillräckligt av faster Assunta", sa hon.

Giacomo var mycket missnöjd med testamentet och grälade med systern. Det måste ha varit en stor sak, för Costanza hade själv talat med dem om det. Hon var rädd för att Giacomo skulle bli arg på don Paolo och kasta bort hennes sköldpaddor på pin kiv och hon ville hållas informerad.

När markisen kom till Sarentini för att hämta hem sin hustru till Cacaci, gav sig don Paolo och sköldpaddorna av tillsammans med dem. Baronen sade till don Paolo att han skickade honom att bo hos hans dotter, som skulle behandla honom som han förtjänade. Och det var sant: Costanza installerade honom i ett litet hus alldeles utanför trädgården och lät öppna en liten förbindelsedörr: det enda tecknet på att hon kände till om dem båda och att hon gav sitt godkännande. Där bodde don Paolo nöjd och glad fram till sin död och Amalia ångrade aldrig att hon använt sina besparingar till att förgylla hans ålderdom.

Sköldpaddorna stängdes in på en liten terrass mot gården vid de nedre våningarna, utanför markisens arbetsrum.

57

”Att äga jord betyder krig.”
Costanza Safamita anpassar sig till det oroliga livet som gift ungmö

Costanza hade varit gift i tre år och kände hur ensamheten plågade henne. Hon hade lämnat Sarentini bittert besviken på sina släktingar. Trasis var de enda som inte visat förbittring eller avund över hennes arv. Giacomo hade visat sig vara precis sådan som fadern beskrivit honom, ja till och med värre: girig, trolös och rentav grym. En dag hade han kommit in i hennes rum i palazzo Safamita och utan omsvep sagt: ”Det är jag som kommer att bli baron Safamita, det hoppas jag att du förstår.”

”Vår far lever fortfarande”, påpekade hon, för hon var van vid broderns utbrott.

”Jag ville bara säga att om din man skulle lämna dig utan att ge dig barn, är detta alltid ditt hem och du kan komma hit och bo här när du vill”, fortsatte han oberörd.

”Tack”, viskade Costanza, för hon visste inte vad annat hon skulle säga.

”Faster Assunta gjorde fel i att inte ge mig lika mycket som Stefano. Hon glömde antagligen att ändra testamentet efter min födelse med allt det tumult som rådde och införlivandet med Italien”, tillade Giacomo. Hon hade återgått till sitt broderi, men brodern verkade inte ha för avsikt att gå sin väg.

”Hon ville uppenbarligen inte.”

”Det är inte sant. Det fanns ett testamente, men faster Vanna förstörde det.”

”Hur vet du det?” Costanza låtsades ovetande, trogen faderns order att inte tala med Giacomo om det.

”Det har ingen betydelse, det finns ju inte längre.”

”Vet du vem som skulle fått ärva henne?”

”Du, förstås, din dumbom, men också de andra syskonbarnen. Stefano ingenting”, sa Giacomo ilsket.

”Men i testamentet från -59 fick även syskonbarnen Lo Vallo ärva... varför inkludera dem och utesluta Stefano?”

”De där har bara förolämpat oss. Stefano var uppstudsig och gick emot familjen. Han vanhedrade oss allihop, även dig... Kan du verkligen inte förstå det?” Giacomo var irriterad.

”Vad är det du vill?”

”Jag vill, eller rättare sagt jag kräver att du ger mig det som moraliskt tillhör mig: en arvedel som är lika stor som den som Stefano kommer att få men inte förtjänar. Du måste ta det av ditt arv.”

”Varför måste jag göra det?”

”Och det frågar just du? Jag har en son, min arvinge, och jag kommer att få fler barn. Vår far har redan gett dig mer än en kvinna borde ha: Safamitas lantegendomar, jord som tillkommer mig och sedan mina barn. Jag vill ha dem nu, inte när du dör...”

Costanzas ögon gnistrade. ”Vem annars kan du lämna dem till?” gläfste Giacomo. ”Din man vill inte ha några barn med dig, det vet ju alla!”

Costanza reste sig med ett ryck – varvid broderiet föll till golvet – och pekade på dörren.

Giacomo backade förvånad: med oförskämdhet hade han alltid påtvingat systern sin vilja. ”Costanza, marken tillhör Safamitas och i Safamitas händer ska den hamna!” vrålade han alldeles blå i ansiktet. ”Du är ingen Safamita!”

”Jag är markisinnan Sabbiamena och det är jag stolt över!” Hon böjde sig ner och plockade upp broderiet från golvet och med samma ton som hon skulle ha använt mot en tjänare som ertappats med att stjäla beordrade hon honom: ”Ge dig nu av härifrån.”

Costanza hade bara två personer i världen som hon kunde räkna med: sin far och sin make. Under de turbulenta månaderna i Sarentini hade hon tänkt mycket på Pietro. Hon saknade honom, hans goda humör, handkyssarna, smekningarna. Hon hade gett sig hän åt åtrån, som hon höll tillbaka när de bodde tillsammans och som nu inte lät sig undertryckas. Pietro var omtänksam, tillgiven och osjälvisk. ”Gör som du tycker med det som är ditt", hade han sagt, "om du tycker att det är rätt att ge Giacomo det han ber om, så gör det. Du har tillfört huset Sabbiamena mycket som jag får njuta av, men jag glömmer inte att det tillhör dig." När han såg att hon var sorgsen och tankfull, gav han henne nya nothäften och satt kvar och lyssnade när hon spelade; han åt middag hemma för att hålla henne sällskap och berättade historier för att förströ henne.

I en värld där man levde på den ständigt minskande avkastningen av en jordegendom och där det var nästan otänkbart att utöva något slags yrke eller affärsverksamhet, fanns det bara två legitima sätt att bli rik, nämligen arv och äktenskap. Costanza insåg att arvet efter fastern väckte avund även hos främlingar. Hon tog emot många besök, inte bara på grund av sorgen, utan också av kvinnor som drevs av nyfikenhet och avund. Pietro började besöka hennes salong för att hjälpa till med konversationen. Costanza var tacksam.

Med tiden märkte hon att Pietro aldrig höll sig borta när baronessan Mariangela Almerico var på besök, en vacker blond kvinna, vars älskare sades ha dödats i en duell och att hon sedan gift sig med en rik, äldre änkling.

Under Mariangelas besök började Costanza känna ett visst obehag. Till en början förstod hon inte varför, för hon var van vid sin makes beteende i sällskapslivet. Men den här gången tyckte hon att det var annorlunda: hon märkte att Pietro kretsade runt baronessan och hon såg i ögonvrån hur deras skälvande blickar möttes, hur hans läppar hölls kvar ovanför hennes hand och hur solfjädern fladdrade snabbare framför hennes ansikte – ett tydligt tecken på förstulna leenden. Costanza blev först svartsjuk och sedan kände hon sig förödmjukad. Hon tyckte att alla, både tjänstefolk och vänner, betraktade henne med medlidande och en viss hånfullhet.

Minnet av Snigelprinsessan tröstade henne inte. Hon plågades när prinsen talade med en annan kvinna, men hon hade åtminstone varit älskad och hade återerövrat prinsen. Costanza tänkte åter på broderns hårda ord och skulle vilja försvinna därifrån. Hon längtade efter att få dra sig tillbaka till Malivinnitti i juni.

En eftermiddag efter maten, innan hon gick och lade sig att vila, fick hon för sig att mata sköldpaddorna. Hon gick nerför spiraltrappan som förband gårdsterrassen utanför Pietros arbetsrum med herrskapsplanet.

Sköldpaddorna hade gömt sig bakom de stora terrakottakrukorna med yppigt blommande vita och rosa pomeloblommor, vilkas köttiga kronblad utsöndrade en lätt sötaktig doft. Costanza stod mitt på den fyrkantiga terrassen och rev spenatblad i små bitar som hon metodiskt lade på samma avstånd från varandra på stenplattorna i en cirkel runt henne. Sedan väntade hon. Som modern hade lärt henne. Sköldpaddorna tittade på henne med sina trötta runda ögon med tunga rynkiga ögonlock som hos gamla människor och skakade på huvudet. De rörde sig inte men drog sig heller inte in under skölden. Costanza väntade tålmodigt. Hon betraktade dem en och en och följde halsens och de klumpiga fötternas omärkliga rörelser. En sköldpadda som var djärvare än de andra rörde sig långsamt framåt medan den såg sig försiktigt omkring, högg tag i det späda bladet och slet glupskt sönder det medan den höll fast det med foten. De andra följde långsamt efter. Costanza var snart omgiven av sina sköldpaddor.

Plötsligt hörde hon ljud: jämranden och flämtande andetag. De kom från arbetsrummet, där Pietro aldrig var. Hon hade givit order till don Carmelo att hålla det låst; uppenbarligen hade han inte lytt. Costanza tänkte att en tjänsteman från förvaltningskontoret eller en betjänt tagit sin tillflykt dit för att hämta sig från ett illamående eller en motgång. Hon gick fram och särade försiktigt på spjälorna i fönsterluckorna.

Fönstren stod på glänt med gardinerna något fråndragna, men rummet låg i mörker. I halvdunklet såg hon något röra sig framför skrivbordet. Det såg ut som två personer, en kvinnogestalt som satt ovanpå skrivbordet och en man framför, som vände ryggen till. Allt mindre dämpade jämranden och rop. Det var Pietro och en kvinna.

Costanza svimmade nästan. Hon stödde sig mot fönsterluckan, knöt nävarna och krossade spenatstjälkarna och bet sig i läpparna så att de blödde när hon ansträngde sig för att inte svimma och hon slöt ögonen.

Hon andades in långsamt. Pomeloblommornas doft var kvävande, kväljande.

Hon ville inte lyssna men kunde inte låta bli. Hennes tinningar bultade och smärtattacker strålade ut från ögonen och hamrade mot kraniet. Det var som om hon skulle explodera, som om hon satt fast i en press, för varje jämrande drogs den åt ett varv. Hon måste se. Hon stod kvar så med pannan lutad mot sin knutna hand och med spenatbladen krossade mellan håret och fönsterluckan. Hon tittade. Sköldpaddorna hade vågat sig på att följa efter henne över terrassen: med huvudet höjt och ögonen riktade mot henne väntade de förtröstansfullt på fler gröna blad.

Costanza stod kvar vid fönsterluckan tills paret gick ut ur arbetsrummet utan ett ord till varandra. Hon kastade spenatbladen på golvet och skyndade sig uppför trappan med två trappsteg i taget. Hon var rädd för att möta Pietro och visste inte vart hon skulle ta vägen. Plötsligt satt hon framför pianot i salongen. Hon började spela på måfå: hennes huvud snurrade som om en svärm bin surrade omkring det och hon handlade instinktivt, än bankade hon på tangenterna, än vidrörde hon dem knappt med fingertopparna och till slut hittade hon en sonat hon kände igen.

Böjd över tangenterna spelade hon och spelade, sedan sträckte hon ut ryggen bakåt, spelade, plågades, njöt. Sedan en stark smärta; slutligen frid, de sista tonerna. Hon satt kvar med händerna i knät och fördunklad blick.

"Det här huset hade det tråkigt utan sin värdinna, och jag också utan min markisinnas musik", sa Pietro. Costanza vaknade upp ur sin dvala: först då såg hon att han hade gläntat på salongsdörren och stod där lättjefullt lutad mot ena dörrhalvan, till hälften dold av draperierna.

Costanza lärde sig att känna igen tecknen: Pietro åt förstrött, kastade otåliga blickar på pendylen och antydde flyktiga leenden, som en ung pojke som sjuder av lust att ge sig iväg. Varje gång lovade hon sig själv att stå emot frestelsen, men varje gång gav hon efter. Hon rusade nerför spiraltrappan med sitt knippe gröna blad i handen och ställde sig att vänta på de välkända ljuden. Lystet stod hon och tittade in mellan fönsterluckans spjälor, varefter hon upprörd sprang tillbaka till sitt rum, kastade sig på sängen och hängav sig åt en bitter njutning.

58

”Ur havet föds saltet och ur kvinnan allt ont.”

Costanza Safamita uppnår en viss jämvikt och flyttar till Palermo men upprörs av grälet med brodern Stefano och makens otrohet

På inrådan av Iero Bentivoglio, som blivit parlamentsledamot, hade Costanza gjort goda investeringar i Banca Nazionale. Arvet efter faster Assunta hade givit henne disponibla medel. Hon beslöt att restaurera palazzo Sabbiamena i Palermo för att kunna tillbringa vintermånaderna där och komma över sin motvilja mot sällskapslivet. Där skulle hon återse sin far, som nu inte trivdes i palatset i Sarentini utan föredrog det nya huset i staden, och släktingarna Trasi. Dessutom skulle hon få tillfälle att bättre lära känna Stefanos äldsta döttrar, särskilt den älskade Caterina, som båda två gick i klosterskola.

Costanza närde dessutom en hemlig förhoppning att hon genom att flytta till Palermo skulle avlägsna Pietro från kärleksäventyren med tjänsteflickorna i Cacaci, som för henne blivit en tortyr som hon inte kunde vara utan.

Det nya borgerskapet och de adelsmän som, liksom Safamitas, kunde tillåta sig det, byggde sig villor och palats i den nya delen av staden. Det rådde en atmosfär av expansion och förnyelse och aristokratin dominerade återigen Palermos sociala och politiska liv och staden hade blivit ett resmål för Europas kungligheter. Pietro var stolt över sin familj och hade hjälp av hustruns förmögenhet och han var redo att med entusiasm delta i livet i Palermo och njuta av allt som hans stad erbjöd.

Han längtade efter att också han få göra gott intryck och återgälda den gästfrihet de trogna vännerna visat honom före hans äktenskap, då de bistått honom med lån och inbjudningar. Pietro intensifierade morgonbesöken i Costanzas rum: de diskuterade hantverkarnas framsteg, planerade dagen och bestämde vilka inköp som skulle göras. Costanza var glad över hans närvaro och hans uppmärksamhet.

När Costanza nu deltog, om än i hemlighet, i en ny sida av Pietros liv, kände hon sig på ett underligt sätt närmare honom: där fanns en ny intimitet, en hemlighet som han inte kände till. Hon var övertygad om att Pietro inte hade älskarinnor bland kvinnorna i deras samhällsklass, vilka hon tyckte var helt olika de fräcka och utmanande kvinnorna av folket. Hon hoppades att han, när han kommit ifrån Cacaci, skulle tröttna på de där rent fysiska förbindelserna och med tiden vända sig till henne, sin fru, och äntligen ge henne ett barn, en arvinge till familjen Patella di Sabbiamena.

Smyckad med familjen Safamitas berömda juveler följde Costanza med honom till mottagningarna och frekventerade de salonger som hölls av hans vänners hustrur. Hon tyckte inte om det och det var inte lätt, men hon höll ut. Samtalen mellan de gifta kvinnorna i Palermo var mycket olika dem mellan kvinnorna i Cacaci. Den palermitanska aristokratins damer alluderade på sina älskare med ett klichéartat språk: ”en herreman”, ”mycket generös”, ”en verkligt kultiverad man”, ”en mycket god vän till min make”, ”han är fördragsam med sin ragata till hustru” och ”en stor konnässör”. De uttryck och epitet som reserverades för den bedragna hustrun var kraftfulla och hårda: ”otacksam”, ”självisk”, ”hon förödmjukar honom”, ”den dumma gåsen” ”slösaktig”, ”hon blir hans undergång”, ”hon förstår honom inte” och ”hon har vänt barnen mot honom”. När de vände ryggen till fick skvallret fritt utlopp. Costanza tyckte att det var en grym och elak lek som hon dock måste vänja sig vid för att glädja Pietro. På fester, på strandpromenaden, överallt där män och kvinnor möts märkte Costanza – som var en god iakttagerska – trånande blickar, förslagna ögonkast, vågad kurtis och intriger, även sådana som vävdes enligt en elegant, månghundraårig ritual. Hon kände sig annorlunda, isolerad. Men Pietro verkade inte vara delaktig i de där aktiviteterna: han kurtiserade dem alla. I vagnen på hemvägen kommenterade han med avväpnande naivitet och sitt vanliga goda humör de kvinnor som han höljt sin charm över. Costanza, som en stund tidigare hade lidit alla helvetets kval, tröstade sig.

Pietro var upptagen med att förbereda den stora fest som skulle inviga herrskapsvåningen, som äntligen restaurerats. Baron Almerico med maka kom från Cacaci enkom för detta och var ofta gäster i palazzo Sabbiamena.

Costanza märkte att när de väntade besök av Almericos visade Pietro samma sjudande otålighet som hon sett före de sjaskiga mötena med de där pigorna i hans arbetsrum. Mariangela var svept i dyrbara sjalar och stoltserade med broderade näsdukar, solfjädrar och även smycken som avslöjade Pietros förfinade och speciella smak. Några var till och med likadana som hennes. När baron Almerico var borta från Palermo, försvann Pietro. Costanza iakttog, och förtärdes av svartsjuka.

En eftermiddag var Costanza ensam med Maria Antonia Bentivoglio. Kusinen var ovanligt upprörd: hennes vackra grå ögon var sorgsna och hennes ansikte, som i ungdomsåren varit lugnt och leende, var nu matt och glanslöst. Hon berättade för Costanza om sin mans otrohet och hon var utom sig.

”Costanza, jag har ingen hemgift som du och är beroende av honom. Jag uthärdar på grund av kärleken till mina barn, Iero är inflytelserik och mäktig, han hjälper alla och ger råd åt dem, även åt dig, och om jag skulle säga något, skulle folk vända sig mot mig. Du är rik, du försörjer din man och gör honom till lags som om han vore din son... Jag skulle vilja vara som du.” Costanza lyssnade förfärad.

”Säg inte att du inte vet det, hela Palermo pratar om Mariangela Almerico: hennes man är till åren kommen och hon anser sig ha rätt att bedra honom öppet, det sägs till och med att han samtycker. Och du behandlar henne som en vän, jag hittar henne alltid hemma hos dig... Du är verkligen annorlunda, Costanza. Har du inga känslor?”

Costanza hade bjudit in Stefano och hans familj till palatset. Sedan brodern fått arvet efter faster Assunta drack han mindre och hade betalat sina skulder. Familjen hade det någorlunda bra ställt. Stefano hade givit sig in i en ny verksamhet tillsammans med illa beryktade personer: en isfabrik, som Costanza och andra hade avrått honom från.

Efter middagen satt Costanza och Stefano kvar ensamma.

"Jag vet att ni ska ha en mottagning. Varför har du inte bjudit in oss?" frågade brodern plötsligt.

"Jag kan inte, Stefano. Vår far kommer, om han mår bra, och släktingarna och alla adelsfamiljerna."

"Costanza, jag vill att du bjuder in mig. Det är jag som avgör om jag ska komma och ta med min hustru. Bjuder du in mig eller inte?"

"Jag har ju sagt att jag inte kan. Du är hedersgäst i vårt hem, men du ensam. De andra vill inte lära känna Filomena, de skulle inte komma om de visste att de skulle träffa henne här. Kom ihåg att hon är dotter till en smed. Hon är inte av adelssläkt och inte ens rik. Sådan är vår värld. Jag tycker inte om det, men jag måste leva i den med min man och respektera den. Adel med adel och smeder med smeder, så ska folk gifta sig", svarade Costanza upphetsad.

"Fortsätt bara, fortsätt! Vart vill du komma? Häst med häst, åsna med åsna... menar du att jag är en häst och min hustru en åsna? Och mina barn, är de då mulåsnor? Säg det då, säg det!"

"Stefano, världen är sådan." Costanza var förtvivlad.

"Då kallar du alltså mina barn mulåsnor? Om du inte bjuder in mig, vill jag inte se dig mer och jag förbjuder mina barn att ha med dig att göra. Vad svarar du på det?"

"Om det är så du ser det, Stefano, gör som du tycker. Jag gör min plikt. Kom ihåg att jag håller av dig och Filomena och jag håller av dina barn som om de vore mina egna", svarade Costanza med döden i hjärtat.

Efter den lyckade festen hade markisen och markisinnan Sabbiamena helt och hållet kommit in i sällskapslivet. Inbjudningar haglade och återgäldades frikostigt. Pietro var entusiastisk och med den kvinnliga touche som bidrog till att göra honom så fascinerande i damernas ögon gav han råd och förslag till sin hustru, som var en uppmärksam och värdig husfru men mycket blyg och hopplöst besvärad när det gällde att konversera. Baronessan Lannificchiati hade tagit på sig rollen som Costanzas rådgivare och beskrev henne med en viss precision – som bevisade hur föga hon aktade henne – som en snäll och gammaldags flicka från landsorten som bländats av hennes systerson från första ögonblicket och som med sina dukater skänkte glans åt familjen Patella di Sabbiamena.

Folk var övertygade om att paret Sabbiamena hade uppnått en jämvikt som var tillfredsställande för dem båda och Costanza hade ibland gärna velat tro på det. Pietro var god, vänlig, full av vitalitet och förmögen till ömsinta tankar: det var han som hade tröstat henne efter grälen med Giacomo och Stefano, han som oroade sig för hennes krämpor, han som gav henne presenter och lät henne göra som hon ville. Men han älskade henne inte. Fortfarande och trots allt stod Costanza inte ut med tanken att leva utan honom.

59

”Det mest stärkande är ett ägg.”

Costanza Safamita har ett långt samtal med sin far och ser i förbigående en ung neapolitanare. Ett vispat ägg

Det nya palazzo Safamita var ett modernt trevåningshus i hörnet av det torg där man höll på att bygga det nya operahuset. Det hade alla moderna bekvämligheter.

Costanza och fadern satt på terrassen sent en eftermiddag.

”Jag är gammal och tanken att dö i Palermo tilltalar mig. Här trivs jag och jag tycker om det här huset”, sa fadern. ”Giacomo får bestämma vad vi ska göra med det gamla palatset, men jag tror faktiskt inte att han vill behålla det. Vill du ha det?”

”Vad ska jag med det till? Jag har ju så många hus”, svarade Costanza.

”Hör på, min flicka, jag vill att du ska ha ett eget hus i Palermo. Din man litar jag inte på och har aldrig gjort det.”

”Du har fel, pappa, han är hederlig”, sa Costanza, genast upprörd, som varje gång någon, även i förtäckta ordalag, kritiserade hennes make. Hon rättade sig genast och tillade: ”I affärer.”

”Håller han av dig?”

”Ja, på sitt sätt”, sa hon och rodnade.

Fadern kommenterade inte, han hade distraherats. Han tittade uppåt. Vädret höll på att förändras. Stora grå moln dök hotfullt upp bakom bergen innanför staden; där var himlen blågrå. Ett stort moln täckte solen och terrassen mörknade plötsligt. Baronen höjde sina svaga ögon och riktade dem mot Monte Pellegrino. Han såg det suddigt i fjärran, där det avtecknade sig mot himlen, men berget hade skiftat färg. Nya nyanser – mörkblått, violett – gjorde det bistert och hotfullt. Det där berget med perfekta proportioner och solid skönhet var Palermobuktens väktare: ett mytiskt vilddjur som låg hopkrupet och till hälften nedsjunket i havet – ryggen och benen stack fram med sina knotiga former – men redo att vakna ur sin sömn och resa sig upp mot den som vågade närma sig staden.

Domenico Safamita älskade Palermo med nästan fysisk lidelse. ”Man förstör kloster, palats och river hela kvarter. Palermoborna bryr sig inte om att det saknas vatten, att kloakanläggningarna är rudimentära eller obefintliga, att småfolket lever i kyffen och dör av svält och sjukdomar, de vill ha ett nytt, storslaget operahus. Palermo blir allt vackrare och allt simplare, men aldrig har staden visat sig så storslagen och nöjd som nu med att ha behållit sin identitet som en superbt kurtiserande stad. I Palermo andas även stenarna sensualitet.” På vänster sida löpte den nya breda gatan som gick ner till havet. Där borta såg det ut som om natten fallit och vattnet var översållat med små lysande punkter: fiskebåtarnas första lyktor. Molnet gled förbi solen och allt blev åter som förut: havet var en mörk fläck utan ljusglimtar, Monte Pellegrino var svagt rosafärgat och avtecknade sig tydligt och godmodigt.

”Pappa, får jag fråga dig en sak?” dristade sig Costanza till att fråga.

”Visst, min flicka.”

”Varför tyckte inte mamma om mig?” Håret som var samlat i en knut i nacken var som en mörkröd gloria, huvudet vilade elegant på den långa halsen och den fräkniga hyn skimrade: Costanza var vacker.

”Din mor älskade mig mycket högt och kanske till och med för mycket.” Baronen kände sig med ens kraftlös.

”Jag förstår dig inte, pappa: sin make kan man väl aldrig älska för mycket.”

”Där har du fel. Det är alltid fel att överdriva, även i kärlek.” Sedan tillade han tyst: ”Även i tålamod, tolerans och förlåtelse.”

Hon lyssnade och försökte förstå. ”Costanza, jag har givit dig en faders och en moders hela kärlek alltsedan jag såg dig nyfödd.”

”Det vet jag, pappa.”

”Och jag vill att du ska vara lycklig. Men det är du inte. Jag ska säga dig en sak. Jag älskade din mor mycket, men hon var aldrig min stora kärlek, den viktigaste. Den har ännu inte övergivit mig och den gör årens tyngd lättare. När den lämnar mig är det dags att dö.”

”Vad säger du? Jag förstår dig inte i dag, pappa”, suckade Costanza.

”Kärleken till sig själv. Självrespekten. Du måste älska dig själv. Behaga dig själv. Då först kommer de andra att älska dig. Den viktigaste gästen i ditt hus är du själv, du är viktigare än alla andra, de kommer efteråt.”

”Men plikten då, den som ni inpräntat i mig och som Stefano inte respekterade?” Costanza var förvirrad.

”Jaså den, den... Det är ett dilemma. Ett val. Var och en löser det som han eller hon finner det bäst. När jag var ung gjorde jag som jag ville och när jag kallades till plikter mot familjen, ursprunget, beslöt jag att jag ’ville’ göra min plikt. Och så blev det. Det är inte alltid lätt, men det går, och man lever bättre så.”

”Så ska jag också göra. Jag försöker alltid lyda dig, pappa.”

”Du gjorde det inte när du gifte dig med honom.”

”Pappa, jag lovar att från och med nu alltid lyda dig.”

”Nej, Costanza, det ska du inte göra. Jag vill att du gör vad du själv vill. Glädje och förnöjsamhet måste man söka och bygga upp sten för sten med de stenar som finns, som om det vore ett hus.”

”Pappa, varför har jag rött hår?”

”Du har varit rödhårig i tjugosju år och frågar mig inte förrän nu.

Därför att du är ett kärleksbarn, vackrare än någon annan, röd som solen." Hans röst skälvde, men sedan hämtade han sig: "Men kom ihåg att andra inte kommer att se dig sådan om inte du själv ser dig så först, om du inte tänker på dig själv innan du tänker på andra. Även din man kommer då att märka det."

"Varför har du aldrig sagt det här förut?"

"Jag ser nu att du är kvinna, förut var du en oskuldsfull flicka. Då ska jag säga en sista sak. Ibland är du så blek att du ser sjuk ut. Ät ett vispat ägg med socker varje morgon, *ma petite*, precis som småbarnen."

När Costanza satte sig i vagnen såg hon i palatsets portgång en ung man, som säkert inte var mer än tjugo år. Han var lång, mycket mager och blek. Annorlunda. Hans skägg och mustascher var lika röda som hennes hår och ögonen var kastanjebruna med osynliga fransar, precis som hennes.

Hon spratt till. De såg på varandra och upptäckte att de var lika. Costanza tänkte intensivt på denne unge man under åkturen. Hon måste ta reda på vem han var.

Hon fick veta att han var från Neapel, son till en tjänsteman vid gruvbolaget La Corbotta och till hälften engelsman. Hans far hade dött nyligen, så han försökte spåra några släktingar och frågade efter en farbror, också han anställd vid gruvan som förr tillhört familjen Safamita. Costanzas farfar hade överlåtit den på entreprenad på goda villkor till en belgare. Vad det blivit av de anställda visste man inte.

Baronen satt kvar ensam på terrassen. Han lät hämta filtar och en lampa, för han hade ingen lust att gå inomhus.

Det var en solig dag i november 1866. Han stod i begrepp att besöka klostret i Grottavacante och den här gången med större motvilja än vanligt, för han måste informera padre Sedita om padre Pumas förflyttning från Sarentini. Ingen visste om det men han var inte troende och hade med en viss tillfredsställelse mottagit beskedet om expropriering av välgörenhetsstiftelsernas egendomar och ätten Savojens prästfientlighet, men han var fäst vid Gaspare Sedita och hade respekterat sin morbror Lattucas ord: ”Kom ihåg att se till att det inte fattas honom något och lyssna på honom: han har mer förstånd än en församlingspräst behöver.”

De drack ett glas sött vin tillsammans.

”Jag känner en biskop som nog hittar en plats åt mig i ett bra kloster i Rom. Tack vare Gud och familjen Safamita har jag inga ekonomiska problem. Jag hoppas få dö i frid innan ätten Savojen installerar sig i den heliga staden – för det kommer de att lyckas med förr eller senare. För närvarande stannar jag kvar här, för jag vill försöka hitta en annan plats åt den där enfaldige padre Puma.” Padre Sedita hade inlett samtalet så och därigenom besparat unge baronen förtretet att tala om det oundvikliga.

Sedan såg han honom i ögonen och tillade: ”Domenico, jag tycker verkligen synd om dig, för jag vet att du håller av denna flicka. Mer än dina söner, och det gör du fel i.”

”Om du tillåter att jag säger det, så tycker jag också att alla dessa våra söner verkar lite enfaldiga”, tillade den andre med ett ironiskt och menande litet leende.

”Ta det lugnt, min son, du talar till en präst. Kärlek, föredöme och uppmuntran får även krokiga plantor att växa, de som fötts ur ruttna frön. Stefano och Giacomo är av ätten Safamita.”

”Costanza fick mycket lite eller ingen kärlek av sin mor.”

”Det är ditt fel. Jag har aldrig sagt det till dig förut.”

”Förklara.”

”Som biktfader har jag tystnadsplikt.”

Domenico reste sig plötsligt och frågade ilsket: ”Caterina?”

”Var inte dum: Caterina kan inte tala. Ni fortsätter att hålla tyst. Men tystnad är ingen dygd, även om folk betraktar den som sådan. Det finns fullt av hemliga sällskap och vi har till och med ett eget. Nytt namn, gammal sjuka. Jag är gammal och ser dödliga frön i den här maffian, men inte bara det. Den skulle kunna hjälpa Sicilien, men bara om den löses upp när den inte längre har någon anledning att finnas till, det vill säga när kungariket blir en verkligt enad stat som kan regera rättvist och styra oss på allvar. Brottslig solidaritet och våld är skadligt i en rättvis och effektiv stat, men det kan accepteras när man domineras av främlingar..." Padre Seditas blick var tom, han tänkte på annat. Han samlade nya krafter. "Ursäkta mig, jag kom bort från ämnet. Jag vill tala med dig om äktenskapsbrott och förlåtelse: de har mycket gemensamt och du har ägnat dig åt bådadera och gjort det väl. Kanske alltför väl."

"Du talar som en präst."

"Inte enbart, jag talar som människa också. Tio Guds bud säger att det är en dödssynd att begå äktenskapsbrott. Som präst måste jag acceptera det. Tystnad är i det fallet väsentligt, för det är enligt min åsikt en större synd att bekänna äktenskapsbrott för en ovetande äkta hälft. Jag brukade tilldela tredubbel botgöring för äktenskapsbrytare som bekände för den drabbade. Det är en skada som tillfogas utan anledning, och det kan verkligen förstöra ett äktenskap. Vi vet alla att otrohet är vanligt förekommande, men folk som är otrogna bara en enda gång har jag inte träffat på under mina fyrtio år som präst. Har man väl börjat vara otrogen, så fortsätter man. Det är som mynta: sätt en planta och den sprider sig överallt. Det är en allmän lag som vi präster känner väl till." Padre Sedita föll i tankar igen, lät blicken vila i fjärran och mumlade: "Liksom incest, orena handlingar med barn, med människor av samma kön. Dessa förevigas verkligen inom familjerna, från förövare till offer. Som vuxen blir offret i sin tur förövare." Han vände sig mot honom och tillade: "Domenico, för din skull, bara för din skull..." rösten bröts, "därför att vi båda håller mycket av varandra, godkänner jag att padre Puma förflyttas till seminariet. Jag vet redan att där finns barn. Sårbara. Så att du vet det."

Domenico Safamita förstod och svarade utan att visa någon sinnesrörelse: "Du behöver inte bekymra dig för det. Jag har gett en donation till kurian, jag kommer att finansiera sex platser för seminarister; padre Pumas logi är garanterad. Han kommer också att hjälpa dem att återköpa det gamla seminariet på auktion."

Med skälvande arm drack padre Sedita sitt vin. "Tack", muttrade han, varefter han återtog: "Domenico, du har betett dig korrekt när det gällt äktenskapsbrott: du har dolt det och det har du gjort rätt i. Jag berömmer dig inte för det, du har bara följt vår tradition. Förlåtelsen däremot har du aldrig dolt. Du gjorde fel i att förlåta för mycket och i tystnad."

"Det är inte min sak att påminna dig om talesättet 'Vänd den andra kinden till'." Domenico talade utan skuggan av ironi.

"Strunt i Bibeln. Du gjorde fel därför att du lät förstå att du visste och förlät. Man måste dölja förlåtelsen, på samma sätt som man döljer otrohet."

"Förklara närmare."

"Män är olika kvinnor. Män bekänner inte otrohet för sin hustru för att få förlåtelse utan för att få samtycke: båda dessa beteenden är egoistiska, arroganta och skadliga. Kvinnan bekänner sällan och inte bara för att undvika att bli dödad. Om din hustru håller av dig men har fallit för frestelsen och du inser det men ingenting säger, är situationen komplicerad. Hon vet att hon handlat fel. Hon väntar sig att bli klandrad, straffad. Hon har också behov av att förklara sig, peka på var också du har gjort fel. Om du överdriver straffet kommer hon att förebrå dig dina felsteg; på så sätt räddar hon sin egen värdighet och återvinner både sin egen och din respekt. Det är ett viktigt förfaringssätt i alla förhållanden som bygger på förtroende. Det hjälper till att återupprätta en affärsförbindelse, återetablera äktenskaplig kärlek, samförstånd inom familjen, ett sansat förhållande till barnen, tillgivenhet mot dem som är oskyldiga men ett levande bevis på felsteget.

"Den man som vill ha sin hustru för sig själv fortsätter att känna obehag om han accepterar felsteget och förlåter i tystnad. Och ännu värre: det berövar synderskan möjligheten att få upprättelse i hans ögon och i sina egna. Det förgör henne. Man måste förklara sig och sluta fred. Först då är det rätt att förlåta." Padre Sedita var trött, hans ögon rann och ögonlocken hängde. "Jag säger bara detta: Costanza är stark. Hon är ett kärleksbarn och du ska fortsätta att ge henne kärlek. Men se upp", han gav honom en genomträngande blick, "hon har bara dig, sin far."

60

”Var dag dömer föregående och den sista dömer alla.”
Costanza Safamita får veta att hennes man skall få en son och hon är mycket bitter

Baron Safamitas hälsa hade försämrats och markisen och markisinnan Sabbiamena stannade kvar i Palermo hela vintern och en del av våren. Pietro hade varit på korta besök i Cacaci, framför allt efter det att paret Almerico återvänt dit. Costanza tänkte bittert att han for dit för att träffa Mariangela, men hon hade nu förstått att hon måste acceptera den relationen. I april 1886 måste Costanza resa tillbaka till Cacaci i affärer och Giacomo och Adelaide kom då till Palermo för att avlösa henne vid faderns sjukbädd.

Costanza satt och broderade i godan ro tillsammans med amman, glad över att vara tillbaka i det hem som hon betraktade som sitt alldeles egna. Hon hade lämnat Amalia i Cacaci för att hon skulle se till huset och sköta om don Paolo, som nu var krasslig. Hon hade saknat henne.

”Stora saker har hänt här”, sa Amalia en aning besvärat.

”Berätta, Amalia”, uppmuntrade henne Costanza och lät handarbetet vila i knät.

Amalia berättade för henne att en av de nya köksflickorna hade känt sig krasslig under vintern. De trodde att det var kolera, men det var det inte. Sedan upptäckte man att hon var gravid, men själv ville hon inte säga något. De skickade efter en barnmorska, men det var lönlöst. Don Carmelo ville varsko den morbror som skaffat arbetet åt henne, men eftersom hon var säker på att hennes familj skulle döda henne, blev hon som förryckt och ville inte höra talas om att lämna palazzo Sabbiamena. Så han lät henne stanna.

”Baronen gjorde aldrig sådant”, sa Amalia, ”men don Paolo har berättat för mig att sådant hände även i palazzo Safamita med de manliga tjänarnas inblandning och don Filippo Leccasarda tillkallade barnmorskorna och ordnade allt och ingen fick veta något. Det hade behövts

Pina Pissuta, hon skulle ha ordnat allt, men skickliga barnmorskor som hon finns inte längre!"

"Känner markisen till detta?" frågade Costanza.

"Det tror jag inte. Don Carmelo låtsas som om ingenting hänt och hon den där har redan fått mage och förr eller senare kommer folk att lägga märke till det..."

"Bekymra dig inte. Jag ska prata med henne och se hur vi kan hjälpa henne. Vet du vem som bär skulden?"

"Nej, det vet jag inte, men det är då inte don Carmelo, det säger don Paolo", svarade hon.

Rura Fecarotta var mörkhårig och hade grova anletsdrag.

Hon var fetlagd och det syntes inte att hon var gravid. Förskrämd stod hon framför Costanza.

"Hur många månader har du varit gravid?" frågade Costanza en smula generad.

Hon svarade inte.

"Vill du inte säga något, måste du lämna din tjänst här i palatset. Om du berättar, ska jag se till att hjälpa dig och ditt barn", sa Costanza beslutsamt.

"Don Carmelo fick ingenting säga, han ska ordna det hela, fru markisinnan har inget med detta att göra", svarade flickan och brast i gråt. Costanza erbjöd henne sin näsduk, men Rura vägrade att ta emot den och fortsatte att gråta med sänkt blick.

Rosa knackade på dörren. Costanza reste sig hastigt och välte arbetsbordet. Små etuier, broderi, fingerborgar, saxar, trådar och nålar föll ner på mattan. Rura föll på alla fyra och plockade pustande upp alltihop, medan hon vätte det med sina tårar.

Costanza betraktade henne sorgset och tänkte: Jag skulle kanske kunna ordna så att hon blir gift. Ruras kjol hade glidit upp och man såg de välsvarvade vadornas vita hud mellan strumporna och de långa underbyxorna. Costanza kände stort medlidande med henne.

Det var då hon kände igen det stora födelsemärket på vänsterbenet och fick en otäckt sur smak i munnen. Hon svalde häftigt. Hennes huvud bultade som om det träffats av en stor sten. Myriader av svindlande tankar kom över henne. Som genom ett trollslag klarnade sedan hennes tankar. Mekaniskt uppmanade hon henne att lägga tillbaka sakerna som fallit ner och ställa det lilla bordet på plats. När hon var färdig ställde sig Costanza framför henne och frågade: ”Säg sanningen: vem är far till ditt barn?”

Rura sade ingenting, hon såg strängt på henne med en utmanande min.

”Svara, det är en order.”

Flickan teg fortfarande med svullet, vått och likgiltigt ansikte.

”Jag frågar dig för sista gången. Vems är skulden?” Costanza höjde rösten: ”Om du inte talar så ska jag säga dig vem det är!”

De båda kvinnorna såg varandra i ögonen, rädda för varandra.

I befallande ton som inte medgav motstånd sa Costanza långsamt: ”Det är markisen. Jag vill att du bekräftar det.”

”Ja, frun”, fick Rura fram. Sedan tillfogade hon hetsigt och bittert och med rösten fylld av hat: ”Måtte don Carmelo falla död ner, han lovar massor men gör inte ett dyft för att hjälpa den han ställer till det för.”

”Vet markisen om det?” frågade Costanza förbluffad.

”Han vet inget och får ingenting veta”, muttrade Rura och brast på nytt ut i gråt. ”Det är mitt fel, mitt, mitt.”

”Vad vill du göra?”

Rura var i upplösningstillstånd. Hon vred sina händer, slog ihop dem ljudligt och slog dem sedan mot låren och höfterna, slet sitt hår och drog uniformshättan på sned, slog sig för bröstet, gav sig örfilar, åkallade alla helgon och förbannade sitt öde. Costanza lät henne hållas och under tiden funderade hon. Rura hade lugnat sig en smula, men grät fortfarande.

”Jag har fattat ett beslut. Om du inte vill ha det här barnet, tar jag med dig till Palermo och sätter dig i ett kloster. När barnet föds, lämnar du det ifrån dig. Du kommer att kunna fortsätta att arbeta för andra och jag ska skaffa dig en plats. Vill du däremot behålla barnet, ska jag hitta ett ställe åt dig där du kan föda det. Här hos oss kan du inte stanna. Du kommer att få ett underhåll livet ut, jag ska se till att försörja dig och ditt barn och jag ska ge det den utbildning som ett barn till den fadern förtjänar, men du förblir vad du är: en skamlös varelse. Du måste uppföra dig korrekt och ägna ditt liv åt ditt barn, uppfostra det med en moders kärlek, förstår du? Tänk på saken och hör sedan av dig." Costanza upptäckte att hon hade höjt rösten. Hon darrade.

Rura hade fallit på knä. Hon grep hennes hand och kysste den.

"Ge dig av nu och tala inte med en levande själ om detta. Om de frågar dig så säg att jag vill träffa dig i eftermiddag och att du ingenting har sagt. Jag skickar efter dig i kväll och då ska vi prata."

Vid middagsbordet var Pietro på gott humör. Efter maten bad Costanza honom att komma ner till hennes salong, för hon hade något mycket viktigt att säga honom. "Har din far blivit sämre?" undrade han omtänksamt medan han följde efter henne.

"Nej, det handlar inte om min far."

Pietro sjönk ner i fåtöljen mitt emot den mindre fåtölj som Costanza brukade sitta i. Han såg sig avspänd omkring: det var en elegant salong med en viss touche av kvinnlig intimitet som han tyckte mycket om.

"I dag har jag pratat med en kökspiga, Rura. Husföreståndaren hade anställt henne medan jag var i Palermo. Hon väntar ditt barn."

"Men Costanza, vad säger du? Du är ju galen! Har du frågat Carmelo?"

"Det behövs inte." Costanza såg på honom med sina stora ögon utan tårar.

Pietro reste sig för att röra vid henne. Hon drog sig undan och det var första gången. Han lade handen på armstödet, böjde knäna och talade till henne med ansiktet nära hennes.

"Costanza, jag förstår att du är svartsjuk, för det är kvinnor ofta, men det finns ingen anledning. Och en kökspiga dessutom... Du är ju alltid så klok, men nu handlar du oöverlagt. Jag känner inte igen min markisinna. Du ska inte beblanda dig med tjänstefolket. Du borde först ha frågat husföreståndaren, det är ju därför han finns där. Han vet säkert vad som har hänt medan vi varit i Palermo och han skulle kunna förklara. Det är säkert en stalldräng, lantarbetare eller betjänt.

Sådant ordnar han upp. Tjänstefolket är inte som förr i tiden. De har inte längre någon respekt för oss. Hon vill väl ha pengar och försöker lura dig.”

”Barnet är ditt.”

”Vill du jag ska svära på det? Vad är det med dig, egentligen, jag känner inte igen dig... du har ju alltid varit så sansad.”

Pietro hade rest sig och talade i hård ton. Hon svarade inte.

”Du bekymrar mig”, fortsatte Pietro, men återgick plötsligt till sitt vackra, mjuka, insmickrande tonfall, ”mår du inte bra? Vill du ha en kopp örtte?” Han lade beskyddande handen på hennes arm men behöll en överlägsen min.

”Rör mig inte”, sa Costanza och reste sig med ett ryck. ”Det här barnet är ditt, det vet jag och därmed basta.” Hon såg honom rakt i ögonen medan han backade nästan automatiskt. ”Du måste ta ditt ansvar. Vi måste fatta beslut, för det är för sent. För fem månader sedan var du här i två veckor.” Och med ett sorgset leende, som om hon pratade för sig själv, tillade hon. ”Och tänka sig att jag var orolig att det var Mariangela Almerico!”

”Svartsjukan har stigit dig åt huvudet. Älskare till den stackars signora Almerico! Och kanske ytterligare hundra damer och tjänstekvinnor och pigor. Använd förnuftet, Costanza, den där hon må vara gravid – om hon nu verkligen är det – men jag har faktiskt inget med det att göra.” Pietro hade återtagit sin salongston, men han iakttog henne med illa dold oro.

Costanza sade ingenting. Han antydde ett leende och skakade på huvudet.

”Nu räcker det, Pietro”, sa Costanza. ”Jag har givit efter, jag har uthärdat, av eget val. Nu gäller det ditt barn, som jag längtat så mycket efter. Vi ska ordna det för modern och barnet och vi ska låta barnet uppfostras som det ankommer en medlem av familjen Patella.”

”Men vad är det för barn du dillar om!” utbrast han irriterad.

”Neka inte, Pietro. Tänk över saken innan du förstör allt som vi försökt rädda av vårt äktenskap.”

”Neka till vad då, Costanza? Du yrar.” Pietro lade ner hela sin själ i det han sade: han tog ett par steg mot henne med händerna i fickan, medveten om sin attraktionskraft på hustrun. ”Du verkar förvirrad. Det är svartsjuka, det är svartsjuka som stigit min markisinna åt huvudet!”

”Nej, Pietro, det där är ditt barn.” Costanza var iskall.

”Hur kan du påstå något så oerhört?” Nu var han rasande.

”Det räcker med att du vet att jag är säker på det.”

”Du är galen. Fullständigt galen!” vrålade Pietro.

”Jag säger sanningen. Och jag skulle inte vilja kalla mig markisinnan av Sabbiamena om du ljög för mig. Gå nu härifrån, är du snäll.”

Den kvällen grät Costanza i ammans famn som aldrig förr och hon slutade inte ens efter att ha druckit ur en hel tekanna med vatten och lagerblad.

61

”Lova ej vad du ej kan hålla.”
Costanza Safamita har ett mycket plågsamt samtal med sin make medan hon gör en fläta av blått silkesgarn

Costanza gick inte och lade sig: hon satt kvar och lappade och lagade medan hon funderade över det oerhörda i det inträffade. Hon var omtumlad av sin djärvhet i konfrontationen med Pietro, förskräckt över situationen och förvånad över att ha handlat så snabbt. Hon hade fattat ett beslut utan eftertanke, som om någon annan hade tagit henne i besittning och givit henne ett förunderligt mod. Nu satt hon och begrundade de djupa och långtgående återverkningarna på henne själv, hennes man, hennes familj och samhället de levde i, för att inte tala om modern och barnet. Hon visste ingenting om Rura. Gryningens första ljus lyste upp himlen. En ny dag tog sin början; Costanza kände sig på sätt och vis lugn och hyste knappt något agg mot Pietro och den där kvinnan. Hon hade vant sig.

Pietro hade blivit så skrämd av hustruns reaktion att han inte gått till klubben och han hade hoppats på att återse henne vid kvällsvarden, men hon hade inte visat sig och skyllt på trötthet. Bestört hade han talat med Carmelo Galifi. Också han var förskräckt, för han hade i åratal skaffat fram disponibla pigor och var inte den ende husföreståndaren som på detta sätt tillfredsställde sin arbetsgivares smak.

Han hade dragit nytta av markisinnans bortovaro och anställt Rura, en förslagen och mycket lämplig flicka. Men det hade inte gått bra och nu misstänkte han att det var den där bråkmakaren don Paolo Mercurio som skvallrat för markisinnan. Detta var ett problem som måste lösas av husets herre.

Pietro hade vaknat i gryningen och låg och ältade diffusa handlingsplaner. Costanza skulle ge efter för hans böner. Han skulle erbjuda en mer än rimlig summa ur sin egen ficka. Men han måste övertala henne att inte ha något att göra med barnet; han skulle lyckas genom att måla upp hur de skulle bli utfrysta av sina jämlikar på grund av det opassande i det hela och beskylla Rura för skumma avsikter; han skulle måla upp för henne bilder av kaos bland tjänstefolket, utpressningar och till och med inblandning av maffian. Han skulle lova henne att förändras och till och med antyda möjligheten att de två skulle skaffa ett eget barn – vilket han undvikit av pur bekvämlighet – han skulle beveka henne genom att måla upp deras jämlikars hat samt hur familjerna Safamita och Sabbiamena skulle såras i sin stolthet. Det där barnet måste försvinna: det tillhörde inte honom och än mindre tillhörde det Costanza.

Pietro gick med tunga steg genom korridoren mellan deras rum: det var dags för hans morgonvisit hos Costanza. Hon satt vid det lilla arbetsbordet och nystade upp en härva blått silkesgarn på haspeln. Rosa försvann så snart hon såg honom komma in. Allt verkade som vanligt.

”Jag har sovit dåligt. Hur mår du?” frågade han.

”Jag har inte sovit en blund, men nu mår jag bra, tack”, svarade hon utan ett leende.

”Costanza, jag skäms och ber om ursäkt, jag är dig ovärdig, det vet jag…” började han besvärad och satte sig på sin vanliga plats.

Costanza höjde blicken. Faderns varnande ord ekade i hennes öron: *Han är ingenting för dig... du förtjänar bättre*, och bitar av deras senaste samtal: *Costanza, jag vill att du ska göra det du själv vill... du måste älska dig själv.* Hon såg på Pietro. Han satt med benen i kors, kostymen var av senaste modet, det var hans sköld. Han var som en liten sköldpadda som hamnat på rygg.

Han låtsades se sig omkring och hans fingrar kramade spasmodiskt armstödets fransar. Hon såg honom för vad han var: en feg person, kanske övertygad om uppriktigheten i de där ångerfulla orden. *Du förtjänar bättre...* Costanza yttrade inte ett ord: hon skulle ha sårat honom för mycket. Hon vände sig mot arbetsbordet och nystade upp de sista varven från haspeln och klippte resolut av trådarna. Hon höll hårt om ändarna och bredde ut armarna för att hålla trådarna spända – mjuka och glänsande – och virade dem runt lådans handtag. Hon samlade åter ihop trådarna och började jämna till dem, noga med att inte trassla ihop dem. Sedan delade hon dem i tre delar och började fläta.

”Säg något, Costanza, du kan inte ignorera mig! Jag är din man! Detta är en plåga, jag står inte ut med den! Jag klarar det inte längre!” utbrast Pietro upprörd.

”Jag ville ha ett barn med dig och detta är ditt”, sa Costanza lågt med en Safamitas monotona tonfall utan att ta blicken från arbetet. ”Jag handlar inte impulsivt. Det här barnet kommer inte att gå samma öde till mötes som Stefanos barn. Det förtjänar det inte. Om du vill separera så varsågod. Då tar jag ensam hand om barnet och jag ska inte ställa till med skandal.” Hon hade gjort färdigt flätan och kände nu på den med fingrarna uppifrån och ner för att rätta till den. Hon tog den lilla saxen och klippte av ändarna: ett rakt och prydligt snitt.

Äntligen såg hon på honom och tillade: ”Din moster Annina har berättat för mig att cavaliere Cucuzzelli var son till sin fars farbror, furst Chisiccusi. Det är alltså inte första gången det händer i din familj. Detta är vad jag vill.”

”Men vi då? Och hon den där? Vad kommer att hända? Vill du lämna mig? Säg mig vad jag ska göra!” Pietros röst var bönfallande och orolig.

”Lugna dig. Ingenting kommer att hända ännu.” Costanza tystnade och lade ena handen mot kinden och lät den sedan långsamt glida ner mot bröstet. Hon var lugn. ”Jag skulle vilja fråga dig en sak: gifte du dig med mig för hemgiftens skull?”

Pietro satt som förstummad och visste inte vad han skulle säga. ”Det finns andra kvinnor som skulle ha betalat för att få bli markisinna. Inte så rika. Nej, inte bara för hemgiftens skull.” Han såg förvånat på henne.

”För vad mer då?”

”Jag tyckte synd om dig, om du vill veta det, Costanza. Du var så förälskad”, muttrade han och sänkte blicken.

Costanza kände hur något inom henne gav vika, som om en redan sprucken vas plötsligt gick i småbitar. Hon nöjde sig emellertid med att föra handen till pannan och svälja. Sedan sa hon i iskall ton: ”Jag måste be dig att inte umgås intimt med tjänstefolk eller andra kvinnor i vårt hem. Utanför hemmet kan du fortsätta att göra som du behagar.” Pietro höll fortfarande blicken sänkt.

Sedan försökte hon återta sin vanliga ton och tillade: ”Jag skulle vilja besöka min far i nästa vecka. Har du något emot att vi återvänder till Palermo?”

Han teg. Costanza greps av en våldsam lust att bli fri från sin make, så hon drog i klocksträngen.

”Vad önskar frun?” frågade Rosa, som genast kommit rusande.

”Ett vispat ägg.” Och redan mådde Costanza bättre.

Costanza hade lagt teskeden på assietten och Rosa bar ut brickan. Äntligen var hon ensam. Hon kände i munnen den söta smaken av det mjuka äggskummet. Hon satt kvar overksam med händerna knäppta.

Hon åt inte på hela dagen och rörde sig inte från arbetsbordet. Skymningens skuggor hade invaderat rummet; om en stund skulle jungfrurna komma med lamporna. Hon måste rycka upp sig. Då hon inte visste vad mer hon skulle göra, gick hon ner till terrassen utanför arbetsrummet. Vädret var ljummet och sköldpaddorna höll på att vakna ur sin dvala. Hon fick syn på en av dem bredvid den sandiga jorden. De såg på varandra och Costanza förstod den: den var sömnig men försigkommen och eftersom den inte såg några grönsaker rörde den sig inte. Liksom alla andra ville sköldpaddorna bara ha saker av henne.

Varje kväll innan Costanza gick till sängs städade hon undan på arbetsbordet. Hon tog upp flätan av blått silkesgarn. Den var misslyckad: de tre delarna var olika, men den höll ihop, trådarna var raka, redo att dras ur för att träs på nålen. ”Livet går vidare, så är det”, muttrade hon för sig själv och kom plötsligt ihåg att hon inte hade spelat på hela dagen. Hon satte sig vid harpan – hon hade den i sitt rum, som i Sarentini – och rörde vid strängarna.

Hon spelade till långt in på natten men lyckades inte få fram någon sång, inte ens ett nynnande.

62

”Lagen är lika för alla, men den som har pengar struntar i det.”

Baron Domenico Safamitas död och grälen mellan barnen

Makarna Sabbiamena for till Palermo tidigare än förutsett, för baron Safamita var dålig och man fruktade att han skulle dö. Costanza beslöt att ta med sig amman och Paolo, som önskade återse sin husbonde.

Costanza fann fadern fylld av oro; han upplyste henne omedelbart om att han hade haft en allvarlig dispyt med Giacomo och att han ändrat sitt testamente. Det var allt han sade. Costanza frågade sig om den där rödhårige unge mannen som var så lik henne möjligen kunde vara faderns oäkta son och därför anledningen till grälet med brodern.

Men fadern förklarade i stället att han hade förordnat att hon förutom sin del skulle få slottet i Sarentini och en våning i det nya palatset och att han hade för avsikt att testamentera miniatyrsamlingen till sin svärdotter och sex fullblodsfuxar till Pietro.

”Varför har du gett oss så mycket?” frågade Costanza nyfiket. ”Giacomo kommer inte att bli glad.”

”Det är rätt åt honom, han förtjänar det”, svarade han och tillade sedan: ”Jag börjar däremot tro att jag gick för långt med Stefano. Om han inte hade varit så stolt eller om jag hade tagit honom på rätt sätt, skulle vi kanske kommit överens. Vi kunde ha flyttat till Palermo eller till och med till fastlandet. Jag borde ha accepterat utnämningen till kunglig senator: din mor hade rätt. Giacomo däremot kommer att dra ner familjen i ett långsamt men tilltagande förfall.” Här avbröt sig Domenico Safamita och såg bort mot Monte Pellegrino. ”Jag hoppas att barnen blir bättre än fadern. Men han är ändå en Safamita. Lita inte på honom.”

”Pappa, om jag inte skulle få barn, vem ska jag då lämna mitt till?” frågade Costanza.

”Till den du vill. Du är ung och tillhör en modern värld. Jag är av den gamla generationen, den som lever för att föra namn och rikedom vidare: våra gamla traditioner och Safamitas namn går före allt annat. Det är för sent att ändra sig. För mig finns inget val.”

”Har du andra barn förutom oss?” frågade hon.

”Costanza, du överraskar mig alltid med dina frågor. Nej, jag har inga andra barn.”

”Men om du hade haft det, skulle du då ha älskat dem som om de varit barn födda av vår mor?”

”Den enda jag verkligen har älskat är du, Costanza. Kom ihåg att du är speciell. Du, endast du, är ett kärleksbarn. Men jag har inte svarat dig. Ja, troligen skulle jag ha älskat dem. Men inga ägodelar, de skulle ha gått till dem det tillkommer och det tillkommer bara medlemmar av släkten Safamita.”

Fadern hade blivit rörd och de grät tillsammans.

Baronen avled några dagar senare. Begravningen ägde rum i Sarentini och nästan alla ortens invånare var där. Costanza var så nedbruten att hon inte förmådde gråta. Pietro stod bredvid och stöttade henne.

De befann sig på kyrkogården, efter gravsättningen. Costanza stod med foten på vagnens fotsteg, beredd att stiga in i den. Plötsligt hejdade hon sig, som träffad av blixten.

”Vad händer?” frågade hennes man. Costanza höll blicken riktad uppåt, mot den lilla väg som gick nerför kullen. Två seminarister och en gammal präst satt och betraktade dem från en vagn som stannat i en vid kurva.

”Vad är det där för några? Känner du dem?” undrade Pietro. ”Vill du be dem komma hit?”

”Nej”, svarade hon, ”inte nu.”

Makarna Sabbiamena låg över i slottet. Nästa dag skickade Costanza ett meddelande till Stefano. Hon avsade sig kondoleansbesök hela dagen och stannade hemma och väntade på honom. Stefano var berusad. Hans andedräkt stank av vin och han sluddrade. Han hade sällskap av Guglielmo, en stilig ung pojke med samma livliga och glödande blick som faderns, men den var också mild.

Guglielmo hade aldrig sett slottet inuti, så han såg sig då och då nyfiket omkring utan att verka besvärad.

”Varför har du kallat på mig? Du vet ju att jag inte vill ha med dig att göra.” Stefano vägrade kyssa systern och förblev stående.

”Innan pappa dog ångrade han att han behandlat dig illa.”

”Det är för sent. Du utför återigen hans order. Baronens slavinna är du, fru markisinna, även efter hans död! Hör på, Guglielmo, sådan är hon, den här. Hon är hans slavinna.” Stefano hånflinade och dreglade.

”Nej, han har aldrig tvingat mig att lyda honom, det var mitt eget val.”

”Varför det?”

”Han var den enda människa som höll av mig, men nu talar vi inte mer om det. Han lämnade slottet till mig och jag skulle vilja ge det till dig. Får jag göra det?”

”Vet du vad Giacomo har gjort? Har du inte hört om eldsvådan i rådhuset?”

”Nej, när då?”

”Du låtsas och gör dig till, men sanningen ska nog komma fram till slut, för det är advokater inblandade. Du kommer också att bli tvungen att infinna dig i rätten och svara för familjen Safamitas illgärningar. ’Safamita mot Safamita’, så står det i papperen. Avslöjade inför alla. Detta har ni velat och detta är rätt åt er. Jag tar inte emot allmosor av dig, inte ens åt mina barn. Jag svär inför min son, ätten Safamitas sanne arvinge, och jag skulle kunna bränna upp hela slottet. Av dig och den där vill jag bara ha vad som tillkommer mig och det på laglig väg med domare och allt. Om mina barn tar emot en enda *soldo* av dig efter min död, drar de på sig evig förbannelse!” Stefano gestikulerade och pratade upprört. Han fann inte orden, började vackla och blev osammanhängande. Guglielmo måste leda bort honom. De vägrade ta emot erbjudandet om en vagn.

Costanza följde dem från fönstret. Stefano raglade, hatten satt på sned och kavajen var i oordning; pojken styrde faderns steg, de gick sakta nerför allén där Stefano gått omkring när han var herre i huset: två kuvade personer. Costanza flydde in i sitt rum.

Amalia hade kommit in utan ett ord; hon hittade sin matmor på sängen och ropade på henne med låg röst: ”Frun, baron Giacomo är här, han ville komma in i fruns rum, han säger att han måste tala med frun!”

Giacomo kom infarande i rummet och vrålade, blåröd i ansiktet: ”Hur understår du dig att släppa in honom i farfars hus? Du har ju ingen respekt för de döda, du har varit en skam för familjen Safamita ända sedan du föddes och du fortsätter att smutsa ner vårt namn! Vad sa du till honom? Hela byn vet att du vill ge honom slottet! Ditt skamlösa stycke!”

Pietro hade kommit springande när han hört den skränande rösten, men han hade stannat på tröskeln.

”Lugna dig, lugna dig”, sa Costanza; broderns ord hade hamnat långt ifrån henne och inte berört henne.

”Giacomo, tala inte så till din syster. Behärska dig”, ingrep Pietro.

”Jaså du är också här! Hon den där, detta hår av hin, hon vill också förgöra min familj, precis som den där andre, men jag tillåter det inte. Vår mor dog på grund av sina gudlösa handlingar, för att inte tala om det som hon sa och gjorde mot vår far!" Sedan vände han sig mot Costanza och sa: "Vill nu du också, just du, dra ner oss i smutsen? Jag ska förgöra dig. Jag ska döda dig, döda dig med mina egna händer!" Giacomo slungade sig mot Costanza. Han grep henne om halsen och fick henne att falla baklänges på sängen. Pietro kastade sig över honom och slog till honom över nacken. Giacomo släppte taget men lyckades ge henne ett knytnävsslag i magen. Svågern och tjänarna grep tag i hans armar och tvingade honom att backa mot dörren.

"Kom ihåg att du inte är en Safamita, du är en oäkting! Den rödhåriga oäktingen! Oäkting! Oäkting!" vrålade Giacomo ursinnigt. Han kastade sig av och an och försökte befria sig men lyckades inte. Rasande spottade han i riktning mot systern och lät sig sedan föras därifrån.

63

"På gammal hund pissar räven."

Don Paolo Mercurio och Gaspare Quagliata återupptar sina konversationer på slottet i Sarentini

Don Paolo Mercurio gick andfådd vägen upp mot slottet. Han hade bråttom att få berätta för Gaspare Quagliata vad han hade sett och hört i byn den morgonen. Han blev förnärmad när han fick veta att händelserna i slottet vida överträffade det han hade att berätta.

"Så tidigt hade jag inte väntat mig det! Barnen slukar redan varandra levande. Salig baron sa till mig innan han dog: 'Paolo, jag litar inte på min son Giacomo. Vilken av mina båda söner som är värst vet jag inte längre! Se till min dotter, hon är en god människa.' Vem vet vad som hände mellan far och son, för jag hade aldrig hört honom prata så om Giacomo!" sa don Paolo och skakade på huvudet.

"Jag vet när saker och ting förändrades", avbröt honom Gaspare. "För två veckor sedan kom Giacomo till Palermo och gick direkt till baronen.

Han hade massor av papper med sig; så många att han såg ut som en notarie. Från rummet bredvid hörde jag alltihop. Giacomo ville att fadern skulle skriva under ett papper. Det handlade om mark och angick också markisinnan. Baronen vägrade och hans son satte igång att vråla: 'Hon förtjänar det inte och barn kommer hon inte att få, hennes man har inte rört vid henne och det kan jag skaffa bevis på!'

Baronen blev arg och sa åt honom att gå sin väg. Han ville inte lyda, och sa: 'Jag stannar här och far måste lyssna'. Så talade han till sin far. Han berättade för honom att Stefano ville gå till domstol på grund av arvet efter modern, han väntade bara på faderns död. Det var därför han måste underteckna det där papperet nu. Han talade om 'kränkning av laglig arvslott' och andra oförskämdheter, han sa att han hade ordnat med allt: han hade kallat in några maffiapersoner som baron Safamita aldrig skulle ha gett sig i lag med och de hade satt eld på det kommunkontor där dokumenten som bekräftade äktenskapet med smedsdottern förvarades och även sönernas födelseattester, så att Stefano blev rentvådd och barnen oäktingar.

Han väntade sig att fadern skulle säga att han varit duktig, men i stället kallade baronen honom vid namn som inte ens jag kände till. Giacomo sa då till honom, och jag återger det ord för ord: 'Mig har far aldrig hållit av. Varför? Jag har aldrig satt mig upp mot far och alltid gjort som far velat'. Baronen svarade inte. Då frågade sonen honom: 'Är det kanske för att jag när jag var yngre roade mig med pigorna? Men det gjorde ju far också på sin tid, och vad är det för ont i det?' Baronen svarade inte, så Giacomo frågade om igen: 'Vad är det för ont i det?'

'Försvinn härifrån, Giacomo', sa fadern, 'du är ohederlig och förlitar dig på skurkar. Du har redan mycket, försök att inte slösa bort det. Vad beträffar pigorna, så hade jag inget med dem att göra när jag var ung. Om du verkligen vill veta, så befann jag mig vid den tiden i internatskola och föredrog pojkar'."

De flinade bägge två. "Det här kommer du att gilla", återtog Gaspare. "Giacomo bleknade och vände sig om för att gå. Innan han gick ut ur baronens rum sa han halvhögt: 'Svin!', varefter han rusade därifrån. Jag stängde dörren efter honom och han vände sig mot spottkoppen men kom på andra tankar och satte en spottloska stor som en duvskit på den splitter nya dörren till faderns rum.” Don Paolo var häpen. Gaspare tillade: ”Paolo, det var därför som baronen ändrade sitt testamente och lämnade slottet till markisinnan. Nu är det din tur att berätta.”

Don Paolo samlade sig och kunde till slut berätta sin historia: ”När jag var på väg upp mot slottet såg jag en folkmassa utanför domkyrkan. Där satt Stefano på trappan som en tiggare. Han var berusad men hade inte tappat talförmågan och han pratade med de trashankar som fanns där. En barberare kom förbi och stannade; det är därför Sarentini inte behöver härolder. Alla vet redan allt. Stefano svor över markisinnan och sa att hon ville ge honom slottet men att han hade vägrat. ’Rättvisa’ var vad han ville ha, det räckte inte med ägodelar. Och han frågade de där ömkliga stackarna: ’Säg mig, är det inte sant att rättvisa kommer före ägodelar?’. Han sa att hans bror och hans far hade tvingat ingen mindre än borgmästaren, notarie Tuttolomondos son, att bränna upp de dokument som bevisade hans äktenskap och hans barns födelse, så han tänker stämma honom också. Han var kort sagt ömklig, men ännu ömkligare var hans son, som stod där och betraktade honom med ögon som får mig att gråta när jag tänker på det.”

Don Paolo hämtade andan och frågade sedan: ”Men Gaspare, är det som Stefano sa sant?”

”Det var du som sa det. Själv kommer jag att förneka det jag sagt”, svarade den andre. Han ryckte på axlarna och blinkade åt sin kamrat.

”Aj, aj”, sa don Paolo, ”det här kommer att bli riktigt otäckt.”

”Vem vet! Vem vet!” kommenterade Gaspare dystert.

”Lag är lag”, tillade don Paolo och tittade ut. Trädgården låg inbäddad i grönska. ”Salig baron tyckte mycket om den här trädgården. Han var en rekorderlig människa, vår unge baron”, sa han och vände sig mot Gaspare, ”vi kommer att sakna honom båda två.”

De båda vännerna tystnade, men konversationen hade inte avbrutits, den fortsatte längs de tysta trådar av likadana tankar och känslor som uppstår mellan människor som har känt varandra i många år. Då och då ett ord, en suck.

”Malivinnittis johannesbrödträd var vackra”, sa den ene.

"Han tillät inte att vi sågade av de grenar som rörde vid marken", sa den andre.
"Och så fick det bli!" sa de unisont.

"Unge baronen tyckte om Russello-vetet", började don Paolo.
"Ja, det gjorde han verkligen!" tillade Gaspare.
Då och då bröt de tystnaden med minnen: "Hon tyckte också om det", "Det gjorde hon verkligen!", "Så varmt det var!", "I sädesfältet precis som bönderna!" "Ja, jösses!" "Salig baronessan var en riktig godbit!"
Så fann Amalia dem: med armbågarna på bordet firade baron Safamitas betjänt och kusk sin döde husbondes bedrifter med halvkvädna ord. Tårar randade deras kinder, men de log.
"Vad har hänt?" undrade hon bekymrad.
"Ingenting, ingenting", sa de än en gång unisont.

64

"Böj dig säv, tills högvattnet sjunkit."

Costanza Safamita försöker förstå vem hon egentligen är och söker tröst i köksvrårna

En vecka efter baron Safamitas begravning reste paret Sabbiamena tillbaka till Cacaci. Costanza hade inte varit overksam en minut: hon talade med notarien – hon krävde inventering av det samlade arvet –, organiserade personalen, tog emot kondoleansbesök på slottet – och offentliggjorde därmed att hon tog avstånd från Giacomo – och fann till och med tid att hälsa på padre Puma. Hon var förvånad över att hon inte var så nedbruten som hon trott att hon skulle vara och hon kände att fadern skulle ha godkänt hennes handlande. Sarentiniborna sa: "Hon är underlig den här rödhåriga, hon verkar inte ens ledsen: var har hon egentligen hjärtat?"
I Cacaci greps hon av modlöshet. Hon hade förlorat sin familj: hon

var föräldralös och en skymfad syster. Och en sårad hustru. Costanza jämförde sig med modern, men hon hade älskat och hennes kärlek hade varit besvarad.

”Din mor älskade mig mycket, kanske alltför mycket”, hade fadern förklarat för henne. Hon själv däremot var en tjugosjuårig kvinna, vars make dömt henne till jungfrudom. ”Kärleksbarn” brukade fadern kalla henne och han hade sagt det till henne in i det sista. Costanza trodde honom. Varför hade han föredragit henne framför hennes bröder? Varför envisades Giacomo med att förolämpa henne? Varför hade han kallat henne ”oäkting”? Padre Puma hade ju bekräftat att det inte var så: ”Du är lika mycket Safamita som dina bröder”, hade han sagt. Han, moderns biktfader, borde ju ha vetat.

Hon grät i sin säng. Ingenting, varken musiken, broderiet, sköldpaddorna eller trädgården skänkte henne tröst. Hon saknade till och med den ställföreträdande njutningen i det där tjuvkikandet genom arbetsrummets fönsterluckor.

Du måste älska dig själv, tycka om dig själv, hade fadern uppmanat henne. Hon måste lösa upp håret och göra om livets fläta. Nya plikter, nya behov, nya kärleksobjekt. Faderns ord surrade i huvudet på henne: *Jag önskar att du gör det du vill. Glädje måste man söka, bygga upp den sten för sten...*

”Men var?” frågade sig Costanza,

Då kände hon lukten från ljuset på nattduksbordet. Den var stickande; hennes näsborrar skälvde.

Hon befann sig i strykrummet och hon grät. Maria Teccapiglia och Amalia klappade och tröstade henne. Lina Munnizza, som sällan besökte det rummet, stod och tittade på henne: ”Baronska är hon, och ändå tycker jag synd om den lilla stackarn. Hon är rörande.” Costanza var stolt redan vid den åldern och hon hade höjt huvudet med en knyck. Maria ingrep: ”Ju mindre en säger desto bättre är det. Ge mig nyckeln till förråden, Lina, och ge dig av.” Sedan omfamnade hon Costanza och sa: ”Kom med mig, jag ska visa dig en alldeles speciell plats, men inte en tår får droppa ner på stengolvet, för då blir du en snigel och du vet vad som händer då!" Maria tog hennes hand och tog med henne till förråden. Det var en ny, fascinerande värld att upptäcka.

I palazzo Safamita fanns det tre förråd: det första för torra och luktfria produkter, det andra för sötsaker och frukt som kunde lagras och det tredje för allt annat. Maria knöt upp säckarna med grönsaker en och en och sa till henne: "Rör vid dem, känn på dem!" Till en början stoppade hon ner händerna tveksamt i de där stora säckarna, tog en handfull och lät dem sedan sakta falla några i taget – linser, kikärter bondbönor och andra bönor – tillbaka ner i säckens öppning. Smattrandet från legymerna som rann mellan hennes fingrar och lät som regndroppar mot taktegel tröstade henne; från säckarna kom en frisk doft av damm och stärkelse blandad med dofterna från halmstrån och aromatiska örter, sådant som slängs när man rensar grönsakerna för att laga till dem: dofter av fänkål, vilda blommor, fält och stigar.

Med ett gåtfullt leende sa Maria: "Nu går vi till förrådet för sötsaker: det är som Snigelprinsessans förtrollade grotta i drottningens palats."

Förrådet liknade verkligen en grotta. Från krokar på väggen och i taket hängde likt stalaktiter kransar av torkade fikon, klasar av russin, hela grenar med granatäpplen, knippen med lagerblad, kransar av apelsiner fulla av kryddnejlikor. De översta hyllorna var fulla av flaskor med likörer, kryddade viner och säckar med torkad frukt av alla slag: mandlar, valnötter, hasselnötter, pistaschnötter, plommon, oliver, johannesbröd, aprikoser och persikor. Prydligt uppradade på de mellersta hyllorna stod metallburkar och glaskärl fulla av socker, honung, stärkelse, kakao, choklad, kaffe, kanel, vanilj, nejlikor, anis, torkad mynta, glaserade blommor, kanderad frukt och frukt inlagd i alkohol, apelsinskal, kvittensylt, marmelader, konserver, inlagd pumpa och kex av alla slag. De lägsta hyllorna, som hon nådde upp till, var fyllda av frukt som kunde lagras: vita eller gula vintermeloner med rynkiga, doftande skal, äpplen och päron som virats in i papper ett och ett, knöliga kvittenfrukter, hagtornsbär, små och röda som körsbär.

"Lukta på träet", sa Maria.

Costanza satte näsan mot hyllan och andades in doften av trä blandad med de aromer som fyllde förrådet.

”Blunda och rör dig inte. Se nu vad som händer.” I ett kalejdoskop av dofter fick undan för undan doften av varje sorts frukt som låg där konsistens och lade sig över de andra: melonernas söta doft, kvittenfrukternas beska och starka, den läckra doften av äpplen. Hon hade kunnat stå kvar där i timmar, med sitt lilla huvud lutat mot hyllan, ögonlocken sänkta och ett vagt leende på läpparna. Berusad.

Maria tog med henne till det sista förrådet. Där fanns cylindriska ostar: fårost i salt, hård lagrad fårost och *caciocavallo*; andra var runda, åter andra ovala; tunnor med vin, damejeanner med vinättika, lerkrukor med olja, kaggar med oliver i saltlake och massor av krukor med färskvatten. Där fanns till och med en liten iskällare i ett hörn under en lucka i golvet och täckt med halm. Hon luktade på den skarpa saltlaken, ättikslagens starka och vinets fylliga doft, den feta doften av oliver i olja – täckta av olivblad –, den syrliga doften av auberginer indränkta i vinäger och sedan bevarade i olja, och till och med den omärkliga doften från vattnet i kannorna, fuktig och jordig.

Maria tog därefter med henne till köket och gjorde i ordning en enkel granita åt henne genom att blanda sötad citronsaft och pressad snö och gav henne också ett frasigt kex att använda som sked.

Costanza kallade på Rosa och bad om en fotogenlampa. Hon gick ner i köket och in i förråden, som hon hade ordnat som förråden i Sarentini. Hon stod där alldeles ensam och öppnade säckarna med specerier och luktade på frukt, ostar, olja och vin. Äntligen, efter många år, hade hon fått tillbaka sitt luktsinne.

Hon gick tillbaka till sina rum, berusad av dofterna. Rosa var bekymrad och hade väckt amman. ”Frun fick oss att lida alla helvetets kval!” förebrådde Amalia henne.

Nästa morgon gick hon till sköldpaddornas lilla terrass. Det hade regnat under natten och på den tjocka uppsvällda stjälken till en pomeloblomma satt en stor strimmig snigel. Hon struntade i reptilerna och stod där och betraktade snigeln. Stadigt placerad på sin fot sträckte den nätt och jämnt ut huvudet. Den rörde sig inte. *Du ska inte vara orolig, du är inte ensam, för jag tar hand om dig*, sa Snigelkungen till Snigelprinsessan.

65

”De fattiga gifter sig och får fattiga barn.”
Amalia Cuffaro funderar över Costanza Safamitas plötsliga brist på förtroende och kan inte förstå varför

Amalia drog kammen genom Pinuzzas hår. Det var en ansträngande syssla. Pinuzza klagade, men man måste avlusa ordentligt en gång i månaden efter att ha tvättat med aska.

”Det kommer så mycket aska”, kommenterade Amalia, ”det krävs tålamod. Baronessan sa alltid till Nora Aiutamicristo när denna kammade henne – och hon gjorde henne verkligen illa, hon rullade hennes hår på den varma locktången och brände henne nästan på huvudet: ’Fortsätt, Nora, vill man vara fin får man lida pin’.”

”Tvättade hon också håret med aska?”

”Nej, men då och då med talk. Hon fick det tvättat i varmt vatten, för vatten hade de så mycket de önskade.”

”Tvättade markisinnan också sitt hår så?”

”Min Costanza var mycket renlig av sig: hon var vacker och hon klagade inte.”

”Var hon lika vacker som sin mor?”

”Annorlunda. Hon var väldigt mager.”

”Karlar tycker inte om magra kvinnor, rejält runda ska de vara”, kommenterade Pinuzza lakoniskt.

”Vem säger sånt till dig? Min Costanza var vacker.” Amalia skyndade sig att fläta hennes hår igen.

”Brukade ni prata som vi gör, när du kammade henne?”

”Hon tyckte inte om att bli kammad, vi pratade när vi satt och sömmade tillsammans.”

”Berättade hon allt för dig, som jag gör?”

”Ja, när hon var liten, sedan mindre.”

”Blev du inte ledsen för det?”

”Jag höll mycket av henne och hon höll av mig, väldigt mycket.”

”Saknade du inte Giovannino?”

”Jo, det är klart, men jag var amma hos familjen Safamita och där stannade jag kvar.”

”Vet du vad? Den här markisinnan betydde mer för dig än din son. Det är inte rätt. Den som tog dig med till markisinnan förtrollade dig!”

Det var en bra bit in i maj nästan fyrtio år tidigare. Hennes svärmor tjatade på henne hela tiden: Amalia måste gå till palatset för att träffa de sista överenskommelserna innan hon trädde i tjänst. Giovannino var nästan sju månader och en underbar liten gosse. Han log ljuvt mot henne och grep tag om hennes fingrar när hon ammade honom, som om denna oskyldiga lilla varelse redan visste att farföräldrarna skulle beröva honom hans mor. Hon försökte förtvivlat skjuta upp avskedsögonblicket och hade till och med börjat hoppas att det inte heller den här gången skulle behövas någon amma hos familjen Safamita. Att förlora Giovannino var en outhärdlig plåga. Svärmodern hade lovat att komma till henne med honom varje dag för att inte mjölken skulle sina i väntan på födelsen och därefter en gång i veckan, men de löftena räckte inte för henne.

Hon måste ge efter. Hon, Amalia Belice, var fattig liksom hela sin släkt och född att lyda. I detta sinnestillstånd gick hon ängsligt och motvilligt arm i arm med svärmodern genom Sarentinis gränder i riktning mot palazzo Safamita. Hon hoppades på att snart få komma tillbaka till sonen och försökte förgäves trösta sig med tanken att hon skulle få smaka på den köttbuljong som alla hade talat så mycket om; den lagades i palatsets kök åt alla, åt herrskap såväl som tjänstefolk och besökare.

Hon hade inte väntat sig att hon skulle fästa sig vid Costanza så snabbt och med sådan intensitet. Hon hade känt att hon var lik henne själv – förskjuten av modern liksom hon själv förskjutits av svärmodern

– och hon hade älskat henne som om hon varit en syster till Giovannino. Svärmodern kom alltmer sällan med honom till palatset. De lediga eftermiddagar då hon kunde gå hem satte svärföräldrarna henne i arbete långt ifrån honom. Kärleken mellan mor och son bestod, Giovannino respekterade henne. Åtminstone fram till den där händelsen. Hon hade inte sett honom på tjugo år, men de höll alltjämt av varandra och Giovannino hade till och med inbjudit henne att komma till honom i Amerika. Nu var det för sent. Han hade gift sig, livet var hårt där borta och det var inte sant att han hade gjort sig en förmögenhet. Hon skulle ha varit ännu en mun att mätta, en åldring att ta hand om. Hon kände inte svärdottern och barnen.

Amalia hade erbjudit sig att ta hand om Pinuzza: det var bäst så för alla.

Costanza höll av henne, det hade hon visat fram till sin död. Men från och med sju års ålder anförtrodde hon sig inte längre åt henne, hon var som en liten snigel som dragit sig in i sitt skal. Det hände efter första nattvarden, utan anledning. Hon hade trott att Costanza betraktade henne som ansvarig för att inte ha skyddat henne, men hon hade fel: Costanza hyste inget agg, hon gav henne inte skulden.

Amalia var otröstlig. Efter baronens bortgång hade Costanza ingen som hon kunde anförtro sig åt. Hon såg på henne med sina stora och tankfulla ögon och man förstod att hon ville säga något, men i stället kramade hon henne mycket hårt, som en liten flicka, men hon öppnade inte munnen, som om de där kramarna räckte för att berätta om hur olycklig hon var. Hon var gift, men hennes man både fanns där och inte fanns där. Costanza var ensam och sorgsen. Varför hon inte ville anförtro sig åt henne, hennes amma, förblev ett mysterium. Men mysterier fanns det gott om i släkten Safamita. Don Paolo rådde henne att inte grubbla över det: ”Hon är en adelskvinna och de är sådana. Hon skulle kanske ha blivit som en piga om hon umgåtts för mycket med dig, och det är inte rätt”, sa han. Då och då lät Costanza undslippa sig underliga men ”genomtänkta” saker. Amalia förstod dem inte och det var lönlöst att begära förklaringar: Costanza rodnade djupt, som om hon skämdes över sin svaghet, och hon sade inte ett ord. Men hon räknade alltid med henne i svåra och plågsamma situationer. Hon ville ha med henne när hon besökte padre Puma i seminariet. I vagnen på tillbakavägen var Costanza alldeles nedbruten. ”Så bedrövlig padre Puma ser ut!” hade Amalia sagt för att förströ henne. ”Han har fullständigt tappat förståndet. Det han sa gick ju inte att begripa.”

Costanza sjönk ner på sätet i vagnen. ”För mig räckte det”, sa hon och tillade inget mer.

66

”Klar luft fruktar inte åska.”

Costanza Safamita finner lugn i sitt hem, men folk skvallrar om henne

Costanza tänkte ut ett alldeles eget sätt att ge form åt sin sorg: hon måste förverkliga faderns önskan att hon skulle finna frid, om än inte glädje.

Hon koncentrerade sig på sig själv, envist och energiskt. Hon vårdade sin kropp och unnade sig långa, varma bad, hon lät Rosa massera henne från topp till tå och eftersom hon inte tyckte om att bli friserad, bar hon håret samlat i en knut.

Hon ville njuta av allt som hon tidigare avstått från på grund av konformism och blyghet. Hon hade alltid avundats de enkla och bekväma kläder som kvinnorna av folket bar – snörliv utan valfiskben, vida kjolar som slutade ovanför anklarna – och låtit sy sig likadana i vackra, mjuka tyger. Hon lät göra om den hängande trädgården och planterade doftande buskar där. Hon tillbringade hela förmiddagar tillsammans med trädgårdsmästaren och hjälpte honom utan att ens ta av sig ringarna. Hon hackade, beskar och planterade, precis som männen. På fötterna hade hon kraftiga skor, som en bondkvinna. Hon kom hem trött, smutsig, svettig och nöjd.

Tjänstefolket sade förskräckt: ”För att trösta sig i sin sorg roar sig fru markisinnan nu med att leka tjänsteflicka: ännu en av de rikas nycker." Amalia lät dem prata, men det var inte så. Costanza sökte någonting men visste inte själv vad. Hon gick tillbaka till trädgården i skymningen, när hon var säker på att vara ensam där; då skötte hon om krukväxterna, plockade bort döda blad och vissnade blommor, luckrade upp myllan och vattnade. Medan hon arbetade gick hon i minnet tillbaka till de berättelser hon brukade lyssna på i strykrummet. På så sätt fördunklades verkligheten, den miste konturerna, avlägsnade sig och gjorde inte längre ont.

Costanza ägnade sig med förnyad lidelse även åt de komplexa frågorna kring arvet efter fadern, en otacksam men tillfredsställande uppgift. För första gången tyckte hon om att vara rik. Hon behövde hjälp av andra när det gällde affärer och hade vänt sig till kusinerna Lo Vallo, som hon lärt känna vid uppdelningen av arvet efter faster Assunta. Paolo Lo Vallo hade erbjudit sig att hjälpa henne med problemen med tillsynsmän som tillhörde maffian uppe i Le Madonie, som hade sänt varningar till henne som hon inte visste hur hon skulle handskas med då detta var okänt territorium för henne. Costanza bad honom om råd och följde dem eftersom hon tyckte att de var kloka och förnuftiga.

Släktingarna tyckte inte om detta, för de hade inte glömt forna förödmjukelser och höll sig på avstånd från medlemmar av familjen Lo Vallo, som var socialt underlägsna. Det sades att Paolo hade allierat sig med fogdarna och de mycket sofistikerade mafiosi som kontrollerade rösterna och till och med att han – liksom en del andra baroner i Le Madonie – var inblandad i den brottslighet som härjade ibland bergen, vilket skulle ha givit honom avsevärda förmåner.

Under den striktaste sorgeperioden hade Pietro hållit sig hemma en hel del, men Costanza varken sökte eller uppskattade hans sällskap. Han var förvånad och bekymrad över detta, han trodde att han hade sagt för mycket till sin hustru och fruktade för sin framtid. Han hade tråkigt. Han skulle ha velat utvidga stuteriet och med de hästar som han ärvt efter svärfadern påbörja en uppfödning av fuxar – ett mycket kostsamt projekt – men han vågade inte tala med Costanza om det. Han hade inte pengar för sådana utgifter. I andras ögon var han herre över sin hustrus hemgift, men det var inte sant. Sedan länge fanns en tillfredsställande och värdig praxis etablerad mellan dem: leverantörerna skickade räkningarna direkt till förvaltningen och de betalades omedelbart. För de dagliga utgifterna tog han vad han behövde. Dessutom informerade Costanza honom regelbundet om sina inkomster: en tyst invit till att slösa. Han gick obekymrat till förvaltningskontoret och tog ut de summor han behövde. Ibland manade Costanza honom att vara försiktig och talade om exakt hur stora utgifterna fick vara. Det var en bekväm tillvaro och det skulle ha varit svårt för honom att återgå till att leva ur hand i mun som förr. Costanza pratade inte längre med honom om affärer, och Pietro misstänkte att hon förberedde sig på att utöva utpressning mot honom för att få honom att acceptera barnet och han befann sig alltså i knipa.

När de återvände till Palermo, återupptog Costanza det vanliga familjelivet utan att antyda att Rura hade fött en son och stannat kvar på välgörenhetsinstitutet tillsammans med barnet. Pietro var övertygad om att det problemet var ur världen och hade återgått till ungkarlslivet. Han gick till klubben, teatrarna och bordellerna, följde förbudet att ha kärleksaffärer inom hemmets väggar och använde sig fritt av hustruns inkomster. Han var sällan hemma, bara när de hade gäster. Morgonmötena i Costanzas rum – de sista resterna av en viss äktenskaplig intimitet – hade blivit sällsynta och nästan upphört. Man och hustru hade blivit två främlingar.

”Amalia, gör dig i ordning, i dag ska vi åka och titta på Ruras pojke!” sa Costanza till amman en morgon i januari 1887.

”Tycker frun verkligen att det är klokt?” undrade hon förvirrad.

”Visst, hon har sagt att hon är redo att låta mig få lära känna honom.”

På tillbakavägen gjorde Costanza inget annat än pratade om pojken: ”Han har markisens hår och exakt samma ögonbryn. Tror du att han kommer att tycka om honom? Och hans små leenden! Det märks att Rura är en bra mamma.”

”Frun får ursäkta, men den här lille är son till en kvinna av den där sorten och han tillhör inte er. Markisen vill inte veta av honom och jag skulle inte åka tillbaka dit. Det är farligt."

"Farligt? Varför det?" För första gången vände sig Costanza till Amalia i irriterad ton.

"Det är farligt därför att hon den där ska vara hos de sina och frun ska vara i palatset. Han är inte fruns son och inte ens släkt med frun."

Costanza vände sig mot vagnsfönstret och yttrade inte ett ord mer under resten av färden.

På kvällen, medan amman kammade henne, frågade hon: "Har du märkt att jag har förändrats efter min fars död?"

"Ja, frun, lite grand."

"Och vad säger de andra i huset?"

"Att herrskapsfolk gör som de vill, vad ska de säga?" Amalia var besvärad.

"Nej, jag vill veta vad de säger."

"Att frun roar sig i köket och arbetar mycket, att frun är en bra matmor."

"Och vad säger du då?"

"Jag är glad när jag ser frun glad."

"Tror du att jag verkligen är det?"

"Det förefaller så."

Costanza grep borsten och började borsta håret själv. "Amalia, jag försöker vara glad. I själva verket saknar jag kärlek och måste nöja mig med det som finns. Jag ska ge ömhet till dem som vill ha det av mig. Jag har längtat så mycket efter ett barn, kanske den här pojken kommer att hålla av mig."

"Men det finns ju andra småbarn i släkten, alla fruns kusinbarn! De skulle hoppa högt av glädje, och deras mödrar också, om frun gav dem ett leende!"

"Ja, det är sant, men det är bara för att de hoppas på att få ärva."

"Desto bättre, de kommer ju att vara frun tillgivna ända tills frun dör!"

"Men du då, Amalia, är det inte för att jag är rik som du håller av mig?"

”Frun lades vid mitt bröst och det var min mjölk frun sög i sig.”

”Det är bara jag som kan ge honom ekonomiskt välstånd. Och det ska han få, markisens son.”

”Se upp, för Rura är en dålig kvinna.”

Costanza kände sig förolämpad. ”Rura var fattig och skamlös. Hon kom för att roa markisen och blev gravid. Hon har uppfört sig väl på institutet och kommer att arbeta som sömmerska hemma hos sig. Hon kommer att försörja sonen på sitt arbete. Vad är det för ont hon har gjort som inte markisen också har gjort? Man måste respektera folk och ta dem som de är. Jag ska säga dig en annan sak. Jag känner inga dåliga kvinnor, men männen i alla familjer umgås med dem och ingen kritiserar dem. De har det besvärligt, Amà, och det är svårt, riskfyllt. Ja, till och med fruktansvärt.”

Sedan gav hon henne ett sorgset litet leende, som när hon var barn, och tillade: ”Det var du som lärde mig detta: man ska vara nöjd med det man har. Du har fått det bra i palazzo Safamita. Behandla Rura som hon är nu och inte som hon var. Varje människa har rätt till respekt och kan bli bättre.” Costanza märkte att amman rodnade och hon beslöt att inte säga mer.

Släktingar och vänner blev inte förvånade över att paret Sabbiamena levde skilda liv, för det var inte ovanligt i deras samhällsklass. Att Pietro roade sig med andra kvinnor var mer än normalt och det var även Costanzas överseende. De var med andra ord ett par som många andra.

Med tiden blev emellertid Costanzas beteende föremål för de andra kvinnornas skvaller. Hon vägrade att gå med ut och handla, hon verkade ointresserad av kläder och smycken och tillbringade mycket tid hemma, av eget val. Hon ägnade sig åt trädgårdsskötsel med sådan hängivelse att hon till och med överträffade de engelska damer som levde i Palermo. Under sömnadseftermiddagarna tog hon ur sykorgen fram servetter och örngott som behövde lagas och ägnade sig åt dem lika allvarligt och hängivet som om de varit altarbroderier; hon bjöd på läckra sötsaker och förklarade glatt att hon gjort dem själv. Hon ansågs excentrisk och det var det inte bra att vara. Hennes kusiner kände också till hennes intresse för makens oäkta son men vågade inte prata öppet om det eftersom det hade räckt för att förstöra Costanzas anseende. Men förr eller senare skulle saken bli allmänt känd.

Med en sådan hustru, vem skulle någonsin våga kritisera markisen Sabbiamena för att han diskret sökte vackra och sofistikerade älskarinnor? Det var ingen slump att äktenskapet inte givit frukt: vilken förebild skulle en kvinna som Costanza kunna vara åt sina döttrar?

67

”Så ligger det till, punkt och slut.”

Markisen Sabbiamena och hans hustru har ett kort men viktigt samtal under tågresan från Palermo till Cacaci

Efter påsken 1887 tog makarna Patella tåget tillbaka till Cacaci. Pietro var nöjd: han hade enormt roligt i Palermo, som nu var ett enda sjudande av aktiviteter inför Riksutställningen 1891. Aldrig tidigare hade utbudet av förströelser varit så stort och varierande: kvinnorna på hotellen, kaféerna på Via Maqueda, nya klubbar, teatrar, lyxbutiker, antikvitetshandlare, mottagningsfester för de europeiska kungligheter som besökte staden regelbundet. Sällskapslivet var otyglat och praktfullt. För första gången på århundraden hade Palermo åter blivit en stor medelhavsstad.

Costanza satt mitt emot sin man. Det var länge sedan de var helt ensamma, utan tjänare runtomkring. Pietro ansåg deras äktenskap stabilt och lugnt. Costanza föreföll lika nöjd som han med deras parallella liv.

Järnvägen löpte utefter stranden. Det var en solig och vacker dag och havet låg platt som en bordsyta, vågorna syntes knappt. Allt var lugnt. Utsikten från fönstret var som en tvåfärgad tavla: havets intensiva, vibrerande blå färg och den klara himlens lysande ljusblå färg.

”Jag ville berätta att Rura har kommit tillbaka till Cacaci och arbetar som sömmerska. För att hjälpa henne att förtjäna sitt levebröd på ett hederligt sätt tänker jag ge henne arbete”, sa Costanza plötsligt.

”Det är ju vansinne!” utbrast Pietro förvånat. ”Jag trodde att du hade glömt den där historien!”

”Jag har sett din son, han heter Antonio. Jag ber dig inte att lära känna honom om du inte vill. Han är lik dig”, löd hennes enda svar och hon vände sig om och tittade ut över havet.

Pietro kände sig obehaglig till mods när hans hustru talade med den där lugna tonen, skenbart ödmjuk och likväl beslutsam; ändå hade han alltjämt en känsla av välbefinnande och beslöt att reagera. ”Men om jag förbjöd dig att släppa in henne i vårt hem?” frågade han.

”Markisinnan Sabbiamena kan du ge order och jag ska alltid försöka lyda. Men inte Costanza Safamita”, svarade hon lugnt. ”Valet är ditt. Just nu är jag bådadera, men jag kan dela på dem: det räcker att du säger åt mig och jag ska vidta mått och steg.”

De satt och betraktade havet. Pietro satt besvärad kvar i samma ställning med böjda armar och handflatorna vända mot varandra: fingertopparna vidrörde varandra och tummarna möttes och han lät händerna gunga rytmiskt upp och ner med hjälp av benen. De ackompanjerade hans tankar. Costanza märkte detta och följde i ögonvrån Pietros gungande händer. Händerna, samma händer som den gången för länge sedan, när hon känt deras värme genom sjalens tyg. Hon blev rörd över Pietros nästan barnsliga genomskinlighet. Han tillgrep instinktivt sicilianarnas gester och med händernas rörelse gav han henne det svar som hon hade väntat sig och hon njöt av hans charmfullhet utan minsta spår av plåga. Pietros manliga och regelbundna profil avtecknade sig skarpt mot det blå: böjd näsa, hög panna och mycket långa ögonfransar som var som silke. Han såg oerhört bra ut. Liksom hans son också skulle komma att göra.

Rura Fecarotta bodde i ett litet hus inte långt från palatset, dit hon gick två gånger i veckan med gossebarnet. Hon slog sig ner i strykrummet i ett hörn som var avsett för sömnadsarbeten och där allt som behövdes för den lille fanns. Costanza kom ner och lekte med honom medan mamman arbetade. Tjänstefolket kände till situationen och låtsades som ingenting. Markisen träffade aldrig vare sig mamman eller sonen.

68

”Vad som finns i grytan vet endast sleven som rör om.”

På Malivinnitti får Costanza problem med tillsynsmännen och får veta att hennes bror Stefano har avlidit

I juni 1887 åkte makarna Sabbiamena till Malivinnitti för tröskningen tillsammans med kusinerna Trasi; familjen Lo Vallo var deras gäster för första gången, men de inhystes i de mindre attraktiva rummen på bottenvåningen för att framhäva skillnaden mellan familjerna.

Costanza hade problem på Malivinnitti. Pepi Tignuso var nu en gammal ledbruten gubbe, men ännu pigg och vaken. Hans äldste son Lillo hade tagit över efter honom, men den som verkligen räknades var Maria Teccapiglias näst äldste son, Mimmo Tignuso. Marias söner hade kommit överens om att inte gifta sig och de var män av heder. Den äldste och den yngste bodde i byn och ägnade sig åt andra aktiviteter förbundna med egendomar och politik. Mellan kusinerna fanns det spänningar som var tydliga för Costanza men kanske inte för utomstående, och som släktskapet gjorde det svårare att lösa.

Egendomen var inte uppstyckad och de djupa ravinerna mellan kullarna erbjöd gömställen som var oåtkomliga för dem som inte kände till dem. Regeringen talade om att anlägga en ny väg som skulle gå tvärs över en lantgård nära gränsen. Skenbart medförde detta ingen större skada men i själva verket utgjorde det ett ansenligt och symboliskt hot mot Tignusos makt. På Malivinnitti gav de skydd åt folk som gömde sig för andra maffiagrupper och för staten och de gömde boskapstjuvarnas hjordar i dalarna och åtnjöt också av den anledningen en ansenlig prestige i trakten. Familjen Safamita kände till detta genom insinuationer, men de fann det lämpligt att överse med det.

De hade två val: antingen att göra dem till fiender – och i det fallet skulle det bli krig på Malivinnitti och andra ställen, bränder, magra skördar och problem med lantarbetarna, för att inte tala om hot och kidnappningar – eller att sälja. Det vill säga sälja ut billigt. Costanza kunde i och för sig sälja ut, men det var inte mödan värt. Fadern hade rått henne att hålla fast vid sin makt genom att visa sig respektingivande, föra en dialog och aldrig helt ge vika.

Tignusos hade ett annat stort bekymmer, nämligen att egendomarna uppe i Le Madonie hade sin egen maffia och denna hade skapat svårigheter för Costanza. Kusinen Lo Vallo hade rekommenderat vem hon skulle förlita sig på och Tignusos var på sin vakt. De kunde inte förlora sin värdighet inför de andra maffiagrupperna, men de var heller inte kapabla att direkt ta itu med dem. Maffian i Le Madonie var hänsynslös och stöttad – och rentav organiserad, sades det – av vissa adelsfamiljer och således dubbelt skyddad av dem som innehade den politiska makten.

Costanza befann sig på förvaltningskontoret tillsammans med Lillo Tignuso för det första sedvanliga mötet efter ankomsten till Malivinnitti.

”Om jag får lov att säga det så tycker jag frun ser ut att må bättre i år, och frun är till och med lite fylligare”, sa Lillo med den respektfulla förtrolighet som bara han kunde tillåta sig inför sin matmor.

”Tack, Lillo, du ser också ut att må bra. Familjen växer och det gläder mig. Jag vet att Nunziata har fått en liten flicka och jag skulle gärna vilja se henne, ert senaste lilla barn”, svarade Costanza.

”Folk säger att det ryktas om smått i Cacaci”, sa Lillo för att sondera terrängen.

”Det ryktas alltid om smått där det finns karlar”, svarade Costanza lakoniskt.

”Frun har okända gäster på Malivinnitti i år. Vad är det för ena?” frågade då Lillo och låtsades inte känna till familjen Lo Vallo.

”Okända är de väl inte, det är min faster Teresa Safamitas son: du kan inte minnas henne, men Pepi minns henne säkert, hon var min fars syster."

"De släktingarna visade sig aldrig på Malivinnitti på salig baron Guglielmos och fruns fars tid, om frun ursäktar att jag säger det!" utbrast han och såg henne stint i ögonen. "De var kloka herrar, sådana finns inte längre! Frun måste bli som de och frun är verkligen mycket duktig. Vi Tignuso är här för att tjäna er Sabbiamena som om ni hette Safamita."

"Jag förstår, Lillo, och det tackar jag dig för. Min kusin är bara en av gästerna, senare kommer det andra Safamita-släktingar."

"Synd att baron Giacomo inte kommer, men så är det. Jag tycker att han bör inse att hans syster, som visserligen bara är ett år äldre än han, ändå är så klok att hon kunde vara hans mor!"

"Vi kan ju hoppas det, Lillo, men han är ändå min bror och jag respekterar honom", sa Costanza och skickade iväg honom.

Mimmo Tignuso var mer rakt på sak, som sin mor. Han bad att få tala med Costanza i hennes hem. Hon gick med på det – hon hyste en särskild sympati för Maria Teccapiglias barn – och tog emot honom stående i den lilla salen.

"Frun får förlåta, men jag kommer med dåliga nyheter. Min salig mor talade ofta om frun och vi betraktar frun som en syster, fastän frun alltid är matmor först och främst. Jag har fått veta att unge baron Stefano för fyra dagar sedan föll av hästen och dog direkt. Ett skönt sätt att dö, men frun måste vara mycket ledsen, han var en bra människa. Begravningen var i förrgår. Han hade sagt tidigare att frun inte fick underrättas om han dog och frun förstår säkert varför. Vi Tignuso gjorde vår plikt och min bror Gaspare gick dit och frun vet vilken risk han tog, men vi är och förblir Safamitas husfolk." Mimmo stod kvar med mössan i handen och blicken sänkt. Han gav henne tid att reagera.

"Tack, Mimmo, jag är tacksam för detta. Vet ni hur hans familj har det?" frågade Costanza uppgivet och sorgset.

"Alla barnen var där och de såg ut att må bra. Sonen har blivit en fin ung man, men han pratar lite väl mycket."

”Sådan är ungdomen”, suckade Costanza och hoppades att Mimmo skulle gå sin väg.

Men han gick inte, för han hade mer att säga. ”På Malivinnitti händer inget utan att vi får veta det och tröskningen går bra. Här är det ingen som stjäl. Folk vill veta om det ska fortsätta så.”

Costanza sänkte ögonlocken. ”Det måste fortsätta så.”

”Folk pratar en hel del. Jag säger till dem att frun är visserligen fruntimmer men hon är en Safamita framför allt. Jag har också sagt till dem att Malivinnitti förblir som det är och inget förändras och när det gäller vägar så kommer de inte att gå förbi här.”

”Bra sagt, Mimmi, så ska Malivinnitti förbli.”

”Senator Bentivoglios fru står på fruns sida: senatorn är en bra person och släktingarna respekterar honom.”

”Det gläder mig att ni också tycker det.”

”Folk härifrån röstar på honom. I våra trakter visar folk respekt. Men de där uppe i bergen litar jag inte på.”

”Jag vet det, Mimmo.”

”Vi är alltid redo att tjäna familjen Safamita, och både här och på alla andra ställen har mina bröder och jag massor av vänner.”

”Och jag ska hålla mina matmorsögon öppna och inte glömma att ni är söner till Tano Tignuso och Maria Teccapiglia.”

Costanza underrättade inte de andra om broderns död, inte ens sin make. Det fanns ingen anledning. Stefano – kom hon på sig med att minnas – hade slösat bort arvet efter faster Assunta på felaktiga investeringar. Han var olycklig och alkoholiserad. Äntligen hade han funnit den frid han förnekat sig på jorden.

”Hans olycka berodde på alltför stor kärlek och alltför mycket stolthet”, tänkte Costanza. Liksom på faderns begravning kom hon att tänka på sin mor: hon hade älskat Stefano så mycket och nu var Costanza helt överens med henne. Hon förstod henne. Själv förtärdes hon av kärlek till Antonio och för första gången hade hon rest till Malivinnitti motvilligt. Barnet väckte nya och bortglömda intryck och känslor hos henne, nämligen att kunna njuta av kyssar och smekningar och en gränslös kärlek utan osäkerhet och tvivel. Besvarad kärlek.

Det var också en possessiv, våldsam och glupsk kärlek. Costanza förstod nu de fraser som brukade yttras av enkla kvinnor och som tidigare väckt förakt och avsky hos henne: ”Jag skulle kunna äta upp dig”, ”Jag tar en tugga av dig, så god är du”, ”Jag slaktar dig och äter upp dig”. Men hon var inte modern och det måste hon komma ihåg.

69

”Ingen gör något för ingenting.”

Costanza Safamita åtrås av sin kusin Paolo Lo Vallo, hon tvekar men ger inte vika

Costanza var ensam på terrassen. Den söta och fylliga doften av den mogna säden fyllde den friska morgonluften. Stefano Trasis son Sandro och hans unga hustru Maria Teresa kom nästan smygande ut ur stora porten. De promenerade drömmande omkring bland johannesbrödträden till synes utan mål. Hon gladde sig åt kärleken mellan det unga paret, som framgick av det sätt på vilket den knappt artonåriga kvinnan lutade sig mot sin makes arm. Costanza var tjugoåtta år och betraktade sig nästan som gammal. Hon iakttog dem i smyg; det var ingen tillfällighet att de gick ner till de stora ståtliga johannesbrödträden med glänsande, mörkgrön krona. Det unga paret strövade från det ena trädet till det andra och rätt som det var hamnade de framför en grön ridå av grenar som dignade av johannesbröd. De snuddade vid marken. Ungdomarna gick runt trädet och saktade in stegen, som om de ville förhöja sin lust genom att skjuta upp njutningen.

Maria Teresa plockade då och då ett långt johannesbröd, gned det mellan händerna för att ta bort hinnan av damm och knaprade på det; hon tuggade på det söta skalet och spottade sedan ut fröna och de segaste fibrerna, varefter hon plockade en ny. Uppifrån observerade Costanza den unga kvinnans gungande steg och den unge pojkens manliga gång; Sandro vek beslutsamt undan grenarna till en öppning, flickan böjde sig i det hon lyfte upp kjolen och gick in. Han följde efter. Costanza log och kände ingen avund: de skulle komma ut därifrån igen varma, generade och tillfredsställda.

Det är härligt att vara förälskad! tänkte hon. Hon tittade sedesamt uppåt och beundrade förstrött de gula vidsträckta sädesfälten på Malivinnittis kullar, böljande för morgonvinden.

”Ni är vacker, kusin, och ensam. Jag skulle vilja vara den som tar med er under ett av de där träden”, sa en röst, samtidigt som en hand lades mot Costanzas rygg. Hon spratt till.

”Paolo?” utropade hon och skakade av sig den där handen som smekte hennes nacke.

Paolo Lo Vallo satte sig bredvid henne och lutade sig fram mot henne med armen alltjämt stödd mot stolens ryggstöd.

”Ända sedan jag såg er första gången, täckt av svarta slöjor i palazzo Safamita, har jag inte gjort annat än tänkt på er. Ni är vacker, Costanza, och jag åtrår er lika mycket som den gången.”

”Kusin, er hustru befinner sig under samma tak som vi och jag är en gift kvinna.”

”Eleonora är indisponerad och ligger och sover; vad Pietro beträffar så kanske ni inte vet det, men han steg upp i gryningen för att rida ut och jaga. Er man vet inte vad han går miste om och han har inte gjort sig förtjänt av er. Jag älskar er och har gjort det länge.” Han lade handen på hennes nacke och smekte henne igen.

”Jag är en gift kvinna”, upprepade Costanza. ”Just av er, kusin – vi har ju båda Safamitas blod i ådrorna – hade jag inte väntat mig detta.”

”Ni har fel, Costanza: ni borde ha väntat er det. Safamitasläktingar tycker om varandra, de tycker till och med så mycket om varandra att de gifter sig med varandra, som er far gjorde. Costanza, jag vet att jag inte är er likgiltig och jag älskar er. Nå?”

Rosa kom med ett meddelande till sin husmor och Costanza skyndade sig tillbaka in i huset.

Costanza tillbringade förmiddagen tillsammans med kvinnorna. När de satt till bords såg kusinen på henne på ett sätt som hon tyckte var tvetydigt. Hon satt som på nålar. När han tilltalade henne ryckte hon till. På eftermiddagen drog hon sig tillbaka för att vila men lyckades inte slumra till. Hon kände sig som en liten sten på stranden, ett rov för förvirrade och motsägelsefulla tankar som kom och gick som vågsvall. Ingen man hade någonsin sagt att han älskade henne, än mindre att hon var vacker. Hon trodde honom inte, utan misstänkte att Paolo hade en dold avsikt och på ett ovärdigt sätt drog fördel av hennes gästfrihet. Släkten Lo Vallo förändrades inte, hennes farfar hade gjort rätt i att ta avstånd från dem. Hon visste inte hur hon skulle göra för att köra iväg dem genast: hon hade varit ett dumhuvud som låtit sig vilseledas.

Ändå var Paolo vänlig, trevlig och pålitlig. Hon tyckte om denne kusin som var så lik morfadern och fadern; hans blick var intensiv, hans kinder bleka, läpparna halvslutna, precis som hennes far. Kanske hade Paolo rätt i att Safamitasläktingar attraherar varandra. Omtumlad av kusinens djärvhet kände hon sig med ens mycket trött och föll i halvslummer.

Costanza hade aldrig drömt erotiska drömmar. Den eftermiddagen drömde hon en som skrämde henne. Där visade sig två obscena, jättestora, mytiska gestalter; från ryggen och de knotiga armarna växte det trädgrenar som på johannesbrödträdet; de båda monstruösa varelserna kämpade om henne och tog henne i besittning en i taget: den ene var fadern och den andre var Pietro.

Hon överväldigades av avlägsna minnen, medvetet glömda. Fadern satt nedsjunken i fåtöljen och hon spelade och sjöng för honom. *Porgi amor, qualche ristoro.* Costanza såg på honom: han satt och lyssnade med sänkta ögonlock. Hon smekte honom med sin blick. Men sedan spratt någonting till inom henne och hon såg honom som man och inte längre som far. Hon slutade spela. Hennes tinningar bultade i den djupa tystnaden. Han slog upp ögonen – det glimmade till – och slöt dem genast igen och hans ansikte förvreds till ett plågat uttryck. Då började hon spela igen, förvirrat, och klarade inte ens av att följa noterna. Hon sneglade på honom – hon kunde inte låta bli – och han betraktade henne lidelsefullt genom springorna mellan ögonlocken. Costanza återupplevde känslan av ångestfullt obehag. Hon såg kusinen framför sig och kände igen samma drag: de smala ögonen, familjen Safamitas örnnäsa, de stora händerna med svällande blåskimrande ådror. Han hade sagt att han älskade henne, att hon var vacker. Han åtrådde henne. Det var hennes enda tillfälle.

”Äktenskapsbrott är en synd, en synd”, upprepade hon för sig själv, ”en synd.” Hon såg bilder av Pietro i arbetsrummet, det spasmodiska flåsandet, stötarna och händerna som greppade kvinnans oordnade kläder.

Varför inte hon? Hon sjönk tillbaka mot kuddarna och andades tungt, utmattad.

Då hörde hon ett ljud utanför fönsterluckorna. På balkongen låg en sten med ett papper om, fasthållet av ett snöre: ”Blåregnets grenar är sammanflätade och fungerar som en stege. Vi ses i natt.” Blåregnet, stegen. Det hade hon hört förut. Var? När? Långsamt tog minnet form, som en mosaiktavla.

Det var i morfaderns arbetsrum i slottet efter faster Assuntas död. Hon gick igenom skrivbordslådorna och ordnade alla papper: privata brev, tackbrev, ansökningar om arbete, förfrågningar. Några var adresserade till hennes far; han brukade använda det arbetsrummet när han kom till slottet efter hennes morfars död. Ett brev var från Rom och eftersom hon var van vid att läsa faderns brev högt för honom öppnade hon det nyfiket. Padre Sedita svarade på ett brev från honom och gav de obligatoriska banala upplysningarna om hälsa, klimat och besök från sicilianska vänner. Plötsligt ändrades brevets ton och ämne: padre Sedita återberättade bekännelsen som gjorts av en ung främling som brukade besöka sin älskade, en gift kvinna, och ta sig in genom att klättra uppför blåregnet på väggen. Förkrossad förklarade den gamle prästen att han gjort fel när han förlåtit den unge mannen som inte visade sig ångerfull och även den otrogna kvinnan. Costanza hade då dragit slutsatsen att padre Sedita rört till det och ryckts med av minnena och blandat ihop dem med sina personliga minnen. Men hon hade fel.

Costanza lutade sig ut över räcket och tittade ner: blåregnet var kraftigt och grenarna var hoptrasslade som en fläta och bildade en stege. Hon, Costanza, var ett kärleksbarn och liksom modern kunde och ville hon nu älska och bli älskad. Hon var omtumlad och oförmögen att tänka på annat.

Rosa kom in för att hjälpa henne att klä sig. Gästerna väntade på henne för eftermiddagens förfriskningar.

Costanza gick från rum till rum. Paolo stod bakom en dörr och hoppade fram och omfamnade henne. Hans skägg stack henne på kinderna, men hon lät honom hållas. Han kysste henne på läpparna och hon blundade, passiv och ängslig. Hon tyckte inte om att känna den där fuktiga munnen mot sin, men det kanske var så första gången. Plötsligt såg hon Pietros ansikte framför sig och började längta våldsamt efter honom. Irritationen övergick i motvilja. Hon försökte komma loss, men kusinen insisterade. Det var inte honom hon ville ha. Hon kunde inte andas och kände sig illamående. Paolo ville inte släppa henne, så hon bet honom i läppen och sprang sin väg. Hon mötte Maria Antonia med sin brorsons hustru Maria Teresa och gjorde dem sällskap.

När männen gick ut på eftermiddagspromenad gick hon upp på sitt rum och tvättade munnen flera gånger.

Den eftermiddagen beordrade Costanza att man skulle vira taggtråd runt blåregnets stam. Pojkarna Tignuso blev mycket bekymrade, för det var tydligt att husets härskarinna inte litade på deras beskydd. För tillfället måste de böja nacken och minska sina anspråk. Markisinnan var en sann Safamita, det var tydligt att faderns blod rann i hennes ådror.

70

”Päronträdet ger päron.”

Amalia Cuffaro minns sjösättningen av ett fartyg, ett besök på seminariet och de sex tårna på padre Pumas fötter

Sommarens regnperiod var över. Amalia var sysselsatt med att fylla vattenkannan med det regnvatten som samlats i de kärl som hon vid de första regndropparna radat upp utanför: skålar, grytor, muggar och till och med en bleckburk.

”Det har regnat rejält, nu har vi vatten så jag kan tvätta dig”, sa hon förnöjt till Pinuzza. Hon tog flingor av nötoljetvål och skred till verket.

”Baronessan badade en gång i veckan i ett kar stort som en likkista och det hade till och med hjul, som järnvägsvagnarna. Det var så tungt att det krävdes tre personer för att dra det och bägge dörrhalvorna måste öppnas. Och så mycket vatten det behövdes för att fylla det! Kannor med varmt vatten och kannor med kallt vatten, tjänarna sprang av och an och jungfrurna blandade det, sedan lämnades hon ensam med Nora Aiutamicristo och lät sig tvålas in från topp till tå. Nora berättade för mig att hon klädde av sig naken, som små barn.”

”Badade markisinnan också utan linne?”

”Ja, hon också, men tiderna hade förändrats: hon lät installera rinnande vatten i sitt hem och badade ensam, utan min hjälp. Hon var blygsam, min Costanza”, sa Amalia medan hon tvålade in brorsdotterns fötter. ”Din hud är som ett spädbarns, mjuk och len”, tillade hon sedan med ett leende. Pinuzza tyckte om det lätta kittlandet från fasterns fingrar; Amalia förstod det och gladdes åt det.

”Vet du att jag en gång fick tvätta fötterna på en man? Det var när baronen fått för sig att han skulle köpa sig ett fartyg. Båtar måste man döpa, som om de vore människor, med både präst och fest. Det var efter Costanzas första nattvard, i november 1866.

Vi åkte allihop iväg i vagn till Sciacca, dit fartyget hade kommit. Det var jättestort, som ett hus. Och vilken fest! Där var till och med myndighetspersoner och en biskop och mitt ibland dem stod unge baronen med Costanza. Han höll henne i handen hela tiden och jag stod bakom. Vi var alltså redo för det där dopet, vi, biskopen, domprosten i Sarentini, padre Puma och andra präster, som satt på första raden.

Biskopen var i färd med att predika när ovädret bröt ut. Än hade det inte börjat regna, men havet var mycket upprört och en våg nådde ända fram till deras fötter och blötte ner allt, skor, strumpor, prästdräkternas nederkanter... De sprang bort till tjänarna, som fick hjälpa till att torka dem om fötterna. De var präster, men de kacklade som höns! Unge baron skrattade i smyg och Costanza gjorde stora ögon. De fick dem att sätta sig ner. Betjänter och kuskar måste hämta plädar och filtar från vagnarna för att torka prästernas fötter. Gaspare gick fram till padre Puma, men han ville inte att någon skulle röra vid hans fötter: han var blyg som en kvinna. Då sa baron till mig: 'Gå du, Amalia!'. Om någon annan hade sagt det, skulle jag sagt nej, men till baron kunde man inte göra det. Padre Puma hade stora illaluktande fötter, för han brukade inte bada, och vilka fötter! Tro det eller ej, men han hade sex tår på vardera foten. Jag torkade dem och räknade till sex på respektive fot.

Costanza följde mig med blicken och när jag kom tillbaka till henne sa hon: 'Padre Puma har sex tår på bägge fötterna'. Hennes farfar hörde henne och blev arg och sa till henne att inte upprepa det. Jag tror att baron tyckte om padre Puma och att det var därför som han placerade honom på prästseminariet i stället för att köra iväg honom."

"Varför skulle han köra iväg honom?"

"Det är en angelägenhet för vuxna, nu är du ren och fin och nu ska du få mat."

Amalia hade gått ut igen för att snygga upp. Solen lyste åter och La Montagnazza var nästan torrt, det fanns bara små pölar kvar i stenhällens gropar och håligheter. Åh, den där eländige padre Puma! Hon hade aldrig kunnat tänka sig att han kastat blickar på Costanza, som var ett oskyldigt barn. Costanza brukade ju säga det till henne, hon tyckte inte om padre Puma, men just hon, hennes amma, hade inte lyssnat på henne. Hon brukade säga till henne: "Att studera är ingenting för dig, Costanza, men katekesen måste du kunna!"

Men så en dag talade unge baronen om för henne vad som hade hänt och sade att Costanza inte längre fick träffa padre Puma. Flickan ville inte tala om det, fastän hon brukade berätta allt för henne. Sedan började hon komma med halvkvädna ord och Amalia förstod bättre. Hon blev tillintetgjord. När hon berättade detta för Paolo blev han mörk i ansiktet, knöt nävarna och spottade på marken. Hon visste inte att han hade ett horn i sidan till padre Puma – en gammal och viktig "sak" måste det ha varit. "Han är en elak människa. Honom måste man akta sig för", sa han till henne och öppnade inte munnen under resten av eftermiddagen. Aldrig hade hon sett honom så arg.

De sista regndropparna gnistrade som markisinnans briljanter på den rena, vita kalkstenen. Vilka smycken hon hade, markisinnan! En del var stora som duvägg och det var hennes mors smycken. Fadern hade anbefallt Costanza att bära dem och att aldrig ta av sig ringen med tre briljanter, förlovningsringen. Sådan var unge baronen, han var tokig i denna dotter. Alla beundrade de där tre briljanterna, även padre Puma, fastän han var enfaldig.

Amalia hade blivit mycket förvånad när Costanza, efter att ha återsett honom, ville besöka honom på seminariet. Amalia hade aldrig satt sin fot i ett prästseminarium: det var en väldigt stor byggnad och genom varenda dörröppning kom och gick småpojkar, ynglingar, vuxna män, alla i svarta prästkappor, som flaxande kråkor.

Padre Puma led av gikt och hade lagt upp fötterna på en pall, täckta av ett tygstycke. Han hade inte åldrats väl. Han var plufsig och så fet att han nästan spräckte prästkappan som stramade över magen, och han hade inte lyckats resa sig upp för att visa markisinnan sin vördnad. Själv tyckte hon att han inte längre var redig i huvudet, så osammanhängande talade han, men Costanza ville utröna om han fortfarande var vid sina sinnens fulla bruk.

"Padre, säg mig om jag är en Safamita."

"Du är lika mycket Safamita som dina bröder."

Costanza pratade med honom om baronens anställda, om forna tiders husfolk, och nämnde deras namn. En del mindes han, andra inte, men nu hade hans blick fastnat vid markisinnans ring. De där briljanterna skrämde honom och han verkade helt från vettet. Han började skaka och vrida på sig på stolen och mumlade: "Fingrarna, fingrarna, de gnistrar, ljus, skugga, bikta, nödvändigt att bikta, frestelse, synd, vem vet det?"

Sedan avbröt han sig och frågade dem var och en: "Vet du det? Och du? Är det synd?" Han vred och skakade på huvudet och darrade. Han svarade själv. "Nej, det är ingen synd, fingrarna talar, de plågas, de gråter, det är inte ditt fel och inte mitt heller, Jesus, Jesus, kärlek, kärlek, Herren Gud, fingrarna gnistrade, bikt, tröst, Gud, det är Guds fel, djävulens. Åh, förbarmande, vackra, milda kvinnofingrar, bikt, nåd, botgöring, de gnistrade, gnistrade...”

Seminaristen som hjälpte honom blev tvungen att lugna honom med en klunk vatten, så upphettad var han, och han fortsatte att upprepa samma ord. Han fäktade med armarna och försökte gripa Costanzas hand. Hon greps av avsky och reste sig för att gå sin väg. Padre Puma ropade på henne, vrålade och kastade sig av och an. Tygstycket hade fallit av hans fötter. I dörröppningen vände de sig om och såg på honom en sista gång. Uppsvällda som resten av kroppen, lika svarta och illaluktande som hon mindes dem, visade sig de sex tårna.

Obscena.

”Men på handen då, hur många fingrar hade denne padre Puma där?” frågade Pinuzza innan hon somnade.

”Fem, som alla andra. Det var bara fötterna som var annorlunda. Vi har alla något som är annorlunda, vissa saker syns och andra inte. Men till slut är vi alla lika, Guds skapelser och inget annat. Rosa Vinciguerra berättade för mig att padre Puma kom från Coppolo, en by där människorna har sex tår, men de har fem fingrar som vi andra.”

”Och sen då?”

”Sedan bjöds det på ett skrovmål och vi var nöjda allihop utom de där stackarna som fortfarande hade våta rockar.”

71

”I krig, jakt och kärlek är en förnöjelse tusen plågor.”

Costanza Safamita läser om igen brevet från padre Sedita och den här gången förstår hon

För flera år sedan kom en ung irländare och ville bikta sig. Han hade blivit förälskad i sin arbetsgivares hustru, men ansåg sig inte ha syndat. Detta gjorde honom illa till mods. I sex veckor hade de umgåtts med jämna mellan-

rum för att tillsammans översätta en del affärsbrev. Nu var hon gravid.

”Visst har du syndat”, sade jag till honom, ”Tänk efter ordentligt.”

”Tillåt mig att förklara för er, padre”, sade han. Lite grand av nyfikenhet lät jag honom därför tala. ”Jag väntade mig en äldre, högdragen kvinna, men jag mötte en jämnårig, enkel och späd kvinna. Hon bar dyrbara kläder men inget puder, ingen parfym. Hon brydde sig inte om sådant. Jag skulle översätta kontrakt, skriva tråkiga prosaiska brev och hon hjälpte mig utan ett leende, utan livliga gester och utan nyfikna blickar. Då och då lyfte hon blicken från papperen och stirrade in i väggen. Hennes blick var matt. Hon viftade med en trött gest undan flugorna från ansiktet och håret, men ibland lät hon dem ströva ostört på huden, kläderna och papperen. Det var som om hon tappat lusten att leva. Jag tyckte oändligt synd om henne.

Vi satt bredvid varandra och arbetade vid det lilla bordet. Det var kvävande hett, luften stod stilla. Vi svettades. En fluga slog sig ned på hennes arm och hon stirrade förtvivlat och vanmäktigt på den. Jag grep henne om handleden och skakade hennes arm. Hon satt där tyst och grät med handleden i min hand som ett dött föremål. Vi började arbeta igen, båda två med tårfyllda ögon. Nästa dag bad hon om ursäkt för sin svaghet och tillade: ’Jag är så ledsen’. Det var mitt i sommaren och det var varmt hela tiden. När vi gjorde ett uppehåll för att dricka en klunk vatten fick jag för mig att berätta för henne om landsbygden i mitt land, så olik den gula och soliga landsbygd där vi befann oss. Hon lyssnade. Så småningom blev det en vana. Hon började ställa enkla, direkta frågor till mig och de gav mig glimtar av hennes själ. Hon talade aldrig om sig själv eller sitt liv. Utom en gång. Jag var i färd med att berätta och hon brast plötsligt i gråt och frågade: ’Får jag lov att gråta? Jag kan inte göra det någon annanstans, inte ens i mitt rum, för inte ens där är jag ensam. Min kammarjungfru skulle höra mig från rummet intill’. Sedan förändrades allt. Jag vet varken hur eller när, men vi blev förälskade och älskade varandra helt och fullt. Om natten klättrade jag uppför blåregnets stammar som ledde till balkongen utanför hennes rum och det var min trappa. Hon började le igen. Vi visste att allt skulle vara över när korrespondensen tog slut, så vi lät den dra ut på tiden.

Jag kände inte att jag hade syndat. Det var en stor, oskuldsfull kärlek, som om vi varit två unga människor som älskade för första gången. Den sista dagen, innan jag återvände till gruvan, sade hon att hon hade övervägt att begå självmord och att jag hade återfört henne till livet. Hon trodde att hon var gravid och att hennes man skulle acceptera barnet som sitt. Hon sade att hon älskade mig men att hon också älskade sin man. Hon sade att hon tillhörde honom, att hon givit honom hela sitt liv och att hon var lycklig över att ha lagt det i hans händer. Jag bad henne att låta mig få veta könet på barnet hon bar i sitt sköte, så att jag kunde föreställa mig det under kommande år, älska det på avstånd. Med ett underligt leende försäkrade hon mig att det skulle bli en pojke."

Käre Domenico, som präst måste jag erkänna att jag felat: jag höjde handen och gav syndaförlåtelse åt en som inte ångrat sig. Jag skulle ha gjort samma sak med henne.

Brevet slutade där. Ingen avskedsfras, ingen namnteckning. Längst ner på sidan hade padre Sedita lagt till: *Domenico, detta är bara för dig, gör vad du finner bäst med det.*

Costanza behövde tala med Paolo. Hon hittade honom längst bort i trädgården, där han satt utanför den lilla dörren till sin bostad. Han satt och slumrade i solskenet med en filt över benen.

"Paolo, har de berättat för dig att min bror är död?" frågade Costanza.

"Ja, frun. Unge baron Stefano var en bra människa. Åh, den där smedsdottern!" suckade den gamle kusken och skakade på huvudet.

"Men baronen tyckte inte om min bror."

"Frun får ursäkta, men jag förstår inte."

"Paolo, vet du vem som är min riktige far?"

Paolo slog handflatan mot sin panna, sedan satt han tyst. Costanza såg i hans ögon en ljusglimt som genast dämpades.

"Paolo, jag vill veta hans namn."

"Ursäkta, frun, men vad har det tagit åt er? Salig baron höll av er mer än sina söner; en bättre far kunde ni inte ha, och nu kommer ni hit och talar om en annan far?"

"Ja, och mina bröders också."

”Åh, heliga Guds moder!” utropade Paolo. ”Någon illasinnad person har tydligen berättat vad som hände på Malivinnitti!”

”Min mor träffade min riktige far på Malivinnitti”, bekräftade Costanza med övertygelse, ”men han är inte far till Stefano och Giacomo. Det vet jag.”

”Jag var i tjänst hos unge baronen och om sånt där vill jag inte ens höra talas, det är jag för gammal för.”

”Giacomo har kallat mig oäkting. Jag måste få veta om han också är det.”

”Och vad ska frun sedan göra, gå och säga det till honom?” Paolo var upprörd och tappade nästan andan.

”Paolo, du känner mig och får inte ens tänka så. Men jag behöver få veta vilka vi är och varifrån vi kommer allihop!”

Costanza talade på ett sätt som han aldrig förr hört henne tala, det fanns en desperat anmodan i den där frågan och han måste svara henne. Han sänkte huvudet och sa: ”Jag svär på att jag bara känt till en far till frun och det är unge baron. Jag var alltid tillsammans med honom på den tiden, och salig baronessan var på Malivinnitti, och vad hon gjorde där vet jag inte.”

”Och mina bröders far? Vem var det?” undrade Costanza i bönfallande ton.

Paolo gjorde korstecknet. ”Salig unge baron må förlåta mig när jag nu talar för första gången. Jag har aldrig sagt detta till någon och jag borde inte säga det. Ni tre är olika, men ni är allihop Safamita, ni är avkomlingar till baron Stefano. Bara Guglielmuzzo, den förstfödde, var sin far upp i dagen, han såg ut precis som unge baron. Men de andra dog innan de föddes, baronessan var otursförföljd och hon måste ge huset Safamita söner. Det var vad hennes far och hennes make behövde: söner, arvingar. Därför blev det som det blev och mer säger jag inte så sant jag heter Paolo Mercurio.”

Paolo grät. Han grep Costanzas hand och började kyssa den: ”Frun var unge barons ögonsten, ta inte illa upp, men han höll oändligt mycket av er!” sa han och höll hennes hand. Costanza såg hypnotiserad på de gnistrande briljanterna i moderns ring i den trogne kuskens darrande hand. Plötsligt gick det upp ett ljus för henne: hon mindes en detalj som undgått henne under besöket hos padre Puma och hon spratt till. Paolo märkte detta och tänkte att Costanza var rädd för elakt förtal. ”Frun ska inte oroa sig för vad folk säger. Väggarna har både ögon och öron och kanske mun också, men de vet också när man måste hålla munnen stängd. Och Safamitablod har ni allihop. Baronessan var vansinnigt förälskad i unge baron och uppoffrade sig mycket för familjen Safamita.”

Costanza lyssnade inte på honom, hon tänkte på annat. Padre Puma hade sagt: ”Du är lika mycket Safamita som dina bröder.” En bitter sanning som bara han kände till.

Hon måste tala med Amalia innan Paolo hann före.

”Amalia, jag undrar hurdana Giacomos barn är. Vi känner ju bara de båda första.”

”Jag har hört att de är vackra och ljushåriga, som baronessan Adelaide”, svarade Amalia.

”Undrar om de har sex eller fem tår.” Costanza lät frågan dimpa ner som en fälla.

”Varför i all sin dar undrar frun en sån sak?!” utbrast Amalia.

”Men vet du det?”

”Ja, det vet jag, jag frågade ammans mamma. Det var bara en som hade sex tår och en kirurg skar bort den överflödiga, som de gjorde med Giacomo – den lilla stackarn grät hjärtskärande, men han var alldeles nyfödd och den där tån var så liten, så liten”, svarade Amalia glatt.

”Och Stefano då, skar de bort en tå på honom också?”

”Rosa Vinciguerra berättade för mig att de skar bort en på honom också, men han grät inte som Giacomo, för Stefano var duktig och grät aldrig när han föll och gjorde sig illa, inte ens när han skrapade benet då han föll ner från ett träd...” Amalia lät munnen gå och berättade historier om Stefano som barn – som hade upprepats så ofta att de blivit en del av ammornas gemensamma minne – och hon pladdrade och pladdrade, övertygad om att de där berättelserna bringade tröst, men Costanza lyssnade inte på henne. Nu, först nu, fick hon veta sanningen. Hon såg modern som hon var: en bräcklig och intensiv kvinna, fastklamrad vid sin man som en klängväxt vid en ek, helt beroende av honom. Hon visste att hon hade syndat och det var därför hon inte kunde hålla av henne. Ändå var hon, Costanza, ett kärleksbarn till skillnad från sina bröder. Sådant var livet, saker och ting sker inte alltid på det sätt man tänkt sig.

Costanza tänkte med ömhet på den där unge irländaren som hade försökt få upplysningar om henne, kanske var det han som skickat sin son för att spåra upp henne. Hennes far. Men hon kände inte att han var det och hon hade ingen lust att lära känna honom. Hon kände inom sig en nästan omärklig känsla av välbehag, som undan för undan tilltog och blev till frid. *Du måste älska dig själv*, brukade hennes far säga. Och Costanza – medveten om att vara sig själv och annorlunda – kände hur längtan efter att lära känna och älska sig själv sakta växte inom henne. Hon kände sig fri.

Hon tyckte oändligt synd om Stefano, som dött utan att få veta, medan Giacomo väckte motvilja hos henne, liksom hans riktige far.

De följande åren gjorde brodern ingenting för att kontakta henne och Costanza lät saker och ting bero. Giacomos barn växte upp utan att lära känna den där enda fastern Safamita. De ytterst få gånger de talade om henne hemma, omnämnde de henne med titeln, vilket fick till följd att både brorsbarnen och deras barn och barnbarn glömde bort hennes namn: hon var helt enkelt bara ”vår faster markisinnan”, en usel människa.

72

"Ge varken vatten, råd eller salt förrän du blivit ombedd."
Furst Alvaro Chisiccusi ger sin kusin ett obetänksamt råd som får oförutsedda följder

Pietro Sabbiamena stödde förnöjt handflatorna mot spelbordet och sköt stolen bakåt medan de andra fortfarande diskuterade partiet.

"Vem vill äta middag med mig i dag?" frågade han och tillade med ett leende: "Ni är mina gäster!"

"Jag accepterar gärna, kusin", sa Alvaro Chisiccusi. De andra skakade på huvudet.

Pietro var i strålande form och segern hade givit honom ny energi. Det talades inte om annat än den kommande föreställningen på teatern. Han var full av anekdoter och smärre skandaler. Det sades att sopranen, en inte bara underskön men också "varmblodig" kvinna, sökte en "speciell beundrare".

"Pietro, jag måste berätta en sak som besvärar mig." Alvaro rörde om med teskeden i koppen mer än vad som behövdes.

"Låt höra."

"Efter försäljningen av Canziati och sedan den här vinsten skulle du väl kunna betala tillbaka lite grand."

Pietro satte upp en dyster min: "Vad är det du anspelar på beträffande min hustrus egendomar?"

"Berättar Costanza verkligen ingenting för dig? Hon sålde det för ett fabulöst pris tack vare medlingshjälp från sin kusin Bentivoglio och nu söker hon nya investeringar. Kontanter finns det tydligen så gott om i familjen Sabbiamena att du inte ens märker det."

"Det har väl undgått mig. Vad skulderna beträffar så brukar jag faktiskt betala dem." Pietro var förolämpad, men omedelbart därefter sa han med ett av sina förföriska leenden: "När jag inte helt enkelt glömmer bort dem."

Alvaro gjorde en grimas. "För att inte åsamka dig ytterligare förödmjukelser – jag trodde inte att du var så snarstucken – vill jag då påminna dig om att du har varit skyldig mig pengar ända sen i julas. I hopp om att du inte kommer att glömma dem mer, som den andra och många fler skulder." Han reste sig och klappade honom på axeln: "Jag ska ge dig ett råd, kusin: ta reda på mer om din hustrus affärer och glöm inte skulder. Vi ses i morgon!"

Pietro kände sig illa till mods, men inte särskilt länge. Andra kom och ställde sig runt honom och gratulerade honom till vinsten. När han var på väg ut från klubben, kom sekreteraren fram till honom och såg besvärad ut: det fanns räkningar att betala, om herr markisen skulle vilja vara så vänlig, tack. Irriterad över denna framfusiga begäran beslöt Pietro att ta en promenad innan han gick hem och bytte till eftermiddagskostym.

Det var en varm aprildag. Gatorna var nästan tomma, för det var tiden för eftermiddagsvilan. En lätt liten vind smekte hans skägg och mustascher och svalkade honom. Pietro var lättsam till sin läggning och glömde snabbt sådant som var obehagligt; han tyckte om livet. Han gick med avmätta steg, utan något bestämt mål, beredd att fånga tillfällena i flykten och njuta av det oförutsedda. Som av en händelse stod han plötsligt framför sin egen port och beslöt att stiga in för att fråga Costanza om försäljningen och göra ett gott intryck på kusinen.

Alltsedan Costanza meddelat honom att hon skulle tillåta Rura, som nu blivit sömmerska, att komma och arbeta i palatset i Cacaci och ta sonen med sig, levde de skilda åt. Han tillbringade höst och vinter i Palermo, medan Costanza stannade kvar i byn. På våren bodde båda två i palatset, men de träffades inte: de hade olika tider och han åt middag ute. På sommaren var Pietro ofta gäst hos goda vänner, medan Costanza hade behållit vanan att semestra på landet och reste dit tillsammans med släktingar och ibland till och med ensam. De deltog i släktfester och begravningar men for dit i skilda vagnar. De hade sällan egna fester och då detta förekom behandlade de varandra hövligt, som främlingar. De var inte de enda som hade ett sådant arrangemang och Pietro hade ingenting emot det men tyckte det var obehagligt att behöva be förvaltaren om ansenliga summor. Han var rädd att hans hustru kontrollerade honom, men hon hade aldrig tagit upp detta med honom. De kommunicerade via husföreståndaren och tjänstefolket.

Andra, framför allt moster Annina Lannificchiati, höll honom underrättad om hustruns besynnerligheter, som till exempel att hon gick på besök till väninnorna i enkla flärdfria kläder och tillbringade mycket tid hemma och på landet ensam. Det sades att hon själv skötte affärerna och till och med förhandlade med maffian i Palermo utan mellanhänder och att hon red omkring på lantegendomarna tillsammans med tillsynsmännen, som hennes far brukade göra. Baronessan Lannificchiati var osedvanligt diskret och vågade inte berätta för systersonen att det som verkligen väckte skandal var Costanzas kärlek till den där oäkta sonen som hon släpade med sig till glassbutiker och leksaksaffärer som om han hade varit ett syskonbarn eller, vilket var ännu värre, hennes egen son.

Pietro var så upptagen av sina egna göromål att han inte märkte hur förändrad Costanza var. Men det intresserade honom hur som helst inte.

73

”En kvinna som ler mot dig har redan sagt ja.”

Markisen Sabbiamena förälskar sig i sin hustru när han äter en fingerkaka

Pietro upplystes om att markisinnan var i tjänstefolkets avdelning. Han hyste inget agg mot henne, trots att hon inte hade lytt honom och envisats med att behålla Ruras son i huset.

Han hade inte satt sin fot i tjänstefolkets avdelning sedan Costanza förbjudit honom att göra det. Med en pirrande känsla av välbehag mindes han de härliga eftermiddagarna förr i tiden: vilotimmen för tjänstefolket var som gjord för att söka lättvunna och kravlösa herdestunder med villiga tjänsteflickor. Han steg in i köket utan att föra oväsen och stängde dörren efter sig, som han brukade göra förr i tiden. Fönsterluckorna var tillslutna och flugorna hördes surra mot fönsterrutorna. Balkongdörrarna stod på glänt, en ljusstråle lyste på bordet i mitten av rummet, som en lysande sabel skar den igenom marmorskivan och fortsatte i sicksack över det rena stengolvet som nyss svabbats av efter middagsmåltiden.

Han lutade sig mot sidan av skänken och väntade på att ögonen skulle vänja sig vid mörkret, som verkade ännu mörkare på grund av det där bländande ljuset som delade köket i två delar. Han gav sig hän åt fantasier om blomstrande och tvättmedelsdoftande kvinnor som han tyckt så mycket om att klä av med blicken medan de var upptagna med att avsluta den tidiga eftermiddagens arbeten. I rätt ögonblick gick han sedan fram till den han valt ut och viskade lämpliga ord till henne. Sedan var allt väldigt enkelt, det gick som smort. Tills Costanza ingrep.

Han hade trott att han var ensam, men han hörde sprakande ved och förstod att någon hade tänt i spisen. I hörnet snett emot där han stod, vid ytterväggen, fanns en stor vedeldad spis av den sort som finns i husen på landsbygden, med den övre delen välvd som en kupol – med en lucka av järn framför öppningen – och den nedre delen avsedd att förvara veden.

I mörkret såg han en tjänsteflicka sitta hukad framför vedlåren och välja ut och lägga i ordning grenar att elda med.

Hon måste ha ögon som en katt för att kunna se i det här mörkret, undrar om de är vackra, tänkte Pietro, behagligt upphetsad. Tjänsteflickan tog tid på sig att välja ut de minsta grenarna – en i taget – och lade dem åt sidan. Sedan samlade hon dem i ett litet knippe och bröt av dem nästan ljudlöst. Pietro följde nyfiket hennes rörelser. Plötsligt reste hon sig och öppnade ugnsluckan. De röda flammorna lyste upp köket. Hon rörde om i elden, dämpade den, flyttade och krossade den brända veden för att bilda en glödbädd – som hon sedan föste ihop i ett hörn av ugnen – och sopade kvickt undan askan för att lämna hörnet för bakning rent och tomt.

Pietro hörde hur hon nynnade svagt på en siciliansk visa. Den där tjänsteflickan gjorde honom nyfiken.

Det var varmt. Nu sköt hon in bakplåtarna som stod färdiga i rad på bordet bredvid ugnen. En frän värme nådde Pietros näsborrar. Flickan, alltjämt med ryggen vänd mot honom, hade nu ändrat rytm och arbete. Nu började bakningen. Hon rörde sig raskt och smidigt och använde bakspaden och den lilla kvasten. Som en akrobat sköt hon in plåtarna genom att ta dem med spaden, vred på dem, lyfte på glöden för att höja temperaturen och lät den falla ner på spaden, drog ett tag med kvasten för att sopa bort askan inuti ugnen, till vänster och till höger, av och an, och det var en enda graciös rörelse av armbågar, armar och rygg, åtföljd av nynnandet av samma visa, än dämpat, än högre. De brinnande olivgrenarna gav ifrån sig en tät oljig lukt blandad med doften från kakorna: en rik doft av mandel, matfett och socker.

Tjänsteflickan stängde ugnsluckan och torkade sig noga om händerna med en trasa. Hon slängde ifrån sig den på en stol med en loj gest – ”som en Venus som tar av sig sin peplos”, tänkte Pietro – och gick mot dörren till trädgården. Hon öppnade den beslutsamt och stod kvar i dörröppningen. Hon avtecknade sig tydligt mot ljuset som strömmade in mot kökets mitt. Med en både kraftfull och graciös rörelse drog hon för draperiet av snören för att hindra insekter från att komma in.

Hon stod kvar mitt i ljusknippet med armarna korsade över bröstet. Hon var klädd i en vid kjol som var rynkad i midjan och på huvudet hade hon en ljusblå sjalett som var knuten i nacken.

”Hon kanske knyter upp blusen”, tänkte Pietro upphetsat.

I stället satte hon händerna på höfterna och hennes gestalt framträdde mot de vajande snörena, genom vilka man såg palmernas skälvande kronor och ovanför dem himlens intensivt blå färg. Den där kvinnan tyckte han om. Instinktivt föll Pietro in i sina gamla vanor: han tryckte sig mot väggen i sitt gamla observationshörn, nästan dold, redo att hoppa fram bakom henne i lämpligt ögonblick. Hon lyfte armarna och böjde dem ner mot nacken och knöt långsamt upp knutarna till sjaletten, som höjde sig när håret inte längre plattades till, likt en deg som sväller när den jäser. Den sista knuten hade knutits upp. Triangelns spets nådde henne nu till midjan. Hon grep tag i de andra två hörnen och sträckte långsamt ut sjaletten genom att föra armarna utåt. Hon sträckte på sig med ett lätt svankande som framhävde den smala midjan och inbjöd eftermiddagsljuset att smeka henne. Pietro längtade efter att få se hennes ansikte och fick anstränga sig för att inte tala till henne.

Hon släppte taget och sjaletten föll ner över kjolen. Hon tog upp den och hängde den över ena axeln och förde sedan händerna till håret och bredde ut det. Hon började åter sjunga samma melodi som tidigare, inte längre monotont, utan som en riktig visa, medan en kaskad av tjockt, lockigt rött hår föll ner över hennes axlar. Det var Costanza.

Bestört betraktade Pietro henne med en blandning av vördnad och nästan sakral lust: hans hustru, fri, åtråvärd och ouppnåelig. Costanza satte igång att arbeta igen, flinkt och energiskt. Hon drog ut plåtarna ur ugnen, flyttade kakorna från ena sidan till den andra, sköt in dem igen, kontrollerade värmen, satte in några plåtar till, och det praktfulla röda håret med lockar som skiftade i olika färgtoner, en del kopparfärgade, andra mörka, nästan amarantröda, lyftes från axlarna, böjdes åt sidan och föll ner över hennes ansikte – långa, slingrande flammor – och inramade hennes blossande ansikte där de stora ögonen glänste.

De första plåtarna var färdiga. Costanza ställde dem att kallna på bordet mitt i köket. Hon vände sig mot Pietro, som fortfarande stod tryckt mot väggen, och med snabba, vana rörelser strödde hon vaniljsocker över kakorna. Den uppknäppta blusen visade hennes glänsande kritvita hy och man kunde skymta de små runda brösten. Denna Costanza hade Pietro aldrig sett förut. Han hade alltid sett henne sådan som hon visat sig på bröllopsdagen, kutryggig, benig, tafatt och frånstötande. Nu kände han en vanvettig åtrå till henne. Instinktivt närmade han sig mycket sakta, osäker och förvirrad.

Costanza ryckte till. ”Pietro, vad är det?” Den oroliga blicken avslöjade hennes förlägenhet.

”Jag letade efter dig.”

”Varför det? Vad ville du?” Det var en normal konversation.

”Jag ville prata med dig och nu har du fått mig att glömma vad det var jag ville säga.” Pietro gick fram till bordet. ”Jag har glömt det, Costanza, jag har glömt det.”

Costanza bemödade sig om att knäppa blusen, hon häktade ihop bluslivet och föste håret bakåt med sina smala vita fingrar. De där rörelserna gjorde inget annat än att leda Pietros blickar mot hennes kropp och hetsa upp honom. Costanza märkte det och hejdade sig förstummad med händerna i håret. De såg på varandra.

"Vad gör du?" frågade Pietro.

"Det ser du väl. Jag bakar kakor till Antonio."

"Men varför just du?"

"Varför inte? Jag tycker om det."

"Vad är det för kakor?" Pietro kom ännu närmare. Costanza började förstå. Hon såg på honom utan att svara.

"Förklara för mig."

Pietro tyckte det var underbart att höra listan på enkla ingredienser, Costanzas ord var poesi. Han ställde frågor om degen och fyllningarna, som om han varit kock. Skygg men inte blyg svarade hon utförligt. De såg på varandra som om de talat ett hemligt språk. Pietro andades in doften av ren svett blandad med aska, socker, kanel och anis från Costanzas hud. Hon torkade svetten ur pannan och ansiktet med en flik av förklädet, som om hon skämdes.

"Du ser bra ut."

"Ja, tack, jag mår bra."

"Nej, jag menade... du är vacker."

"Tack", svarade Costanza förlägen. Med sin gamla sårbara blick tillade hon snabbt: "Går allt bra med förvaltningen? Vi har sålt fjolårets säd till ett bra pris, det har jag glömt att säga, ursäkta. Vill du ha något?"

"Jag vill ha... en kaka."

"Vilken sort vill du ha?"

"Den där långa, en fingerkaka."

"De är fortfarande varma, jag kommer till dig med en senare", sa hon och vände ryggen till.

Pietro stod kvar och betraktade henne. Hon kände sig besvärad och arbetade under tystnad.

"Varför fortsätter du inte att sjunga?"

"Det kan jag väl." En lätt antydan till ett halvt, återhållet leende.

Costanza tog inte upp den sicilianska vaggvisan utan stämde upp *Mon Dieu*, Delilas sång ur operan av Saint-Saëns, med låg röst, som om hon sjöng bara för sig själv, och med blicken långt bort från honom fortsatte hon att arbeta.

Plötsligt slutade hon och valde ut en kaka. Hon blåste på den för att den skulle svalna och bet en liten bit av den: den var färdig. Hon gick fram till Pietro med fingerkakan – lång, ojämn och frasig – mellan tummen och pekfingret. Han gapade. Costanza stannade, mållös av häpnad.

Hon sträckte ut armen och stoppade kakan mellan hans läppar med en sakral gest, utan att släppa den. Pietro tog ett bett medan han såg henne djupt i ögonen. Så ett bett till. Och ytterligare ett.

Costanza kom närmare med små omärkliga steg. De stod stilla mitt emot varandra.

"Vill du ha lite till?"

"Ta en liten bit du." Costanza bet av ett litet hörn och höll sedan fram kakan mot honom.

Pietro skakade på huvudet och lade händerna på hennes höfter. Nästan instinktivt höjde Costanza vänsterhanden för att lossa hans grepp, men vid kontakten med hans hand lät hon den vara och lade sin hand på hans.

Pietro lyfte den andra handen och förde upp hennes handled för att bli matad. Han tog glupska små bett av kakan, tuggade långsamt, njöt av smaken och såg henne i ögonen. Sedan överhöljde han hennes fingrar med små kyssar och började slicka på hennes lillfinger. Costanza höll sina tvåfärgade ögon inramade av grå fransar fästa vid hans ansikte och lät honom hållas.

Pietro flätade sina fingrar runt hennes och förde tillbaka deras händer till hennes höfter och kramade henne hårt och drog henne intill sig. Costanza stelnade men gjorde inte motstånd. Nu stod de med kropparna mot varandra. Pietro böjde huvudet för att kyssa henne. Hon böjde huvudet åt sidan och undvek honom, men han hade redan lyft på hennes hår och överhöljde halsen och örat med en lång rad skälvande kyssar. Costanza gav sig hän.

”Är mina kakor färdiga?” Antonio stod i dörren till trädgården.

74

”Se mig som jag är nu och inte som jag var tidigare.”

Markisen Sabbiamena ser sin hustru ur en annan synvinkel, men hon vill inte tro att han har ändrat sig

Pietro skyndade sig tillbaka uppför serveringstrappan och upp till sitt rum. Han sköljde av ansiktet i handfatet och såg sig i spegeln. Han visste att han var en stilig man och han tyckte om sig själv. Den dagen tyckte han att spegelbilden var obehaglig, oklar. ”Finns det en annan i hennes liv? Tänk om Costanza inte vill ha mig?” Pietro visste att hans hustru förlitade sig på Iero Bentivolgio – en riktig kvinnokarl – och troligen även andra affärsmän, och för första gången kände han en plågsam svartsjuka mot alla och ingen, något som han aldrig känt förr.

”En annan före mig! Nej, det kan jag inte tolerera!” Pietro slog knytnäven i kommoden. Han rusade ut ur rummet och sprang mot hustruns rum, men hon var inte där. Han sökte efter henne i salongerna och på terrasserna. Han tog vägen om den lilla matsalen, där hon åt sina måltider, men den var tom. Husfolket hade återgått till eftermiddagens arbete och han tyckte att det var under hans värdighet att gå ner i köket. Han stannade kvar i genomgångssalongen och väntade på att Costanza skulle komma tillbaka upp på sitt rum. Han gjorde inget annat än tänkte på henne, han återupplevde om och om igen de där ögonblicken och han åtrådde henne som han kanske aldrig tidigare åtrått en kvinna.

Väntan tycktes honom oändlig. Av Costanza inte en skymt. Rosa och andra jungfrur såg förstulet på honom när de gick igenom salongen. Detta irriterade Pietro. När Baldassarre – troligen underrättad av dessa kvinnor – kom för att fråga om han behövde något, körde han iväg honom och när han blivit ensam igen gick han av och an i salongen och sa om och om igen: ”Vad jag vill ha, din dumbom, är markisinnan!”

Costanza hade på sig samma gröna klänning men med en sidensjal med amarantröda broderier över axlarna. Håret var samlat i en mjuk knut och avtecknade sig mot färgerna som flöt in i varandra.

Hon var vacker.

De utbytte förläget några få ord inför tjänstefolkets nyfikna blickar. Innan Pietro reste sig bad han Costanza spela för honom.

”Så gärna, men bara lite grand, för jag har papper att gå igenom”, svarade hon vördsamt.

Äntligen var de ensamma i Costanzas salong.

”Vad vill du att jag ska spela för dig, Pietro?” frågade hon när hon slagit sig ner vid pianot.

”Inget speciellt. Vad som helst bara du sjunger.”

Och Costanza sjöng, men utan övertygelse. Han slukade henne med blicken och hon märkte det, lät händerna glida ner i knät och sa: ”Då går jag in till mitt rum.”

”Ska jag komma till dig?” frågade han och gick fram till pianot.

Hon såg på honom med sina sorgsna oskuldsfulla ögon: ”Nej, varför det?”

”Undrar du verkligen det efter vad som hände i eftermiddags?”

Costanza suckade. ”Jag har vant mig vid att leva först som en syster och sedan som en främmande person. Det har inte varit lätt, men jag har klarat av det.”

”Du är ju fortfarande min hustru! Vad ska jag göra för att göra mig förtjänt av dig?” Pietro satte sig bredvid henne och drog henne i armen. Hon höll emot och satt som fastklistrad på pallen.

Tillintetgjord reste sig Pietro upp och frågade igen: ”Vad ska jag göra?” Han tog ett steg och sjönk gråtande ner i soffan.

Costanza hade aldrig sett honom gråta. Hon satte sig i andra ändan av soffan. ”Pietro, jag har älskat dig så mycket, men nu är jag inte längre säker. Jag har förändrats, du skulle nog inte känna igen mig.”

”Älskar du en annan?” frågade Pietro och harklade sig.

”Om så vore, skulle jag inte anse mig behöva säga det till dig, liksom jag inte frågar dig”, svarade hon lugnt och försökte verka reserverad.

”Du har inte förlåtit mig, så är det.”

Costanza skulle just till att säga något men hejdade sig. *Det är alltid fel att överdriva, även när man förlåter*, hade fadern sagt till henne, *tänk på dig själv innan du tänker på andra*. Hon var alldeles omtumlad och slets mellan de starka känslorna för Pietro, som nu vällde fram igen, och faderns råd, så hon brast också i gråt. De satt där länge på soffan och grät, blyga och plågade av längtan och vågade inte sträcka ut en hand och röra vid varandra.

Till slut tog sig Pietro samman; han reste sig upp och höll fram handen för att hjälpa henne. Costanza tog den. Motvilligt gick de mot dörren.

Innan Pietro öppnade dörren sa han: ”En gång frågade du mig varför jag aldrig hade kysst dig, minns du det?”

Hon nickade.

”Det är inte mer än rätt att jag säger det. Därför att du inte attraherade mig. Det måste finnas attraktion för att kyssas. Har du någon gång blivit kysst av en man?”

”Ja, en gång.” Costanza ryste vid tanken.

Han märkte det: ”Låt mig få ge dig en kyss, en enda.”

Costanzas ansikte var översköljt av tårar som inte gick att hejda, men hon höjde det mot sin man. De utbytte en enda mycket lång, salt och innerlig kyss, varefter de drog sig tillbaka var och en till sitt rum.

Costanza hade svårt för att somna. Någonstans ifrån, inuti henne, utanför henne, återupptog en röst som både var och inte var hennes egen den kära melodin *Porgi amor, qualche ristoro*, och medan hon lyssnade på den somnade hon.

Nästa morgon knackade Pietro på dörren till sin hustrus rum.

”Jag hoppades att du skulle komma”, sa Costanza. ”Jag reser till Trasis i Bagheria och stannar där en vecka. I slutet av maj reser jag till Malivinnitti. Du kan naturligtvis komma på besök, men jag ser helst att du inte gör det.”

”Vad vill du att jag ska göra då?”

”Lev som vanligt, det är viktigt. Vi ska båda två leva som vanligt och sedan får vi se. Jag ville berätta att jag har sålt Canziati till ett konsortium, så det finns likvida medel. Gå in på förvaltningskontoret, om du vill.”

Pietro sökte inte upp henne i Bagheria. Han sålde en snusdosa i guld och betalade sina skulder. Det var första gången han kände sig besvärad av att använda Costanzas pengar. Han slutade jaga kvinnor.

Costanza återvände till Palermo lugn och avspänd. Kusinernas sällskap hade gjort henne gott och hon hade funderat länge. Förut hade hon gjort mycket för att vara Pietro till lags, hon hade slitit bort många små horn från huvudet, men nu värkte det, precis som på Snigelprinsessan. Men hon älskade honom trots allt. Hon måste gå varsamt fram, lära honom att acceptera hennes horn, tala med honom om sig själv och lära känna honom bättre.

Pietro väntade skälvande på henne. Han förmådde inte röra vid henne, inte ens för den sedvanliga handkyssen, och Costanza räckte heller inte fram sin alltjämt behandskade hand. De stod bara och tittade på varandra. ”Det är bra att vi försöker ta reda på om vi är gjorda för varandra”, sa Costanza, ”om vi kanske kan passa ihop. Jag är rädd och det är du också. Vi är olika. Vi måste tänka ut hur vi ska kunna komma överens. Nu är det jag som ber dig att inte vara en riktig make och det beklagar jag. Det är inte illvilja. Antonio är också inblandad. Jag håller av honom, men han tillhör sin mor. Den som tar mig måste acceptera denna kärlek men behöver inte dela den. Under tiden vill jag inte att husfolket misstänker något och inte andra heller. Jag fortsätter att leva mitt liv och du ditt, inklusive dina historier med andra kvinnor.”

Markisen och markisinnan Sabbiamena återvände inte till Cacaci. Vid de sällsynta tillfällen då de träffades tillsammans med släktingar och vänner var Costanza alldeles flammig av rodnad och Pietro försökte vara lika sällskaplig och underhållande som vanligt, men han var inte lika obesvärad. De lämnade inte palatset tillsammans, men de träffades ute i staden och vid hästkapplöpningsbanan i parken La Favorita som två älskande som hindrades av sina familjer, och de pratade och pratade.

Costanza tog honom med till de platser som hon besökt tillsammans med fadern i de väldoftande trädgårdarna och hon visade honom de feniciska murarna. De känslor hon erfarit som liten flicka – upptäckten av skönhet genom kunskap, häpnaden inför sitt förflutna och generositeten i faderns undervisning – blandades med det hon kände nu, som vuxen kvinna. Hon var beredd att lära känna sig själv och den man hon älskade. Likt ett träd som borrar ner sina rötter och suger upp jordens safter var hon ett enda sjudande av växtsaft och beredde sig att brista ut i nya knoppar. Hon och Pietro var bandet mellan det förflutna och framtiden, livets kontinuitet.

Pietro visste att han inte varit omtyckt av sin svärfar – han behandlades med högdragen hövlighet – men vågade inte nämna det för Costanza. Genom hennes berättelser lärde han sig att uppskatta honom och jämförde honom med sin egen far, som han aldrig lärt känna ordentligt. Han i sin tur berättade för henne om sin barndom och sin uppväxt som föräldralös, som delats mellan internatskolan och skolloven, då han var gäst hos rika släktingar; han hade vuxit upp utan rådgivare och utan djupa känslor, på jakt efter en roll och en identitet och alltsedan dess plågad av ekonomiska problem. Costanza började förstå varför hennes man var så ytlig och obetänksam: det var reaktionen hos en svag person inför en verklighet som han inte visste hur han skulle ta itu med.

Pietro hade plötsligt blivit förlägen och på kvällarna när han satt ensam på sitt rum skrev han långa passionerade brev till henne. Costanza kommunicerade som vanligt med musik. Förutom Mozart spelade hon med förnyad passion från handskrivna blad som hon hittat bland moderns papper. Det var engelska sånger och hon gissade att de kopierats av hennes riktige far, kanske också för henne.

I hemmet gav Pietro och Costanza varandra förstulna kramar, eftersom de var rädda att bli upptäckta av tjänarna. De var galna i varandra, men det verkade som om de inte kunde eller ville gå längre, som om de var rädda för att bryta förtrollningen.

75

”Jag spelar efter hur du sjunger.”
Fläckar av vallmo i Malivinnittis sädesfält

Costanza ville absolut bege sig till Malivinnitti före Pietro och dessutom ensam, som hon numera var van vid. Först där fick hon mod att bekänna för honom vem hennes verklige far var. ”Det förvånar mig inte”, sa han, ”det händer mycket oftare än du tror.”

Med reducerad personal och det stora huset för sig själva, hade de fler tillfällen att vara ostörda, men i stället för att dra nytta av detta undvek de att vara ensamma länge i huset. De där väggarna väckte pinsamma minnen och utandades en sensualitet som inte var deras. De talade inte mycket och föreföll omtumlade. Costanza hade gett order till pojkarna Tignuso att inte följa med dem när de lämnade gården. Dessa lydde motvilligt och tänkte att det kanske var ett nytt sätt att kontrollera deras förmåga att skydda herrskapet och deras makt i länet. Costanza och Pietro tog långa ridturer på smala stigar genom den mogna säden, de red ner i dalarna och längs ravinerna. När de rastade omfamnade de varandra med oförklarlig återhållsamhet och i tystnad. På kvällarna stod de vid terrassens balustrad och såg ut över Malivinnittis kullar tills dessa blev grå och disiga och slukades av nattmörkret. Då och först då tog de varandra i handen och drömde sig bort, uppslukade av längtan.

En eftermiddag red de förbi nedanför en hög kulle full av vallmoblommor. På avstånd såg den ut att vara fläckad av blod, så täta var klungorna av blommor som växte här och var bland säden. På nära håll var det ett underverk, de röda kronbladen och de gröna stjälkarna utgjorde en kontrast mot de intensivt gula sädesaxen och den vida himlen. De satt av hästarna för att titta på blommorna. Säden stod hög och tät och nådde över deras huvuden. Pietro banade sig väg och ropade på henne. ”Kom, Costanza!” Nedsänkta i ett hav av sädesax gick de sakta framåt; Pietro styrde Costanza med ett fast grepp om hennes arm och banade sig väg genom att föra axen åt sidan med ridpiskan. De vek villigt undan och slöt sig smidigt bakom dem.

Costanza följde efter honom på lätta steg. Hon kände sig förflyttad till skogen vid Amasonflodens stränder. När hon var liten brukade fadern berätta för henne att infödingarna där borta tog sig fram i båtar med spetsig för och banade sig väg mellan de höga växterna för att nå fram till stränderna vid den enorma floden med ljusa och mörka vatten, som utan att blandas flyter fram ända till fallen; först då förenas de i ett dån av skum och stänk. Costanza var beredd att utforska världen och sig själv. Sädesaxens stjälkar rispade dem, insekternas surr var öronbedövande och värmen var torr och het. Plötsligt såg de framför sig en liten klunga vallmor. Pietro tog av sig kavajen och bredde ut den på marken. Himlen var bländande.

”Kom!” sa han.

På en bädd av tillplattade vallmor i skuggan av säden lärde Costanza känna sin man flera gånger, och hon lärde känna lyckan under en tidsrymd som hon inte skulle ha kunnat mäta.

Motvilligt tog de sig samman. Pietro hjälpte i lugn och ro Costanza att klä på sig. Han hängde kedjan med medaljong runt hennes hals och nafsade henne i örsnibben och viskade: ”Du är hundra gånger bättre än någon av de andra!” Hon blev förvånad men inte alls sårad.

På tillbakavägen höll Costanza in sin häst.

”Pietro, jag måste säga något viktigt. Jag ber dig inte att vara trogen, men i vårt hem bör du inte av någon anledning ta emot andra kvinnor. Det skulle jag aldrig förlåta dig!”

”Lilla Costanza, det lovar jag: det kommer inte att hända. Jag kommer aldrig någonsin att ha en annan kvinna.”

Rosa Nascimbene och Baldassarre Cacopardo märkte att herrskapets kläder var skrynkliga, dammiga och fulla av halmstrån och myror, och de gladde sig åt detta.

76

"Ett ruttet äpple förstör alla de andra."

Makarna Sabbiamenas förlikning uppskattas av många men inte av alla

När herrskapet kom tillbaka från sin långa semestervistelse i Malivinnitti, förändrades stämningen i palatset i Cacaci: den var fridfullt förnöjsam och avspeglade deras sinnesstämning. Rosa och Baldassarre visste mycket väl hur saker och ting låg till: markisens lakan var orörda, medan Rosa måste byta sin matmors lakan varannan dag, så skrynkliga fann hon dem varje morgon och eftermiddag. Amalia såg det och gladde sig mer än alla andra: hon hade aldrig sett Costanza så lycklig. Hon hade inte nämnt vad som hänt, men hon omfamnade henne inte längre för att få tröst utan för att förmedla sin glädje.

Pietro och Costanza höll fast vid vanan att flytta till Palermo i november. Släktingarna väntade nyfiket på dem, för de var redan underrättade. Markisen och markisinnan mottog många visiter. Fastän de inte dolde sina känslor, uppträdde de reserverat och ganska snart blev nyheten om deras försoning ointressant. De där åren hade Palermos aristokrater andra förströelser: de var euforiska och glada. Riksutställningen skulle befästa deras återvunna överhöghet; adeln var känd i hela Europa och dominerade livet i staden. Många adelsmän var direktörer för bankinstitut, företagsledare, chefer för offentliga institut, parlamentsledamöter och senatorer. Markisen Ugo var återigen borgmästare. De förmögna engelska familjerna och de företagare ur borgarklassen som dominerade den sicilianska ekonomin gifte in sig i aristokratin och erbjöd möjligheter att med hemgifter återanskaffa de egendomar som fråntagits dem i det förgångna.

Pietros vänner väntade sig givetvis att han ensam skulle delta i festerna och sällskapslivet under de där ärofyllda åren; i stället reste han bort tillsammans med sin hustru och de tillbringade långa semestrar ensamma ute på landet. Vännerna var besvikna. Taktfullt och med illa dold beundran anspelade de på den rödhåriga markisinnans trollkraft.

Costanza var vid den tiden i sin fulla glans. Hon var högväxt och smidig och hade nu fått rundare former och utstrålade kvinnlighet. Ansiktet var inte längre utmärglat och det sprack ofta upp i ett ljuvt och gåtfullt leende som avspeglades i de tvåfärgade ögonen och även de hade fått en alldeles egen skönhet. Till och med håret hade blivit föremål för beundran: med åren hade den röda färgen mörknat och fått många färgskiftningar och Pietro hade hjälpt Costanza att välja kläder och färger som framhävde och harmoniserade med hennes vita hud och hårfärgen.

På klubben talade de om Pietros återfunna kärlek till hemmet, de skakade på huvudet och skämtade om att han var obotligt motvillig att uppfylla sina plikter. Tidigare hade han inte uppfyllt sina äktenskapliga plikter men till fullo uppfyllt sina plikter i sällskapslivet samt de plikter som hans titel medförde. Nu var situationen den omvända: Pietro hade övergivit dessa plikter, förförd av ett fruntimmer, vilket för övrigt hände även andra. Men till skillnad från alla andra var i hans fall det där fruntimret hans hustru sedan nio år tillbaka och dessutom var hon förmögen! Den unge furst Chisiccusi framhöll paradoxen att kusinens uppenbara familjelycka utgjorde ett dåligt exempel: om alla äkta makar skulle bete sig som de där, skulle aristokratin dö av leda, klubbar och bordeller skulle få slå igen och staden skulle störta ner i dekadens.

Ingen sade som det var, nämligen att Pietro och Costanza helt enkelt var ett förälskat par.

77

”Gifta män är till för sina hustrur och horor är till för fester.”
Rura Fecarotta intrigerar, men markisinnan Sabbiamena oroar sig inte, vilket är ett misstag

Tre år hade gått. Rura hade tråkigt och trivdes inte i Cacaci. Hon sydde åt andra, skötte om sin son och kom till palazzo Sabbiamena när hon beordrades till det: hon var beroende av den kvinna som hon inte längre betraktade som en välgörerska utan som någon som lät henne sona de fel hon inte kände att hon hade begått och som dessutom hade för avsikt att ta sonen ifrån henne. Instängd i ett oönskat moderskap var Rura nu förtretad även på tillgivenheten mellan Antonio och markisinnan. Hon hade trott på löftena om att han skulle bli rik och att indirekt även hon skulle få njuta av hans välstånd; hon hade inte tänkt sig möjligheten att markisen och hans fru kunde få en egen son som skulle sätta hennes son på undantag. Det var just detta som det viskades om i köket: en arvinge skulle garantera fortsatt anställning för husfolket och deras barn och barnbarn.

Rura insåg att det låg till som hon hade befarat och till och med värre. Costanza hade övertalat Pietro att lära känna sin son, men han ville inte att pojken skulle sätta sin fot på herrskapsvåningen. Antonio visste att markisen var hans far, men han nämnde det inte och visade därmed den diskretion som man på Sicilien får i sig tillsammans med modersmjölken. Rura gjorde vad hon kunde: hon besökte den ena trollkvinnan efter den andra för att skaffa sig kännedom om magiska knep, även till höga kostnader, för att bringa olycka över de där båda och deras kärlek.

Rura studerade Costanzas vanor, smak och gester och rapporterade till trollkvinnorna. Dessa föreslog trollkonster, gav henne amuletter, och med hjälp av brödinkråm, lera, halm och andra ingredienser knådade de ihop små avbilder av Costanza, på vilka de fäste hårstrån från henne och till och med menstruationsbindor och stack olycksbringande nålar i dem. Andra trolldomsföremål måste markisinnan bära på sig och dessa uppdrag gav hon till sonen, som Costanza ibland tog med till sitt rum. När hon hittade dessa underliga föremål i sina fickor låtsades hon som ingenting, för hon ville inte att pojken skulle tillrättavisas av sin mor.

”Det där är en elak kvinna och frun borde avskeda henne”, sa Amalia.

”Amalia, du som har älskat och blivit älskad tillbaka borde förstå henne och ha medlidande med henne”, svarade Costanza. ”Hon har en son som förskjutits av sin far och hon själv har utnyttjats av männen. Hon kan inte göra mig illa.”

”Du behöver inte bekymra dig för Antonios framtid. Han är en Patella och kommer att så förbli. Jag kommer alltid att sörja för honom, vad som än händer. Fortsätt du bara att vara en bra mor, så kommer du att få glädje av din son”, sa Costanza till Rura, som stack nålen genom förklädet som hon sydde på med sådan kraft att hon stack sig i ett finger: hon hatade henne.

Trollkvinnorna skinnade henne inpå bara benen, men de där båda var fortfarande kära enligt vad folk sade och trollkonsterna hade ingen verkan. Hon vill ha frihet, ett litet hus och tillräckligt för att inte behöva svälta. Hon hade inget emot att tänka på andra män och hon ville gifta sig och få ett arbete som hon tyckte om, i sällskap med andra, i stället för dessa fördömda nålar och trådar; hon kände sig som en tonfisk som fångats i nätgårdens dödskammare, varje ord från markisinnan var som en harpun som trängde in i hennes kropp. Hon beslöt att sätta hårt mot hårt, ta en strid med markisinnan, säker på att denna av kärlek till Antonio skulle ge henne en summa pengar och släppa henne fri.

Som så ofta var fallet satt markisinnan vid fönstret och berättade en saga för Antonio, inte långt från där Rura satt och sydde. Denna sa till honom: ”Kom och hjälp mig att vika plaggen”, och gav honom en mycket lång bomullsduk. Pojken lydde motvilligt och gick sedan tillbaka till Costanza. ”Jag har tappat nålar, hjälp mig att leta reda på dem”, och han pustade och kom fram och hjälpte henne att hitta dem i tygvecken. Markisinnan sade ingenting när Rura ropade på honom, men hon var otålig: hon måste läsa färdigt sagan. Det var en berättelse om Pitichininu, Antonios favoritfigur och han frågade alltid: ”Och vad hände sen? Och vad hände sen?”

Rura välte omkull korgen med trådar, som rullade iväg åt alla håll över golvet. ”Antonio, hjälp mig genast att plocka upp dem!” En tråkig och tröttsam uppgift. Den gången struntade Antonio i henne. Rura reste sig klumpigt, grep honom i örat och gav honom ett slag på axeln. ”Kom hit och arbeta, du måste förtjäna ditt levebröd du också, din odåga!” vrålade hon och tvingade honom att plocka upp dem allihop, hon stod bakom honom och lämnade honom inte i fred förrän han hade rullat upp alla spolarna en i taget. ”Låt mig höra färdigt sagan!” sa han, och hon gav honom en hurring som lämnade ett märke på hans kind. ”Visa respekt för din mor, för du har bara en och ingen far!” Sedan satte hon igång att sy igen utan att bevärdiga Costanza med en blick. Antonio brast i gråt. Rura hörde att Costanza pratade lågmält med honom och försökte trösta honom. Det var det ögonblicket hon väntat på. Hon reste sig och sa till henne: ”Det här är min son och frun ska sköta sina egna angelägenheter. Den här pojken ska respektera sin mor, och han har bara en, inte två.”

Costanza hade rest sig. ”Gå ut i köket och säg till dem att markisinnan vill ge dig tre kakor och du får själv välja dem”, sa hon vänd mot Antonio, som smet iväg med ett gruffande.

”Vad menade du, Rura?”

”Vi är för många mödrar här! Han är visserligen fattig, men han är min son och det är så jag vill ha honom! Allt går inte att köpa för pengar!”

”Antonio har bara en mor och det är du.”

”Jojo, det är lätt att säga, men ni tar honom ifrån mig och leker med honom som om han vore en hundvalp. Sen ger ni er av, det var roligt så länge det varade, och jag får ta hand om den gråtande pojken; sen kommer ni tillbaka och vill att han ska stå där och vänta på er. Det jag gjorde förut var kanske bättre för både mig och min son!”

”Rura, säg inte så!”

”Ge mig då en smärre summa som räcker till hans mat och studier, men i mitt eget hem, jag behöver inte mycket, men det ska vara mitt. Jag har aldrig bett om allmosor och vill inte göra det nu heller.”

Rura hade blivit röd i ansiktet och brast i gråt och det var äkta tårar.

”Men Antonio är ju nöjd och glad, du har uppfostrat honom väl... Han kommer gärna hit, det vore ett brott att ta honom härifrån och att inte ge honom utbildning: han är en Patella.”

”Patella hit och Patella dit, han är son till en sån som hans mor! Bättre en hora till mor än en död mor. Det är jag och endast jag som är hans mor, jag står inte längre ut med att komma hit och sticka mig i fingrarna. Frun är och förblir markisinna, men barn har ni inte och pojken ger jag er inte.”

”Jag har lovat att din hyra kommer att vara betald fram till din död och Antonio kommer att gå i skolan på min bekostnad och bli försörjd som en Patella. Vänta dig inget annat. Resten har jag glömt helt och hållet.”

78

”Den olycka som förföljer dig dödar dig.”
De oskyldiga sköldpaddorna ger än en gång Costanza Safamita stora bekymmer

Markisen Sabbiamena och hans hustru befann sig i Cacaci. Sköldpaddornas ägg var färdiga att grävas fram. Costanza väntade på det ögonblicket och gick ofta ner till dem. Hon satt i strykrummet tillsammans med Antonio och Rura.

”När gräver de fram äggen?” frågade Antonio.

Costanza tänkte att pojken själv skulle vilja gå och kontrollera. Han såg än på sin mamma än på Costanza och fortsatte att fråga. Pietro tillät fortfarande inte att pojken gick omkring i palatset. ”Var inte orolig”, sa hon. ”Jag ska gå dit varje eftermiddag, det lovar jag, och sen ska jag berätta för dig.”

På den lilla terrassen utanför Pietros arbetsrum var myllan rubbad men det fanns inte ett spår av sköldpaddorna. Hon hittade dem bredvid varandra bakom en kruka. De var små med vit sköld och hon greps av en stor ömhet: det var ett tydligt tecken på moderskänslor. Hon hörde ett frasande och gick mot arbetsrummet. Hon hade uppmanat Pietro att ägna sig åt sina egna angelägenheter och tänkte att han utan påtryckning redan börjat använda det där rummet.

Costanza kikade lugnt in genom fönstret. Genom hålmönstret i den broderade gardinen såg hon en okänd kvinnogestalt stå mitt i arbetsrummet. Hon hade ljus, slät hy, runt ansikte, fylliga läppar och oroande blick. Pietro stod längst in i rummet, lutad mot bokhyllan bakom skrivbordet. Långsamt knäppte kvinnan upp bluslivet, öppnade blusen och tog fram de svällande brösten och visade upp dem för Pietro medan hon slickade sig om läpparna. Hon lät sin blick vandra mellan de blottade toppiga brösten och Pietros blick.

Costanza smög därifrån.

”Costanza, vad är det?” frågade Pietro när han kom in i hustruns rum och såg Costanza sitta med händerna i knät, likblek i ansiktet.

”Jag såg dig.”

”Costanza, låt mig förklara.” Pietro tog hennes hand.

”Låt mig vara, är du snäll”, muttrade hon. Orolig tog Pietro henne i sin famn och höll hårt om henne. Hon svimmade i hans armar.

Costanza blev sjuk. Hon hade hög feber och yrade. Hon avvisade sin make: det räckte att se honom för att hon skulle få ett återfall. Pietro gick inte hemifrån. Han satt och såg på henne när hon sov.

Costanza återhämtade sig mycket långsamt; hon accepterade att hennes man kom in i rummet, men bara när andra var närvarande. Så småningom blev hon bättre och återupptog sina sysslor, men hon var en vålnad av sitt forna jag, utan livskraft. Hennes hud hade skrumpnat som skalet på ett katrinplommon. Pietro gick sällan hemifrån och bara korta stunder; man och hustru gick omkring där hemma till synes försjunkna i sina sysslor och tankar likt två överlevande efter en jordbävning. De irrade omkring bland ruinerna och visste inte var, hur och vad de skulle återuppbygga. Det var en plåga både för dem själva och för dem som såg dem. Pietro bad om ett samtal på tu man hand. Hon tog emot honom i sin salong.

”Costanza, jag måste få förklara för dig...”

”Det är för sent, Pietro. Jag har tänkt på alla möjliga ursäkter och ingen håller. Du har ljugit för mig förut. Du hade lovat och det räcker.”

”Costanza, jag älskar dig”, stammade Pietro.

”Jag älskar dig också, men jag älskar mig själv mer än dig. Det måste jag göra. Du skulle krossa mitt hjärta om det jag såg hände igen. Mer än någon annan behöver jag trygghet, ordning och inre frid. Det är slut."

Costanza reste sig och började gå ut ur salongen. Pietro följde efter henne. Plötslig föll hon baklänges rakt i hans armar, än en gång avsvimmad.

79

"Hellre ensam än i dåligt sällskap."

Costanza Safamita inser att folk inte sköter sina egna angelägenheter

Markisen och markisinnan Sabbiamena tillbringade hösten 1892 i Cacaci.

Costanza betedde sig som om hon suddat ut de senaste tre åren ur sitt minne och hon hade gått tillbaka till sina gamla vanor. Pietro gick sällan ut på kvällarna och efter kvällsmålet drog han sig tillbaka till sina egna rum. Därifrån hörde han henne spela. Musiken flöt fram under dörrarna, en svag föraning om att Costanza skulle bli hans igen. Han respekterade hennes önskan om ensamhet och ville inte tvinga henne innan hon var redo, för det skulle förstöra allt. Däremot skrev han mängder av brev; Costanza skickade tillbaka dem oöppnade.

I december återvände paret Sabbiamena för vintern till Palermo. Costanza erbjöd sig att följa med baronessan Lannificchiati och grevinnan Acere till operans eftermiddagsföreställningar och lämnade kvällslogen till sin make. De underhöll släktingar och ett fåtal nära vänner och deltog ytterst sällan i sällskapslivet. Costanza trodde att deras frånvaro inte skulle märkas.

Costanza var på besök hos fastern Maria Anna Trasi. De fick sällskap av Maria Antonia och baronessan Lannificchiati. Fastern var mycket nöjd med Sandrino Trasis universitetskarriär. Denne studiebegåvade sonson hade nu blivit lärare, och hon lovprisade sin svärson Iero Bentivoglio som hade hjälpt honom med de politiska kontakterna. Sedan pratade de om ditt och datt. Fastern kastade oroliga och forskande blickar på Costanza, som kände sig obehaglig till mods. Då det var dags att ta farväl höll hon kvar henne.

”Costanza, du är som en dotter för mig: vad har hänt med din man? Det är så många som har frågat om det och det gör mig ledsen, just när ni verkade så lyckliga tillsammans…”

Costanza stod som på nålar. Hon lyckades få fram: ”Män förändras inte, det inser jag nu.”

”Jag nämner detta bara därför att Annina Lannificchiati har tagit det väldigt hårt, hon är otröstlig och säger att Pietro har ångrat sig. Män förblir sig lika ända till slutet. Din farbror, som var en god make, bad mig på sin dödsbädd att han skulle få träffa sin senaste hålldam, och han var då över åttio år!”

”Och vad svarade faster?” Costanza var förtvivlad.

”Vad kan en god hustru säga? Hon kom en eftermiddag. Men han dog i mina armar, jag visste att jag var den han älskat mest.”

”Faster, jag är inte ens säker på det.”

”Det är familjen Safamitas stolthet som talar. Jag trodde att du hade besparats den. Sin värdighet måste man hålla på, alltid, men stolthet för olycka med sig.”

”Jag ska tänka på det, det lovar jag.”

Costanza tappade lusten att umgås med släktingarna och undvek att bli ensam även med de kusiner som stod henne nära. Hon hade dragit sig inom sitt skal igen.

Costanza hade andra bekymmer. Det var svåra tider för folket. Över hela Sicilien bildades ”Fasci”, föreningar som inte var alldeles olika de sammanslutningar av religiöst slag som avskaffats av avvecklingslagarna: ingen var den andra lik, en del kontrollerades av maffian, åtskilliga av borgare och yrkesmän, men mycket få av aristokratin; alla krävde större social rättvisa. Många hade för första gången lantarbetare och de lägsta klasserna som medlemmar. Costanza, liksom de andra storgodsägarna, var på sin vakt. Hennes egendomar kontrollerades av tillsynsmän ur maffian; hon hade varit försiktig nog att inte gynna någon speciell maffiagrupp för att undvika att öka sin egen sårbarhet. På Malivinnitti rådde det fiendskap mellan de båda grenarna av familjen Tignuso och hon måste vara försiktig.

Costanza umgicks inte med Giacomo och hans familj. Hon skymtade dem på avstånd vid bröllop och begravningar, men de hälsade inte på varandra. Trots detta oroade hon sig för deras och Stefanos barns framtid. Giacomo var auktoritär; han förlitade sig på en maffiagrupp som dominerade och kontrollerade hans ägor men lät det se ut som om det var han som hade makten.

Han var inte den ende storgodsägare som tog till den metoden, men i hans fall var det inte särskilt klokt. I Sarentini var det en annan, fientlig, maffiagrupp som styrde, runt vilken familjen Carcarazzo graviterade. Pålitliga personer höll henne underrättad om Stefanos familj, men hon visste mycket lite om de där brorsbarnen och ännu mindre om den älskade Caterina, som efter att ha gift sig med en lägre tjänsteman bodde på annan ort. Guglielmo, den ende sonen och den rättmätige arvtagaren till titeln, var en arg ung man. Han hade förlorat den process som fadern inlett mot sina syskon och var arg på Giacomo som, sades det, hindrade honom från att finna arbete i Sarentini. Vid tjugo års ålder fanns det inget annat för honom att göra än att förena sig med upprorsmännen och underblåsa kraven på den som han ansåg vara en inkräktare.

Släkten Safamita slet varandra i stycken av stolthet och begär: farbroder och brorson var öppet fiender. Costanza kände sig inte olik dem och hon visste att hennes eget sinneslugn var beroende av att hon visste att hon var rik. Men vad skulle hon med ägodelar till? Vem skulle hon lämna dem till? Hon frågade sig varför hon måste bemöda sig så för att se om sin förmögenhet och söka nya investeringar. Tidigare hade hon känt tillfredsställelse av den påtagliga och oskyldiga glädjen att spendera och att få njuta av sin man, men inte nu längre. Hon hade hoppats att Antonio skulle ersätta den son hon inte själv fått, men så hade det inte blivit. Costanza beklagade att hon inte följt ammans råd och valt en av kusinernas söner som sin arvinge, som faderns farbror och faster Lattuca gjort med hennes far.

Hon kunde inte längre på samma sätt som förut njuta av ensamheten och kärleken till sig själv. Hon blev melankolisk. Hon behöll emellertid sina sysslor och allt fortskred med regelbundenhet, både i palatsen och på landet. Hon tänkte inte på Pietro. Han var markisen Sabbiamena, hennes make, en främling bland många andra.

80

”Ättikstunnan tar aldrig slut.”
Festen i palazzo Sabbiamena för att fira Stefano Trasis födelsedag slutar illa. En minnesvärd tågresa

Baldassarre hade kommit insmygande och viskade något i örat på markisen inför husföreståndaren don Agostino Porrazzos ogillande blick. Costanza, som satt vid andra bordsänden, höll ett öga på tjänstefolk och gäster på sitt vanliga skickliga sätt. Med ett fåtal ord inledde eller avslutade hon samtalen och följde serveringen i ögonvrån och det räckte med en blick för att ge en befallning. Hon lade märke till inkräktaren och blev mörk i synen, sedan återtog hon sin värdinnemin.

”Får det lov att vara lite mer duvpastej?” viskade hon till greve Acere – genast dök silverfatet upp till vänster om gästen och en behandskad hand var redo att servera – varefter hon lät blicken glida över de andra bordsgästerna. De var många, släktingar och nära vänner till Stefano Trasi, favoritkusinen. Stämningen var uppsluppen: de firade hans födelsedag. Costanza hörde långt bortifrån en skrattsalva från faster Maria Anna, som satt till höger om Pietro och hon såg på henne och spetsade öronen. Pietros blick föll på henne. Hans ögon var dystra. Irriterad fortsatte hon sin översyn.

”Har ni varit på La Fenice någon gång?” frågade henne Stefanos fru.

”Nej, på den tiden fanns det ingen opera i Venedig”, svarade hon artigt, men kusinens fru satt redan och småskrattade tillsammans med sin bordsgranne.

Pietro fäste åter blicken på henne och Costanza blev arg. Den här gången såg hon honom rakt i ögonen. Han måste sluta! Pietro satt kvar med fast, sorgsen blick.

”Pietro, du måste resa till Venedig igen och ta med din hustru på operan!” Baronessan Lannificchiati hade observerat dem och bemödade sig på sitt vis.

”Ja, moster...”, muttrade Pietro med ett spänt leende och sänkte blicken mot tallriken och satte igång att manövrera kniv och gaffel.

Männen diskuterade den svåra politiska och sociala situationen: markisen Notarbartolo, som varit direktör för Banco di Sicilia, hade mördats på tåget mot Palermo, medan det körde genom en tunnel – ett brott av okända gärningsmän, men uppdragsgivarens namn var på allas läppar – och sedan dess var regeringen inblandad i våldsamma kraftmätningar och sammandrabbningar med 'i Fasci': det hade skördats dödsoffer. De pratade i en lättsam ton som lämpade sig för ett festligt tillfälle: kvinnorna lyssnade och lade sig till och med i – det var ett sätt att få veta vad som hände – men de föredrog skvaller.

Samtalen var livliga och flätades in i varandra. Det var ett enda surrande, det var många som pratade och alla på en gång utan att vänta på svar från den person som frågan riktats till. Baron Francesco Orata och greve Gioacchino Acere kritiserade Iero Bentivoglios parti: de var släkt så det var tillåtet.

”Men vem är det som styr oss, Iero, vad är han för en sicilianare? Han har suttit trettio år i parlamentet och är en riktig opportunist! Han påstod sig vara revolutionär och nu skickar han armén på oss, och det är inte första gången! De behandlar oss som en koloni, fastän vi är en del av nationen! Sådan är politiken: smutsig, mycket smutsig, min kära markisinna”, kommenterade Acere.

”Redan på ert dopkalas, fru markisinna, pratade vi om denne Crispi. Det var tider det! Och vilken mottagning er morfar ställde till med! Stora herrar och rättskaffens män var bröderna Safamita, sådana föds inte längre!” utbrast baron Orata. Costanza lät ett leende skymta fram.

”Åh, min salig bror! Costanza, din far var mycket förtjust i Stefano!” Maria Anna Trasi var på strålande humör den dagen och vände sig till festföremålet med ett förnöjt leende: ”På Malivinnitti fick du rida framför honom på hans häst när du var liten! Vilka härliga semestrar vi hade på Malivinnitti...”

Bordsgästernas röster dämpades: de lyssnade leende på henne, grevinnan Trasi var en mycket älskad mor och farmor.

Pietro stirrade fortfarande på Costanza, enträget, sorgset. Hon gav honom en vass och irriterad blick; om han fortsatte på det viset skulle han förstöra festen. Hon såg inte mer på honom, men han upphörde inte. Irritationen övergick i ångest och sedan panik. Vartenda ögonkast från Pietro – hon kände vartenda ett – bar på hemska förebud. Costanza muttrade svaga ” så sant”, ”visst” till dem som tilltalade henne; hon vred huvudet mot den ena gästen efter den andra, men hon förstod inte. Hon nåddes av fragment av fraser och ord från en person blandade med orden från en annan och de genljöd i hennes huvud: ett ljudackompanjemang till de slag som utdelades med varje blick från Pietro.

”Svåra tider stundar, ute i byarna har till och med flagellanterna dykt upp igen.”

”Precis så var det före franska revolutionen!”

”Modisten förstörde hennes brysselspets med de där fula stygnen!”

”Han skryter med att kunna erövra Afrika och förmår inte tygla de där trashankarna.”

”Catania har en socialistisk borgmästare.”

”Heraldiska kommissionen är det enda bra som Crispi gjort.”

”Det är ju historielöst folk, ska de kallas adliga?”

”Han vägrade bo i svärföräldrarnas palats, alldeles otroligt!”

”Men hederstiteln är annorlunda, för de har ju aristokratiskt blod.”

”De skapar arbete, arbete, men för vem? För vänner och hallikar.”

”Mafiosis röster räknas, gissa om de räknas!”

”De har fått in underbart vackra kashmirsjalar på Varuhuset Moderno, de ger rabatt.”

”Regeringen lägger mindre skatt på citrusodlingarna.”

”Men skatten på våra egendomar tar kål på oss!”

”Utvidgningen av rösträtten blir kommunens undergång!”

”Ett allt annat än lyckligt Palermo!”

”En icke adlig borgmästare efter tretton år av verkliga herrar!”

”Vad lantarbetarna behöver för att arbeta är armar, inte papper och penna!”

”Det är därför vi har Fasci.”

”Fyra miljoner i hemgift för att få bli kallad prinsessa!”

”Tio lire per röst, det är priset.”

”Man måste vara adlig för att få tillträde till klubben.”

”Jag tänker då inte åka tåg mer efter det som hände salig Notarbartolo.”

”Vem har väl påstått att alla måste kunna läsa?”

Tjänarna dukade av de runda faten med sönderskurna rester av läckerheter. Costanza reste sig och gick från bordet, följd av de andra.

”Costanza, vänta, jag måste få prata med dig. Det rör sig om en tråkig nyhet”, sa Pietro när den sista gästen gått sin väg. ”I natt dog Stefanos son Guglielmo. I Sarentini.”

”Av vad?”

”Medan vi satt till bords kom en man från palazzo Safamita. Det verkar ha varit en olycka liknande den som Stefano råkade ut för. Han dog omedelbart.”

”Vet du när begravningen blir?”

”Nej. Vad kan jag göra?”

”Ingenting, tack”, svarade hon och gick långsamt ut ur salongen.

Pietro hörde snabba steg, tjänarnas röster och därefter ljudet av hästhovar: Costanza åkte iväg till Sarentini. I största hast lät han packa en resväska, men rätt som det var började han själv lägga ner det nödvändiga och stökade då till bland de klädesplagg som Baldassarre lagt ner med stor omsorg. Han måste vara hos henne.

Tåget skulle just avgå. Pietro kom springande i upplösningstillstånd och Baldassarre, don Agostino och kusken kom flåsande efter. Stinsen skulle just stänga dörren till förstaklassvagnen.

”Släpp in mig!”

”Har ni biljett?”

”Jag är markis Sabbiamena!” skrek Pietro och föste undan honom.
”Vänta, vi är i sällskap med herr markisen!” hojtade de andra två. Baldassarre kom andfådd springande på sina plattfötter.

Han hade inte sett att den ensamma svartklädda gestalten som satt hopkurad vid fönstret verkligen var Costanza: hon såg ut att ha krympt.
”Jag har sökt dig överallt”, sa Pietro och slog sig ner mitt emot henne.
”Jaha, tack”, svarade hon och återgick till att titta ut genom fönstret.

Vid följande station kom ett par och en liten pojke in och satte sig i kupén.
”Mamma, jag är hungrig!” sa pojken, och mamman tog fram bröd och omelett ur läderväskan.
”Vem är det där?” frågade han och pekade på konduktören.
”Mamma, solen försvann, håll mig i handen!” sa han när de kom in i en tunnel.
”Mamma, den där tanten har rött hår, precis som djävulen, och jag är rädd för henne!” sa han sedan, gjorde en besvärjelsegest och gick ut ur kupén. Då vände sig Costanza om och gav honom en matt blick liksom för att be om ursäkt.
Det var mörkt. De var ensamma. Costanza hade slumrat till och gled åt sidan av vagnens skakningar. Pietro satte sig bredvid henne och hon lutade sig mot honom med huvudet i gropen mellan axeln och hakan, som hon brukade göra förr, och fortsatte att sova. Pietro andades in den stickande doften från hennes svettiga hår och omedvetet satt han där plötsligt och strök henne över kinden. Hon rörde läpparna till tågets rytm och andades än häftigt, än långsamt, men hon vaknade inte. Pietro var säker på att Costanza kände hans närhet, att hon kände hans kropp och hoppades. Deras ”riktiga” äktenskap hade varit enkelt, normalt, som ett äktenskap bör vara. Lyckligt. Han ville ha henne som sin hustru igen. Hon öppnade ögonen och slöt dem igen; huvudet mot Pietros axel blev tyngre. Plötsligt sträckte hon på sig och satte sig upprätt. Resan fortsatte under tung och besvärande tystnad.
I vagnen och i slottet undvek Costanza honom nogsamt och hon

tilltalade honom bara när det inte gick att undvika och nämnde inte brorsonen. Följande dag gick de på begravningen tillsammans; inte ens efter det som hände i kyrkan talade hon till honom.

Och hon talade inte heller till honom i slottet, i vagnen och på tåget som förde dem tillbaka till Palermo. De satt djupt nedsjunkna mitt emot varandra i fåtöljerna i sin privata järnvägsvagn och undvek att se på varandra, båda två tyngda av sin egen ångest.

Tåget körde över bergen i det inre av ön. Ut och in genom tunnlar. Mörker växlade med ljus. Bländande ljus.

”Visste du i går hur han dog?” frågade Costanza. Hon hade vänt sig mot honom och såg honom rakt i ögonen.

”Ja.”

”Men du sa inget till mig när jag frågade.”

”Jag ville inte göra dig ledsen en gång till.”

”Du sa att det hade varit en olyckshändelse, som i Stefanos fall.”

Pietro sänkte huvudet.

”Visste du att det inte var sant?”

Han svarade inte.

”Ännu en lögn”, suckade Costanza och återgick till att betrakta landskapet utanför fönstret. Tåget närmade sig Palermo. Det var skymning. Hon höjde blicken mot Monte Pellegrino. Berget fanns inte kvar. Det hade försvunnit, insvept i dimman.

81

”Den som gjort en tjänst väntar sig en belöning.”

En sciroccodag tänker Amalia Cuffaro på Allhelgonafestens sockerfigurer och på Guglielmo Safamitas tragiska död

Sciroccovinden rasade. Luften var tung, full av sandkorn och omöjlig att andas. Vinden slog mot La Montagnazza, brände och torkade ut de grästuvor som växte glest och mödosamt i bergets sprickor. Den hotfulla himlen och det svarta havet var öde: inte en båt, inte en fågel. Klipporna var torra, algerna vissnade, insekter, ödlor och till och med myror gömde sig i den sandöverdragna stenens hålrum och sprickor. La Montagnazza var magnifikt, insvept i ett förgyllt spindelnät. Dess invånare hade dragit sig in i grottorna och väntade på mistralen.

Amalia hade barrikerat sig i grottan; springan som tjänstgjorde som fönster hade hon täppt igen med trasor. Hon och Pinuzza satt orörliga i halvdunklet: minsta rörelse gjorde dem utmattade. Strimmor av matt ljus silade in genom sprickor och öppningar. Golvet var täckt av glasartad och hal sand som vinden obevekligt blåste in genom hål och springor; den hopade sig i vågor, som om havet hade blivit sand och invaderade La Montagnazza.

”Vi behöver inte dö av törst, för vi har tillräckligt med vatten. Dina bröder är snälla mot dig, de håller av dig. Du är lyckligt lottad, Pinuzza.”

”Varför ’lyckligt lottad’? Alla bröder måste hålla av sina systrar, faster.”

”Om ändå alla bröder vore sådana... skulle världen vara mycket bättre”, suckade Amalia.

”Din markisinna, höll inte hennes bröder av henne?”

”Jo, Stefano gjorde det, men sen förändrades han. Den andre brodern föddes elak och tyckte aldrig om Costanza.”

”Varför det?”

”Därför att han var avundsjuk.”

”Men kan man inte vara avundsjuk och tycka om på samma gång?”

”Nej, Pinuzza, avunden är något mycket fult. Den bringar olycka över den som har den inom sig.”

”Är det en trolldom?”

”Nästan.”

”Vad gjorde din Costanza med den här elake brodern?”

”Ingenting, tänk inte på det. Drick det här, för det tycker du om”, sa Amalia och höll fram en kopp ljummet vatten där hon löst upp en mycket liten bit av en sockerfigur. Sedan drack hon själv upp de sista, utsökta dropparna. De satt tysta och lyssnade på vindens vinande.

Amalia hade fortfarande en smak av sött i munnen och tänkte igenom vad hon hade att vara tacksam för – en alldeles egen värld där hon kunde glömma bort sina plågsamma minnen: en trygg barndom, god hälsa, en frisk och duktig son, lugna år skyddad från misär i tjänst hos familjen Safamita, don Paolos kärlek. Hon tackade Gud för det hon hade kvar: La Montagnazzas skönhet, det ständigt skiftande havet, den fria, strålande himlen, till och med det ansträngande arbetet med att vårda Pinuzza mildrades av sondotterns milda kynne och broderns och hans familjs omtänksamhet. Familjen Belice var mycket tätt sammansvetsade; när de grälade slöt de fred fort, för de måste hjälpa varandra mot den ständiga gemensamma fienden: misären.

Så mycket lidande de där båda bröderna åsamkat Costanza ända till slutet! Rikedom hjälper inte att hålla samman en familj, och hon hade ju faktiskt trott motsatsen, trots att man hade ett familjenamn som skulle respekteras. Den tillgivenhet som höll ihop de fattigas familjer var enligt hennes åsikt som de sockerfigurer som man gjorde i ordning till Allhelgonahelgen, de där som knådats ihop av överblivet grovt socker, målade på framsidan och släta på baksidan: de varar länge och smaken stannar kvar i munnen. Varje år köpte hennes mor en enda åt alla småttingarna: smaken var densamma, men figuren var annorlunda och föremål för oändliga diskussioner: Riddaren, Helgonet, Kungen. De ställde den på en hylla högt upp, långt från glupska händer och det räckte att titta på den för att det skulle vattnas i munnen. Ett slick i dag och ett i morgon, färgerna bleknade och sockermassan blev allt tunnare. Fingrar och händer var det första som försvann, armarna blev små stumpar, hattar och plymer försvann. Bit för bit nöttes figuren ner. Alla tillsammans lade då det som var kvar i en burk. Sedan delade modern ut bitar av den till de minsta som belöning eller tröst och till slut tog hon alla smulorna som låg i botten på burken och hällde dem i ett krus med vatten: de löstes upp i vattnet och gav smak åt ett helt krus.

Adeln hade ingen respekt för sockerfigurerna. Barnen bröt sönder dem och kastade dem på golvet och lämnade kvar bitar som de bara bitit lite i. De föredrog andra, mer raffinerade sötsaker. Alla familjer behöver en figur som förenar dem, även de adliga. Visserligen har de familjenamnet, egendomarna och blodet, men även det behöver bli slickat.

Åh, Guglielmos död! Det var som om hon, Amalia, stått där själv, utanför palazzo Safamitas port. Tidigt på morgonen hittade portvakten två säckar stående där och i säckarna fanns Stefanos sons kropp och huvud, han var den verklige baronen Safamita, även om ingen kallade honom så eftersom adelsmän utan pengar inte längre är adel. Sarentiniborna begrep genast, men ingen förklarade det för polischefen, en norditalienare som inte förstod sig på sådant. Det var en bestraffning och en varning till baronen. En varning från dem som baronen hade låtit meddela att det vore bra om de befriade honom från den där obekväme brorsonen, som sade mycket elakt om honom – sarentiniborna kommenterade att det var rena rama sanningen som den där unge mannen sade, men just därför borde han inte ha sagt det – och att han sedan skulle belöna den som gjort honom denna tjänst. Men när någon visade sig vara beredd att göra honom till lags ville baronen inte betala skulden, för han betraktade sig fortfarande som ortens herre. Kanske greps han av samvetsbetänkligheter, men det var för sent: män av heder drar sig aldrig tillbaka när de åtagit sig något. De lämnade säckarna utanför huset, vilket avslöjade honom inför ortsborna. Även familjen Safamita måste följa samma regler som alla andra.

Costanza bestämde sig för att gå på begravningen. Slottets husfolk måste förbereda allt i all hast: städa rummen, göra i ordning vagnen för att hämta henne vid stationen. På begravningen var det flera okända personer, för Stefano räknades nu till släkten Carcarazzo. Dessa respekterade släktskapet och lämnade plats så att markisen och hans släkt skulle få sitta på de första raderna, men Costanza höll sig i bakgrunden. Efter gudstjänsten gick hon fram till familjen. När hon böjde sig fram för att omfamna svägerskan, grabbade denna tag i hennes hår och lade händerna om hennes hals. Filomena skulle ha dödat henne, så stark var hon, om inte de andra hade hejdat henne. ”Det är du som störtat din bror i fördärvet! Du har trolltyg i kroppen och för död och olycka med dig! Ge dig av, innan jag dödar dig! Denne duktige son som var kvar har du och din bror låtit döda. Ge dig av, innan jag dödar dig!” För Amalia berättade de att den första som hejdat modern hade varit Caterina, men inte en blick gav hon sin faster.

Costanza nämnde aldrig det inträffade och återvände aldrig mer till Sarentini. I stället för att ta familjen med sig och flytta till Palermo, som andra skulle ha gjort, stannade Giacomo kvar i Sarentini, men folk där hade mist respekten för familjen Safamita. Han levde isolerad i palatset, full av ilska och arrogans. Det sades att han på vissa marker aldrig mer satte sin fot, för de hade övergått i händerna på dem som han förolämpat. Tillsynsmännen visste att han var en svag människa och de var beredda att tillintetgöra honom.

82

”Man vet var man föds men inte var man dör.”
Markisen Sabbiamenas plötsliga död under ett oskyldigt besök hos Teresina Pastanova

Det var en ljum eftermiddag sent på våren 1895. Grevinnan Trasi var gäst hos sin brorsdotter och låg och vilade i sitt rum. Costanza stod och bakade en briochekaka. Med fingrarna smulade hon sönder mjöl och smör, sedan tillsatte hon socker och jäst och till slut de hela äggen, ett i taget. Degen måste knådas väl och Costanza arbetade snabbt och slog på degen med raka, ihophållna fingrar, som en spatel. Degen blev mjuk och bildade stora bubblor. I hennes skickliga händer antog den den elastiska och klibbiga konsistensen hos en lyckad briochedeg. Costanza lyfte den från marmorplattan och släppte ner den och återigen såg degen ut som klister, den lösgjorde sig och häftade vid händer och marmor som om det varit trollkonst. Hon nynnade duetten mellan Figaro och Susanna i *Figaros bröllop*: *cinque... dieci... venti.* Hon hörde röster från serveringsrummen. Husföreståndaren och Rosa kom infarande i köket tillsammans med en svettig och flämtande liten pojke som sjönk ner på en stol med bestört blick och sa: ”Herr markisen... spring...”

Costanza slog sina kladdiga händer för ansiktet och bitar av degen fastnade vid hennes tinningar. Hon torkade av sig i hast och täckt av sjalen som Rosa nätt och jämnt hann kasta över henne axlar sprang hon iväg efter pojken, följd av husföreståndaren och tjänarna. De sprang genom de sömniga små gatorna bakom palatset. Obekymrad om hur hon såg ut – kjolarna lyfta, strumporna synliga, bluslivet uppknäppt och hårknuten upplöst – och alldeles utom sig rusade Costanza till Pietro.

Huset låg inte långt bort, en gåva från Pietro för gamla ”tjänster”. Under pergolan i den lilla trädgården låg Pietros döda kropp på en madrass. Teresina Pastanova låg framstupa på marken och vrålade ut sin smärta och lovord över den döde, omgiven av en liten folksamling. Costanza föll på knä bredvid Pietro. Än en gång slog hon händerna för ansiktet. Mellan fingrarna, som mellan spjälorna i en persienn, såg hon honom ligga där lugn och underskön i dödens blekhet. Costanza var tillintetgjord och kände att hon var på väg att svimma. Långt borta och svagt hördes musiken och Lucias sång – det var sista akten – och det höll henne uppe.

Den täta ringen av åskådare vidgades för att släppa fram Rura och Antonio. Rura föll också hon på knä och skrek. Antonio betraktade besvärad sin nästan okände far och gick sakta fram till Costanza. Först då insåg hon helt och fullt att hon inte var ensam. Hon kastade en förskräckt blick på de där båda vrålande kvinnorna och reste sig upp. Utan att bry sig om de omkringstående omfamnade hon hårt Pietros son. Hon viskade något till honom. Pojken lyssnade allvarligt och såg på fadern. De föll på knä bredvid varandra och läste tillsammans med låg röst en begravningsbön.

Karlarna kom för att göra det nödvändiga, folkhopen skingrades under viskningar. Costanza mottog kondoleanser och utdelade otåligt order i ett enda andetag. Hon anförtrodde Antonio åt husföreståndaren och gick fram till Teresina som alltjämt låg framstupa och skrek.

”Jag är markisens hustru, berätta vad som hände min make.”

Teresina var en medelålders men alltjämt tilldragande kvinna, ”en sån där”. ”Han hade blivit som en son för mig: han kom hit varje dag i två eller tre timmar för att få lite svalka. Han satt här och så plötsligt föll han ihop och dog”, sa hon och brast ut i snyftningar. Costanza lade en hand på hennes axel och Teresina grep tag i den. Nu grät Costanza ljudlöst i kvinnans famn. Hon vacklade till.

”Fru markisinnan mår inte bra! Hjälp mig, så att inte en till dör i mina armar!”

Rura stod kvar bredvid den döde. Då hon inte visste vad hon skulle ta sig till, satte hon igång att tjuta. ”Ge dig iväg”, sa husföreståndaren och knuffade undan henne. ”Vi måste bära hem markisen till sitt.”

Döden hade förvandlat palazzo Patella. Förgyllda gipsornament och speglar var täckta av svarta sorgflor och den stora salongen var redo att ta emot markisen för den sista natten som en Patella di Sabbiamena skulle tillbringa i sina förfäders hem. Pietro hade placerats i mitten med huvudet högre än fötterna på palermitanskt vis och de unga nunnorna vid sidan om som viskade böner. Costanza tog utan att fälla en tår emot kondoleanserna och presenterade Antonio – som stod bredvid henne – för varje besökare. Längst in i salongen som tömts på möbler stod Teresina och tjänstekvinnorna och grät på den plats som de anvisats. Rura gavs inte tillträde till herrskapsvåningen, men hon hade fått lov att sitta i syrummet och där höll hon sin högljudda vaka.

”Har du talat med Stefano?” undrade faster Maria Anna försynt.

”Ja”, svarade Costanza.

”Och?”

”Och vad då?”

”Skickar du bort de där båda kvinnorna?”

”Nej, faster, varför skulle jag göra det?”

”Costanza” sa fastern och fattade hennes händer, ”det passar sig inte att de där båda är i palatset, särskilt inte vid begravningen i morgon.”

”Ruras närvaro är nödvändig: hon måste vara nära sin son, för hans far har ju dött. Jag ska skicka iväg henne så snart jag kan, det lovar jag. Men den där Teresina Pastanova var honom verkligen tillgiven. Pietro hade berättat om henne och det var i hennes hus han dog, så jag tycker att jag bör tillåta henne att ta avsked av honom på detta sätt."

"Man gör inte så, Costanza. Det är viktigt att bevara skenet, men du gör så många egensinniga saker... folk pratar..."

"Än sen?"

"Reglerna för uppförande ska respekteras, vi har alla behov av vänner."

"Faster, vad gör en god hustru när hennes man önskar återse sin hålldam? Jag har lärt mig av faster. Min man är död, men farbror Alessandro var fortfarande i livet, det är enda skillnaden."

"Nej, Costanza, du har fel. Det där känner bara du och Giuseppe till. Vissa saker bör göras i hemlighet, så är det bara", sa fastern och skakade på huvudet. "Nu äter vi en tallrik soppa och så tänker vi inte mer på det, men se upp i morgon på begravningen, så att du inte ställer till med skandal. Jag är säker på att Pietro inte skulle ha tyckt om det."

"Min far sa alltid till mig att göra det jag själv vill och det tycker jag är riktigt, så jag tänker följa hans råd", svarade Costanza och löstes upp i tårar.

83

"Om dagen håller kattan ögonen slutna,
men om natten öppnar hon dem."

Teresina Pastanova avlägger besök hos markisinnan Sabbiamena och pratar om Rura Fecarotta

Costanza hade gått ner till sköldpaddornas lilla terrass. Grevinnan Trasi och Maria Antonia betraktade henne från fönstret mot gården och skakade på huvudet.

"Jag är orolig för henne", sa Maria Antonia. "Hon är inte stilla en minut eller också gör hon ingenting utan driver bara omkring i huset och trädgården. Som en osalig ande. Hon gråter inte, hon talar inte."

Costanza bevärdigade inte sina sköldpaddor med en blick. Hon drev omkring utan rast och ro, strök pomelobuskens långa blad, luktade på en blomma, plockade bort ett vissnat löv.

"Jag begriper inte varför hon släpper in det där fruntimret i palatset. Amalia säger att hon kommer varenda dag och tar en promenad i trädgården med ursäkten att hennes egen skrämmer henne efter Pietros död!"

"Hon är underlig denna min brorsdotter, men också olycksförföljd!"

"Underlig, ja, men olycksförföljd är hon väl inte mer än alla andra, tycker jag. Hon söker medvetet olyckorna. Pietro hade ångrat sig och ville återförenas, men hon ville inte. Nu vägrar hon att ta emot kondoleansbesök. Folk kommer ju att säga att hon inte sörjer Pietro och gudvet vad mer! Men hon verkar faktiskt otröstlig och reagerar inte. Jag har sagt henne på alla möjliga vis att besök hjälper, och det gör de verkligen, de tröstar och distraherar. Men hon fortsätter att driva omkring i huset som en själ i skärselden."

Costanza drev från rum till rum på herrskapsvåningen och gick samma runda flera gånger om dagen. Det var som om hon besökte ett museum: hon stannade till framför förfädernas porträtt och helgonbilder som mörknat med tiden och således inte behövt täckas med flor; hon flyttade blicken från prydnadssakerna till vitrinskåpen, från möblerna till gardinerna. Hon vidrörde ingenting, hon såg dem inte, det var som om de inte existerat. Hon visste inte ens själv varför hon drev omkring i huset på det där viset.

Hon hade mist sin själ. Vid Pietros jordfästning hade hon känt hur den slets ut ur hennes kropp och dess plats hade intagits av Tomheten, en utsvulten larv som suger sig fast i inälvorna och äter andra tomheter och den blir aldrig mätt. Hon måste ge den näring och hon hittade den överallt i huset. Rummen luktade tomhet och hon sög i sig den och gav näring till Tomheten inom sig. Hon lugnade den, men bara för en kort stund. Sedan måste hon börja om igen: det var en besatthet. Costanza tänkte inte på Pietro. Hon hade inga minnen och kände ingen smärta. Hon var inte hungrig, inte sömnig, hon var inte varm och frös inte. Hon kände inga dofter och hörde varken ljud eller oljud. Palatset i Cacaci, hennes favoritbostad, avspeglade sin husfru. Det var tomt och själlöst.

En fönsterlucka stod halvöppen och en ljusstråle bredde ut sig över golvet som en lång, hopfälld gyllene solfjäder: Costanza bröt den med handen och såg sin skugga på golvets majolikaplattor och hon blev förvånad över att hon fortfarande hade en kropp.

”Fru markisinnan, Teresina Pastanova vill tala med frun. Hon sitter och solar i trädgården, om frun skulle vilja gå dit”, meddelade Rosa.

”Gud signe frun, jag måste säga något viktigt, som ingen annan får höra.”

”Säg vad du har på hjärtat, Teresina.”

”Det handlar om Rura och herr markisen.”

Costanza blev alldeles stel: ”Måste jag få veta det?”

”Ja, frun, det måste ni. Herr markisen pratade med mig som om jag varit hans mor och han frågade mig om råd. Han sa att frun var väldigt ledsen för att han tagit hem en kvinna. Han berättade en ganska komplicerad historia. Det var en som han hade haft förr och inte sett på år och dag. Den kvinnan berättade för honom att hon hade gift sig och att hennes man hade problem med vissa hederspersoner. Hon fruktade med andra ord att de skulle döda hennes man och ville ha hjälp av maffiagruppen på Malivinnitti.

Den där kvinnan var en dålig människa. Hon satte igång att klä av sig inför honom utan att ens fråga om han ville. Han tog väldigt illa upp och sa åt henne att gå sin väg, men hon envisades och till slut kallade han på husföreståndaren för att få iväg henne. Han gjorde ingenting med henne, det svor han på många gånger.

Men jag trodde inte helt på honom. Den där historien verkade underlig. Nu först förstår jag och det är därför jag måste berätta det för frun. En pålitlig trollkvinna berättade för mig att den där kvinnan inte har någon man. Det var påhitt alltsammans. En skamlös önskan att frun skulle se dem ihop. Och det var vad som hände.

Det var Rura som hade tänkt ut det. Det var Rura som betalade kvinnan för att lura herr markisen. Hon hade gått till trollkvinnan för att få er att sluta älska varandra, men trots att hon var en mycket skicklig trollkvinna var hennes trollkonster verkningslösa. Hon berättade allt för trollkvinnan och nu när herr markisen är död har trollkvinnan gripits av samvetsbetänkligheter och kom till mig och berättade vad Rura hade gjort.

Rura vill frun illa. Rura visste att frun varje eftermiddag går ner till den lilla terrassen, så hon skickade dit den där kvinnan vid rätt tidpunkt. Det är Ruras fel och ingen annans."

Teresina hade också annat att förtälja: "Visserligen var herr markisen en kvinnokarl, men efter det att ni funnit varandra ville han aldrig ha någon annan. Och sen, efter den där skandalen, kom han hem till mig för att prata med mig om frun. Men jag kunde ingenting göra. Han tänkte bara på frun. Han dog förälskad i frun."

84

"Efter glädje kommer döden."
Costanza Safamita, markisinnan Sabbiamena, avlider

Teresina gick därifrån och ut genom bakdörren. Costanza stod kvar bredvid rosenhäcken. Amalia och Maria Antonia stod och betraktade henne från fönstret. De visste att hon helst ville gå omkring ensam i trädgården, så de höll ett öga på henne. Costanza gick direkt till skjulet med trädgårdsredskap och kom ut därifrån med en trädgårdssax i handen.

"Nu lämnar vi henne i fred, Amalia", sa kusinen, "du ska se att hon till och med börjar brodera igen."'

"Välsignad vare Herren!" viskade amman.

Costanza promenerade längs rosenhäcken och klippte av vissnade blommor, som hon samlade i sin knutna hand. Hon hade inte velat lyssna på Pietros förklaringar, hon hade tvärt skurit av deras kärlek, inte bara för att skydda sig själv utan av högmod, familjen Safamitas olycksbringande högmod.

Hon öppnade handen och lät kronbladen falla: åt det hållet låg trädgården på kanten till ett stup ner mot dalen nedanför den högplatå som Cacaci byggts på. Likt ett mjukt schackbräde låg där omväxlande fält och köksträdgårdar ända bort till flodbädden långt där nere. Därifrån började en vidsträckt, lätt sluttning som slutade i klippor med vassa spetsar, som oregelbundna tänder på en såg. Solen gick ner bakom de där sågklingorna och då förlängde klipporna sina skuggor över mandelträden och skiftade färg: blå, violetta, gröna.

Costanza tittade uppåt: himlen över Cacaci var fortfarande intensivt blå och ljusnade neråt i en lysande, nästan vitblå färg. Solen hade svällt till en apelsin av eld. Cacaci förberedde sig för solnedgången.

Återigen kunde Costanza se.

Hon hade gått längre in i rosengården. Det stack i hennes näsborrar. En och en steg dofterna från trädgården: fuktig jord, gödsel, gräs. Sedan den ljuvliga doften från rosorna.

Återigen kunde Costanza känna dofter.

Och hon hörde en avlägsen röst: ”Costanza, jag har sökt dig i hela mitt liv. Du har djupa, starka rötter. Jag lindar mig runt dig och låt oss tillsammans betrakta himlen, le mot solen och njuta av livet”, sa den. Hon, just hon, hade skurit av hans grenar. Himlen ovanför klipporna var rosenfärgad, solen stod lågt. Hon spetsade öronen. En röst sjöng långt borta. *Porgi amor...* Musiken och sången tilltog i intensitet och volym. Pietro hade älskat henne ända till slutet, han älskade henne, älskade henne... Costanza kände smaken av honom i munnen, hon smekte hans kropp, rörde vid hans hår, kände doften av hans hud och utforskade honom helt och hållet, grundligt. Hon var nära att svimma; hon vacklade. Hon såg sig omkring och letade efter något att stödja sig på. Klängväxten som klättrade på muren var en ridå av blå klockor; rosorna som bundits vid spaljén var nyvattnade och utsöndrade en svag väldoft. Costanza grep tag i stjälken till en ros och taggarna trängde in i händerna på henne. Hon kände ett hugg: ett djupt, snabbt och tydligt avbrott. Hon återsåg Malivinnitti och dess vallmor, krossade och lika röda som hon, som hennes blod. Costanza var lycklig, outhärdligt lycklig, och hon gled sakta iväg; håret som fastnade bland grenarna löstes upp medan hon obönhörligen gled neråt.

Rosa letade efter sin matmor. Hon hittade henne liggande med ansiktet neråt på den fuktiga marken, solnedgångens ljus föll över hennes hår och det var ett enda bländande sken. En liten snigel hade vaknat till av vattningen och vågat sig upp på hennes hand och kröp lugnt fram över den.

Rosa lutade sig mot den låga muren som fungerade som balustrad. Långt borta, bortom bergen, gick solen ner. Himlen var ett glänsande rött skimmer.

”Så vacker den är, denna bittra sol!” utbrast hon och satte igång att skrika och ropa.

Costanza Safamita var trettiosex år gammal. Hon lämnade allt som tillhört hennes make, markisen Sabbiamena, till Antonio Fecarotta, hans oäkta son, och resten till då levande och framtida söner till brodern, baron Giacomo Safamita di Muralisci.

Ingen tackade henne för det.

Personförteckning

Familjen Safamita di Muralisci

Baron *Stefano* gift med Caterina Lattuca; barn:

Guglielmo, gift med Maria Stella Mufuleto di Meusa; dotter: Caterina (gift med sin farbror Domenico Safamita);

Assunta, hemmanunna;

Domenico, gift med Caterina Safamita; barn: Stefano, gift med Filomena Carcarazzo; barn: Caterina, Guglielmo med flera; Costanza, gift med markisen Pietro Patella di Sabbiamena; Giacomo, gift med Adelaide Lattuca; barn: talrika;

Carolina, änka efter baron Antonio Arrassa dello Scravaglio; barn: Gesuela, Stefano, med flera;

Teresa, gift med cavalier Mariano Lo Vallo; barn: Paolo (hustru Eleonora) med flera;

Vanna, gift med baron Giovanni Ramazza di Limuna; barn: Maria Carolina, Ignazio, Ferdinando, Vincenzo med flera; barnbarn: Alfonsina (gift med cavalier Cesare Calliasalata);

Maria Anna, gift med greve Alessandro Pertusi di Trasi; barn: Giuseppe (dottern Giovanna); Stefano (sonen Sandro); Maria Antonia (gift med senator Iero Bentivoglio di Piscitelli) med flera.

Vänner och släktingar till familjen Safamita

Greve Antonio Safamita di Vasciterre (hustru Illuminata);
greve Gioacchino Moschitta di Acere (hustru Orsolina);

senator don Baldo Bentivoglio di Piscitelli (sonen Iero, make till Maria Antonia Trasi);
baron Francesco Vuttichina di Orata;
baron Pasquale Almerico (hustru Mariangela);
cavalier Bartolomeo Lattuca (far till Adelaide, Giacomo Safamitas hustru).

Präster i Safamitas hem

Padre Gaspare Sedita;
padre Matteo Puma;
padre Tommaso Ingaggiato.

Husfolk i Safamitas hem

Husföreståndare

Don Calogero Giordano (i slottet i Sarentini);
don Filippo Leccasarda (i palatset i Sarentini);
don Antonino Cicero (i palatset i Palermo).

Guvernanter

Mademoiselle (mamelle) Annie Besser;
madame Else von Schuden.

Kuskar

Don Vito Pelonero (hos baron Guglielmo);
don Paolo Mercurio (hos unge baron Domenico).

Personliga tjänare

Gaetano Cucurullo (till baron Guglielmo);
Gaspare Quagliata (till unge baron Domenico);
Pepinella Radica (till donna Assunta);
Santuzza Diodato (till donna Assunta);

Nora Aiutamicristo (till baronessan Caterina);
Maddalena Lisca (till Costanza som barn);
Rosa Nascimbene (till Costanza som vuxen).

Ammor

Amalia Belice gift Cuffaro (till Costanza), make: Diego Cuffaro; svärföräldrar: don Carmelo och donna Titta; son: Giovannino, bror: Carmine Belice; brorsdotter: Pinuzza;
Rosa Vinciguerra (till Stefano);
Maria Caponetto (till Giacomo).

Äldre husjungfrur

Maria Teccapiglia, gammal kammarjungfru till baronessan Maria Stella Safamita (änka efter Gaetano Tignuso och mor till Gaspare och Mimmo);
Annuzza la Cirara, hemsömmerska.

Kökspersonal

Monsù;
Lina Munnizza, köksa.

Folk i Sarentini

Pina Pissuta, barnmorska;
Filomena Battaria, barnmorska och systerdotter till Pina Pissuta;
Celestina Vita, barnmorska;
Melchiorre Tuttolomondo, notarie (hustru: Teodora; barn: Gaetano och Clotilde).

Husfolk på Malivinnitti

Pepi Tignuso, tillsynsman, mafioso; son: Lillo;
Gaspare och Mimmo Tignuso, söner till Gaetano Tignuso och Maria Teccapiglia.

Husfolk hos familjen Sabbiamena

Baldassarre Cacopardo, markisen Sabbiamenas kammartjänare;
don Carmelo Galifi, husföreståndare i palatset i Cacaci;
don Agostino Porrazzo, husföreståndare i Palermo;
Assunta Sucameli, skamlös kammarjungfru;
Rura Fecarotta, mor till Antonio, markisen Sabbiamenas oäkta son.

Släktingar till familjen Sabbiamena

Furst Gaetano Virrina di Chisiccusi; son: Alvaro;
baronessan Annina Finocchiaro di Lannificchiati.

Övriga

Prefekten Ermenegildo Calloni, fastlandsbo;
Teresina Pastanova, furst Chisiccusis hålldam och tidigare älskarinna till markisen Sabbiamena;
Antonio Fecarotta, oäkta son till markisen Sabbiamena.

Författarinnans tack

Att skriva, det vill säga att ha skrivandet som yrke, är farligt: det är ett instrument som skär bort, om än tillfälligt, alla andra. Till alla de familjemedlemmar och vänner som visat tålamod och på sitt sätt deltagit, går ett kollektivt tack.

Däremot vill jag mer formellt framföra andra tack. Tre är postuma: först och främst vill jag tacka faster markisinnan, för hon har verkligen existerat, men inte så som jag framställt henne; jag känner det som min plikt att tacka Luigi Pirandello, eftersom även han – liksom jag – fascinerades av denna kvinna och skrev om henne på sitt sätt och väckte hos mig en lust att skriva om henne på mitt sätt. Till sist tackar jag advokat Giuseppe Alaimo från Canicattì, framstående bibliofil – och författare – vars omfattande samling böcker och tidningar generöst ställts till mitt förfogande av hans änka, Maria Grazia. Genom de där böckerna upptäckte jag inte bara det fantastiska pulvret Revalenza Arabica, men också lokala krönikor och historiska händelser, som jag vävt in i romanen och som skymtar fram här och var.

Bland dem som ännu är i livet tackar jag Darshana Boghilal Gupta, min högt avhållna väninna som bor i Mumbai. Jag har alltid följt hennes råd. När jag funderade på att överge skrivandet, var det hon som drev mig att hålla ut, det var hon som övertalade mig att sätta upp stränga tidsgränser och skriva ordentliga kontrakt, och återigen hon som föreslog hur jag skulle omorganisera mitt yrkes- och familjeliv för att ge utrymme åt faster markisinnan. Darshana har aldrig läst det jag skriver.

För andra gången vill jag tacka Alberto Rollo och Giovanna Salvia, som har känt till den här historien från första början och lyssnat på mig och mina personer. Genom att göra det har de förstått dem och passionerat följt dem ända hit.

Last but not least, vill jag tacka Carlo Feltrinelli för hans tålamod och uppmuntran.

Innehållsförteckning

FÖRSTA DELEN

1 ”Gud hjälper gamla och barn.”
December 1898. På La Montagnazza samtalar Amalia Cuffaro, Costanza Safamitas amma, med brorsdottern Pinuzza Belice medan hon flätar hennes hår 11

2 ”Kärlek, hosta och rök går inte att dölja.”
Ammans första möte med Costanza Safamita 17

3 ”Lycka och välgång och endast söner.”
Costanza Safamitas födelse i palatset i Sarentini den 22 maj 1859 20

4 ”Pengar och hälsa kan man aldrig lita helt på.”
I slottet i Sarentini ber donna Assunta Safamita tillsammans med sina fromma kvinnor 25

5 ”Den som lyckas, dör inte.”
Ett samtal fullt av anspelningar mellan bröderna Safamita 28

6 ”När trädet fallit kommer alla för att hämta ved.”
Sarentini skvallrar efter Costanza Safamitas födelse och glömmer kungens död men inte det förflutna 32

7 ”Var och en har sina bekymmer och sin glädje.”
Amalia Cuffaro minns sitt äktenskap och hur sonen kom till tack vare ingripande från svärmodern och Johannes Döparen 34

8 ”Rött hår, hår av hin.”
Costanza Safamitas dop och don Paolo Mercurios omåttliga nyfikenhet 40

9 ”Minns, åkervinda, att du varit ett litet skott.”
Costanza Safamitas första tre år 50

10 ”Vi håller till godo med den här kungen, ty nästkommande vet vi ingenting om.”
Pepi Tignuso reser i vagn. Händelserna före Giacomo Safamitas födelse 53

11 ”Moderskärleken sviker aldrig.”
Caterina Safamita vänder sig mot sin släkt 58
12 ”Åt tjänaren tålamod, åt herren förstånd.”
Pinuzza Belice frågar ut sin faster Amalia Cuffaro om skälen till att denna blev avskedad 61
13 ”En piga får antingen kyssar eller nyp.”
Bröderna Safamita känner för en kort stund åtrå till amman Amalia Cuffaro 66
14 ”Goda kunskaper och god omvårdnad driver ofärd på flykten.”
Costanza Safamitas nya liv i strykrummet 68
15 ”Äktenskap och biskopat instiftas i himlen.”
Snigelprinsessan. Annuzza la Cirara hittar åt Costanza Safamita på en underbar saga om sniglar, en snigelkung och dottern till en fåraherde 73
16 ”Det är tråkigt med tillgångar som ägaren inte kan se.”
Familjen Safamitas sommarvistelse på Malivinnitti 77
17 ”I Palermo tar de två guldmynt för pålägget och två kopparmynt för brödet.”
I Palermo är folk annorlunda och Costanza Safamita förstår dem inte 80
18 ”Berg möter aldrig berg, men människor möter människor.”
I Palermo lär Costanza Safamita känna fadern och Stefano bättre 84
19 ”Det som inträder i Kristi hus får där förbli.”
Costanza Safamita besöker Den hjälpande madonnans kloster och äter pressade oblater 87
20 ”Trädet syndar och grenarna bär frukten.”
Domenico Safamita beslutar att hans dotter Costanza inte skall bli nunna 90
21 ”Det är från huvudet som fisken luktar.”
En våldsam diskussion mellan bröderna Safamita och deras äldsta syster donna Assunta 93
22 ”Tänk efter innan du handlar, ty det genomtänkta är värdefullt.”
De sju dagarnas anarki och Stefano Safamitas upplevelser 97
23 ”Brudsäng i maj ger klen frukt.”

Äktenskapet Trasi-Bentivoglio och Costanza Safamitas missöden i hönshuset 102
24 ”Sitt, sitt, min dotter, sitt, för det lönar sig att vänta.”
Costanza Safamita växer upp väl med en smula ömhet från modern 108
25 ”Den som har kunskap och inte använder den, finner ingen biktfader som kan ge förlåtelse.”
Avvecklingslagarna och ryktena om donna Assunta Safamitas misslyckade invigning i klosterlivet 112
26 ”Lammstek och sås och så blev det inte mer.”
Allhelgonahelgen i Talande tornet. Familjen Ramazza di Limuna grälar och sluter fred 117
27 ”Utan svartsjuka skulle kärleken inte leva.”
Medan Rosa Vinciguerra står och stryker, berättar hon för Amalia Cuffaro historien om Stefano Safamita och hans mor 126
28 ”Den som slösar när han är ung, får spara när han är gammal.”
Costanza Safamita inser att något inte står rätt till hemma och det gör henne ledsen 132
29 ”Att älska och sluta älska kan ingen själv bestämma.”
I Palazzo Safamitas köksregioner pratas det om kärleken mellan Stefano Safamita och Filomena Carcarazzo 135
30 ”Han hade rest runt och sett både Arken, Mecca och Pantelleria.”
Den piemontesiske prefekten Ermengildo Calloni faller Costanza Safamita i smaken 138
31 ”Älska den dig älskar, svara den dig kallar.”
Stefano Safamita talar med systern om Filomena Carcarazzo 141
32 ”Den som är ung är aldrig fattig.”
Costanza Safamita tänker på kärlek medan hon lyssnar på tjänsteflickornas prat i köket 142
33 ”Kärleken lyder inga råd.”
En motarbetad kärlek som visar sig vara olycksbringande 147
34 ”Plågor med bröd är inga plågor, de verkliga plågorna är de utan bröd.”
Pepi Tignuso hjälper familjen Safamita och sig själv men inte daglönarna 152

35 ”Även om man tappar ringarna har man fingrarna kvar.”
Maria Teccapiglia tröstar Costanza Safamita genom att berätta den säregna historien om hennes mors födelse 157
36 ”Två sorters kärlek är oomtvistliga: mellan mor och son samt mellan syster och bror.”
En moder och hennes favoritson blir osams på grund av Filomena Carcarazzo. Under tiden tänker Costanza Safamita på kärleken och ställer olämpliga frågor till faster Assunta 160
37 ”En kvinna utan kärlek är som en ros utan doft.”
Amalia Cuffaro och Pinuzza Belice får oväntat avskedsbesök av grannkvinnorna. Amalia Cuffaros och don Paolo Mercurios kärlek 165
38 ”Gud beskyddar oss från onda grannar och goda människors vrede.”
Caterina Safamitas mystiska sjukdom.Guglielmo Safamita presenteras i palatset och Caterina avlider 172
39 ”Man talar inte om de dödas rykte och brister.”
Baronessan Caterina Safamitas begravning 178
40 ”Den som har pengar finner anförvanter.”
Ett oförutsett och ovälkommet besök. Gaspare Quagliata, oklanderlig betjänt, begår ett fel 180
41 ”Det är vi själva som skapar våra olyckor.”
Donna Teresa Safamitas omstridda hemgift. En son gråter över sin mors död 182
42 ”Vi är alla flöden från samma vatten.”
En värnpliktsvägrares sång. Ammans och Costanza Safamitas uppror mot den tryckande sorg som baronen påbjudit efter hustruns bortgång 186
43 ”Var dörr har sina trämaskar.”
Familjen Safamita har sorg. Costanza Safamita ägnar sig åt fadern och läser hans brev 189
44 ”Den som vill döma, måste lyssna på parterna.”
Två ovanliga händelser i slottet löser far och dotter från sorgen 191

ANDRA DELEN

45 "Att älska är smärtsamt men det glädjer hjärtat."
Amalia Cuffaro skräms av vindarna på La Montagnazza och återupplever sin och don Paolo Mercurios kärlek 199

46 "Älskad blir du ej, om du bara tänker på dig."
Gaspare Quagliata talar med sin husbonde. Costanza Safamita återfinner Mozart och fadern konstaterar att hon är giftasvuxen 205

47 "Nöj dig med det lilla du har, annars kanske inget blir kvar."
Costanza Safamita träffar brodern Stefano och beslutar att hon inte behöver gifta sig 208

48 "Äktenskap skall ingås tidigt eller aldrig."
Costanza Safamita söker motvilligt efter en äkta man 213

49 "Sann kärlek får hjärtat att brinna bättre än blånor och halm."
Costanza Safamita träffar av en händelse markisen Pietro Patella di Sabbiamena och blir lidelsefullt förälskad i honom 218

50 "Åskan går tills det börjar regna."
Costanza Safamita envisas med att vilja gifta sig med Pietro Patella di Sabbiamena eller ingen. En påtvingad förlovning utan alltför stort tvång 221

51 "Varje människa har sina brister."
Dagen efter sin älskade dotters bröllop begår baron Domenico Safamita en oren handling 227

52 "Den som gifter sig av kärlek får leva med ständiga plågor."
Ett mycket underligt sätt att älska någon 234

53 "Den som betalar i förskott får äta ruttna fiskar."
Amalia Cuffaro berättar för brorsdottern om när hon kom till palazzo Sabbiamena i Cacaci 242

54 "En god kvinna lämnar inte hemmet."
Costanza Safamita kommer tillbaka till Sarentini som gift och känner sig som en främling i sitt gamla hem 245

55 "En tom säck kan inte stå."
Markisinnan Patella di Sabbiamena verkar acceptera att hennes äktenskap inte skall fullbordas 249

56 ”Vill du leva livet nöjd och glad, håll dig borta från dina släktingar.”
Vid donna Assunta Safamitas död får vi se släktingarna Ramazza di Limuna och Arassa dello Scravaglio bete sig mycket illa 255
57 ”Att äga jord betyder krig.”
Costanza Safamita anpassar sig till det oroliga livet som gift ungmö 262
58 ”Ur havet föds saltet och ur kvinnan allt ont.”
Costanza Safamita uppnår en viss jämvikt och flyttar till Palermo men upprörs av grälet med brodern Stefano och makens otrohet 267
59 ”Det mest stärkande är ett ägg.”
Costanza Safamita har ett långt samtal med sin far och ser i förbigående en ung neapolitanare. Ett vispat ägg 271
60 ”Var dag dömer föregående och den sista dömer alla.”
Costanza Safamita får veta att hennes man skall få en son och hon är mycket bitter 278
61 ”Lova ej vad du ej kan hålla.”
Costanza Safamita har ett mycket plågsamt samtal med sin make medan hon gör en fläta av blått silkesgarn 283
62 ”Lagen är lika för alla, men den som har pengar struntar i det.”
Baron Domenico Safamitas död och grälen mellan barnen 287
63 ”På gammal hund pissar räven.”
Don Paolo Mercurio och Gaspare Quagliata återupptar sina konversationer på slottet i Sarentini 291
64 ”Böj dig säv, tills högvattnet sjunkit.”
Costanza Safamita försöker förstå vem hon egentligen är och söker tröst i köksvrårna 294
65 ”De fattiga gifter sig och får fattiga barn.”
Amalia Cuffaro funderar över Costanza Safamitas plötsliga brist på förtroende och kan inte förstå varför 298
66 ”Klar luft fruktar inte åska.”
Costanza Safamita finner lugn i sitt hem, men folk skvallrar om henne 301
67 ”Så ligger det till, punkt och slut.”
Markisen Sabbiamena och hans hustru har ett kort men viktigt samtal under tågresan från Palermo till Cacaci 306

68 "Vad som finns i grytan vet endast sleven som rör om."
På Malivinnitti får Costanza problem med tillsynsmännen och får veta att hennes bror Stefano har avlidit 308
69 "Ingen gör något för ingenting."
Costanza Safamita åtrås av sin kusin Paolo Lo Vallo, hon tvekar men ger inte vika 312
70 "Päronträdet ger päron."
Amalia Cuffaro minns sjösättningen av ett fartyg, ett besök på seminariet och de sex tårna på padre Pumas fötter 316
71 "I krig, jakt och kärlek är en förnöjelse tusen plågor."
Costanza Safamita läser om igen brevet från padre Sedita och den här gången förstår hon 320
72 "Ge varken vatten, råd eller salt förrän du blivit ombedd."
Furst Alvaro Chisiccusi ger sin kusin ett obetänksamt råd som får oförutsedda följder 326
73 "En kvinna som ler mot dig har redan sagt ja."
Markisen Sabbiamena förälskar sig i sin hustru när han äter en fingerkaka 328
74 "Se mig som jag är nu och inte som jag var tidigare."
Markisen Sabbiamena ser sin hustru ur en annan synvinkel, men hon vill inte tro att han har ändrat sig 334
75 "Jag spelar efter hur du sjunger."
Fläckar av vallmo i Malivinnittis sädesfält 339
76 "Ett ruttet äpple förstör alla de andra."
Makarna Sabbiamenas förlikning uppskattas av många men inte av alla 341
77 "Gifta män är till för sina hustrur och horor är till för fester."
Rura Fecarotta intrigerar, men markisinnan Sabbiamena oroar sig inte, vilket är ett misstag 342
78 "Den olycka som förföljer dig dödar dig."
De oskyldiga sköldpaddorna ger än en gång Costanza Safamita stora bekymmer 346
79 "Hellre ensam än i dåligt sällskap."
Costanza Safamita inser att folk inte sköter sina egna angelägenheter 348

80 ”Ättikstunnan tar aldrig slut.”
Festen i palazzo Sabbiamena för att fira Stefano Trasis födelsedag slutar illa. En minnesvärd tågresa 351
81 ”Den som gjort en tjänst väntar sig en belöning.”
En sciroccodag tänker Amalia Cuffaro på Allhelgonafestens sockerfigurer och på Guglielmo Safamitas tragiska död 356
82 ”Man vet var man föds men inte var man dör.”
Markisen Sabbiamenas plötsliga död under ett oskyldigt besök hos Teresina Pastanova 360
83 ”Om dagen håller kattan ögonen slutna, men om natten öppnar hon dem.”
Teresina Pastanova avlägger besök hos markisinnan Sabbiamena och pratar om Rura Fecarotta 363
84 ”Efter glädje kommer döden.”
Costanza Safamita, markisinnan Sabbiamena, avlider 366

Personförteckning 369
Författarinnans tack 373